Réunis sous la neige

*

L'épouse du Dr McCarthy

*

Un bébé à parrainer

AMALIE BERLIN

Réunis sous la neige

Traduction française de
MICHELLE LECOEUR

BLANCHE

HARLEQUIN

Collection : Blanche

Titre original :
REUNITED IN THE SNOW

HARPERCOLLINS FRANCE
83-85, boulevard Vincent-Auriol, 75646 PARIS CEDEX 13
Service Lectrices — Tél. : 01 45 82 47 47

www.harlequin.fr

ISBN 978-2-2804-3649-6 — ISSN 0223-5056

1.

Certes, le Dr Lia Monterrosa n'avait pas hérité l'audace de ses ancêtres marins portugais, mais elle venait de se prouver qu'elle était capable d'aller au bout de son périple.

Ses compagnons de voyage n'avaient pas l'air plus brillant qu'elle après ce long et pénible voyage. Tous traînaient leurs modestes bagages à travers les couloirs étincelants de propreté de la toute nouvelle station de recherche dans laquelle ils venaient d'arriver. Ils avaient apporté de quoi tenir pendant les longs mois du sombre hiver qu'ils allaient passer dans l'Antarctique.

Elle les avait entendus évoquer diverses raisons pour expliquer leur venue – c'était une expérience qu'il fallait faire une fois dans sa vie, le travail qu'ils voulaient réaliser avait les meilleures chances d'être un succès s'ils étaient enfermés pendant huit mois avec une cinquantaine d'étrangers… Pour elle, c'était le bon côté de son voyage que d'être entourée de gens qu'elle ne connaissait pas et qui n'attendaient donc rien d'elle ni de la façon dont elle devait se comporter. On ne lui demandait pas d'être la personne la plus forte de la planète, et elle n'avait pas non plus à être la plus docile ni la plus polie.

C'était son ex-fiancé qu'elle venait retrouver. Pour lui demander pourquoi il était devenu son ex. Qu'avait-il pu se passer pendant les quatre jours où elle était partie chez elle, au Portugal, pour qu'il décide qu'il ne l'aimait plus et ne voulait plus l'épouser ? Elle voulait aussi savoir pourquoi il avait été à ce point dépourvu de sentiments qu'il s'était volatilisé pendant qu'elle remplissait des papiers avec la police judiciaire locale pour tenter de retrouver son père disparu.

West n'avait laissé aucun message – pas même gribouillé quelques mots d'adieu sur un post-it collé sur le miroir de la salle de bains. Il s'était contenté de cesser de répondre à ses appels, et trois jours avant la date prévue pour le mariage, quand elle avait cherché à le voir dès son retour à Londres, elle avait trouvé son appartement vide. Qui plus est, il avait quitté son emploi et supprimé son numéro de téléphone portable. Il l'avait laissée avec une magnifique bague de fiançailles qu'ils avaient dessinée ensemble avec soin, et un énorme trou dans la poitrine.

Mais, aujourd'hui, elle allait le revoir et cela mettrait fin à plusieurs mois de torture. Il lui donnerait des réponses et ce serait la rupture officielle, celle qu'elle avait refusé d'admettre à son retour du Portugal, quand elle avait découvert qu'il n'était plus là.

À cet instant, elle éprouva une drôle de sensation dans l'estomac qui eut pour effet de lui faire perdre brièvement le contrôle de ses extrémités : son pied botté heurta le sol, mais elle ne tomba pas. Trébucher était moins grave que faire un faux mouvement pendant une opération, où la moindre erreur pouvait être fatale.

Savoir ce qui était à l'origine de la fin de leur histoire l'aiderait à aller de l'avant – même si, une fois de plus, elle n'avait pas été à la hauteur. Une chose était sûre : elle ne pourrait pas réparer son erreur si elle ignorait ce que c'était.

— Docteur Monterrosa, vous êtes dans la capsule Pod C, lui dit son guide, la ramenant à la réalité.

Il lui désigna une porte donnant sur un couloir et surmontée d'une fenêtre arrondie à hauteur de tête qui lui rappelait les portes sur les bateaux.

— Comme votre groupe arrive à la fin de l'été, il n'y

a pas beaucoup de choix. Vous allez occuper les cabines restées libres.

Lia était la seule du groupe dans la capsule Pod C qui deviendrait un village fantôme dans un peu moins d'une semaine. Elle pourrait alors choisir sa chambre, après le départ de Jordan et de Zeke. Et une fois que West…

La fatigue commençait à se faire sentir chez elle.

— La dernière porte sur la gauche, au bout du couloir, lui dit le guide avant qu'elle ait eu le temps de le questionner.

Réprimant un soupir de lassitude, elle souleva l'un de ses deux sacs sur son épaule et tira sa valise à roulettes pour passer la porte vitrée, pénétrant dans un couloir beaucoup plus sombre. Cet endroit était manifestement destiné à dormir durant les interminables journées de l'été polaire où le soleil ne se couchait pas.

Elle n'eut que trois secondes pour se repérer avant que la porte se referme sur la vive lumière de l'entrée. Tout était beige, les murs comme la moquette. Elle dut attendre quelques secondes avant que son regard, habitué à la blancheur immaculée de la neige, s'accoutume à la pénombre. Cela aurait été dommage de se heurter au Dr Weston MacIntyre sans même voir la tête qu'il faisait.

Jordan était au courant de son arrivée. C'était sa meilleure amie depuis l'école de médecine – et « presque » demoiselle d'honneur – qui l'avait prévenue le jour où elle avait vu West apparaître à la Fletcher Station. C'était à elle qu'elle avait fait appel pour l'aider à annuler le mariage après avoir perdu tout espoir, et alors qu'elle ignorait s'il était même encore vivant.

Lia avait eu des mois pour se préparer à cette confrontation, inscrire chaque mot et chaque geste dans sa tête, préparer toutes les piques qu'elle lui enverrait en affirmant qu'il ne lui avait pas manqué et ne lui manquerait jamais. Mais maintenant qu'elle se trouvait au pied du mur, l'envie de prononcer ces paroles lui avait passé. D'autant plus que personne ne voudrait croire qu'elle avait parcouru la moitié de la planète pour retrouver quelqu'un s'il ne lui avait pas manqué.

Elle tourna sur la droite et continua d'avancer. Sa vision s'éclaircit peu à peu et elle distingua un homme grand et large d'épaules, portant un bonnet noir et une barbe de la même couleur. Il se tenait devant les deux dernières portes du couloir, des clés à la main, et regardait dans sa direction.

Encore quelques mètres et son estomac eut de nouveau cette réaction étrange. Cette fois, quand elle se sentit trébucher, la seule chose qui la sauva de l'humiliation fut sa petite valise à roulettes qu'elle traînait derrière elle et qui lui offrit un semblant d'équilibre.

West.

C'était son ex-fiancé, autrefois toujours tiré à quatre épingles et à présent beaucoup plus débraillé.

Soudain, le monde tourna au ralenti et les quelques mètres qu'il lui restait à faire lui parurent plus longs que les milliers de kilomètres qu'elle avait parcourus pour se retrouver dans ce couloir, avec cet homme.

Mais au lieu de lui sortir sa tirade si bien préparée, elle eut soudain la tête emplie d'une foule de souvenirs. Elle se rappela la première fois qu'ils s'étaient vus dans un hôpital londonien – quand un tout nouveau chirurgien généraliste avait eu besoin de quelqu'un pour l'assister et qu'il avait choisi un des neurochirurgiens disponibles : elle. Lia le revoyait en train de la regarder approcher dans le couloir, une lueur d'intérêt dans les yeux, tandis qu'il rôdait près de la salle des infirmières. Elle avait fait semblant de ne rien remarquer, tout comme elle avait voulu ignorer l'attirance qu'elle éprouvait pour lui pendant trois journées entières. Pour finir, c'était *elle* qui avait demandé à West de sortir avec elle.

La Lia de Londres faisait ce genre de choses. Car la Lia de Londres n'avait peur de rien, du moins en apparence. Parce que c'était ce que tout le monde attendait d'elle.

Relevant le menton, elle soutint son regard, luttant contre les souvenirs qui continuaient de se bousculer. Toutes les allées d'églises qu'ils avaient arpentées, à la recherche de celle qui conviendrait le mieux pour leur mariage… Elle se rappelait encore la façon dont il l'avait regardée en lui promettant un long avenir ensemble, visiblement heureux de planifier son existence avec elle…

Soudain, elle sentit la nausée la gagner. Cette fois, le regard de West était intense, mais elle n'y voyait pas d'amour. Il paraissait furieux et, en s'approchant, elle nota sa pâleur.

Tout était donc terminé ? C'était la fin, avant même qu'elle ait eu le temps de poser ses bagages ?

Elle n'était pas prête.

Certes, elle était censée dire quelque chose, elle était venue pour cette raison. Et pour comprendre. Pour ôter le poids de la trahison et du manque qui brillait à son annulaire gauche.

Si elle avait pu dormir pendant le trajet, elle aurait été capable de réfléchir au lieu de rester plantée là, les yeux rivés dans les siens. Elle n'entendrait pas ses oreilles tinter de façon alarmante tandis qu'elle se mettait à respirer bruyamment.

La Lia que West connaissait aurait dit les mots qu'il fallait – peut-être même l'aurait-elle giflé. Et elle lui aurait soutiré des réponses. Mais celle qu'elle était maintenant n'avait pas cela en elle.

Les secondes s'étiraient et, une fois le choc passé, elle vit son visage recouvert de poils de barbe hirsutes se durcir. Une moue amère courba cette bouche qu'elle avait tant aimé embrasser – même à l'hôpital, quand ils échangeaient un rapide baiser à la sauvette entre deux patients.

Mais West non plus ne prononça pas une parole – comme s'il avait tous les droits de lui en vouloir, à *elle*. C'était pourtant lui qui l'avait pratiquement abandonnée au pied de l'autel !

Elle ouvrit la bouche, mais avant qu'elle ait pu articuler un son, il passa à côté d'elle et s'éloigna rapidement dans le couloir d'un pas rigide. En colère contre elle.

De nouveau, il s'éloignait d'elle, alors qu'elle avait parcouru la planète pour le trouver. Mais elle n'eut pas l'énergie de le suivre.

Fermant les yeux, elle s'efforça de respirer calmement.

Bon sang, ce qu'elle pouvait être stupide ! Il y avait d'autres stations de recherche dans l'Antarctique où elle aurait pu aller. Un endroit où personne ne la connaissait et où elle aurait pu reprendre tranquillement ses esprits en se préparant à sa nouvelle vie en dehors du monde médical.

Tout cela n'avait pourtant rien de surprenant. Bien sûr que West ne voulait pas lui parler. Pour lui, elle représentait le passé, et il avait toujours proclamé qu'il ne voulait pas parler de ce qui était derrière lui. Seulement du futur. Or elle n'en faisait plus partie. Ou, du moins, elle ne faisait partie que de son futur immédiat pour les dix jours à venir – jusqu'à ce qu'il puisse s'échapper de nouveau.

West finirait par parler. Elle réfléchirait à ce qu'elle lui dirait – ce qu'elle voulait *vraiment* lui dire, et non pas ce que son cœur brisé avait envie de crier. Ils avaient travaillé ensemble, s'étaient vus tous les jours. Il parlerait, ou bien il écouterait. Une fois qu'elle aurait dormi un peu, elle saurait trouver les mots.

C'était le principal avantage qu'il y avait à redevenir Lia. Elle avait été Ophelia durant tout son séjour au Portugal, et il lui avait fallu aussi du temps pour s'y habituer.

Elle se rappellerait comment être Lia – celle qui avait toujours un avis sur tout et ne craignait pas d'en faire part. Et peut-être qu'en quittant l'Antarctique dans quelques mois elle saurait qui elle était vraiment, sans tenir compte du regard critique des gens qui attendaient quelque chose d'elle.

Dormir lui ferait du bien. Et retrouver sa meilleure

amie l'aiderait à se rappeler Lia – la version d'elle qu'elle préférait à celle de l'enfant discrète et triste qu'elle avait été.

— Lia ?

Elle n'avait entendu personne approcher, et la voix de son amie lui fit rouvrir les yeux. Il y avait aussi de la colère dans son regard, mais, cette fois, elle ne lui était pas destinée.

— Qu'est-ce qu'il a dit ? demanda Jordan.

— Rien, marmonna-t-elle en la serrant dans ses bras. Il n'a rien dit du tout.

Jordan fronça les sourcils.

— Et toi, que lui as-tu dit ? Qu'il était l'homme le plus *petit* au monde et que tu espérais que le réchauffement climatique ferait fondre la calotte glaciaire qu'il avait autour du cœur ? Ce serait la seule bonne chose qui en résulterait.

Jordan était capable d'envoyer de meilleures piques qu'elle malgré les mois pendant lesquels elle s'était préparée mentalement.

— Je n'ai rien dit non plus, répondit-elle en haussant les épaules. Je ne m'attendais pas à le voir si tôt.

— Je voulais t'en parler. Je me suis arrangée pour qu'il ne puisse pas trop s'éloigner s'il voulait dormir pendant qu'il serait ici.

— C'est donc sa cabine ? demanda Lia en désignant la porte voisine.

Jordan hocha la tête.

— Je n'aurais peut-être pas dû faire ça. D'ailleurs, je n'aurais peut-être même pas dû te dire qu'il était ici, murmura-t-elle, l'air soucieux.

— Pas du tout. Je veux être ici. Certes, il fait froid, mais je vais m'y habituer. Il faut juste que je pense à ce que je vais dire avant…

— Tu disposes d'un peu de temps.

Dix jours.

C'est ce qu'elle s'était répété au moins dix mille fois pendant le voyage.

— Je voulais juste déposer mes bagages avant de me rendre à la clinique…

— Et il se trouvait là ?

Jordan prit les bagages et les clés et ouvrit la porte de sa cabine que Lia aurait appelée un cabinet en d'autres circonstances. Un petit cabinet. Avec un petit lit.

— Il avait l'expression de quelqu'un désireux de remballer ses affaires dès que possible et de saisir la première occasion pour disparaître.

Elle fit mentalement le tour de la minuscule pièce. Deux petites fenêtres. Des lits jumeaux. Une table de chevet. Et une penderie qui avait dû être un placard de cuisine. Il restait environ cinquante centimètres pour marcher de la porte à la fenêtre et autant à droite pour aller jusqu'au mur.

Con-for-table.

Oui, confortable, décida-t-elle. Un petit espace serait préférable pour rester au chaud. Autant voir les choses avec un œil optimiste.

— West me regarde tous les jours de cette façon, commenta Jordan en posant les bagages près du lit avant de l'entraîner dehors.

Elle se mit à lui parler de Zeke, sujet sur lequel elle était intarissable. Il avait fallu qu'elle se rende dans une région extrême du globe pour faire la connaissance de l'homme dont elle était tombée amoureuse et qu'elle n'aurait sans doute jamais rencontré autrement.

Lia, quant à elle, serait juste heureuse de connaître la vraie Lia, et non pas la version qu'elle avait appris à présenter en fonction de son public.

— Tu ne vas pas commencer avant demain, poursuivit Jordan. Je voulais te proposer que l'on dîne ensemble ce soir, mais à voir ton air fatigué, je suppose que tu auras surtout envie de dormir.

Ce n'était pas la seule chose qu'elle voulait, mais une

fois l'esprit plus clair, cela l'aiderait probablement à saisir West par la barbe et à le secouer pour qu'il lui donne des réponses.

— Laisse-moi d'abord te présenter Zeke…

Comment West parvint jusqu'à la clinique, il n'aurait su le dire, mais chaque muscle de son corps lui faisait mal. Il venait à peine d'être rattrapé par le second plus grand regret de sa vie qu'il se retrouvait à l'entrée du centre médical, les idées confuses et se demandant pourquoi il était venu.

Mais que diable faisait-elle ici ? À peine arrivé à la station, il aurait dû faire demi-tour et quitter Fletcher quand il avait vu Jordan Flynn. Avec elle, il était certain que Lia apprendrait où il était. S'il avait pu se douter qu'elle ferait tout ce chemin, il ne serait pas resté. Dès qu'il s'agissait de Lia Monterrosa, il se sentait faiblir. Le seul moyen qu'il avait trouvé de lui offrir une meilleure vie – au lieu de la détruire comme il avait détruit celle de Charlie – c'était de la quitter.

C'était la seule façon pour tous les deux de survivre. Il ne pourrait pas supporter de revivre une telle perte…

Sans lui, Lia pourrait aller de l'avant et trouver quelqu'un qui soit davantage digne d'elle – au lieu d'un homme qui continuait à se rappeler le jour où, des mois plus tôt, il avait dû aller réclamer le corps de son petit frère. Charlie serait toujours en vie s'il ne lui avait pas posé d'ultimatum. Depuis il gardait cela constamment en tête, comme s'il revivait la même longue et interminable journée.

Il avait supposé que, une fois que Jordan aurait informé Lia qu'elle l'avait vu, toutes deux le maudiraient et que les choses finiraient par se tasser, comme cela se passait généralement en cas de rupture – si moche soit-elle.

Lia n'était pas venue le voir dans sa cabine. Elle avait des bagages et portait la tenue rouge standard que l'on donnait à tous les membres de l'équipe. Et elle se dirigeait vers la cabine libre à côté de la sienne.

Quant à lui… Si Lia l'avait trouvé là, c'était parce qu'il venait de passer à la boutique acheter quelques provisions, puis était allé à la poste chercher des livres qu'il avait commandés un mois auparavant. Il était venu déposer ses paquets après le déjeuner avant de se rendre à la clinique parce qu'il devait faire passer une visite médicale aux six nouveaux arrivants : quatre scientifiques, un programmeur et le médecin engagé pour passer l'hiver.

Lia était donc là pour tout l'hiver. Cette femme qui ne s'épanouissait qu'au soleil avait signé pour vivre six mois dans la nuit polaire !

De toute façon, il ne restait pas. Il lui suffisait donc de tenir le coup pendant dix jours, sans ramper par terre en la suppliant de lui pardonner. Mais, malgré lui, sa respiration s'était accélérée. Il devait se calmer avant que quelqu'un n'entre.

En dépit de la fraîcheur qui régnait en permanence dans les parties ouvertes de la station, il sentit la sueur couler le long de son dos et retira machinalement sa veste avant de la suspendre à une patère.

La clinique était le dernier endroit où il aurait dû se trouver ! Cependant, en tournant le dos à Lia comme il venait de le faire, il reculait pour mieux sauter. Elle était sûrement venue lui parler. Mais il avait besoin d'un peu de temps pour réfléchir et se concentrer.

Il marcha jusqu'au comptoir où étaient sauvegardées les copies des dossiers des patients et s'agrippa au bord du meuble. Fermant les yeux, il prit une profonde inspiration.

Ressaisis-toi.

Dans l'état où il était, il ne serait pas d'une grande utilité si une urgence survenait. Jusque-là, peu de chose était parvenu à franchir le mur de briques qu'il avait érigé dans son cerveau. Il ne s'était jamais autorisé à imaginer ce qu'il ressentirait s'il revoyait Lia. Une fois l'ardoise effacée, un nouveau départ serait possible. D'ailleurs, après avoir donné ce grand coup de poing au passé, la douleur de l'absence s'atténuait. Certaines fois plus lentement que d'autres.

Son expression pleine de chagrin réussit pourtant à franchir le mur de briques dans sa tête. Lia avait l'air si triste. Elle avait sûrement le cœur brisé, mais n'était pas en colère. À l'évidence, elle était venue pour le voir, pas pour lui faire une scène.

Quelque chose ne collait pas.

— West…

Il se retourna et vit approcher le Dr Tony Bradshaw, le directeur médical, des dossiers à la main.

— Les nouveaux arrivés…

— Je sais, tu nous en avais déjà parlé, coupa-t-il.

Tony avait tendance à perdre la mémoire, ces derniers temps. Il le trouvait aussi amaigri, mais il ne fit pas de commentaire à ce sujet. Ils avaient déjà eu cette conversation deux fois auparavant, cependant il y avait une limite à ce que West pouvait faire pour l'aider à s'adapter à l'augmentation des besoins métaboliques que l'Antarctique provoquait.

De nouveau, il inspira lentement et profondément, luttant par la force de sa volonté contre les demandes croissantes de son propre corps en oxygène.

— Bien…, dit Tony, qui ne s'en souvenait visiblement pas. Jordan va venir t'aider, ajouta-t-il en lui tendant les dossiers. Elle est allée en accueillir quelques-uns.

Elle est allée accueillir son amie.

Lia s'était arrêtée tout près de sa porte et son regard avait pesé sur lui, réveillant un flot de souvenirs. Son parfum frais quand elle sortait de la douche… Ou mieux encore, tôt le matin, quand leurs odeurs se mêlaient… Ici, sa cabine ne sentait plus comme chez lui.

Une bouffée de chaleur le saisit, et il remarqua qu'elle était très localisée : il avait le devant du corps en feu et la colonne vertébrale semblable à de la glace – comme si on avait planté un poignard gelé à la base de son cerveau en le tournant pour qu'il ait les nerfs tout emmêlés.

— J'ai une réunion, alors toi et Jordan, chargez-vous-en, conclut Tony en faisant demi-tour.

— Entendu, répondit West.

Il se pencha pour ramasser un papier qu'il avait fait tomber et laissa échapper un grand soupir.

C'était l'affaire de deux heures, mais il ne pouvait pas y échapper.

Ensuite, Lia pourrait retourner chez elle et la direction aurait le temps de chercher un autre médecin, quelqu'un supportant bien l'hiver. Ainsi, il n'aurait pas à passer les huit prochains mois à penser à elle en se demandant comment la femme qui n'aimait que le soleil supportait l'interminable nuit de l'Antarctique.

Il avait besoin d'un nouveau départ. Ailleurs.

— Est-ce que ça va ?

La voix de Tony résonna derrière lui. Il n'était toujours pas parti.

Et West n'avait pas envie de lui répondre. Il était pourtant loin d'aller bien. Cela durait depuis des mois, alors pourquoi aurait-il été mieux aujourd'hui ?

— Pas bien dormi, marmonna-t-il.

Ce fut la seule chose à laquelle il put penser qui n'était pas un mensonge.

— Tu prends des cachets ?

— Hum…

West soupira. S'ils se mettaient à parler de sa santé, il allait évoquer aussi celle de Tony. Il devait rester tout l'hiver pour mener à bien un projet pour la NASA, et sa perte de poids n'allait pas tarder à devenir un problème.

— Et toi, tu essaies d'augmenter les calories ? Tu es trop maigre.

Cela, c'était plus sérieux que les troubles du sommeil de West.

Tony ignora sa question.

— Demande à Jordan d'effectuer un contrôle de la thyroïde une fois que tu auras vu les nouveaux.

— On l'a déjà fait la semaine dernière. Et toi ? Les pertes de mémoire sont un symptôme T3…

— Oui, oui…

Il entendit les voix de Jordan et Lia dans le couloir et Tony en profita pour s'éclipser. Mais West se força à ne pas la regarder jusqu'à ce que les battements de son cœur se soient calmés.

Le point positif, c'était que Lia parlait toujours doucement, quel que soit son degré d'énervement. Si elle insistait pour s'expliquer avec lui, il pourrait l'emmener dans une salle de traitement, fermer la porte derrière eux et ce qu'elle lui dirait ne passerait pas les murs. Car si ceux qui séparaient les cabines étaient épais comme du papier à cigarettes, ce n'était pas le cas de ceux du centre médical. De son côté, il ne devait pas non plus élever la voix.

Mais la perspective de faire passer une visite médicale à Lia n'aurait pas dû augmenter ainsi la chaleur de son corps. La dernière chose qu'il devait faire était de la toucher, car cela risquait de faire boule de neige. Comme toujours… Il ne savait pas lui résister. Même s'il voulait éviter la conversation qui s'annonçait, il avait toujours envie de la regarder. Et de poser les mains sur elle.

Saisissant la pile de dossiers, il se retourna pour se trouver face à Jordan et Lia qui le fixaient, attendant manifestement qu'il s'explique. Dommage pour elles.

Rapidement, il jeta un coup d'œil aux dossiers et en tendit trois à Jordan, s'assurant que celui de Lia était sur le dessus.

— Tony veut que ce soit fait tout de suite.

Jordan échangea un regard avec Lia, mais elle prit les dossiers.

— Si tu as l'intention de m'ignorer pendant tout le temps qu'il te reste à passer à la station, prépare-toi à être contrarié, dit alors Lia d'une voix douce tout en martelant ses mots.

Ils n'étaient que tous les trois, le reste de l'équipe ne les ayant pas encore rejoints.

Il laissa échapper quelques mots :

— Je suis déjà contrarié.

Il se risqua enfin à lui jeter un coup d'œil et soutint même son regard une seconde, jusqu'à ce qu'il remarque la curieuse présence d'une touche de rose sur sa tête. Il abaissa ensuite les yeux et nota les différences entre la Lia qui se tenait devant lui et celle qu'il avait connue à Londres.

Elle avait l'air fatigué. Son teint était hâlé et elle portait un bonnet rose. Elle détestait le rose… Des boucles brunes encadraient son visage aux traits réguliers qui restait toujours aussi attirant.

— Bienvenue dans ma vie, dit-elle avec ce mélange de douceur et de fermeté auquel il n'avait jamais su résister.

Il avait longtemps admiré cette force qu'elle avait et qu'il avait rêvé de trouver chez la mère de ses enfants – une mère comme il n'en avait jamais connu, et qui n'existait peut-être même pas. Une mère prête à se battre et à mourir pour protéger sa progéniture.

Une autre vie l'attendait quelque part. Un autre avenir.

— Tu tiens vraiment à faire ça ici ? lui demanda-t-il.

Lia ne répondit pas. Quelques secondes passèrent, et elle se tourna vers Jordan.

— Est-ce que tu peux me prendre en premier ? Je suis la première arrivée et le voyage m'a littéralement épuisée. C'est même étonnant que je sois encore debout.

Elle voulait l'ignorer ? Parfait.

La confrontation étant momentanément écartée, il se dirigea vers le comptoir et y déposa les dossiers pour y jeter un coup d'œil, histoire de se donner une contenance. Il aurait fait n'importe quoi pour alléger le poids qu'il sentait sur sa nuque et ignorer l'attrait que Lia exerçait encore sur lui. Mais il se sentait impuissant.

2.

Lorsque West avait pris une décision, il faisait tout pour s'y tenir. En réfléchissant durant les heures qui avaient suivi l'arrivée de Lia et en attendant la fin de son service qui s'éternisait, il avait conclu que la seule façon d'agir était d'affronter le problème de Lia bille en tête, aussi brutalement que sa conscience le lui permettait.

Durant son service, son irritation ne fit qu'augmenter. Si deux des trois personnes qui devaient passer la visite avec lui s'étaient bien présentées, la troisième – un astrophysicien récalcitrant – avait ignoré ses nombreux appels. Pour clore le tout, cinq minutes avant la fin de son service, il avait fallu remettre en place d'urgence une épaule déboîtée, ce qui l'avait fait travailler une heure de plus.

Quand il arriva devant la cabine de Lia, un vent de panique monta en lui, ce qui le contraria fortement. Après tout, c'était très bien ainsi. La contrariété l'aidait à tenir les souvenirs agréables à distance. Il ne devait surtout pas avoir envie d'aller vers elle, de lui parler, de la faire sourire. Et encore moins de l'embrasser.

Il devait tout faire pour que Lia ne veuille plus de lui, et s'assurer qu'elle n'avait pas fait tout ce voyage jusqu'en Antarctique pour tenter de se réconcilier avec lui. Il fallait qu'elle comprenne qu'entre eux tout était bien fini.

Et écarter la tentation.

Il allait réagir rapidement et fermement, à la manière d'un chirurgien de l'armée contraint de retirer le membre gangrené d'un soldat pour qu'il survive. L'ennui, c'était qu'il était lui-même le membre en question.

Il inspira profondément, puisant dans la partie de son être la plus volontaire et focalisée sur sa survie, et frappa à la porte.

Une fois que les choses seraient dites, ils pourraient reprendre leur chemin chacun de son côté. Si elle ne voulait pas de lui, il n'aurait pas besoin de lutter contre ses propres pulsions pendant les dix prochains jours.

Il tendit l'oreille, guettant un signe de vie. Si elle était là, il l'entendrait. Les secondes passèrent, mais aucun son ne parvenait de la petite pièce. Il frappa de nouveau, plus fort.

Cette fois, il entendit le froissement des draps sur le lit, et la porte s'ouvrit lentement sur un visage ensommeillé et confus. Les matinées passées ensemble lui revinrent aussitôt en mémoire. Sentant une vague d'émotion s'emparer de lui, il dut résister à l'envie de la prendre dans ses bras. Il suffisait qu'elle lui sourie doucement des yeux comme elle savait si bien le faire et il était perdu. Il se rappelait les regards complices qu'elle lui jetait de côté et qu'elle réservait uniquement pour lui.

Mais lorsque Lia eut recouvré un peu de lucidité, il ne trouva rien de doux dans ses yeux.

Tant mieux. Il s'efforça de ne pas voir l'épuisement qui avait envahi son regard et son corps tout entier.

— Je serai bref, dit-il en faisant un geste pour indiquer qu'il voulait entrer.

— Demain…

Il remarqua alors, dans la semi-obscurité, qu'elle était vêtue de rose de la tête aux pieds – une sorte de pyjama à capuche assez ridicule.

Déjà, il sentait la contrariété commencer à se dissiper.

Pourquoi portait-elle autant de rose ? Elle détestait cette couleur. Il brûlait de lui poser la question, mais il aurait l'air de s'intéresser à elle, ce qui était contraire à l'effet recherché. Il ne devait pas non plus la toucher, même si l'envie de sentir sa peau contre la sienne montait irrésistiblement en lui.

— C'est maintenant ou jamais, Lia.

Il dut enfoncer ses ongles dans ses paumes pour se retenir de pousser la porte et de l'attirer contre lui. Il ne pouvait que regarder sa peine.

— Qu'il parle maintenant ou se taise à jamais, c'est ça ?

Sa voix était douce et lasse, comme si l'effort qu'elle devait fournir pour articuler chaque mot était presque surhumain.

En l'entendant prononcer les paroles solennelles de la cérémonie de mariage, il eut l'impression de recevoir un coup dans la poitrine malgré sa résolution de rester inébranlable.

Serrant les dents, il se contenta de hocher la tête et fit un pas en avant. Lea recula et le laissa entrer.

C'était pour cette raison qu'il ne restait jamais lorsque les choses tournaient mal – pour ne pas assister aux effets dévastateurs que cela provoquait. Il pouvait presque voir la chape de douleur qui entourait Lea et ne pouvait le supporter. On aurait dit que cette cabine était un horrible endroit entre deux mondes – l'un où il avait obtenu tout ce qu'il avait toujours désiré, et le monde actuel, où le dernier cadeau qu'il pouvait lui faire était de la laisser partir.

Il referma la porte derrière lui et s'appuya contre elle, tandis que Lea continuait de reculer comme pour mettre autant de distance entre eux que le permettait le minuscule espace.

Tout l'après-midi, il avait imaginé les mensonges qu'il pourrait lui dire pour la mettre en colère et qu'elle le déteste. Mais maintenant qu'il se retrouvait avec elle, respirant le même air et ressentant toute la peine qui se lisait sur son visage tandis qu'elle enfouissait nerveusement les mains dans ses manches, il ne s'en sentait plus capable.

Raison de plus pour la maintenir à distance.

Il se força à la regarder droit dans les yeux et à parler d'un ton calme – plus empathique qu'il ne l'aurait voulu.

— Je ne sais pas ce que tu veux, mais tu as perdu ton temps en venant ici. C'est terminé entre nous, Lia. Pour de bon. Dis ce que tu as à dire, et qu'on en finisse.

— Je ne suis pas venue pour *dire* quelque chose, répondit Lia d'une voix tremblante. Je voulais constater de mes propres yeux que tu étais en vie et que tu allais bien.

Cela aurait été tellement plus facile si elle s'était mise à crier.

— Maintenant, tu vois.

— Tu es en vie. Et j'ai besoin de comprendre pourquoi l'homme qui disait qu'il m'aimait, le seul…

Elle s'interrompit, luttant visiblement contre les larmes.

— Pourquoi es-tu parti sans un mot, trois jours avant notre mariage ? reprit-elle. J'ai besoin de savoir ce que j'ai fait pour mériter ça.

Et voilà. Elle se tenait pour responsable de son départ, mais ce serait pire encore s'il lui racontait toute l'histoire. Elle dirait probablement que son frère s'était suicidé parce qu'elle l'avait trop accaparé, que c'était sa faute à elle s'il lui avait posé un ultimatum. Il ne pouvait pas amener un drogué dans sa nouvelle famille, et il avait préféré Lia à Charlie. Alors son frère avait choisi la drogue plutôt que sa famille et une cure de désintoxication. À l'évidence, il n'était pas prêt pour agir autrement et, cela, il aurait dû le voir. Si seulement il l'avait écouté…

Il passa la main sur son front, comme pour soulager la tension qu'il sentait monter en lui.

Ne pense pas à Charlie.

Il n'avait pas besoin de tout expliquer à Lia et il ne le ferait pas. Mais s'il voulait qu'elle le croie et cesse de se faire des reproches, il devait lui donner une bonne raison. La laisser se sentir responsable était encore pire que le mensonge qu'il allait lui raconter. C'était à lui d'endosser la responsabilité, il le méritait.

— Tu n'as rien fait de mal. Il s'est passé quelque chose, et il fallait que je parte. C'est ce que j'ai fait.

— Que s'est-il passé ?

— Je ne tiens pas à en parler. Je ne veux plus parler de tout ça, comme tu dois t'en douter.

Elle se raidit légèrement dans sa tenue rose extravagante dont le ridicule l'aurait beaucoup amusé dans d'autres circonstances. Mais cela faisait longtemps qu'il n'avait pas même souri.

— Je me moque que tu aies horreur de plonger dans le passé. Tout ça est encore récent, et j'ai besoin de comprendre.

— Je le vois bien, mais il n'est pas nécessaire de tout savoir. À présent, tu ne fais plus partie de ma vie, Lia. Nous ne sommes ni amis, ni amants, ni fiancés.

— Si tu avais dû partir, je serais partie avec toi.

— Non.

Il fallait qu'elle comprenne qu'elle ne devait plus insister.

— Lorsque je t'ai demandé de m'épouser, je croyais que je t'aimais. Mais je me suis trompé, dit-il lentement.

Il la vit pâlir.

— Pourtant…

Lia s'interrompit, et le silence s'installa.

Il l'avait quittée à la veille de leur mariage et il devrait s'en excuser, ce qu'il pourrait faire sans davantage d'explications. Mais, pour l'instant, il devait rester ferme sur ses positions. Or il se sentait déjà faiblir. Il s'excuserait un autre jour, quand elle aurait accepté la situation.

— Y a-t-il autre chose dont tu voulais discuter ? demanda-t-il, toujours aussi calme.

— Je suppose que non, répondit-elle sur le même ton. Juste une chose…

Elle abaissa les yeux sur sa main tremblante, et il vit briller la bague en diamant qu'il avait glissée à son doigt près d'un an auparavant.

Une sensation de froid glacial l'envahit. Pourquoi diable la portait-elle toujours ?

— Je suis venue aussi te rendre ceci, murmura-t-elle d'une voix sans timbre. Cette merveilleuse bague que nous avions dessinée tous les deux, et qui n'était que mensonge…

Il y avait d'autres choses que Lia aurait voulu avoir la force de dire, mais elle était déjà fière de pouvoir continuer à respirer après avoir entendu les paroles les plus dures que West lui ait jamais adressées. Profondément blessée, elle ne put penser qu'à lui rendre le gage de leur amour.

Les mâchoires serrées, il fixa la bague et ne dit rien.

Enlève-la.

Elle était censée la retirer maintenant.

Au prix d'un immense effort, elle réussit à ôter le précieux anneau de son doigt.

Les premiers temps qui avaient suivi la disparition de West, cette bague avait été un véritable réconfort pour elle. Quand elle avait découvert son appartement vide, elle s'était raccrochée à la promesse qu'elle représentait.

Ses mains glacées tremblaient toujours, ainsi que sa voix, quand elle réussit à prononcer quelques mots – les derniers, espérait-elle, qu'elle aurait à lui dire.

— Je ne peux plus la porter, ni supporter le poids des promesses que tu as rompues.

Ses dernières paroles furent à peine audibles tant la force lui manquait.

Oh ! non…

Elle ne parvenait plus à retenir ses larmes et elle aurait voulu s'épargner cette nouvelle humiliation. Mais la cascade des réactions physiques était déclenchée, il était trop tard pour l'arrêter.

Elle tendit la main vers lui, l'anneau brillant dans sa paume ouverte.

West ouvrit la bouche pour parler et la referma juste avant que ses larmes se mettent à couler.

Il fallait qu'elle trouve le moyen de calmer ses émotions en se concentrant sur quelque chose, n'importe quoi.

— Lia…

Quoi encore ?

La prolactine. C'était une hormone présente dans les larmes. On disait qu'elle provoquait le réflexe de succion chez les bébés qui tétaient leur mère.

— Lia ? répéta West d'une voix tendue.

Elle ne pleurait jamais. Ophelia, oui, mais seulement quand elle était seule. Maintenant c'était elle qui voulait rester seule.

Il l'appela encore, mais elle se contenta de secouer la tête en regardant par-dessus son épaule.

Pourquoi était-il encore là ? N'avait-il donc aucune décence ? Ne voyait-il pas qu'elle…

La bague. Il ne l'avait pas prise : elle la sentait toujours dans sa main. Une fois qu'il l'aurait reprise, il partirait.

En tendant de nouveau la main vers lui, elle croisa son regard horrifié. Au moment de parler, elle fut prise d'un bref hoquet et plaqua sa main sur sa bouche.

— Lia ?

Il fit un pas vers elle, l'air inquiet, et posa la main sur son bras.

S'il croyait qu'il pouvait être affreux et cruel avec elle et ensuite la réconforter…

Pas question.

D'un geste brusque, elle retira sa main. Dire qu'elle avait fait tout ce trajet pour le revoir, et maintenant, elle n'aspirait qu'à mettre le plus de distance possible entre eux. En une seconde, elle réussit à glisser le diamant dans une de ses poches avant de le repousser sans ménagement.

— Lia, il faut que tu respires. Calme-toi.

— Arrête de répéter mon prénom, dit-elle d'un ton haletant.

— D'accord, mais tu dois…

— Sors d'ici !

West leva les deux mains en un geste de défense avant de reculer et de franchir le seuil.

Aussitôt, elle referma la porte et actionna le verrou. Puis elle regagna son lit et enfouit le visage dans son oreiller pour étouffer les sanglots qu'elle ne pouvait réprimer.

Cette fois, c'était bien terminé. Elle avait voulu savoir si elle avait compté pour lui – elle savait. Mais tout au fond d'elle-même, elle l'avait toujours su. Seulement elle avait voulu se persuader du contraire.

3.

Tôt le lendemain matin, West arriva à la clinique avant tout le monde, alluma les lumières et alla directement dans la réserve.

Il avait connu de nombreuses nuits sans sommeil à son arrivée à la Fletcher Station, mais avec l'absence d'obscurité, il avait rejoint ainsi toute une population de gens insomniaques en bonne santé.

La nuit dernière, il n'avait pas réussi à effacer la vision de Lia, les joues baignées de larmes – à l'opposé de la femme forte aux nerfs d'acier qu'il avait connue. Il avait écouté ce qu'elle lui avait dit, mais chaque fois qu'il y repensait, tout ce qui lui revenait c'était une Lia tremblante et en pleurs. Il lui faudrait du temps pour s'en remettre.

Le pire, c'était qu'il ne pouvait s'empêcher de penser qu'il l'avait détruite tout autant qu'il avait détruit Charlie. Une preuve de plus qu'il ne fallait pas compter sur lui pour assurer le bien-être psychologique de quiconque.

En fait, le seul avantage après une nuit sans dormir, c'était de pouvoir prendre le petit déjeuner tôt et de s'enfermer ici avant que Lia arrive pour assurer son premier service. Il pourrait s'occuper à répertorier tout ce qu'il y avait – une tâche qui limiterait les contacts avec les autres puisqu'il ne serait pas visible. Surtout pour elle.

Son instinct lui disait de lui donner du temps. Il pouvait faire confiance à Jordan pour être là pour elle et lui offrir son soutien, comme il était sûr qu'elle le faisait depuis le début. Mais il devait aussi garder un œil sur elle, car il ignorait jusqu'où pourrait aller son chagrin. Sans doute pas aussi loin que pour son frère. Lia n'avait pas d'addiction et elle avait Jordan pour veiller sur elle. Il pourrait peut-être lui demander de faire un peu plus attention à elle…

Il chercha l'inventaire sur l'ordinateur et alluma l'imprimante pour le sortir sur papier. Pour son cerveau engourdi, c'était plus simple de travailler ainsi. En Antarctique, le matériel de stérilisation était réutilisé – ce qu'il n'avait jamais vu dans aucun autre hôpital. Tout ce qui arrivait sur ce continent devait être réexpédié, y compris toutes les ordures.

Il partait dans neuf jours.

— Alors, tu t'amuses bien ? demanda Jordan.

Lia venait de faire un pansement de suture à un cuistot maladroit qui s'était coupé le pouce – son second patient de la journée.

Comme c'était son premier jour, elle suivait pas à pas son amie pour apprendre comment fonctionnait la station, qui se situait à mi-chemin entre un petit hôpital et la médecine de terrain.

— Rien de tel que de mettre un pansement sur un pouce pour commencer à s'éclater…, répondit-elle avec un léger sourire.

— Ou de gérer une crise d'asthme.

— Ça, c'était la première partie de la matinée.

Elle s'était attendue à devoir lutter pour retrouver l'ancienne Lia – la version d'elle-même que connaissait Jordan —, mais il lui avait suffi de quelques minutes passées en compagnie de celle qui avait failli être sa demoiselle d'honneur pour endosser de nouveau le costume de la Lia de Londres. Elle n'avait même pas eu à faire d'efforts dans ce sens.

De toute façon, Jordan, qu'elle connaissait depuis

l'école de médecine, était certainement la personne la plus susceptible d'accepter les changements qui s'étaient produits en elle.

Elle se sentait encore vide et froide depuis la rupture officielle de la veille. Elle s'était retrouvée tout près de lui, tout en sachant qu'il n'avait pas envie de lui parler ni de l'écouter. Il ne lui sourirait plus jamais, ils ne se blottiraient plus sous la couette pour regarder un film nul à la télé et finir dans les bras l'un de l'autre.

Si redevenir la Lia de Londres lui rendait les choses un peu plus faciles, elle essaierait de s'y tenir quelque temps pour pouvoir rester forte extérieurement. Mais cela ne l'empêcherait pas de dire la vérité à Jordan sur sa situation, ni d'avoir le cœur brisé.

— Je suppose que ce sera ma vie, maintenant, ajouta-t-elle avec un haussement d'épaules.

— Tu veux dire, le temps que tu resteras ici ? Cela peut être plus excitant qu'il y paraît, dit Jordan. Les recherches sur le terrain peuvent même être dangereuses.

— J'ai décidé qu'il était temps de vivre de façon un peu plus aventureuse, même s'il fait glacial dans ma cabine comparé au reste de la station.

— Ah bon ? s'étonna Jordan. Normalement, à l'intérieur, on n'a pas beaucoup plus froid que si on était chez soi à Londres.

— C'est peut-être parce que j'étais très fatiguée, et mon séjour sous le soleil du Portugal a dû me ramollir un peu.

Les autorités ignoraient si son père reviendrait s'occuper du vignoble, mais peu lui importait. Elle savait qu'une fois qu'il se désintéressait de quelque chose, c'était pour de bon. Cela avait été le cas avec sa mère et ses seconde et troisième épouses.

Quant à elle, elle ne se rappelait pas qu'il lui ait jamais manifesté de l'intérêt – bien au contraire. Il avait été déçu qu'elle ne soit pas un garçon et elle avait toujours été certaine qu'elle n'hériterait jamais de rien. Aussi quelle n'avait pas été sa surprise lorsque le notaire l'avait informée après la disparition de son père que c'était elle qu'il avait désignée pour diriger le vignoble de Monterrosa.

Mais elle avait également appris que dès qu'elle se marierait son époux hériterait du vignoble. À l'époque, elle avait cru que ce serait West. À présent, elle n'était plus sûre de vouloir se marier un jour après s'être trompée à ce point à son sujet.

— Étant donné que le village s'appelle Monterrosa, je me sens responsable envers tous ces gens qui ont été fidèles au vin des Monterrosa depuis le début.

— Qui était en charge de la visite médicale de Nigel Gates, hier ?

C'était la voix de Tony qui leur parvenait depuis son bureau.

Toutes deux quittèrent le comptoir et se retrouvèrent devant sa porte au moment où West sortait de la réserve.

— Je devais l'avoir en consultation, mais il ne s'est jamais montré, dit-il en s'adressant au directeur. J'étais occupé avec une épaule démise et je suis resté une heure après mon service. J'ai appelé deux fois, mais je n'ai pas eu de réponse.

Lia fit un effort pour se joindre à la conversation. Elle était une adulte et devait apprendre à coexister avec West dans la station pendant encore quelques jours. Elle n'allait pas passer son temps à chercher à l'éviter.

— Nigel était pressé de régler le télescope avant l'apparition du ciel nocturne, dit-elle. J'imagine que cela nécessite beaucoup de temps et d'efforts, et il ne décollera pas de cet appareil à moins d'y être obligé.

— Qu'est-ce qui te fait dire ça ? demanda West d'un ton inquiet.

— On a voyagé ensemble pendant deux jours et on a appris à se connaître. Il a le feu en lui, c'est quelqu'un de passionné.

— Est-ce qu'il a une étude à faire ? demanda Tony.

— Je l’ignore, mais il a dit qu’il n’aurait jamais plus l’occasion d’avoir accès à un grand télescope. À mon avis, il n’est pas près de ressortir et ce sera encore pire quand le ciel nocturne sera là.

— Je vais encore l’appeler, dit West d’un ton ferme. S’il ne répond pas, je mettrai mon équipement et j’irai le rejoindre.

Lia se tourna vers Jordan et lut également l’inquiétude dans ses yeux.

West se dirigea vers la radio. Il appela Nigel au micro, mais seul le silence lui répondit.

— Est-ce qu’on est sûr qu’il peut entendre ? demanda Lia.

— C’est un grand dôme. S’il se trouve avec le télescope, il peut entendre la radio.

Malgré sa réticence à s’approcher de West, elle le rejoignit près de la radio.

— Laisse-moi essayer, peut-être qu’il me répondra.

Quelques secondes après avoir annoncé qui elle était, elle entendit la voix de Nigel.

— Lia, je suis très occupé.

C’était déjà une ouverture.

— C’est vraiment important que l’on ait des informations basiques sur ta santé et qu’on effectue des tests sanguins, au cas où il y aurait une urgence cet hiver et qu’on ne puisse pas procéder à une évacuation. Si je te rejoins et que je t’apporte ton dîner, tu n’auras pas besoin de redescendre à la cantine et tu pourras continuer à travailler.

Nigel resta silencieux quelques secondes avant d’accepter.

— Entendu. Mais fais vite.

Parfait. Elle se tourna vers Jordan après avoir mis fin à la communication.

— Tu veux venir avec moi ?

West intervint en lui prenant le micro des mains pour le reposer avant même que Jordan ait pu répondre.

— Nigel est mon patient, c’est moi qui pars. Tu n’as

pas besoin de venir, et il n'y aura qu'à lui apporter son dîner plus tard.

— Apparemment, Nigel risque d'être une personne à problèmes pendant tout l'hiver, intervint Tony. Lia doit renforcer ses liens avec lui et savoir où aller le chercher s'il refuse de redescendre.

West resta les yeux fixés sur elle pendant de longues secondes avant de hocher la tête.

— Lia peut venir avec moi si elle veut.

Elle n'en avait aucune envie, mais ne voulait pas non plus le laisser continuer à affecter ses décisions comme cela s'était déjà produit depuis qu'elle avait découvert qu'il avait disparu.

À en juger par son air intrigué, il était clair que Tony Bradshaw ne comprenait pas ce qu'il se passait entre eux. Cependant, il ne posa pas de questions et regagna son bureau.

— Mets tes bottes et ta tenue d'extérieur, dit West. On se retrouve ici dans quinze minutes.

Puis il pivota sur ses talons et regagna la réserve.

OK. Super…

— Tu es sûre que ça va aller ? s'inquiéta Jordan. Si tu ne veux pas y aller seule avec lui, tu n'as qu'à renoncer et je t'emmènerai là-bas demain pour que tu saches où le dôme se trouve.

— Ne t'inquiète pas. J'ai dit que je recherchais l'aventure, non ?

— Oui, mais je ne suis pas sûre que ce soit une aventure de te retrouver seule avec lui. Juste… de la souffrance.

Lia secoua la tête et se dirigea vers la porte. Elle devait sortir d'ici rapidement si elle ne voulait pas se remettre à pleurer.

— Il faut que j'aille chercher ma tenue. Tout va bien se passer, ajouta-t-elle crânement. Je ne laisserai pas West gâcher mon plaisir et j'ai décidé que j'étais ici pour m'amuser. Grimper sur une colline gelée est le genre d'aventure que je ne peux pas vivre au Portugal. Ne t'inquiète pas…

Elle répéta silencieusement ces derniers mots dans sa tête.

Ne t'inquiète pas. Il ne pourrait rien dire de pire que ce qu'il avait déjà dit. D'ailleurs, d'après le dernier regard qu'il lui avait lancé, il ne tenait pas à lui parler de quoi que ce soit. Le fait de rester terré dans la réserve toute la journée indiquait clairement qu'il ne voulait pas plus être en sa présence qu'elle ne voulait être en la sienne.

— Je vais quand même me faire du souci, marmonna Jordan. Appelle-moi pour dîner quand tu seras de retour. Je te retrouverai avec Zeke dans la cantine.

— D'accord. Rassure-toi, on va juste travailler. On s'est déjà parlé hier soir.

— Vraiment ? s'étonna Jordan, l'air encore plus inquiet.

Soudain, à cet instant, Lia n'eut plus envie de faire semblant avec son amie. D'autant plus qu'elle avait toujours les yeux un peu rouges, ce qui risquait de devenir un état chronique.

— Je ne suis pas encore en état d'en parler, dit-elle après un long silence.

Jordan lui serra brièvement le bras et hocha la tête d'un air compréhensif.

— Quand tu seras prête, murmura-t-elle.

De nouveau, Lia réprima l'envie de fondre en larmes.

— Il faut que j'y aille, dit-elle à la hâte. Si je suis en retard, il ne m'attendra pas.

Elle ne savait que trop bien à quel point il était facile pour West de la laisser derrière lui.

4.

West sortit de sa cabine, portant un petit appareil de chauffage en grès, et il alla frapper à la porte de sa voisine.

Nul doute que Lia n'avait aucune envie de le retrouver sur son seuil le deuxième soir, mais il devait faire quelque chose.

Quelles que soient les raisons qu'il pourrait se trouver, il savait qu'il l'avait abandonnée, et à quel point cela faisait mal. L'absence s'insinuait en vous sans que vous vous en rendiez compte et resurgissait au moment où vous le souhaitiez le moins. Il en avait peu à peu pris conscience au fil des années – depuis l'abandon de sa mère jusqu'à l'enfermement de son frère dans l'addiction aux drogues. Sans parler des amitiés et des relations amoureuses qu'il avait laissées en chemin avant même qu'elles aient le temps de s'épanouir.

Jusqu'à l'arrivée de Lia dans sa vie.

À partir de cet instant, il n'avait plus voulu faire quoi que ce soit sans elle. Il avait tellement craint de la perdre qu'il lui avait caché sa grande faiblesse : son frère drogué. Elle savait qu'il avait un petit frère, mais il s'était arrangé pour qu'elle ne fasse pas sa connaissance en inventant un Charlie aventurier qui parcourait la planète à la manière d'un vagabond romantique.

Cela avait été le premier des mensonges impardonnables qui l'avaient mené ici.

S'il avait dit la vérité à Lia, il n'aurait peut-être pas

eu besoin de demander à Charlie de faire un choix. Ou peut-être aurait-il mieux écouté son frère quand il lui avait dit « Je te souhaite d'avoir une belle vie », ce qui avait été sa manière de lui dire adieu.

Maintenant, il devait porter son attention sur Lia et s'assurer qu'elle n'avait pas la même réaction que Charlie. Il se sentait toujours responsable d'elle, et si quelque chose lui arrivait…

Il ne pensait pas qu'elle irait jusqu'au suicide, mais il s'était trompé en croyant qu'elle était la personne la plus forte qu'il ait jamais rencontrée. La nuit dernière, il avait entendu le moindre de ses sanglots et de ses reniflements à travers la cloison épaisse comme du papier. Toute la journée ensuite, il avait pu en constater les effets sur ses yeux encore rouges et gonflés. Et cela le minait.

Il frappa quelques coups légers à la porte de Lia et, contrairement à la veille, elle ne tarda pas à répondre.

Toujours dans son pyjama rose, elle garda la porte entrebâillée comme pour se protéger et soutint son regard, mais ses yeux étaient encore rouges. Au moins, cette fois, il ne l'avait pas réveillée.

— Tu apportes des pots de fleurs ?

— Un chauffage d'appoint, dit-il doucement.

Si cette promesse de chaleur ne suffisait pas à le faire rentrer, il serait à bout d'arguments. Il fut un temps où ils avaient toujours quelque chose à échanger. Dans la journée, il pensait aux anecdotes qu'il lui raconterait le soir en la retrouvant. Il sortait des blagues stupides pour la faire rire, adorait la taquiner, lui lancer des défis, jouer avec elle…

À présent, il devait faire attention à tout ce qu'il disait et éviter de trop se dévoiler.

— Comment ça marche ?

— Je vais te montrer… La température de la cabine va se réchauffer. Celles qui sont à l'extrémité du bâtiment ont plus de murs extérieurs que celles qui sont les unes à côté des autres, et elles ne retiennent pas aussi bien la chaleur.

Lia regarda les pots pendant quelques secondes, puis s'écarta et ouvrit la porte.

Il la referma derrière lui et fit de la place sur la table de chevet pour y déposer son fardeau tandis qu'elle retournait sur le lit pour s'enfouir sous une montagne de couvertures.

— Je suppose que je n'ai pas besoin de te mettre en garde contre les dangers du feu, dit-il en allumant quatre bougies chauffe-plats.

— Pas vraiment…, marmonna-t-elle. Les choses contre lesquelles je devrais être mise en garde arrivent toujours sans prévenir. Ou alors je ne suis pas douée pour décrypter les signes d'avertissement.

Lui non plus. Charlie en était la preuve.

— Les signes ? répéta-t-il.

— Tu veux vraiment savoir ?

— Raconte-moi, s'entendit-il répondre.

— Quand as-tu su que tu ne m'aimais pas ? Parce que durant des mois je me suis demandé ce qu'il avait pu se passer pendant que j'étais partie. La dernière chose que tu m'as dite en m'accompagnant à l'aéroport, c'était : « Je t'aime. » Est-ce que j'ai raté quelque chose ? Tu le savais déjà à ce moment-là ?

Bon sang.

Voilà qui ressemblait davantage à la Lia qu'il connaissait que la femme aux yeux tristes qu'il avait vue depuis qu'elle était arrivée.

Il n'avait pas de réponse.

— Je m'en suis rendu compte après, dit-il avec une légère hésitation. C'est sans doute mieux que tu n'aies pas voulu que j'aille au Portugal avec toi.

— Comment ça ?

— Je sais que tu ne voulais pas que je t'accompagne.

Lia plissa les yeux.

— Pourquoi t'aurais-je invité au Portugal ? Il ne se passe rien d'intéressant là-bas. C'est un beau bazar.

— C'est-à-dire ? Que se passe-t-il à Monterrosa, maintenant ? Est-ce que tu évites d'y aller ?

— Ça, c'est plutôt ta façon d'agir, pas la mienne. Moi, je ne cherche pas à fuir la souffrance… J'ai même plutôt tendance à aller au-devant.

Lia hocha la tête pensivement puis se redressa.

— Je crois qu'on a fait le tour. Tu ne m'aimais pas, et tu t'en es aperçu dès que je me suis absentée parce qu'il s'est passé quelque chose de mystérieux. Je parie qu'elle a les cheveux roux.

— Lia…

— Je n'ai pas besoin de plus de détails, ajouta-t-elle en lui montrant la porte.

Il ne bougea pas.

— Alors, tu te mets enfin en colère ?

— Et c'est bien ?

— Oui.

Il commençait à croire qu'elle arriverait à se remettre de cette histoire, à espérer qu'il ne l'avait pas détruite, elle aussi.

— Pourquoi ?

— Parce que je déteste te voir avec les yeux rouges, murmura-t-il.

— Désolée de te décevoir, mais je suis un être humain.

— La Lia Monterrosa que je connaissais n'aurait pas…

— C'est bien le problème, coupa-t-elle. Tu ne me connais pas. Et je suis fatiguée des erreurs des hommes qui auraient dû m'aimer. Tu m'as laissée toute seule pour annuler le mariage, une fois que j'ai eu compris que tu ne reviendrais pas après t'avoir attendu jusqu'à la dernière minute. Cela, neuf jours après que mon père a brûlé la moitié de son domaine et disparu de la surface de la terre. J'ai dû tout nettoyer pour le bien des centaines de gens qui dépendaient du vignoble pour vivre, et en rentrant, j'ai dû annuler mon mariage parce que mon fiancé avait disparu, lui aussi. J'ai vécu une semaine géniale.

Il n'avait pas pensé à tout cela.

— Et tu as pu réparer le vignoble ?

— Quelle importance ?

Elle tourna la tête contre le mur.

— Merci pour le chauffage. Tu es toujours un *babaca*.

Même s'il ne connaissait pas le dernier mot, il en devinait le sens. *Salaud*, ou quelque chose du même ordre.

Quelque part, c'était plutôt bon signe. La colère c'était le feu, et le feu indiquait une volonté de se battre. C'était mieux que de se morfondre en subissant les épreuves de la vie.

Ce qu'il devait faire, c'était se tenir à distance de Lia le plus possible jusqu'à ce qu'il soit temps pour lui de partir. Demain, il devrait absolument participer à cette journée sur le terrain. Même un seul jour loin d'elle était bon à prendre.

— Qu'est-ce que tu fais ?

À la recherche d'une veine, Lia se figea au moment où elle allait planter l'aiguille dans le creux de son coude.

Tout juste de retour de sa mission qui avait finalement duré trois jours, West était debout à la porte, encore vêtu de sa tenue rouge d'extérieur, un grand sac marin accroché à son épaule.

Cela faisait trois jours qu'elle ne l'avait pas vu – trois jours depuis leur dernière discussion.

— Je n'arrive pas à me prendre mon sang.

West laissa tomber son sac dans le couloir et entra dans la petite salle d'examen.

— Peut-être parce que tu es droitière et que tu te sers de ta main gauche.

— J'ai des petites veines difficiles à piquer, et la

meilleure se trouve au creux de mon coude droit. Mais elle n'arrête pas de rouler.

West alla se laver les mains à l'évier et la rejoignit. Après avoir nettoyé la zone, il tapota la veine du bout du doigt tout en lui maintenant le coude de l'autre main. C'était la première fois qu'il la touchait ainsi, sans le moindre vêtement. Il lui sembla que son doigt effectuait un mini-massage sur sa peau et, malgré tout le contentieux qui existait entre eux, son cœur se mit à battre la chamade – même en sachant qu'il n'y avait eu de l'amour que de son côté.

Ce que Lia n'arrivait toujours pas à comprendre, c'était pourquoi, quand il avait compris qu'il ne l'aimait pas, il n'avait même pas voulu essayer de continuer pour voir si ses sentiments n'allaient pas se développer.

— Je n'ai pas besoin d'un massage, marmonna-t-elle en retirant son bras.

Il fronça les sourcils et recula d'un pas.

— Pourquoi n'as-tu pas demandé l'aide de Tony ? demanda-t-il.

Durant les trois jours où il avait été sur le terrain – de même que Jordan et Zeke —, elle s'était efforcée de retrouver son calme et de mieux gérer ses émotions. Mais maintenant qu'elle le revoyait, il était clair qu'elle n'avait qu'une envie : lui crier dessus. Mais elle ne voulait pas lui donner la satisfaction de craquer.

— Parce que je ne voulais pas être aidée, répondit-elle. En fait, je n'ai décidé qu'après mon dernier patient que je devais aussi faire le test.

West hocha la tête.

— Est-ce que tu veux que je le fasse pour toi ?

— Si tu peux supporter de me toucher…

Il réprima un soupir et, se penchant en avant, déposa un léger baiser sur sa tempe.

— Ce n'était pas ça du tout, murmura-t-il à son oreille avant de reculer d'un pas.

Elle sentit son cœur se serrer et, de nouveau, les larmes menacèrent de couler. Ce simple contact avait suffi à lui rappeler ce qu'elle avait perdu.

— D'accord. J'avais un patient qui présentait un syndrome Polar T3, et j'ai eu envie de tester de nouveau ma thyroïde, dit-elle pour changer de sujet.

Une minute plus tard, c'était fait, et elle maintint un petit coton sur son coude pour arrêter le saignement. Quand West se rendit à la salle de labo pour lancer le test, elle le suivit.

— Je peux prendre le relais, à présent, dit-elle. Tu reviens d'une longue mission et tu as besoin de te reposer.

— Et si tes niveaux ont déjà baissé ?

— Je verrai bien si cela arrive. De toute façon, quand tout le monde sera parti, il faudra bien que je me débrouille seule.

— Et si tu m'expliquais pourquoi tu as éprouvé le besoin d'effectuer un autre bilan thyroïdien six jours après le précédent ?

— Je connais les raisons. C'est suffisant.

West rangea les échantillons dans la machine et la mit en route avant de se tourner vers elle.

— Est-ce que tu as du mal à dormir ?

— Non, enfin… Un peu.

— Des changements d'humeur ?

C'était ce qui l'avait le plus perturbée : son incapacité totale à contrôler ses émotions tous ces derniers temps. Un jour elle était contente que West soit parti, et un peu plus tard, elle s'inquiétait de le savoir sur le terrain. Mais elle ne s'en faisait pas pour Jordan qui ne reviendrait pas avant la veille de son départ. C'était pour West qu'elle se faisait du souci, et elle lui en voulait pour ça.

— Je prends ton silence pour un *oui*, dit-il.

— Oui.

Elle ne supportait pas qu'il la regarde comme si elle était incapable de prendre seule soin d'elle, alors qu'elle n'avait fait que cela depuis son retour du Portugal. Sans parler de ses années à l'école de médecine – où elle avait connu Jordan – et ensuite quand elles étaient allées travailler à Londres dans le même hôpital, où elle avait rencontré West.

— Des changements d'humeur n'ont rien de surprenant après tout ce qui s'est passé, tu ne crois pas ? demanda-t-elle.

— Hum…

— En tout cas, je voudrais savoir dès que possible s'il y a un problème physique ou émotionnel. Je n'ai pas souhaité en parler à Tony avant d'être sûre du résultat. Il est le seul médecin qui restera avec moi tout l'hiver, et je ne veux pas qu'il pense que je suis instable ou hypocondriaque, ni qu'il doute de mes capacités.

— Pourquoi douterait-il de tes capacités ?

— Pourquoi pas ? Actuellement, tout m'arrive de tous les côtés en même temps, que ce soit sur le plan personnel ou professionnel. Au Portugal, les contremaîtres ne trouvent pas normal qu'une femme gère Monterrosa Wine. Et pendant toute ma vie, mon père m'a répété que je n'hériterais pas. Mais, apparemment, il a changé d'avis avant de disparaître.

— Tu veux dire qu'il est toujours absent ?

Elle hocha la tête avant de retirer le coton de la piqûre et de rabattre sa manche.

De nouveau, changer de sujet.

— Est-ce que tu as pu dormir quand tu étais dehors ?

West hocha la tête tout en restant près de la machine.

— Et le froid ?

— Il y avait un bâtiment de deux pièces sur le site, avec un poêle et des provisions d'urgence, mais pas de lit. Ce n'est pas prévu pour y faire de longs séjours. On devait rentrer le jour même mais il y a eu une tempête. On dormait sur les comptoirs ou par terre, dans nos sacs de couchage.

Et il avait réussi à dormir dans ces conditions, alors

qu'elle savait qu'il n'avait pas fermé l'œil la nuit précédant son départ. Elle l'avait entendu faire les cent pas dans sa chambre et, de ce fait, avait très peu dormi elle aussi. Cela signifiait-il qu'il avait été aussi troublé de la revoir ?

Le lendemain matin, elle avait trouvé un sac rempli de bougies chauffe-plats accroché à la poignée de sa porte avec un petit mot : *Pour le chauffage, pendant mon absence.*

À présent, il n'allait pas tarder à partir pour de bon.

Même si elle se sentait encore irritée, elle ne voulait pas passer les prochains jours à se chamailler avec lui, ni lui dire toute la peine qu'il lui avait faite en disparaissant ainsi. Il avait choisi la manière la plus cruelle de la quitter, mais rien de ce qu'elle dirait ne pourrait lui faire ressentir sa souffrance. Elle aurait dû cesser d'être amoureuse de lui, pourtant elle avait toujours du mal à tourner la page.

— Merci pour la prise de sang, dit-elle en esquissant un sourire. Si les niveaux sont bas, pourrais-tu me glisser les résultats sous ma porte ?

— Je viendrai te les donner. Et, personnellement, je ne doute pas de tes capacités ni de ta valeur…, ajouta-t-il alors qu'elle se détournait pour repartir. Je suis désolé pour ton papa.

— Merci, marmonna-t-elle en hâtant le pas.

Il ne lui restait plus qu'à manger et se coucher. Ce soir était l'occasion d'ouvrir une des deux meilleures bouteilles du vignoble qu'elle avait emportées dans ses bagages.

Cela l'aiderait peut-être à dormir.

5.

Hier soir, Lia lui avait souri, et chaque fois qu'il l'avait vue aujourd'hui, il n'avait pu penser qu'à cela. Pendant quelques brèves secondes, son regard noisette s'était rempli de douceur et West avait eu l'impression que quelque chose fondait dans sa poitrine. Même pendant les trois jours de sa mission, alors que des centaines de kilomètres les séparaient, elle avait été dans ses pensées. Apparemment, son instinct de conservation était de moins en moins fort chaque jour…

Son plateau-repas dans les mains, il chercha une place à l'une des tables. Les deux seules disponibles étaient soit à côté de Lia – penchée sur son téléphone portable – soit à côté de Nigel Gates qui avait le charisme d'un poisson rouge.

— Je peux ? demanda-t-il en posant son plateau en face d'elle.

Levant les yeux, elle hocha la tête d'un air renfrogné – une expression qu'il reconnaissait.

— Il paraît que le satellite passe au-dessus de nous toutes les douze heures, mais cela fait dix minutes que j'attends et il n'y a aucun signal.

C'était une des difficultés que l'on rencontrait dans l'Antarctique quand on débarquait en tant qu'humain moderne habitué à avoir facilement accès à Internet, à la wifi et aux services mobiles. Il fallait un peu de temps pour s'adapter. Ils ne recevaient des e-mails que deux fois par jour, à moins que l'expéditeur et le receveur ne soient tous les deux assez rapides pour envoyer et recevoir plusieurs e-mails pendant les quarante-cinq minutes que durait le passage du satellite.

— Tu attends un e-mail ? demanda-t-il.

— Plusieurs. Du directeur, des consultants, des enquêteurs… et de mon père, ajouta-t-elle avec une légère grimace.

— Il répond aux e-mails ?

— Non, mais je continue à lui en envoyer.

Elle posa son téléphone et porta sa fourchette à sa bouche.

— J'ai engagé des enquêteurs privés pour qu'ils essaient de le retrouver.

— Et ils ont des nouvelles ?

Elle arrêta de manger et le fixa de ses grands yeux sans répondre.

— Excuse-moi, je n'ai pas à te poser ces questions…

— C'est surtout que tu n'as jamais voulu discuter de ce genre de choses, dit-elle en avalant une bouchée.

C'était vrai. Parce qu'il ne tenait pas à ce que, de son côté, elle s'intéresse de trop près à sa famille.

— Est-ce que tu as mieux dormi en sachant que ton niveau de T3 était bon ? demanda-t-il.

Elle le fixa de nouveau et il ne put s'empêcher d'abaisser le regard sur ses lèvres.

— J'aurais mieux dormi s'il n'y avait pas eu quelqu'un dans la chambre voisine qui faisait les cent pas comme un lion en cage.

Ils se regardèrent un instant sans rien dire puis il ne put réprimer un léger sourire. L'ancienne alchimie existait toujours entre eux.

— Et tu es juste restée là à écouter ?

— Je m'inquiétais et je me posais des questions. Peut-être que *tu* devrais faire contrôler tes T3.

— Je l'ai fait récemment. Cet hiver, il faudrait demander à Tony de contrôler de nouveau les tiens.

— C'est noté. Je crois qu'un de mes grands-parents avait des problèmes de thyroïde. Mais tu sais que ni mon père ni ma mère ne m'ont beaucoup parlé.

Il n'avait que des bribes d'informations parce qu'il n'avait jamais cherché à l'interroger sur eux, l'incitant toujours à regarder vers l'avant. De même qu'il ne voulait pas avoir à lui parler de sa mère, avec ses cheveux blond décoloré et ses lèvres trop rouges, ou de la dernière fois que lui et Charlie l'avaient vue. En fait, tous deux avaient souffert d'une forme d'abandon de la part de leurs parents.

À cet instant, le téléphone de Lia sonna et les e-mails commencèrent à arriver. Elle se concentra sur eux, oubliant pratiquement son repas.

— Il faut que tu manges davantage, dit-il. Les gens qui passent l'hiver ici ont tendance à se charger en calories au début pour prendre un peu de poids parce que les deux derniers mois sont difficiles.

— Je mangerai quand j'aurai fini, dit-elle.

Mais, à l'évidence, elle s'était déjà retirée de la conversation.

— Votre attention, vous tous ! dit un homme depuis la porte de la cantine.

Lia leva la tête et tout le monde arrêta de parler et de manger.

— La première aurore australe vient d'apparaître à l'horizon. Alors remuez-vous si vous voulez en voir avant de retourner chez vous.

Une aurore australe ! Ce serait une expérience que Lia aimerait se rappeler une fois de retour au Portugal. Quand il serait définitivement établi que les choses ne seraient plus jamais comme avant – ou plutôt comme elle avait cru qu'elles étaient avec West.

Encore maintenant, elle était en danger de céder à ses anciens désirs et à l'espoir que tout pourrait s'arranger.

Chaque fois qu'ils échangeaient un sourire, elle sentait ses défenses et sa colère pourtant légitime s'affaiblir. Elle *se* sentait faiblir.

West mangea rapidement et se leva avant même d'avoir avalé la dernière bouchée.

— Tu devrais y aller, mais reviens ensuite finir ton dîner, dit-il avant d'aller reporter son plateau.

Lia hésita en jetant un coup d'œil à son écran. Mais elle avait vraiment envie de voir le ciel. Elle pouvait juste y faire un saut après avoir envoyé cet e-mail, puis rentrer répondre aux plus urgents avant que le satellite ne s'éloigne, et aux autres dans douze heures, à son prochain passage.

Elle avait vérifié qu'aucun des e-mails n'était de son père. Espérer qu'il lui réponde après tout ce temps était probablement stupide. Elle l'avait contacté toutes les semaines pour lui assurer que tout allait bien à présent, sans lui mettre de pression, mais en lui demandant de s'expliquer. Aucune réaction.

Pendant qu'elle terminait son e-mail, il y eut un mouvement de masse vers la sortie. Les gens qui avaient passé tout l'été à la lumière du jour n'auraient sans doute pas d'autre chance de voir un tel spectacle avant leur départ.

Dès qu'elle eut envoyé son texte, elle remonta la fermeture Éclair de la veste d'intérieur qu'elle portait en permanence, rapporta son plateau puis se hâta de sortir à son tour. Pas le temps de repasser par sa cabine pour s'habiller plus chaudement. Elle ne devait pas rester longtemps dehors, et si elle avait trop froid, elle irait ensuite faire un tour au sauna qu'elle avait découvert seulement la veille.

Une fois dehors, elle se trouva devant une barrière humaine, toutes les têtes étant tournées vers l'horizon. Elle essaya de se glisser sur le côté pour pouvoir voir quelque chose.

— Ce n'est pas fini, dit West qui se retrouva à côté d'elle.

— Tu as vu quelque chose ?

— Je n'étais pas penché sur mon portable, répondit-il avec un petit sourire.

Cela voulait dire oui, et il pensait qu'il y aurait d'autres manifestations.

Elle enfonça son bonnet sur ses oreilles et glissa les mains dans ses poches.

— Comment sais-tu qu'il y en aura encore ?

— Habituellement, lorsque les aurores se produisent, cela dure un moment. Elles arrivent par vagues.

— Tu en avais déjà vu auparavant ?

— Pas ici, mais en Écosse. Il y a longtemps.

Encore quelque chose de lui qu'elle ne savait pas. Son léger accent et son nom trahissaient ses origines, mais elle ignorait qu'il était allé si loin dans le Nord pour voir des aurores boréales. De son côté, à part quand elle était partie skier dans les Alpes, elle avait toujours fréquenté des endroits plus chauds.

— Tu y étais allé en vacances ?

— C'était là que je vivais à l'époque.

— Où ça ? demanda-t-elle en le regardant.

Il lui jeta un rapide coup d'œil.

— Hum ? À Inverness, surtout. Et quelque temps à Kinlochleven.

— Où est-ce que ça se trouve ?

— Tout au nord. Tu veux continuer à bavarder de choses sans importance ou regarder l'aurore ?

Un murmure s'éleva de la foule et elle fixa l'horizon, où l'on apercevait maintenant une étrange lueur verte, assez diffuse et… plutôt décevante.

Rien à voir avec le spectacle de lumières qu'elle avait espéré.

— C'est tout ? demanda-t-elle.

Elle commençait réellement à sentir le froid et se mit à frotter ses mains l'une contre l'autre. Mieux valait éviter de contracter le redouté syndrome des doigts gelés de l'Antarctique.

— Il se peut que cela reste comme ça pour cette fois, je ne sais pas, répondit West, fronçant les sourcils devant son geste. Mais tu auras de nombreuses occasions d'en voir encore pendant l'hiver. Si tu restes.

— Je reste.

Elle avait des choses plus importantes à faire que d'attendre dehors dans l'incertitude.

— Il vaut mieux que je rentre.

— Encore une minute, dit West d'une voix douce.

Plus que deux jours et le bus commencerait à transporter des gens jusqu'à la côte, où des bateaux les attendraient pour les ramener dans le monde. Deux jours, et elle ne le verrait plus. Sans doute plus jamais.

La foule lui masquait toujours la vue et elle se pencha du côté de West pour mieux voir l'horizon.

La lueur était toujours là, et au moment où elle allait renoncer, le vert devint plus intense et se mit à onduler, diffusant comme d'immenses doigts de lumière qui envahirent le ciel. Ce fut lent au début puis plus rapide, formant des vagues ondulatoires qui paraissaient animées de leur propre vie.

Soudain, elle n'eut plus conscience que du ciel dansant au-dessus d'eux, du froid qui les entourait et de la chaleur de la main de West, qu'elle avait saisie sans même s'en rendre compte.

Le murmure qui avait parcouru la foule des spectateurs s'était transformé en un silence plein de révérence. Tout autour d'eux, le vent omniprésent murmurait et sifflait, accompagnant de sa musique un paysage à la fois désolé et majestueux.

Et il y avait la grande main de West. Mais c'était elle qui ressentait sa force et sa chaleur. Pas lui.

Elle ne tarda pas à revenir à la réalité de sa situation et trouva le courage, par respect pour elle-même, de détacher ses doigts des siens et resta les bras ballants et les poings serrés.

Sous les lumières vertes et jaunes de l'aurore australe, elle sentit le regard de West sur elle et préféra fermer les yeux plutôt que d'être tentée de faire quelque chose de stupide.

Retourne à l'intérieur.

Elle allait faire ce qu'on attendait d'elle. Travailler. Répondre aux e-mails. Dormir. Et recommencer.

Soudain, elle sentit que West la saisissait doucement par les deux bras et elle se retrouva face à lui.

— Tu es glacée, murmura-t-il en enveloppant ses poings toujours serrés dans ses mains chaudes.

Elle avait très froid. Son cœur aussi était froid et devait le rester, afin qu'elle soit moins portée par ses émotions et écoute davantage sa raison. Ainsi, elle se rendrait compte qu'il était stupide de le laisser lui réchauffer les mains car ce geste réchauffait aussi son cœur resté vide depuis des mois.

Même si le spectacle promettait d'être de plus en plus beau, elle devait retourner à l'intérieur. Elle était trop perturbée par West, et alors qu'elle avait voulu croire qu'elle n'était plus en colère contre lui depuis qu'elle l'avait revu, elle sentait que la blessure n'était pas refermée, ne l'avait jamais été et ne le serait jamais.

Marmonnant quelques mots, elle retira ses mains des siennes et se précipita à l'intérieur, vers ses e-mails et ses responsabilités.

Ces deux jours ne passeraient jamais assez vite.

6.

Alors que l'on venait de passer à l'horaire d'hiver deux jours auparavant, Tony Bradshaw avait décidé – après une journée pendant laquelle les blessures s'étaient succédé au sein des équipes de maintenance qui préparaient la station à passer la saison froide – de garder les consultations et l'hôpital ouverts le temps d'assurer un second service.

C'était parfait pour Lia, car cela l'empêchait de retourner dans sa tête le contenu du mail arrivé pendant que Weston MacIntyre et elle étaient main dans la main sous l'aurore australe. Il disait que son père s'était présenté dans un hôpital de Barcelone.

— Très bien, monsieur Hansen, dit-elle au patient dont elle était en train d'évaluer la capacité respiratoire. Vous allez inspirer profondément…

Ce patient n'était pas un cas compliqué. Une fois qu'elle aurait fini, elle pourrait peut-être faire un saut à la cantine et en rapporter quelque chose pour le dîner.

Il régnait dans la station une atmosphère de vacances. On trouvait en permanence de quoi manger et boire dans la cantine et il y avait même de la musique. Les deux bars du bâtiment avaient leur propre fête. Quant au café, il diffusait de la musique folk et offrait des desserts, d'après ce qu'elle avait entendu dire.

Elle ne pourrait pas quitter longtemps la clinique, mais la cantine n'était pas très loin.

West serait probablement là-bas. Peut-être valait-il mieux qu'elle n'y aille pas.

De nouveau, elle pensa à son père. Si on l'avait trouvé dans un hôpital, il ne devait pas aller bien. S'agissait-il d'un accident, d'une maladie ? Elle se sentit coupable d'espérer presque que ce soit suffisamment sérieux pour qu'il ait besoin du réconfort de sa famille…

Elle venait de saluer son dernier patient quand elle vit arriver deux hommes portant une femme qui avait une énorme entaille à l'intérieur du mollet. En même temps, ils tentaient de maintenir une compresse sur la blessure pour arrêter le saignement, mais elle continuait de couler au point que Lia s'inquiéta.

— Par ici !

Elle alluma les lumières de la salle de soins et les deux hommes posèrent la patiente sur la table d'examen pendant qu'elle se lavait les mains et enfilait une paire de gants.

— Pouvez-vous me dire ce qu'il s'est passé ?

— Une hélice de ventilateur, répondit un homme. On était en train de la fixer quand elle s'est détachée.

Elle ouvrit plusieurs paquets de pansements de gaze et approcha le chariot de matériel médical de la femme.

— Comment vous appelez-vous ?

— Eileen Gossen.

Elle avait le contour de la bouche très pâle.

— Très bien, Eileen. Il faut que je vous examine. Restez allongée et détendez-vous le plus possible. Plus votre cœur bat vite, plus il pompe le sang et plus il en sort de votre blessure. D'accord ?

La patiente hocha la tête en silence. Lia examina rapidement la blessure : elle était profonde, mais le sang ne giclait pas.

— La bonne nouvelle, c'est que la lame a touché des veines, mais pas d'artère, dit-elle.

Elle fit un signe à l'un des hommes qui repartaient.

— J'ai besoin d'aide. Pouvez-vous aller à la cantine

chercher le Dr Flynn ou le Dr MacIntyre ? MacIntyre sera sans doute plus facile à repérer… Il est grand, large d'épaules et a une barbe noire. Il porte toujours un béret de marin.

— Vous ne pouvez pas vous occuper de moi toute seule ? s'inquiéta Eileen.

— Je suis un chirurgien expérimenté, répondit Lia d'un ton tranquille. Je vais si bien suturer la plaie que d'ici deux ans on ne remarquera même pas que vous avez été blessée. Mais je dois continuer à comprimer la blessure et il faut quelqu'un pour prendre votre tension et préparer une perfusion.

Eileen hocha la tête. Il était important qu'elle soit calme, aussi Lia continua-t-elle à lui parler pour la distraire. Elle lui demanda d'où elle venait, quel était son travail dans la station, si c'était son premier séjour en Antarctique…

Grâce à ses questions amicales posées avec décontraction, Eileen se détendit rapidement. Sa respiration ralentit ainsi que son pouls, qu'elle vérifia rapidement d'une main.

— Qu'est-ce qu'on a ? demanda West avant même de franchir le seuil de la salle de soins.

Lia lui résuma la situation.

— Peux-tu lui prendre sa tension et préparer une perfusion ? Il faudra aussi un anesthésiant.

— Je m'en occupe, répondit-il aussitôt.

Elle maintint la compression jusqu'à ce qu'il lui annonce le résultat : la perte de sang n'avait pas atteint un niveau inquiétant, mais elle préféra maintenir la perfusion.

West et elle n'avaient jamais vraiment travaillé ensemble en situation d'urgence. Elle l'avait seulement assisté pour des opérations courantes dans leur hôpital.

Ils trouvèrent rapidement leur rythme sans avoir besoin de se parler. Elle s'occupa de la blessure pendant que West assurait le reste – tension, gestion de la douleur et de l'état émotionnel de la patiente.

D'une certaine façon, Eileen avait eu de la chance

car l'entaille était remarquablement nette. En fait, une hélice de ventilateur faisait moins de dégâts que certains couteaux – sans parler des balles qui, en pénétrant dans le corps, pouvaient pulvériser les os.

Alors qu'elle était en plein travail, elle entendit son téléphone sonner, mais ne put faire autrement que de l'ignorer.

Lorsqu'elle eut terminé et que la plaie fut pansée, Eileen s'était assoupie avec l'aide des calmants.

Son téléphone sonna de nouveau et elle fit la grimace.

— Euh… Est-ce que tu pourrais remonter la barrière sur son lit et la laisser dormir ici quelques minutes ? dit-elle à West. J'attends un e-mail et…

— Une urgence chez toi ? demanda-t-il en remontant la barrière avant de la suivre dans le couloir.

— Hum…

Elle alluma son téléphone et vit apparaître trois mots qui lui firent un choc.

Vitor Monterrosa localisé.

— Est-ce que tu pourrais aussi jeter un coup d'œil à Tony ? Il… ne va pas bien. Je n'en ai pas pour longtemps, je…

— Vas-y.

Elle se précipita hors de la clinique.

En la regardant s'éloigner, West se dit qu'il n'aurait pas dû être heureux qu'elle l'ait envoyé chercher quand elle avait eu besoin d'aide, d'autant plus qu'il l'avait sentie inquiète.

Et puis il y avait Tony, dont la santé était préoccupante. Si son état continuait de se dégrader comme durant ces dernières semaines, Lia risquait de se retrouver enfermée pendant huit mois dans une dangereuse prison hivernale sans pouvoir compter sur l'aide d'un autre médecin.

Ses mains s'étaient crispées quand son téléphone avait sonné, signe que cette urgence était sérieuse.

Eileen émergea brièvement de son sommeil, le temps pour lui de la transférer sur l'un des lits de la petite salle de l'hôpital. Il lui fit une injection pour calmer la douleur et, Lia ne revenant toujours pas, il décida d'aller voir Tony.

Ce qu'il vit lorsque sa porte s'ouvrit ne le rassura en rien. Tony était dégoulinant de sueur, comme s'il venait de courir un marathon sous l'Équateur. De plus, il était extrêmement pâle.

— Je venais te demander si tu allais bien, mais je vois qu'il n'en est rien, dit-il sans même le saluer. Je vais chercher quelques instruments.

— J'ai juste attrapé un microbe, marmonna faiblement Tony.

Cela faisait un mois que West lui répétait qu'il devait consommer plus de calories, mais il n'avait pas assez insisté. Comme Tony était médecin, on aurait pu penser qu'il savait reconnaître ses propres symptômes.

— Si c'est un microbe, alors tu as un problème de système immunitaire.

— Je n'en ai pas.

— Tu as donc attrapé plusieurs microbes récemment ?

— Est-ce que Lia a dit quelque chose ? demanda Tony, soupçonneux.

— Non, mais elle s'inquiète.

West n'était pas là pour se battre, mais il était prêt à imposer son aide pour le bien de son directeur, que celui-ci le veuille ou non.

— Vous deux, vous vous connaissiez avant, n'est-ce pas ? demanda Tony.

— Oui, mais là n'est pas la question.

— J'ai remarqué une certaine tension entre vous. Comme tout le monde, d'ailleurs.

West croisa les bras sur son torse.

— Si tu dois passer l'hiver ici, il faut te faire examiner

et passer des tests maintenant, dit-il d'un ton ferme. Je te respecte et je ne veux pas t'importuner, mais je ne ferais pas bien mon travail si je n'insistais pas alors que tu as visiblement besoin d'aide.

Tony ne répondit pas. Il savait probablement déjà qu'il avait quelque chose de sérieux et devait faire son possible pour l'ignorer.

— Ce n'est agréable pour personne de devoir affronter les choses déplaisantes, poursuivit West. Mais, parfois, c'est le meilleur choix. Alors, assieds-toi et je vais prendre tes constantes et te faire une prise de sang. S'il y a une infection, on le verra.

Pendant qu'il disposait ses instruments, Tony parla enfin.

— J'ai des nodules lymphatiques gonflés, dit-il en montrant sa clavicule.

West se mit à réfléchir à toute allure. Si c'était le seul symptôme, ce n'était probablement rien et pourrait se résoudre tout seul. Mais si ces nodules gonflés étaient associés à de la fatigue, une perte de poids et des sueurs nocturnes…

— Je vais aussi faire une échographie. Est-ce qu'ils sont douloureux ?

— Non.

— Mobiles ?

— Je ne sais pas…

Au ton de sa voix, West sut qu'il le savait.

Ce n'était jamais très confortable d'examiner un collègue, mais lorsque le diagnostic risquait d'être mauvais…

À la palpation, il trouva deux autres petits nodules autour de la clavicule de Tony, en plus de ceux qu'il lui avait indiqués. Fixes. Durs. Insensibles.

Bon sang.

— Je vais chercher l'appareil.

Généralement, West ne faisait pas de diagnostics. Sa spécialité consistait à retirer les tumeurs décelées par d'autres médecins.

— Je reviens, je dois passer voir une patiente, dit-il.

Il alla vérifier qu'Eileen dormait toujours. Lia n'était toujours pas là, mais il n'avait pas le temps de la chercher. Il lui laissa un mot sur lequel il écrivit *Bradshaw* avant d'aller retrouver Tony.

Un rapide scan confirma la solidité des nodules. Il en trouva un quatrième plus profond qu'il n'avait pas senti à la palpation. La probabilité que ces nodules soient bénins était de moins en moins forte.

— Tu penses à un lymphome ? demanda Tony d'un ton étonnamment calme.

Le stress ne faisait qu'empirer les choses et West ne voulait pas en rajouter, d'autant plus qu'il ne pouvait rien affirmer sans une biopsie.

— Je suis un peu inquiet. Il faut d'autres examens que l'on ne peut pas effectuer ici.

La sueur coulait sur le visage de Tony.

— Si c'est un lymphome, je ne pourrai pas rester.

— Je suis désolé… Je vais m'occuper des prélèvements. Il faut que tu prennes de l'acetaminophen pour tenter de faire baisser la fièvre.

Il repassait dans le hall en rapportant l'échographe quand il vit Lia sortir du box d'Eileen, les yeux rouges. C'était la seconde fois depuis qu'ils se connaissaient qu'il la voyait pleurer.

— Que s'est-il passé ? demanda-t-il aussitôt en poussant l'appareil sur le côté.

D'une main, il saisit les échantillons de sang et, de l'autre, il s'empara de la main de Lia, l'entraînant dans le labo avec lui.

— Cela a quelque chose à voir avec le vignoble ?

— *O pai*, dit-elle en portugais d'une voix éraillée qu'il avait tant aimée entendre au lit, mais pas dans le cas présent. Il était dans un hôpital de Barcelone, mais il est reparti. Pourquoi as-tu eu besoin de l'échographe ?

— Pour Tony.

Normalement, une simple visite à l'hôpital n'aurait pas suffi à provoquer des larmes chez elle. À moins qu'il n'y ait autre chose.

— Est-ce que ton père va bien ?

— Je ne sais pas. Il est parti depuis longtemps. On sait seulement qu'il a retiré de l'argent dans une banque, juste avant de quitter la ville.

Une urgence à la fois. Il s'occupa des tests sanguins pendant qu'elle parlait.

En fait, il ne comprenait pas pourquoi son père n'était pas revenu alors qu'il semblait tenir suffisamment à ce vignoble pour ne pas vouloir le laisser à sa fille.

Cette fois, il ne soupira pas et ne chercha pas à éviter le sujet. Parfois, il fallait parler des choses qui dérangent – quand il n'y avait pas d'autre solution.

— Sais-tu pourquoi il était entré à l'hôpital ?

— Pour être mis en observation. On n'a pas voulu m'en dire plus. Et lorsque l'enquêteur est arrivé là-bas, il était déjà reparti.

Lia haussa les épaules d'un air impuissant. Il aurait presque pu deviner ce qu'elle pensait : « Pourquoi m'arrive-t-il encore ce genre de choses ? »

— Il n'a pas l'air d'avoir envie qu'on le trouve, dit-il simplement.

Elle laissa échapper un petit rire désabusé.

— Je voudrais le trouver juste pour savoir s'il va bien, et pour lui dire de ne pas s'inquiéter pour le vignoble. Mon séjour ici s'achèvera deux mois avant que les travaux de reconstruction soient terminés. Après, je resterai là-bas pour toujours. Le bien-être des habitants du village et de ceux qui tirent leurs revenus de Monterrosa Wine ne dépendra plus de lui. Je sais qu'au départ il ne voulait pas que ce vignoble lui revienne. Il n'aura pas à continuer à le gérer. Je voudrais seulement qu'il me dise s'il est d'accord. Mais il peut avoir été hospitalisé pour n'importe quoi, une blessure ou une maladie… Est-ce que je devrais arrêter de le chercher ?

— Non, répondit-il sans hésiter. Lia, je sais que tu n'as pas envie d'entendre ça, mais tu devrais rentrer chez toi. Le décalage qu'il y a ici avec les communications n'arrange rien. Écoute… C'est moi qui vais rester et passer l'hiver ici. Tony doit s'en aller car il se pourrait qu'il ait un lymphome. Il doit rentrer chez lui pour faire une biopsie et probablement suivre un traitement. Il faudra faire venir un autre médecin pour le projet de la NASA, mais tu risques de rester le seul médecin pendant au moins deux semaines avant qu'il y ait quelqu'un d'autre. Tu n'as qu'un mot à dire et je prends ta place. Si ton père a des problèmes, que tu n'es pas là et que les choses s'aggravent, tu le regretteras toujours. Je sais de quoi je parle.

Elle s'immobilisa, les yeux toujours humides, et chercha son regard.

— Est-ce que quelque chose est arrivé à Charlie ?

Oh non… Voilà qu'il n'arrivait plus à garder ses secrets. Mais en voyant Lia ainsi, il ne trouva rien d'autre à répondre que la vérité.

— Oui. La vie est courte, et certains ont parfois besoin qu'on les aide à la prolonger un peu. Si on échoue à le faire, on ne s'en remet pas.

— Mais tu ne m'as jamais dit…

— Il n'y avait pas de raison.

Elle fronça les sourcils, l'air incrédule, et il comprit qu'elle était en train d'effectuer mentalement des recoupements. Et qu'elle savait. Elle savait que la mort de Charlie était l'événement qui s'était produit pendant son absence.

Elle le regarda et son visage était empreint de compassion.

— West…, murmura-t-elle en lui prenant la main. Je suis tellement désolée… Et je regrette de ne pas avoir été là. Que s'est-il passé ?

— Je ne veux pas en parler avec toi, dit-il d'un ton un peu brusque en retirant sa main.

Ce n'était pas à elle de le réconforter, alors qu'elle avait des soucis avec son père.

Lia recula aussitôt, mais son regard était toujours plein d'empathie.

— Bon, je… Merci de m'avoir aidée avec Eileen.

Elle ne méritait pas d'être traitée ainsi. C'était peut-être la dernière fois qu'ils pouvaient se parler librement.

— Attends. Lia…

— Il faut que j'aille voir comment va Eileen.

Il n'insista pas, mais attendit son retour dans le hall. Dès qu'elle sortit de la chambre d'Eileen, il s'approcha.

— Ton père… Est-ce qu'il a volontairement mis le feu ?

Lia le regarda longuement, comme si elle se demandait si elle allait répondre alors qu'il venait de lui dire qu'il ne voulait pas lui parler de sa famille. Et voilà qu'il se mêlait de sa vie privée.

Elle se comporta avec beaucoup plus de classe que lui.

— Je ne pense pas qu'il l'ait fait exprès. Non seulement mon père ne voulait pas que j'hérite du vignoble, mais il ne tenait pas non plus à le diriger. Il a toujours rêvé de transmettre son héritage à un fils, mais n'y est jamais parvenu, malgré ses trois mariages.

Elle venait de lui en dire plus sur sa vie qu'elle ne l'avait fait quand ils étaient ensemble. Il l'avait toujours encouragée à regarder vers l'horizon comme lui. Et maintenant que tout était fini et qu'il n'avait plus à craindre qu'elle en sache trop, c'était elle qui parlait. Et il était content qu'elle le fasse.

— Il n'aurait pas voulu le brûler plutôt que d'avoir à te le donner ?

— Je ne crois pas qu'il me déteste…

Mais West n'oubliait pas que c'était cet homme qui l'avait fait pleurer.

— S'il l'avait fait exprès, il ne se serait pas enfui, ajouta-t-elle. Mon père est plutôt du genre à fuir à cause d'un échec, pas parce qu'il est coupable.

Elle laissa échapper un soupir.

— S'il buvait, cela ne veut pas dire…

— Qu'il l'a fait exprès, ni qu'il est alcoolique, acheva-t-il. Mais il y a peut-être un plus gros problème que le simple fait qu'il ne veuille pas gérer le vignoble.

— Il n'est pas alcoolique, insista-t-elle avant de hausser les épaules. Tu ferais mieux d'aller dormir, tu as toute une journée de voyage demain. Merci pour ton aide.

À l'évidence, leur discussion ne l'avait pas réconfortée et elle était toujours stressée.

Il aurait dû partir comme elle le suggérait, mais il ne pourrait pas dormir en la sachant ainsi. Et il y avait toujours le cas de Tony Bradshaw à régler. Il ne voulait pas s'en aller ainsi, surtout si l'un d'eux devait partir pour de bon le lendemain matin.

— Je pourrais rester et toi, tu irais te reposer, si tu dois prendre la relève à la station demain.

Mais West savait qu'elle n'accepterait pas plus cette offre que celle qu'il lui avait faite de passer l'hiver ici à sa place.

— Je me suis probablement plus reposée que toi la nuit dernière.

— Est-ce que je t'ai empêchée de dormir ?

— Tu ne peux pas renifler sans que je t'entende.

Heureusement, elle n'aurait plus ce problème demain. À cette pensée, son estomac se noua.

— Au moins, je n'ai pas tourné comme un lion en cage…

Lia esquissa un vague sourire.

— Alors je ferais mieux d'aller dormir, dit-il sans parvenir à décoller les pieds du sol.

Pas plus qu'il n'arrivait à détacher les yeux de son visage.

— Quoi ? dit-elle avec un petit reniflement triste qui le fit craquer.

Sans réfléchir davantage, il la saisit par la nuque pour l'attirer contre sa poitrine et la serra dans ses bras. Lia ne protesta pas et enfouit le visage dans son cou avant de nouer les bras autour de sa taille puis de s'abandonner contre lui.

Il avait voulu la réconforter, mais en sentant sa chaleur contre lui, soudain plus rien d'autre n'exista. Ce n'était pas du soulagement ni du désir sexuel, même s'il y avait un peu des deux. Simplement il se sentait mieux quand il la touchait – même quand il la regardait. Comme si l'espoir pouvait encore exister.

Il sentit un léger tremblement s'emparer de tout le corps de Lia et se rendit compte qu'il l'admirait de se battre encore pour les gens qu'elle aimait, même quand ils continuaient à la laisser tomber.

Il la serra un peu plus fort et remarqua que le léger mal de tête qui l'accompagnait en permanence depuis des mois avait disparu, et qu'il avait laissé la place à une sorte d'euphorie.

— Si tu changes d'avis, dis-le-moi et je resterai, murmura-t-il une fois de plus.

C'était exactement ce qu'il avait craint depuis le début : en arriver au point où il renoncerait à ses projets et ses principes pour être avec elle – si elle ne continuait pas à le repousser.

Lia se contenta de secouer la tête, et c'était tant mieux pour lui.

Il partirait demain et ce serait la fin, pour de bon. Dès qu'il le pourrait, il prendrait le premier vol pour Dallas vers une destination inconnue et lui enverrait des e-mails pour vérifier qu'un nouveau médecin était arrivé et qu'elle allait bien.

Ce n'était pas une rupture nette. Peut-être n'y en aurait-il jamais avec elle. Lia ne savait pas renoncer aux gens qu'elle aimait. Même quand ils ne méritaient pas sa compassion.

Il la tint contre lui jusqu'à ce qu'elle se détende assez pour que les tremblements s'arrêtent, puis ce fut elle qui s'écarta. Sinon, il l'aurait serrée indéfiniment dans ses bras, là, debout au milieu de la clinique.

— Va dormir, dit-elle d'une voix rauque. Merci pour tout ce que tu as fait ce soir. Bon voyage… J'espère que tu trouveras ce que tu cherches.

Elle ne lui disait pas seulement bonne nuit, elle lui faisait ses adieux. Pas à la manière de Charlie – elle n'attenterait pas à sa vie après son départ —, mais elle n'irait plus le chercher à l'autre bout du monde, peut-être même ne lui enverrait-elle plus d'e-mails. Et qui sait si elle aurait demandé son aide ce soir si elle avait eu un autre choix ?

Certes, ils avaient partagé certaines émotions, mais elle n'attendait plus rien de lui. Cette fois, cet adieu était définitif, et il sentit la différence au plus profond de lui.

7.

— Ne vous inquiétez pas, vous serez à l'heure, dit Lia pour rassurer la conductrice du bus en lui tendant l'embout du nébuliseur. Si vous paniquez, cela ne va rien arranger. De toute façon ils ne peuvent pas partir sans vous puisque vous conduisez.

— Mais... Il y a... tellement de... voyages... aujourd'hui.

— Je sais.

Elle s'était habituée à la cadence respiratoire d'une crise d'asthme depuis son arrivée. C'était étonnant de voir l'effet qu'une température constante au-dessous de zéro produisait sur les gens, même sur ceux qui n'avaient eu aucun problème d'asthme dans le passé.

Dans dix minutes, elle sortirait avec Kasey, la conductrice, pour dire au revoir à Jordan et Zeke qui faisaient partie du premier voyage de la matinée. Elle ignorait quand le départ de West était prévu, de même que celui de Tony qu'elle serait soulagée de voir partir pour son propre bien. Elle savait seulement qu'un voyage aurait lieu toutes les heures pendant la journée, et que demain matin à la même heure les deux tiers des effectifs de la station seraient partis.

— Plus vous respirerez profondément, plus la vapeur s'échappera et plus vite vous pourrez partir.

Une fois que Kasey eut fini son traitement, elle lui fit une injection de stéroïdes et lui donna un inhalateur de secours. Puis toutes deux enfilèrent leur tenue à la hâte et se précipitèrent dehors.

Le vent n'était pas très fort, mais la neige tombait abondamment. De gros flocons cotonneux descendaient du ciel et le bus avait beau ne pas être loin, il était pratiquement invisible. Est-ce que cela rendrait le trajet plus difficile ? se demandait-elle avec inquiétude.

Lorsqu'elles arrivèrent à la hauteur du bus, Lia vit trois silhouettes qui l'attendaient. Il n'y avait pas que Jordan et Zeke. West se tenait seul un peu à l'écart.

Pendant que Kasey montait rapidement dans le bus, Jordan et Zeke la serrèrent dans leurs bras en l'assurant qu'ils la contacteraient régulièrement puis l'embrassèrent sur ses joues froides. Avant de regagner leurs places, ils promirent de lui envoyer plus de bougies pour son chauffage d'appoint.

Elle entendit à peine ce qu'ils disaient, troublée par la pensée que, cette fois, West l'avait attendue avant de partir. Après leur étreinte de la veille, elle n'y comptait pas du tout.

Dire que c'était elle qui l'avait rejoint ici pour lui dire adieu… Parce qu'ils avaient passé plus d'une semaine l'un près de l'autre, l'ancienne intimité s'était peu à peu recréée au point qu'elle le connaissait mieux maintenant, après lui avoir rendu sa bague de fiançailles.

Il avait dit qu'il était prêt à prendre sa place pour l'hiver. Si elle le lui demandait, prendrait-il la place de Tony ? Mais ensuite, ce serait sûrement beaucoup plus dur de se faire leurs adieux à la fin de l'hiver.

Leurs regards s'accrochèrent l'un à l'autre. Avec le froid, le teint naturellement pâle de West avait tourné au rose, et sous les flocons, son béret de marin était presque blanc. Même si avec sa barbe il était différent physiquement de l'époque où ils étaient ensemble, elle eut un petit coup au cœur quand il posa les yeux sur elle.

Tout était silencieux. Le manteau de neige étouffait les sons. Lia n'entendait rien d'autre que sa respiration.

Les yeux dans les yeux, ils n'échangèrent pas une parole. Contrairement au premier jour où ils s'étaient revus, il n'y avait pas de colère en lui. Dans son regard, elle vit de la tristesse, de la résignation et de l'inquiétude. Même s'il ne l'aimait pas et ne l'avait jamais aimée, elle comptait assez pour lui pour qu'il se fasse du souci.

Quant à lui, elle savait maintenant qu'il n'allait pas bien après la perte de la seule famille qui comptait pour lui. Mais il ne voulait pas l'impliquer dans son chagrin. À présent, au milieu de cette neige qui les enveloppait, chacun en savait plus sur les batailles que l'autre avait à mener. Même si West avait eu tort de la quitter comme il l'avait fait, elle commençait à comprendre qu'il avait pu avoir des raisons de ne pas l'épouser.

Sortant les mains de ses poches, il lui prit la main gauche. Elle n'avait pas eu le temps de mettre des gants et ses doigts étaient raidis par le froid. West ne l'avait pas souvent prise par la main. Cela aurait peut-être dû lui mettre la puce à l'oreille quand ils essayaient de bâtir leur avenir ensemble.

La chaleur de sa main lui réchauffa les doigts tandis qu'avec son pouce il caressait l'emplacement de la bague qu'il lui avait offerte et qu'elle avait aperçue récemment, suspendue à la chaîne qu'il avait autour du cou.

Kasey démarra le moteur et appela West par la fenêtre du bus en lui demandant de monter.

Ils n'avaient toujours pas dit un mot et il lui lança un long regard. La neige tombait toujours. L'été était passé et les lumières de l'automne ne tarderaient pas à céder la place à la nuit hivernale.

West lui lâcha la main et, relevant le bord de son bonnet, il se pencha et l'embrassa sur le front. Un baiser empreint de tendresse.

Il allait lui manquer, même s'il n'était plus à elle.

Jetant les bras autour de ses épaules, elle le serra de toutes ses forces pour tenter de le sentir à travers les couches de vêtements. Collant sa bouche contre son oreille, elle lui murmura les premières paroles qui lui vinrent à l'esprit dans sa langue natale – des paroles qu'elle pouvait lui dire parce qu'il ne les comprendrait jamais.

Il eut l'air à la fois troublé et déconcerté. Sans ajouter un mot, elle se détourna rapidement puis se hâta de regagner le bâtiment.

Son travail l'attendait. Même si beaucoup de monde allait quitter la station pendant deux jours, il restait encore assez de gens dont elle devait se soucier. Désormais, elle allait se concentrer sur eux.

Le reste de la journée se traîna. Elle n'eut que quelques incidents à traiter dont Eileen Gossen, qui était en train de reconsidérer ses projets pour l'hiver. Elle devrait se déplacer avec des béquilles pendant au moins quinze jours pour soulager sa jambe blessée, et ce serait difficile à supporter pour quelqu'un dont le travail consistait à grimper dans les conduites et se faufiler dans les espaces étroits pour effectuer des réparations.

Le soir, la station ressemblait à un village fantôme et Lia se sentait un peu déprimée. Demain, deux cents autres personnes partiraient. Les gardiens devaient encore nettoyer les parties de la station qui ne seraient pas utilisées pendant l'hiver et seraient fermées pour stocker l'électricité et le fuel.

Elle était d'autant plus reconnaissante à West de lui avoir donné le petit appareil à bougies chauffe-plats. Elle pouvait rester au chaud sans puiser dans les réserves de fuel.

Demain, une fois qu'elle aurait été nettoyée, elle s'installerait dans la cabine de Tony. En fait, gérer la station n'était pas si différent que de s'occuper de son village au Portugal. Seulement ici, elle avait en charge la santé de quelques douzaines de personnes, alors que là-bas elle avait entre les mains le sort de plusieurs centaines de villageois.

Au moins au Portugal elle n'avait pas à transporter une radio avec elle en permanence. Elle serait d'astreinte vingt-quatre heures par jour et espérait qu'il n'y aurait pas de véritables urgences.

Elle était chirurgien, et un bon – quelqu'un avec des compétences médiocres n'aurait pas pu obtenir une bourse d'études en neurochirurgie. Mais depuis qu'elle était retournée au Portugal, elle devait reconnaître qu'un petit cabinet de médecine générale lui convenait tout aussi bien. L'idée de bâtir une relation avec ses patients depuis le berceau jusqu'au cimetière lui semblait même plus séduisante que le prestige et l'excitation de la neurochirurgie. Cela, elle ne se l'était avoué à elle-même que récemment.

Elle ne se sentait pas prête à dormir dans le lit d'un autre homme et ne le serait sans doute jamais tout à fait, même si elle arrivait un jour à se décider – une fois qu'elle saurait si la volonté de son père était inflexible ou non. Elle n'avait pas dit à West qu'il avait failli hériter d'un vignoble en l'épousant car celui-ci n'était à elle que si elle restait célibataire. Quand elle l'avait su, il l'avait déjà quittée. Et elle ne se voyait pas confier un jour la gestion du domaine à quelqu'un d'autre que lui.

À présent, elle allait profiter de cette parenthèse au bout du monde pour tenter de se reconstruire.

La cabine de West était complètement vide, de même que le reste de la capsule Pod C qui serait bientôt fermée pour l'hiver ainsi que d'autres parties de la station. Après dix jours de murs épais comme du papier à entendre le moindre son, elle se retrouvait toute seule ici, entourée par des pièces vides et un silence assourdissant.

Et si elle dormait dans la chambre de West, cette nuit ? Ou elle pourrait peut-être y passer quelques instants et lui piquer son oreiller pour garder un peu de lui.

Elle installa son petit chauffage, alluma les bougies, releva le store de la fenêtre, puis retira ses bottes qu'elle portait pratiquement tout le temps et se déshabilla pour enfiler son pyjama rose, ridicule peut-être, mais bien chaud.

Une fois au lit, elle tourna la tête vers la fenêtre et scruta le ciel, espérant vainement voir apparaître une aurore australe.

Puis elle prit un carnet de notes et commença à faire des listes.

Pour le travail.

Pour la NASA, en attendant le remplaçant de Tony.

Pour le vignoble.

C'était en faisant des listes qu'elle continuait à avancer, lorsque la vie lui envoyait des secousses qui lui mettaient la tête et le cœur à l'envers.

8.

— Lia ?

La radio, qu'elle avait portée constamment sur elle comme un poids mort depuis le départ des autres médecins et qui pesait sur sa hanche, se mit à grésiller. Jusqu'à présent, elle ne l'avait pratiquement pas entendue.

Elle reconnut aussitôt la voix et son cœur fit un bond. *West.*

Elle appuya sur un bouton.

— Oui, c'est Lia.

— J'ai besoin de toi.

Ce fut tout ce qu'elle entendit. Aussitôt, la radio toujours à la main, elle quitta à la hâte la petite serre où elle se trouvait et courut dans le couloir.

Comment était-il possible que West soit là ? Il était parti trois jours auparavant, en même temps que Jordan et Zeke. Jordan était-elle aussi de retour ?

Non. Elle lui avait envoyé ce matin même par e-mail des photos de San Diego et de l'océan sous un ciel tout bleu et ensoleillé. Jordan était en Californie.

Comme elle n'avait pas attendu pour regarder le bus partir, West était-il descendu au dernier moment ? Mais où serait-il resté pendant tout ce temps ?

Elle continua de courir jusqu'à la clinique qui se trouvait au bout du même couloir et poussa les portes battantes.

West se tenait dans l'entrée principale… tant bien que mal.

Il était sur ses pieds, mais s'appuyait lourdement des deux mains sur le comptoir, comme un homme qui n'avait pas assez de force pour pouvoir compter uniquement sur ses jambes. Et il avait le regard vide.

Un grand sac marin était posé sur le sol un peu plus loin, ainsi que le grand manteau dans lequel elle l'avait vu la dernière fois.

Il tenta de se redresser, mais pencha immédiatement sur le côté et serait tombé si elle ne l'avait pas saisi par le revers.

— Hé, que se passe-t-il ? West ?

Des cernes sombres et ses yeux injectés de sang lui confirmèrent que quelque chose n'allait pas.

— Je suis ici pour travailler, dit-il avec effort avant de se mettre à cligner des yeux de manière convulsive, comme s'il ne pouvait pas concentrer son regard sur un point.

— Bien sûr, murmura-t-elle en le poussant doucement contre le comptoir pour pouvoir le relâcher en sécurité. Qu'y a-t-il ? Est-ce que tu es resté longtemps dans le froid ?

— Je suis ici pour travailler, répéta-t-il comme un automate.

Il n'était vraiment pas bien et elle devait agir rapidement.

— Ce n'est pas encore ton service, marmonna-t-elle.

— Non ?

— Où es-tu allé ? Tu es revenu ?

West posa les mains sur ses hanches comme si c'était le geste le plus naturel au monde et elle le vit faire de gros efforts pour tenter de répondre.

— Dallas…, dit-il enfin.

S'il était allé jusque là-bas et était revenu au bout de trois jours, il avait pratiquement fait l'aller et retour sans s'arrêter.

Il montrait tous les signes d'un sérieux épuisement et il fallait qu'il dorme. D'urgence.

— Bon. Ta cabine n'est pas prête, alors viens avec moi.

Se mettant en face de lui, elle le prit par les deux

mains et recula pour tenter de le faire avancer sur ses jambes chancelantes. Comme il faillit tomber sur le sac, elle renonça à l'idée de l'emmener dans une des cabines.

Elle lui prit un bras et le passa autour de ses épaules avant de le saisir par la taille.

— Où va-t-on ? demanda-t-il.

Elle avait lu quelque part que les signes de l'épuisement pouvaient imiter ceux de l'ivresse, mais elle ne l'avait jamais constaté elle-même jusqu'à aujourd'hui.

— Au lit.

— Bonne idée…

West traîna les pieds jusqu'au lit de patient le plus proche où elle le fit asseoir. Sans perdre un instant, elle l'aida à se déshabiller car il n'arrivait pas à coordonner ses mouvements ni à descendre la fermeture Éclair de son pull.

Pour finir, il se retrouva juste avec son boxer-short et son sous-pull thermique en chlorofibres.

Puis elle s'accroupit pour lui ôter ses bottes. Ici, il avait toujours eu la peau plus chaude qu'elle, mais aujourd'hui, il semblait fiévreux. N'importe quel traumatisme corporel pouvait faire monter la température, et un manque de sommeil extrême était bel et bien une sorte de traumatisme.

— Lève les pieds, dit-elle avant d'essayer de balancer ses jambes sur le lit.

Dès que celles-ci touchèrent le matelas, Lia sentit ses bras autour d'elle. Sa bouche – qui ne semblait pas avoir de problème de coordination – trouva aussitôt la sienne comme guidée par un radar. Il fonctionnait probablement en pilote automatique, mais il lui resta suffisamment d'énergie pour la soulever du sol et la faire rouler sur le lit.

Et l'embrasser.

Cela, il savait faire. Il ne l'avait plus touchée depuis des mois, pourtant elle ressentit immédiatement cette sorte d'euphorie qu'il avait toujours su déclencher en elle, aussi bien par un simple frôlement des lèvres qu'en glissant sa langue dans sa bouche.

Elle aurait voulu nouer les bras autour de son cou et se laisser emporter par cette vague d'excitation, mais heureusement, il lui restait encore un peu de bon sens. Ce n'était pas bien. West n'avait pas les idées claires, et si elle le laissait continuer, ce serait une façon de profiter de lui.

Mais ce ne fut qu'au bout de plusieurs longs baisers enivrants qu'elle eut la force de s'écarter.

— West…

— Hum ?

Il s'immobilisa une seconde puis se remit à l'embrasser de plus belle et picora son cou de petits baisers.

La douceur de ses lèvres et la façon dont sa langue lui caressait la peau faillirent la faire renoncer à sa résolution. De son côté, il semblait avoir totalement oublié qu'ils avaient rompu.

— Hé, dit-elle en lui tapotant doucement la joue. Mais qu'est-ce que tu fais ?

West sourit, les yeux mi-clos.

— Je t'embrasse partout sans plus pouvoir m'arrêter.

L'avait-il jamais regardée ainsi, d'un air aussi ouvert et confiant ? Cela ressemblait à de l'amour. Il lui avait pourtant dit qu'il ne l'aimait pas, il avait été très clair à ce sujet.

Son épuisement devait rendre son esprit très confus. Même si c'était cruel de le tirer d'un état dans lequel il semblait si heureux, elle devait le faire.

Quand il se pencha de nouveau pour l'embrasser, elle détourna la tête. Comme il glissait le visage dans son cou, elle se rendit compte que ce n'était pas dans un but sexuel. L'attitude de West était empreinte de douceur et de tendresse. Embrasser juste pour le plaisir d'embrasser ? Cela n'avait pas été leur mode opératoire habituel, et elle le regrettait presque. Il la faisait fondre littéralement.

Elle devait tout arrêter.

— Pourquoi ? dit-elle.

— Pourquoi je t'embrasse ? demanda-t-il gaiement en recommençant de plus belle. Cela ne te plaît plus ?

Bon sang, elle détestait devoir réagir ainsi. C'était d'autant plus difficile quand elle sentait le poids de son corps chaud sur elle et que son instinct ne demandait qu'à le suivre.

Quand elle glissa sur le côté, il lui jeta un coup d'œil confus. Elle ne pouvait pas lui balancer crûment la vérité. *Rappelle-toi que tu ne m'aimes pas et que tu as traversé deux hémisphères pour me fuir.* Mieux valait changer de tactique.

— Où sommes-nous ? demanda-t-elle.

West leva la tête et son regard fit le tour de la pièce avant de se reposer sur elle.

— Tu ne veux pas qu'on s'embrasse au travail ?

C'était tout le contraire. Elle lui aurait volontiers emboîté le pas en l'embrassant à perdre haleine...

— Où sommes-nous ? répéta-t-elle.

— Dans une salle d'hôpital ?

Bien. Cela pouvait marcher, et sans cruauté inutile.

— Où ça ?

Il parut réfléchir longuement.

— Fletcher ?

— C'est exact. Où se trouve Fletcher ?

— Dans l'Antarctique.

Ils étaient en train d'y arriver.

— Pourquoi sommes-nous dans l'Antarctique ?

Elle put voir à quel moment cela fit « tilt » à l'expression de West. Pendant une seconde, son regard s'emplit de tristesse et il roula sur le côté avant de se redresser.

— Lia, je suis désolé. Je... Je ne sais pas...

Elle quitta le lit, mais l'encouragea d'un geste à y rester.

— Tout va bien. Pourquoi es-tu revenu ?

— Il le fallait, dit-il doucement.

— Pourquoi ?

West ferma les yeux.

— Je n'avais pas… d'autre endroit… où aller.

Il n'allait pas tarder à s'endormir. Si elle voulait des réponses, c'était maintenant. Il n'aurait pas pu revenir sans autorisation. On n'allait pas visiter les stations de recherche de l'Antarctique sans avoir un travail à y faire ou une permission spéciale. Et il n'était pas possible de circuler en dehors des transports officiels.

Il avait dû obtenir une autorisation et revenir directement.

— Est-ce que tu reprends le poste de Tony ?

West rouvrit les yeux et hocha la tête.

— Oui. C'est pour ça que je suis revenu.

— Est-ce que tu as dormi pendant ton absence ?

— Environ deux heures à Dallas.

— Dans un hôtel ?

— À l'aéroport.

Autrement dit, il ne s'était pas vraiment reposé.

— Et as-tu dormi dans l'avion, et sur le bateau ?

— Je ne me rappelle pas, marmonna-t-il en haussant les épaules avant de refermer les yeux.

Non seulement il n'avait pratiquement pas dormi pendant trois jours, mais ses dernières nuits à la station avant de prendre le bus avaient été pratiquement sans sommeil. Si on ajoutait les milliers de kilomètres d'un voyage long et pénible, c'était même étonnant qu'il y soit arrivé.

Pourquoi avait-il fait cela ? Il aurait très bien pu récupérer quelques jours à Dallas et prendre un avion plus tard. Il restait encore quelques semaines avant que tout voyage devienne totalement impossible.

Elle ne pouvait pas le tenir éveillé plus longtemps.

— Je vais prendre tes constantes et tu pourras dormir. D'accord ?

Il ne répondit pas, mais elle le sentit se détendre sur le lit et sa respiration se fit plus régulière et plus profonde.

Sans attendre davantage, elle se mit au travail.

*
* *

West avait une forte fièvre. Les niveaux d'oxygène du pouls étaient bons, mais sa tension était également élevée. Pendant qu'elle procédait aux examens, il réagit à peine, dormant si profondément que son inquiétude s'accrut.

La fièvre pouvait être le signe d'une infection virale ou bactérienne. Ou simplement la conséquence d'un énorme manque de sommeil. Des tests sanguins la rassureraient.

Cinq minutes plus tard, elle lui avait prélevé plusieurs échantillons de sang, sans susciter chez lui la moindre réaction. Elle se hâta de s'occuper des résultats tandis qu'une pensée tournait en boucle dans sa tête.

Si West n'avait pas été aussi catégorique sur le fait qu'il ne l'aimait pas, elle aurait pensé que son retour était le signe qu'ils avaient encore une chance. Mais il était plus probable qu'il était revenu parce qu'il n'avait plus de racines.

Quant à elle, même si elle ne repartait pas vivre au Portugal à plein temps, elle avait toujours un endroit où aller. Elle savait qu'elle y était la bienvenue, même si elle avait été une déception pour son père en tant que fille. Elle aurait toujours un endroit sûr où se réfugier.

Cela ne semblait pas être le cas pour West. C'était d'autant plus inquiétant pour un homme qui vivait dans le futur de ne pas avoir de projets d'avenir.

Quelque chose n'allait décidément pas.

Comment Charlie était-il mort ?

9.

L'envie d'aller aux toilettes tira West du sommeil.

Avant même d'ouvrir les yeux, il repoussa les couvertures et sentit une douleur au bras.

Fronçant les sourcils, il souleva ses paupières encore lourdes de sommeil et vit qu'il était dans une chambre d'hôpital.

À Fletcher.

Il passa son corps en revue : perfusion dans le bras gauche qui le piquait légèrement… Il portait une chemise d'hôpital… Et il vit une ligne de cathéter urinaire sur sa cuisse. Voilà pourquoi il avait ressenti une irritation au niveau du sexe.

Lia.

Il se rappela son visage quand elle était sur le lit avec lui. Ses joues roses. Ses lèvres roses…

Bon sang, il l'avait embrassée. Sur ce lit. Il avait même fait plus que l'embrasser – mais moins que ce qu'il aurait voulu faire. Il en avait toujours envie, mais se contrôlait maintenant suffisamment pour se rappeler qu'il n'avait pas le droit de la toucher. Pas comme cela. Et pas après ce qu'il avait fait.

Comment avait-il pu oublier où ils en étaient ?

Toujours.

Ce mot revenait sans cesse dans sa tête.

Sempre. Toujours. Un des rares mots de portugais qu'il

connaissait. Il avait de nouveau abandonné Lia en repartant, lui avait menti, et elle lui avait dit *Sempre* à l'oreille.

Il entendit des pas précipités et elle apparut à la porte, l'air inquiet.

— Une sonde de Foley ? Vraiment ? dit-il en abaissant les yeux sur sa cuisse.

Il aurait peut-être pu lui dire autre chose en guise de bonjour.

— Tu as dormi pendant… près de vingt et une heures, expliqua-t-elle après avoir regardé sa montre. Impossible de te réveiller.

— Vingt et une heures ? Depuis que je suis revenu ?

Lia hocha la tête en s'approchant du lit. Elle avait des cernes sous les yeux et paraissait très fatiguée, mais soulagée.

— Tu avais de la fièvre, dit-elle en vérifiant sa perfusion. Et tu t'es endormi pendant que je prenais tes constantes et des échantillons de sang.

— Et… ?

— Tu étais déshydraté, avec une forte tension et un nombre élevé de globules blancs. Au bout de quelques heures, comme tu refusais toujours de te réveiller, j'ai installé un Foley.

Il pouvait voir dans ses yeux qu'elle s'était fait beaucoup de souci pour lui – et s'en faisait toujours.

Cette fois, en la quittant, il avait eu l'impression de commettre une grave erreur et de l'abandonner encore. Il avait entendu parler des dangers de l'hiver dans l'Antarctique. S'il la laissait ici et que quelque chose lui arrive alors qu'il n'était pas là, il ne s'en remettrait jamais.

— C'est mon premier cathéter, dit-il avec un petit sourire désabusé. Je comprends mieux pourquoi mes anciens patients se plaignaient…

Lia sourit à son tour en hochant la tête.

— Je sais. J'ai refait des tests il y a quelques heures et les globules blancs ont diminué. Je pense que tu es en bonne voie. Je vais reprendre tes constantes, et si ta tension est bonne, j'irai chercher un kit pour que tu puisses enlever la sonde. J'ai dû te retirer beaucoup de liquides.

— Merci, dit-il.

À présent qu'il allait mieux, c'était une question de dignité de le laisser agir lui-même.

Lia avait sûrement fait des choses plus agréables avec son sexe dans le passé, mais la situation était différente. L'intimité qu'ils avaient eue quand ils étaient ensemble n'était plus la même.

— Je vais chercher le kit, dit-elle. Attends-moi avant de te lever.

— J'étais vraiment mal, n'est-ce pas ?

— En fait, je me demande comment on est arrivés à te mettre au lit…

Une fois à la porte, elle se retourna pour le regarder.

— Est-ce que ça va ? demanda-t-elle.

Pas vraiment. Il préféra mentir.

— Je vais bien.

Physiquement cela allait, mais pour le reste ? Les pensées se bousculaient dans sa tête, et une partie de lui se demandait toujours s'il avait bien fait de revenir pour tenter d'arranger les choses entre eux.

— Je n'avais encore jamais dormi aussi longtemps. C'est comme une énorme gueule de bois. Je pense aussi à ce que je vais te dire.

Elle hocha la tête, mais ne releva pas sa dernière phrase, toujours concentrée sur sa santé.

— Est-ce que tu as mal à la tête ?

— Non. Je me sens juste un peu faible. Et je suis encore surpris d'avoir eu besoin d'autant de soins.

— Tu n'as rien à me dire, tu sais. Et toi aussi, tu te serais occupé de moi, si j'avais été dans ton cas.

— Je t'ai abandonnée, Lia.

Son visage devint grave, mais elle préféra éviter le sujet.

— Je vais chercher le kit et passer par la cantine pour rapporter de quoi déjeuner.

Elle disparut avant qu'il ait eu le temps de répondre.

Il en profita pour retirer la perfusion en prenant une profonde inspiration.

Le mot *toujours* était encore dans sa tête. Mais il ne pouvait pas s'attendre à ce que Lia veuille le reprendre juste parce qu'il était revenu. Il était normal que les fautes commises soient sanctionnées.

Quant aux autres mots qu'elle avait murmurés à son oreille, il ne s'en souvenait pas avec précision. Simplement, cela ne ressemblait pas à une déclaration d'amour. Il savait dire *Je t'aime* en portugais : *amo-te*. Mais elle n'avait pas prononcé ces mots-là.

Pourtant, il avait senti l'émotion dans sa voix, il l'avait vue dans ses yeux.

Quand il avait quitté Londres, cela avait été douloureux aussi pour lui, mais, quelque part, il l'avait ressenti comme faisant partie d'un processus de guérison. Il avait été persuadé qu'avec le temps ce serait mieux pour elle.

Cette fois, en montant dans le bus, il s'était senti très mal et avait vraiment eu l'impression de l'abandonner une seconde fois.

Lia revint avec un plateau plein de nourriture et un grand verre de limonade. Elle posa le tout sur une table à roulettes et l'approcha du lit.

— Tu veux manger avant de marcher ?

Il hocha la tête et s'appuya contre son oreiller, incapable de détacher les yeux de son visage.

Elle remarqua alors qu'il avait retiré la perfusion.

— Tu n'as pas la tête qui tourne ?

— Ça va.

Elle débarrassa le lit du matériel qu'il avait enlevé, puis se tourna vers lui.

— Es-tu revenu pour prendre ma place ou celle de Tony ? Pourquoi es-tu de retour, West ?

— Toujours…, répondit-il sans prêter attention à l'assiette qu'elle avait posée devant lui. C'est le seul mot que j'ai compris, quand tu m'as parlé avant que je monte dans le bus. *Sempre.*

Le regard de Lia se fit lointain.

— Qu'est-ce que tu as dit ? murmura-t-il.

Elle parut hésiter, puis se mit à parler lentement, détachant chaque mot.

— *Eu… sempre… terei… saudades… de ti.*

— Et qu'est-ce que ça veut dire ?

À l'évidence, cela lui coûtait de répondre.

— Tu vas me manquer.

— Toujours ?

Lia hocha la tête en rougissant.

— C'est comme avoir du vague à l'âme… Un sentiment de manque… qui ne pourra jamais être comblé… et vous laisse le cœur brisé.

Elle se tut, et quand elle se dirigea vers la porte, il vit de nouveau des larmes dans ses yeux.

— Lia…

Elle s'arrêta et attendit, sans le regarder.

— Je ne suis pas digne de ces sentiments.

— Ce n'est pas à toi d'en décider, répondit-elle vivement en s'essuyant les joues. Tu as failli te tuer en revenant ici, alors que tu pouvais prendre le temps d'arriver. Est-ce qu'on a refusé de t'accorder un jour de repos avant que tu reprennes l'avion ?

— Non. Mais tu étais le seul médecin ici, et beaucoup de gens avaient été blessés pendant la dernière semaine en fermant des parties de la station pour l'hiver.

Elle ne parut pas convaincue par sa réponse.

— C'est fini ?

Voulait-elle parler de leur conversation ou de leur histoire ?

Il ne répondit pas, sentant son estomac vide gargouiller.

Instinctivement, il porta la main à son cou, cherchant la chaîne avec la bague.

Lia se rapprocha du lit, sortit la chaîne de sa poche et la lui tendit.

— Je ne voulais pas que tu risques de t'étrangler pendant ton sommeil. Mais tu n'as pas bougé.

— Pendant vingt et une heures…, dit-il en prenant la chaîne.

— Oui. Je vous souhaite un bon retour, docteur MacIntyre, dit-elle en s'éloignant. Maintenant, il faut manger pour reprendre des forces.

Toujours… Il avait tout gâché.

À aucun autre moment de sa vie il n'y avait eu quelqu'un qui l'aime assez pour suivre sa trace après son départ. Pas même son frère. Lia avait parcouru la moitié du globe pour lui, et même si à présent elle se méfiait de lui – à juste titre —, elle l'aimait encore.

Il fallait qu'il dise quelque chose maintenant, et qu'il parle sans détour.

— Lia…

Elle s'arrêta net.

— Je ne suis pas digne de tes sentiments, mais j'en ai besoin. Et je te veux, toi. Je suis suffisamment égoïste pour l'admettre.

— Pourquoi ? demanda-t-elle, lui tournant toujours le dos.

C'était plus facile de lui parler quand elle ne le regardait pas parce qu'il ne pouvait pas voir ce qu'elle pensait de lui.

— Charlie a fait une overdose et je n'étais pas là, dit-il doucement.

Elle tourna lentement la tête, son visage exprimant un mélange d'horreur et de compassion.

— Aux États-Unis ?

— Je t'ai menti sur l'endroit où il se trouvait. Je n'ai pas réussi à le faire renoncer à son addiction, et j'avais honte de mon petit frère drogué. Il n'était pas aux États-Unis, mais en Écosse, près de Glasgow.

Si elle voulait de nouveau de lui, il faudrait probablement qu'un jour il lui raconte toute l'histoire. Mais, pour l'instant, c'était encore trop pénible.

— Est-ce que tu m'en as voulu parce que je n'étais pas là ? demanda-t-elle. Je serais rentrée, je t'aurais accompagné…

— Je sais que tu l'aurais fait, ce n'est pas ta faute. Et je suis toujours en train d'essayer de m'en remettre. Pour être honnête avec toi, je ne sais pas si je peux être celui qu'il te faut. Je sais que je t'ai menti, je t'ai abandonnée, et tu ne devrais sans doute plus me faire confiance. J'ai le chic pour tout gâcher.

10.

West voulait de nouveau d'elle.

Avant qu'il lui parle, Lia avait souvent fantasmé sur l'idée qu'ils puissent se remettre un jour ensemble. Mais à présent, elle avait peur.

Peur de se retrouver dans une relation bancale, dans laquelle elle l'aimerait, mais ne serait pas payée de retour et ne le serait peut-être jamais. Combien de temps pourrait-elle supporter ça ?

— Je ne comprends pas pourquoi tu veux de nouveau de moi, alors que tu m'as clairement dit que tu ne m'aimais pas. Je n'en avais aucune idée, car je n'imaginais pas que l'on puisse vouloir épouser quelqu'un sans amour. En fait, je n'ai aucune idée de ce que cela fait.

— Quoi donc ? demanda West.

— D'être aimée. Tu dis que tu me *veux*, ce qui ne nécessite rien d'autre qu'une connexion physique – nous nous entendons très bien dans ce domaine. Mais tu ne m'aimes pas, alors… je ne sais pas. Il faut que je réfléchisse. Est-il possible de vivre une relation heureuse sans amour ?

Elle lui adressa un faible sourire.

— Je suis contente que tu sois là, même si je ne crois pas que tu sois revenu pour moi.

— Lia, lorsque j'ai dit…

— Non, coupa-t-elle. Je ne veux plus que l'on parle de ça, pour l'instant. Il faut que tu manges et que tu marches un peu et, pendant ce temps, je déciderai si je te laisse repartir.

À cet instant, un appel au secours angoissé leur parvint du hall d'entrée, la glaçant.

Sans réfléchir une seule seconde, elle se mit à courir en direction de la voix.

West l'entendit par la porte restée ouverte.

— Que s'est-il passé ? demanda Lia.

— Il ne respire plus, répondit une voix d'homme. Je l'ai trouvé comme ça…

À la hâte, West avala deux bouchées de nouilles puis repoussa la table pour se lever. Comme il ne savait pas où se trouvaient ses vêtements, il prit une seconde tenue d'hôpital dans l'armoire pour couvrir son dos. Que cela plaise ou non, il allait les aider.

Quand il arriva, le patient avait été emmené en salle de soins et installé sur la table d'examen.

— Il y avait très peu d'air à l'intérieur, disait l'homme qui avait vraisemblablement donné l'alerte.

— Où était-ce ? demanda West, tandis que Lia grimpait sur la table puis enjambait le patient avant de commencer les compressions.

— Dans la salle des machines, répondit l'homme.

— Oxygène ? suggéra West.

Trop occupée pour parler, Lia se contenta de hocher la tête.

En quelques secondes, il trouva un laryngoscope et un réanimateur manuel qu'il relia à l'oxygène, prêt à intuber le patient au moment où Lia s'arrêterait.

— Sa température est correcte, dit-elle.

C'était déjà quelque chose. Dès qu'elle eut fini la dernière compression, elle maintint la tête de l'homme en arrière pendant qu'il glissait le tube dans sa gorge, puis il commença à insuffler de l'oxygène à ses poumons.

Après la quatrième série de respirations, l'homme bougea la tête et elle arrêta de chercher le pouls dans son cou.

West remarqua que les mains et les bras de Lia tremblaient. Sans doute était-ce dû à de la fatigue provoquée par du surmenage.

Au lieu de redescendre tout de suite, Lia maintint les poignets du patient sous ses genoux au cas où il aurait le réflexe de vouloir retirer le tube.

— Cet homme a réellement besoin d'oxygène, expliqua West à son collègue. S'il s'agit d'un empoisonnement au monoxyde de carbone, il aura besoin d'oxygène pur pendant plusieurs heures.

— Un empoisonnement au monoxyde de carbone est-il souvent mortel ? demanda le collègue.

West lui jeta un coup d'œil.

— Vous êtes allé au même endroit que lui ?

L'homme hocha la tête, l'air inquiet.

— Je suis allé dans la salle des machines pour changer une pièce du système de ventilation.

— Je vais vous examiner. Vous devriez prendre un peu d'oxygène, vous aussi.

— Fais-lui une prise de sang, intervint Lia qui les écoutait tout en étant toujours concentrée sur son patient.

— Pourrais-tu me donner mes vêtements quand tu auras fini ? demanda-t-il tout en entraînant l'homme dans la salle d'examen voisine.

Apparemment, il y avait un problème avec la ventilation, se dit-il. Mais cette toute nouvelle station était ouverte l'hiver pour la première fois. Il n'était pas étonnant qu'il y ait quelques dysfonctionnements qui se régleraient probablement à mesure que les problèmes seraient découverts.

Une fois qu'il aurait terminé, il irait retrouver Lia – et ses vêtements. Ils finiraient leur conversation et il l'enverrait se coucher. S'il avait dormi vingt et une heures d'affilée, il pouvait bien rester éveillé pendant huit heures pour qu'elle puisse aussi se reposer.

Ils avaient le temps. Tout n'était pas fini entre eux même s'il n'avait pas rendu les choses faciles quand il avait menti en disant qu'il ne l'avait jamais aimée. Il se demandait toujours comment elle avait pu imaginer qu'il disait la vérité, et de son côté, il ne parvenait pas à croire qu'elle n'ait jamais été réellement aimée.

Il y avait Jordan qui l'aimait, et ses amis. Et certainement aussi sa famille et les gens de son village. Mais peut-être y avait-il quelque chose qu'elle ne lui avait pas dit.

Lia s'émerveillait toujours de pouvoir sauver une vie après un arrêt respiratoire en effectuant la bonne procédure, avec les bons gestes, pendant le temps qu'il fallait.

Elle s'était sentie nerveuse tout l'après-midi, peut-être parce qu'elle avait terriblement envie de reprendre West tout en sachant que c'était une très mauvaise idée. Mais au moins elle se sentirait bien sur le moment.

Tout est oublié. On fait comme si rien ne s'était passé.

Et on essaierait d'oublier certaines paroles qu'il avait prononcées…

Après avoir réanimé son patient, elle avait été occupée à organiser rapidement son retour vers la civilisation. Là-bas, sa famille pourrait aller le voir et serait rassurée.

West s'était changé avant de s'installer dans sa nouvelle cabine dans la capsule Pod A, et il ne serait plus son voisin.

— Je serai d'astreinte cette nuit pour que tu puisses dormir, lui dit-il, le soir.

— Ce n'est pas nécessaire. Je mettrai des alarmes et garderai la radio avec moi, et j'irai voir mon patient toutes les heures.

— Pourquoi ?

— C'est mon job. Je ne veux pas que tu te sentes obligé de prendre soin de moi. Ni que tu penses que cela changera quoi que ce soit. Nous devrions d'ailleurs garder nos distances pendant quelques jours.

West hocha la tête d'un air pensif.

— Tu veux dire par là pas d'effusions, ni de discussions à propos de notre relation, ni de déclarations d'amour ? Et que je n'essaie pas de te rendre la bague ?

— Par exemple, répondit-elle. Actuellement, j'essaie d'imaginer à quoi cela ressemblera de travailler ensemble en circuit fermé pendant huit mois. Et de toute façon, ce serait un mensonge, non ?

— Quoi donc ?

— Des déclarations d'amour. Puisque tu ne m'as jamais aimée. Et si tu ne m'aimais pas lorsque je m'efforçais d'être ce que tu voulais, tu ne m'aimes sûrement pas maintenant.

— Mais je t'aimais, répliqua-t-il. Pourquoi essayais-tu d'être ce que je voulais ?

— J'essaie toujours d'être ce que je crois que les gens que j'aime attendent de moi. Tout le monde le fait plus ou moins, certains mieux que d'autres.

— J'ai menti, Lia… J'ai menti à propos de Charlie, et de nous. Ce n'est pas tout…

Il s'interrompit et ferma les yeux quelques secondes.

— Cela m'avait semblé la meilleure chose à faire, à l'époque. Mais je t'aime, et je t'aime toujours. Autant que j'en suis capable.

— Même si je voulais le croire, je sais que ce n'est pas la vérité. Comment peux-tu vraiment m'aimer, alors que tu ne me connais pas ?

— Bien sûr que je te connais.

— Tu ne me connais pas, répéta-t-elle. Je ne me connais pas moi-même. Si tu aimais quelque chose de moi, c'était en surface, ou c'était peut-être une certaine image que tu te faisais de notre avenir. Tout cela est un peu du réchauffé, à présent, et je me demande même pourquoi nous avons cette discussion. J'ai changé, même si personne ne paraît l'avoir remarqué.

— En quoi penses-tu avoir changé ?

— J'ai laissé pousser mes cheveux. Je porte des vêtements roses. Je ne me force plus à afficher un optimisme que je ne ressens pas…

— Si, bien sûr, j'ai remarqué des changements, dit West. Mais qu'est-ce que cela a à voir avec toi en tant que personne ?

— Nous nous trouvons tous des raisons pour faire les choses – même si elles sont stupides. Mon père a disparu parce qu'il ne voulait plus se charger du vignoble. Ainsi, il ne me verra pas lui succéder parce que c'est ce que je vais faire. Il est important d'avoir des raisons d'agir comme on le fait. Maintenant, la raison pour laquelle je vais mettre fin à cette conversation est que je suis fatiguée et que j'ai perdu mes illusions. À cet instant, je souhaiterais avoir un superpouvoir.

West se mit à rire.

— Quel superpouvoir ?

— Celui de guérir mon patient.

Il hocha la tête.

— Tu vois, c'est pour ça que tu es un meilleur médecin que moi, dit-il en lui prenant la main. Tu veux savoir quel superpouvoir je voudrais avoir ?

Elle le regarda avec méfiance.

— Non. Lequel ?

— Celui de voyager dans le temps. Mais je ne peux pas réparer le passé. Je peux seulement essayer de faire mieux. Nous avons huit mois pour arranger les choses. Tu sais que je ne suis pas quelqu'un de patient, mais ne t'attends pas à ce que je renonce. Alors il y a une chose que je peux faire pour toi, cette nuit, c'est être d'astreinte. Je garderai un œil sur notre patient et tu pourras dormir tes huit heures. Après vingt et une heures de sommeil, c'est dans mes possibilités.

Elle ouvrit la bouche pour protester, mais, soudain, elle oublia pourquoi. Aussi acquiesça-t-elle en silence, et quand il l'entoura de ses bras, elle se laissa aller contre lui, mais sans l'enlacer par le cou.

Ils restèrent debout ainsi un long moment, et, devinant la forme de sa bague sous sa chemise thermique, elle sentit son cœur fondre.

Elle lui dirait demain que les étreintes devaient être évitées entre eux.

Demain.

11.

West attendit d'être à peu près sûr que Lia avait eu le temps de se réveiller avant de frapper à sa porte.

Elle ouvrit au bout de quelques secondes, l'air encore ensommeillé.

— Bonjour, dit-il avec son plus beau sourire en lui tendant une tasse de thé. Je suis également venu te rapporter le téléphone et la radio que j'ai volés cette nuit pour que tu puisses dormir un peu plus.

Elle posa les objets sur le lit, mais garda le mug fumant dans les mains.

— Tu es venu me les prendre ?

— Oui, et je n'en ai pas honte. Bois ton thé et réveille-toi en douceur. J'ai passé toute la nuit à réfléchir et j'ai pris une décision. Est-ce que je peux entrer ?

— Pourquoi ? demanda-t-elle en fronçant les sourcils, l'esprit encore confus.

Maintenant qu'elle n'avait plus son bonnet, il pouvait constater à quel point ses cheveux avaient poussé.

— Parce que j'ai quelque chose à dire…

Il referma la porte derrière lui pendant que Lia s'asseyait au bord du lit, l'air intrigué.

Il n'avait plus qu'à se lancer. Plus vite ce serait fait, plus tôt il pourrait retourner travailler.

— La raison pour laquelle je regarde toujours devant moi, c'est parce que si je jette un coup d'œil en arrière, je ne vois que Pompéi, Sumatra ou San Francisco – c'est-à-dire des catastrophes, des tremblements de terre. Sauf que là, les catastrophes, c'est moi qui les ai provoquées. C'est pourquoi je n'aime pas regarder en arrière, ni en parler, et j'évite même d'y penser. C'est ce qui t'a donné l'impression que je ne voulais pas te connaître. Je préfère croire que ce qui importe, c'est ce que les gens construisent ensemble. Mais cela ne fonctionne pas toujours…

Silencieuse, Lia posa sur lui un regard plein de sollicitude.

— J'évite les sujets qui risquent de mener à ceux dont je ne veux pas parler, reprit-il. Cela m'a aidé à me remettre des difficultés que j'ai rencontrées étant enfant. Je me concentrais sur la première perspective agréable qui se présentait pour tenter d'oublier le reste. J'ai beaucoup déménagé dans ma vie…

— Combien de fois ?

Il resta muet quelques secondes.

— Je ne sais pas… Je ne regarde jamais ce que j'ai enterré derrière moi. Lorsque j'ai dit que je ne t'avais jamais aimée, j'ai pensé que c'était ce que tu avais besoin d'entendre pour pouvoir avancer de ton côté. Mais c'était un mensonge. Et j'ai encore quelque chose à te dire…

Lia attendit, mais il faillit renoncer à poursuivre en voyant une lueur de peur s'allumer dans ses yeux. Une fois de plus, il se rendait compte combien il l'avait fait souffrir.

— En dehors de la mort de mon frère, *tu* es le seul désastre que j'aie voulu rebâtir, dit-il, la gorge serrée.

— West…, murmura-t-elle.

Dans ses yeux, il put lire un mélange de joie et de peine.

— Je sais que ce n'est pas très romantique de te comparer à un désastre, mais… Tu n'as pas besoin de répondre tout de suite. C'est un peu dur de t'assener ça au saut du lit, mais si un jour tu acceptes de nous donner une seconde chance, que ce soit aujourd'hui, dans deux mois ou le jour où l'on partira d'ici, je considérerai que je suis l'homme le plus chanceux du monde.

Lia hocha la tête et, posant les mains sur ses épaules, elle le serra un instant contre elle.

— Dis-moi… Peux-tu me dire combien de fois tu as déménagé ? demanda-t-elle.

— C'est si important ?

— Oui. Je ne comprends pas… Comment peux-tu ne pas te rappeler combien de fois tu as changé de lieu de vie ?

Elle avait raison. Ce qu'elle voulait probablement savoir, c'étaient les raisons qui avaient motivé tous ces changements.

— Est-ce que c'était plus de cinq fois ?

— Oui. Et j'ai aussi déménagé lorsque j'étais enfant… Laisse-moi le temps d'y réfléchir, d'accord ? Tu te prépares pour travailler, tu prends ton déjeuner, et moi, j'assure la permanence.

Il se préoccuperait du reste plus tard. Lia l'avait serré contre elle, certes, mais elle n'avait rien dit de définitif. Même si elle l'aimait encore, cela ne signifiait pas qu'elle soit d'accord pour vivre avec lui. Il ne pouvait pas ôter la bague de la chaîne qu'il portait et la remettre à son doigt. Mais c'était déjà quelque chose.

Cela faisait moins d'une semaine que Lia avait fait ses adieux à West quand il avait pris le bus de Kasey, mais il lui semblait que c'était dans une autre vie tant les choses avaient changé.

Elle n'avait pris son service que vers midi et, maintenant, à la fin de la journée, elle avait hâte de retrouver West en tête à tête car elle avait eu le temps de réfléchir.

À 18 h 30, elle décida de l'appeler à la radio en lui demandant de venir la voir d'une voix très officielle.

Quelques minutes plus tard, il frappait à la porte de sa cabine. Elle jeta un rapide coup d'œil dehors pour s'assurer que personne à la clinique ne pouvait les voir car il restait encore cinquante-six personnes dans la station. Puis elle le saisit par la manche et l'attira à l'intérieur.

Elle avait retiré l'épaisse tenue isolante qu'elle avait tendance à porter en permanence et installé le chauffage d'appoint qu'il lui avait apporté pour que la pièce soit plus chaude et accueillante.

C'était l'heure du dîner, et comme elle voulait être seule avec lui, elle avait préparé un pique-nique sur le lit en fouillant dans les placards de la cantine – essentiellement des petits sandwichs variés.

West jeta un coup d'œil circulaire et un sourire flotta sur ses lèvres.

— Alors, est-ce que nous reprenons là où nous en étions restés, avant que tout ne tourne à la catastrophe ?

— Pas exactement, répondit-elle. Car on est en train de changer les choses, n'est-ce pas ?

— En effet… Est-ce que cela poserait un problème si je te volais un baiser avant qu'on se mette à les changer ? Cela ne te dérangerait pas trop ?

Quand il posait cette question avec un petit sourire sensuel, en posant sur elle ses yeux bleus langoureux, comment pouvait-elle refuser ?

Aussi se pencha-t-elle pour l'embrasser sur la joue, mais il la poussa doucement contre la porte et, lui prenant le visage entre ses mains, déposa un long et tendre baiser sur ses lèvres.

Autrefois, les baisers de West étaient toujours accompagnés de commentaires enflammés, du genre : « J'ai envie de toi. Maintenant. » Mais à cet instant, il était clair que s'il lui avait parlé, il lui aurait simplement dit : « Tu m'as manqué. »

Tenho saudades… tambem.

Au moment où elle sentait sa résolution faiblir, il enroula une mèche de ses cheveux autour de son doigt.

— Pourquoi les as-tu laissés pousser ?

Quand ils se fréquentaient, elle avait les cheveux très courts.

— La coupe que j'avais avant est trop originale pour les gens du village, alors j'ai opté pour un compromis. Ils s'attendent à ce que j'aie l'allure d'une dame, c'est-à-dire que je porte les cheveux longs, et finalement, cela me plaît aussi. Ce qui est drôle, c'est qu'ils préfèrent travailler pour un homme, mais si c'est une femme, elle ne doit pas avoir l'air d'un homme.

Elle était toujours collée contre la porte et il était difficile de parler sérieusement dans ces conditions car le contrôle de la situation risquait de lui échapper rapidement.

— Il y a quelque chose que je voulais te dire avant que tu m'embrasses. Car j'avais un plan, figure-toi.

Il hocha la tête et s'écarta.

— Bien sûr… Alors, quel était ton plan ?

— Manger les sandwichs, éteindre les lumières et regarder l'aurore par la fenêtre. Et te parler.

— Pas de sexe ? demanda-t-il avec un sourire effronté.

Elle préféra ignorer la question et s'installa sur le lit, le dos au mur et les pieds sur les couvertures en veillant à ne pas renverser la nourriture.

— Je suis venue en Antarctique avec un but, poursuivit-elle. Toi et Jordan me connaissez seulement sous un certain aspect, et c'est la raison pour laquelle je ne t'ai jamais invité chez moi, au Portugal. J'ai l'impression de ne pas me connaître. Je veux savoir qui je suis, et je veux que *tu* saches qui je suis avant que l'on aille plus loin. Ce serait comme un premier rendez-vous.

— Bien. Fixe-moi les limites. Tu m'as invité dans cette toute petite chambre et je suis censé m'asseoir sur le lit pour notre premier rendez-vous ?

— C'est le seul meuble, ici. Tu as le droit de t'asseoir et de retirer ton pull et tes bottes, mais il n'y aura pas de sexe entre nous.

West s'exécuta, et quand il n'eut plus que ses dessous

thermiques, il s'assit en face d'elle sur le lit, l'air plus détendu.

— Continue.

— C'est une très longue histoire, mais, pour résumer, j'ai été élevée d'une certaine façon : je devais être convenable, réservée, douce, féminine, etc. Lorsque je suis allée à l'école dans un autre pays, j'étais déjà très frustrée et, plutôt que de chercher à savoir ce que je voulais vraiment, je me suis appliquée à repousser les limites qui m'avaient été imposées à Monterrosa. La coiffure était une des choses les plus faciles à changer. J'ai décidé que ce serait mon nouveau *moi* et je me suis fait de nouveaux amis. Il y avait Moi et Mon Contraire, et c'est ainsi que j'ai fonctionné.

— Et c'est ce que tu veux toujours ? demanda West, l'air perplexe.

— Je n'ai aucune idée de ce que je veux. Mais la coiffure joue un rôle important dans la façon dont les gens te perçoivent. Si c'est une coupe moderne et audacieuse, ils te voient comme quelqu'un de fort. Si tu as les cheveux longs et bouclés, tu es gracieuse et féminine. Ce sont deux images très différentes, et donc mon plan, c'est de cesser de prendre des décisions en fonction des attentes des autres.

— Je vois, dit West en mordant dans son sandwich. Pareil pour le rose ?

— Ophelia, mon double portugais, portait beaucoup de rose...

West comprenait très bien que Lia soit perturbée en ayant l'impression de ne pas se connaître.

— Et avec les gens du vignoble, est-ce qu'ils t'appellent Ophelia ? demanda-t-il.

— Ils m'appellent *Dona* Monterrosa. Madame Monterrosa... Cela fait plus d'un siècle que l'on ne donne plus de titres officiels, mais pour que tu comprennes combien ces gens sont attachés aux traditions, ils continuent à appeler les chefs de ma famille *Don* et *Dona*.

Peut-être avait-elle du mal à se faire entendre des villageois et elle avait besoin du respect que lui conférait ce titre pour que ses paroles aient plus de poids…

Lia avait eu une enfance complètement différente de la sienne. Et il n'avait toujours pas envie de lui en parler, mais plutôt de changer de sujet – éteindre les lumières et guetter l'aurore qui pourrait très bien ne pas apparaître cette nuit.

— Tu es bien calme, dit-elle après avoir avalé la dernière bouchée de son sandwich.

— Je me demandais comment je pourrais t'aider dans ta quête de toi-même…

Les problèmes qu'elle avait eus dans son enfance n'étaient pas traumatisants au point qu'ils ne puissent pas en discuter. Ses parents lui avaient offert ce qu'elle voulait, mais sans lui apporter leur soutien. Ils n'avaient pas eu assez de temps pour elle, ni assez d'amour à lui donner.

C'était probablement la raison de sa quête. Certes, c'était un problème, mais pas aussi terrible que si sa mère l'avait abandonnée à l'âge de neuf ans avec pour tâche de prendre soin de son petit frère de quatre ans – sans parler des foyers d'accueil qui s'étaient succédé à cause de son comportement.

— Tu es censé me raconter aussi tes secrets, ceux qui te rendent triste, murmura Lia.

— Je ne…

Il voulut d'abord refuser, mais y renonça, prêt à faire un effort.

— Mes secrets sont… terribles, ma chérie.

— Je sais.

Elle débarrassa le lit des restes du repas et rampa jusqu'à lui, éteignant la lumière au passage.

— Tu sais comment je le sais ?

— Parce que je les ai comparés à des catastrophes célèbres ?

Lia lui souleva le bras gauche et se glissa contre lui.

— C'était une sérieuse indication…

— Je ne sais pas par où commencer, reprit-il. On change tous à mesure qu'on grandit, et les choses que j'ai faites…

— Si ces choses ne sont plus des secrets, elles perdront le pouvoir de te faire souffrir, au moins en partie.

— Ce n'est pas si simple.

— Si.

Il secoua la tête en silence.

— Tu ne veux pas regarder dans le rétroviseur parce qu'il s'est passé quelque chose de grave, et tu préfères le laisser derrière, dit-elle doucement. Quelque chose dont tu as dit que c'était ta faute ?

— Oui.

— Et tu as craint que je le sache ?

Il hésita de nouveau puis hocha la tête. Plus Lia se rapprochait, plus il sentait les battements de son cœur se précipiter.

— C'est pourquoi tu dois m'en parler. Et nous devons aborder l'aspect physique lentement, *o namorado*.

Il ne put s'empêcher de sourire en l'entendant prononcer ce mot qui faisait partie de ceux – peu nombreux – qu'il connaissait en portugais. Tous étaient des mots doux qu'elle lui murmurait autrefois.

Lui lâchant la main, Lia lui tourna le menton, gentiment mais fermement, jusqu'à ce qu'il abaisse les yeux sur elle dans la semi-obscurité.

— Tu crois que je ne t'aimerai pas, et moi, je crois que tu ne m'aimes pas vraiment. Tu prétends que c'est faux et tu voudrais que je te croie, n'est-ce pas ?

— Tu ne me crois toujours pas ?

Elle sembla réfléchir un instant.

— La confiance est un choix que l'on fait…, répondit-elle

lentement. C'est à toi de gagner la mienne, et à moi, de gagner la tienne. Si tu me racontes les choses terribles maintenant et que je ne m'en vais pas, tu n'auras plus à en avoir peur. Tu pourras me faire confiance. Et moi, si je change des choses chez moi – que je pleure quand j'ai de la peine sans chercher à avoir l'air fort tout le temps – et que tu ne t'en vas pas, je n'en aurai plus peur non plus.

Il ferma les yeux, se sentant soudain très las.

— Cela a l'air si simple quand tu le présentes de cette façon…

Il la regarda de nouveau, et découvrit que son visage était auréolé d'une lumière bleue. Tous deux tournèrent la tête vers la grande fenêtre bulle alors que des vagues ondulantes d'un bleu allant en s'intensifiant remplissaient peu à peu le ciel.

Lia lui saisit la main, s'accrochant à lui comme elle ne l'avait jamais vraiment fait en dehors des apparitions de l'aurore.

À cet instant, il sentit une grande paix l'envahir et les battements de son cœur ralentirent. Il avait presque envie de tout avouer pour voir s'il serait encore plus en paix.

— Où commencer ? murmura-t-il. Je ne sais toujours pas combien il y a eu de déménagements.

Elle détourna les yeux du ciel.

— Alors, raconte-moi ton souvenir le plus triste. Je ne vais pas m'en aller et on regardera le ciel ensemble.

Son souvenir le plus triste… Il n'avait pas besoin d'y réfléchir, mais il n'arrivait pas à sortir les mots… À lui dire que c'était sa faute si Charlie n'était plus là. Mais il pouvait lui raconter cette nuit-là. Même en mettant de côté le sentiment de culpabilité, cela restait son pire souvenir. Plus tôt il en parlerait, plus il aurait de temps pour la reconquérir, une fois qu'elle se serait rendu compte à quel point il pouvait être abject.

L'attirant davantage contre lui pendant qu'ils contemplaient l'aurore, il lui raconta le voyage en train de six heures vers le nord pour arriver à une morgue écossaise où il était allé identifier et réclamer le corps sans vie de son petit frère.

12.

Lorsque Lia avait invité West à regarder l'aurore dans sa cabine, elle n'avait pas réellement eu l'intention de le laisser passer la nuit là. Si elle dormait près de lui, il devenait beaucoup plus difficile d'éviter un rapprochement physique. Même si elle savait qu'avec eux cette limite ne durerait pas longtemps, elle voulait qu'ils retrouvent leur intimité de façon plus naturelle, comme une progression émotionnelle à mesure qu'ils se confieraient l'un à l'autre.

West lui avait jusque-là raconté une seule histoire, celle de son frère, et cela avait déjà changé quelque chose. Maintenant, quand il la regardait, l'assurance qu'il affichait en permanence semblait avoir faibli. Il ne lui avait pas encore tout dit, et il y avait quelque chose qu'il lui cachait et qui le terrifiait. Le seul moyen qu'elle voyait de lui faire comprendre qu'elle ne partirait pas était de creuser au plus profond de ce qui le rongeait, et simplement de l'accepter.

Cette culpabilité qui le submergeait, c'était ce qui l'avait amené à s'enfuir loin d'elle. Car c'était bien ce qu'il avait fait. Charlie était mort, et West avait fui sous l'un des climats les plus rudes et les plus inhospitaliers du monde – aux antipodes de l'avenir brillant et ensoleillé qu'ils avaient planifié pour eux.

Elle avait appris juste avant son voyage à Dallas que Charlie avait été le déclencheur, mais elle croyait alors qu'il ne voulait pas perdre son temps avec quelqu'un qu'il n'aimait pas réellement.

Il avait pensé la protéger, et il avait cru la même chose quand il était reparti avec Jordan et Zeke. Elle n'avait pas encore toutes les pistes, mais, comme West l'avait dit, ils avaient encore le temps. C'était déjà bien qu'ils puissent se parler.

Mais ce soir, ils n'allaient rien faire de tout cela. Pas de sexe. Pas d'exploration émotionnelle – du moins, pas pour lui. Sa propre introspection était moins douloureuse que la sienne et pouvait être abordée sur un mode plus léger. Elle n'était pas envahie de culpabilité et voulait juste cesser de faire semblant. Elle n'avait pas non plus connu les mêmes peines que West : des personnes lui avaient dit qu'elle n'était pas assez bien et elle les avait crues.

— Pourquoi allons-nous danser dans le canot de sauvetage ? demanda West en refermant derrière eux la porte blindée à l'épreuve de l'eau et des intempéries, pendant que Lia branchait les haut-parleurs et programmait son téléphone pour diffuser la musique qu'elle avait sélectionnée ce matin.

— Parce que j'ignore si j'aime danser. Je sais seulement que je suis une très mauvaise danseuse, mais il doit être possible d'aimer des choses pour lesquelles on n'est pas doué ?

— Je suppose… Est-ce que demain on va pratiquer le kickboxing pour savoir si tu aimes ça ? ajouta-t-il d'un air taquin.

Elle lui tira la langue.

— Au moins, tu n'auras pas à te raconter ce soir… Aide-moi à tout dégager au milieu pour faire de la place. À propos de boxe, cela me fait penser à la bagarre qu'il y a eu récemment à la sortie de la cantine entre Nigel et ce type très en colère, Wilson. Je ne crois pas que Nigel soit du genre à recourir à la violence, mais, parfois, il pourrait la susciter chez les autres…

Ils dégagèrent rapidement le sol. Il y avait plusieurs canots de sauvetage sur le site. Ce n'étaient pas vraiment des bateaux, mais plutôt de grandes capsules destinées à protéger ceux qui seraient à l'intérieur en cas de catastrophe. On craignait surtout les incendies qui pouvaient se propager très rapidement sur le continent le plus sec du globe.

Les canots de sauvetage étaient autonomes : ils avaient leur propre système de ventilation et fonctionnaient aussi séparément pour l'électricité, le chauffage et l'eau et contenaient des réserves de nourriture. Chaque capsule pouvait accueillir une douzaine de personnes et les aider à survivre jusqu'à l'arrivée des secours.

Au moins ici, on ne risquait pas de venir les interrompre, se dit Lia. Seul West allait devoir supporter patiemment ses tentatives de se mettre à la danse.

Il jeta un coup d'œil dans le sac qu'elle avait apporté et en retira une bouteille de porto Monterrosa datant de 1985.

— Est-ce que je suis en train de tenir une petite fortune entre mes mains ?

— En effet, répondit-elle fièrement. Je me suis dit que notre vin n'avait sans doute jamais voyagé jusqu'en Antarctique, et que je devais apporter une bouteille de l'un de nos meilleurs vignobles. Elle vient de notre cave familiale. Et maintenant, si on dansait ? J'ai apporté différents styles de musique que l'on peut tester les uns après les autres. Après tout, on est dans une station de recherche…

Il leur versa à chacun un peu de vin dans un verre et avala une gorgée, les yeux mi-clos.

— Hum… Délicieux.

Puis il regarda sur l'écran de son Smartphone relié aux petits haut-parleurs et appuya sur *Play*.

Ils avaient bien fait de manger avant de venir car ils dansèrent pendant près de quatre heures – ou du moins ils essayèrent. Pop, hip-hop, valse, salsa… Il inventa même une sorte de danse comique en roulant des hanches et haussant les sourcils, et tous deux finirent par s'écrouler de rire dans un fauteuil.

Mais quand Lia voulut reprendre son souffle, l'air lui manqua et elle se mit à haleter.

— On dirait que c'est mal ventilé, ici, dit-elle avec difficulté. J'ai besoin d'air, et je voudrais voir un peu l'aurore dehors.

Ils se dirigèrent vers la porte et il saisit la poignée pour ouvrir, mais rien ne se passa. Il réessaya plusieurs fois… sans succès. Cette fois, ils ne riaient plus du tout.

— Pourtant il n'y a pas de loquet…

— Le tableau de contrôle, dit-elle.

Mais le petit écran électronique ne fonctionnait pas non plus.

— Tu as apporté ta radio ? demanda-t-il.

Leurs regards se tournèrent vers le comptoir sur lequel la radio était posée à côté du téléphone et des haut-parleurs.

— Je vais appeler quelqu'un, dit-elle, soulagée.

Puis elle jeta un coup d'œil à sa montre et fronça les sourcils.

— La maintenance est censée être d'astreinte tout le temps, non ? Comme les urgences ?

— Oui, pour autant que je sache. Quelqu'un devrait avoir une radio, même s'il est plus de minuit maintenant.

Dix minutes plus tard ils se tenaient derrière la porte, écoutant les hommes s'activer à l'extérieur pour tenter de réparer le système électronique.

— Il doit y avoir un défaut de conception si ce canot enferme les gens et les laisse suffoquer, dit-il. Peut-être y a-t-il encore d'autres problèmes de ventilation ailleurs.

Il faisait plus froid, à présent, probablement parce qu'ils avaient cessé de bouger. Lia s'efforçait de rester stoïque, mais il remarqua son air anxieux, même si le seul éclairage provenait des fenêtres qui diffusaient une lumière rose dans laquelle ils baignaient. Dehors, l'aurore était resplendissante.

— Allons nous asseoir pour contempler l'aurore par la fenêtre en attendant qu'ils ouvrent la porte, dit-il. On utilise davantage d'air en restant debout.

Une fois assis, il garda sa main dans la sienne tandis que de l'autre elle restait agrippée à sa radio.

Vingt minutes plus tard, il se rendit compte que l'oxygène avait encore diminué car son périmètre de vision s'était assombri sur les côtés. Il s'aperçut alors que Lia gardait la tête baissée, le menton sur sa poitrine, et que la radio reposait dans sa main ouverte.

— Non ! Lia, ouvre les yeux ! cria-t-il en la secouant par les épaules jusqu'à ce qu'elle réagisse. On va sortir de là maintenant, d'accord ?

— La porte… est… ouverte ?

— Non, chérie. On va passer par une des fenêtres.

Il était bien sûr impossible de briser les vitres, conçues pour résister aux pires situations. Au prix d'un immense effort, il réussit à sortir du fauteuil dans lequel ils étaient affalés.

Il avait besoin d'une arme, mais il chercha partout sans trouver aucun outil. Quoi d'autre ? Quoi d'autre ? Lia était de nouveau inconsciente.

La bouteille.

Il la tapa contre la table et elle se brisa, se transformant en une arme de fortune.

En entendant le bruit, Lia rouvrit les yeux, mais son regard était si trouble qu'il n'était même pas sûr qu'elle soit tout à fait lucide.

— Tu voulais savoir combien de fois j'ai déménagé ? demanda-t-il d'une voix forte. Réveille-toi et je te le dirai.

Il monta sur le rebord de la fenêtre derrière elle et se servit de l'extrémité brisée de la bouteille de porto pour gratter le mastic qui entourait le panneau de plexiglas.

— Quand j'étais gamin, j'ai changé de foyer d'accueil

trois ou quatre fois par an, commença-t-il. Là-bas, j'ai appris à me débrouiller.

— Des foyers d'accueil ? répéta-t-elle d'une voix faible.

Elle clignait des yeux comme si elle avait du mal à les garder ouverts.

— Oui. Et ils m'ont tous viré.

— Tous ?

— Oui. Soit je ne voulais pas que Charlie y reste, soit ils ne voulaient pas de nous.

Il respirait difficilement et il vit Lia laisser de nouveau tomber la tête.

— Lia ?

Pas de réaction. Il réussit à décoller un long bout de mastic et tira dessus, dégageant un petit espace autour de la fenêtre par lequel l'air glacial pénétra.

Il prit deux inspirations et se mit à crier :

— Ophelia Monterrosa !

Il sauta sur le sol et, la soulevant sous les bras, lui maintint le visage contre la fenêtre à l'endroit où l'air circulait. Au bout d'une trentaine de secondes, Lia avait repris connaissance.

— Reste là, ordonna-t-il.

Il remonta sur le rebord et recommença à gratter pour retirer une autre bande mastic.

— Tu vois, c'est grâce à mon enfance gâchée que nous allons sortir d'ici. En me servant des trucs que j'ai appris.

— Quand tu t'es mis à tout casser ?

— J'avais compris que si je cassais quelque chose, on nous changeait d'endroit… Si j'arrache encore deux joints à cette fenêtre, on pourra retirer la vitre.

— Pourquoi cassais-tu des choses ? demanda Lia d'une voix lente, n'ayant visiblement pas encore recouvré toute sa lucidité.

— Parce que j'espérais que la place suivante serait meilleure. Pour moi, et pour Charlie.

Cela, il ne l'avait encore jamais admis, ayant toujours tout nié chaque fois qu'on l'avait accusé.

— On va avoir besoin que les hommes fassent le tour et poussent la vitre, dit-il. Je vais les appeler sur la radio.

En attendant leur arrivée, ils restèrent assis près de la fenêtre à contempler les éclairs de lumière qui traversaient le ciel sombre.

Bientôt, quatre hommes se tinrent dehors devant la vitre. West entraîna Lia un peu à l'écart et, au bout d'une série d'efforts, la vitre céda, laissant pénétrer un vent terriblement froid dans le canot.

Tous deux restèrent un moment à respirer longuement, immobiles, appuyés l'un contre l'autre. Lorsque Lia lui parut suffisamment solide sur ses jambes et commença à frissonner, il prit son sac qu'il bascula sur son épaule puis il l'aida à passer par la fenêtre pour rejoindre leurs sauveteurs.

Trébuchant dans la neige, ils atteignirent bientôt une porte d'entrée et pénétrèrent dans la clinique bien chaude, puis dans l'hôpital où ils s'installèrent ensemble, chacun avec une canule d'oxygène dans le nez.

— Je me sens un peu mieux, marmonna Lia au bout d'un moment. Mais on a dit qu'on ne dormirait pas dans la même pièce pendant quelque temps…

— Je vais dormir cette nuit dans ta cabine et n'essaie pas de m'en dissuader, répondit-il d'un ton sans réplique.

Il ne pouvait s'empêcher de penser à ce qui se serait passé s'il n'avait pas réussi à casser cette fenêtre à temps.

— Nous devons dire au chef de la maintenance de faire vérifier les autres canots de sauvetage. En tout cas, il est certain que celui-ci est hors d'usage jusqu'à l'été prochain, le temps qu'il soit remis en état.

Il la regarda longuement.

— Qu'y a-t-il ? demanda-t-elle, intriguée.

— Si tu n'avais pas voulu danser ce soir, d'autres personnes seraient rentrées un jour dans ce canot pour une véritable urgence et il serait peut-être devenu leur tombeau. Cela aurait pu être n'importe qui dans cette partie de la station, près de la clinique, peut-être même toi, et je ne peux pas supporter cette idée.

— C'est bien que tu sois revenu, murmura Lia.

Il reprit ses constantes sans répondre car, quand ils étaient arrivés, elle avait un taux d'oxygène très bas. Il ne tarda pas à être rassuré.

— Viens dans mes bras, dit-elle d'une voix douce.

Il ne se le fit pas dire deux fois et ils se serrèrent l'un contre l'autre. Dans les bras chauds et réconfortants de Lia, il se sentait vivant et la tension commença à se dissiper en lui, au point qu'il aurait été prêt à continuer de raconter son histoire… mais pas ce qui concernait Charlie.

Cependant, il comprenait que c'était comme une bombe à retardement. Un jour ou l'autre, elle exploserait, et il ignorait quand.

13.

— Nigel ne répond pas, dit-elle à voix haute depuis son bureau après avoir attendu au téléphone au moins jusqu'à la vingtième sonnerie.

À cette heure-ci, elle et West auraient dû avoir fini leur service et être en train regarder le ciel dans sa cabine remplie d'oxygène, devant la grande fenêtre bulle. Tous deux étaient maintenant tout à fait remis de leur mésaventure de la veille.

Elle reçut un e-mail au moment où West entrait dans le bureau.

— Nigel doit avoir encore la tête dans une galaxie quelconque. Je savais qu'il nous créerait des problèmes quand on entrerait en période hivernale avec cette nuit permanente.

— Attends cinq minutes et rappelle-le, dit-il. S'il ne répond toujours pas, je ferai un saut là-bas.

Elle hocha la tête puis s'immobilisa en lisant le mail qu'elle venait de recevoir.

— Qu'y a-t-il ? demanda West.

— C'est un mail de l'hôpital où mon père avait été admis. Ils m'envoient son dossier. Pour l'obtenir, il a fallu faire appel à un avocat et leur envoyer une tonne de documents…

Il se glissa derrière elle et posa la main sur son épaule tandis qu'elle ouvrait le document.

— Est-ce que tu comprends l'espagnol ?

— C'est assez proche de ma langue d'origine…

Elle resta silencieuse pendant quelques secondes, le temps qu'elle lisait.

— J'ai l'impression de lire les résultats de quelqu'un qui a séjourné longtemps ici. Oh… *Pai* est hypothyroïdien.

— Il y a autre chose ?

— Des globules rouges immatures… Des globules blancs insuffisants, ajouta-t-elle.

— Et les plaquettes ?

— Basses. Comment le savais-tu ?

— Qu'il était alcoolique ? Je l'ignorais. Mais dans une famille qui possède un vignoble, c'est une possibilité. Avec Charlie…

Il s'arrêta et poussa un soupir, comme si cela lui coûtait de parler de son frère.

— Plus il consommait, plus il avait d'ennuis, poursuivit-il. Je sais que tu as dit que l'incendie était un accident…

— C'était de la négligence, coupa-t-elle, posant son téléphone sur le bureau. Il fumait sur la terrasse pendant la saison sèche et a jeté son mégot dans le jardin. Tout le monde – les gens du village, les pompiers, ceux qui travaillaient à la ferme – a aidé à sauver d'abord le manoir. Le feu s'est propagé à travers les vignes les plus anciennes qui ont pour la plupart été détruites. Quelques-unes ont été sauvées, mais j'ignore combien de temps il faudra pour les faire repartir, même avec un maximum d'aide. Tout est si précaire… C'est le raisin Monterrosa qui fait le porto. Sans lui, nous n'avons pas de porto Monterrosa, juste un cru ordinaire. Toutes les réserves que nous avons actuellement vont sans doute prendre une immense valeur si nous n'arrivons pas à recréer le même porto.

— C'est ce qui te préoccupe le plus ? Je croyais que c'était surtout la reconstruction et le fait que les gens ne voulaient pas t'écouter…

— Les caves dans lesquelles notre porto est en train de vieillir sont intactes et nous n'avons rien perdu. Nous avons donc plusieurs années de ventes devant nous. Mais il y a aussi une saison sèche imminente qui va s'installer, alors que nous aurons commencé à replanter.

— Oh…

— Tu comprends mieux pourquoi il faut que je m'installe là-bas pour diriger le vignoble ?

— Si tu as tous ces gens qui comptent sur toi…, dit West.

Pour l'instant, il ne voulait pas penser à ce qu'il se passerait une fois qu'ils auraient quitté Fletcher. Ils avaient huit mois devant eux.

— Si cela peut t'aider à te sentir mieux, il ne s'agit peut-être pas du geste irresponsable d'un ivrogne, ajouta-t-il. À en juger par les tests, la négligence et l'inattention sont des symptômes probables. La confusion mentale va de pair avec l'hypothyroïdie.

Elle poussa un soupir en s'enfonçant dans son fauteuil.

— C'est pour ça qu'on l'a admis à l'hôpital. Pai s'est fait jeter d'un bar parce qu'il se battait. Tu imagines ? Un homme de soixante-trois qui se bat dans un bar et résiste à la police ? Ils l'ont amené directement à l'hôpital quand ils ont su qui il était.

— Il n'a pas été arrêté ?

— Non.

Le privilège de la richesse…

Lia soupira de nouveau.

— Ce qui me choque le plus, c'est cette histoire de thyroïde. Je m'attendais à ce qu'il soit blessé, pas à ce qu'il ait une pathologie. Pourtant, on m'avait dit qu'un de mes grands-parents avait peut-être eu des problèmes de ce côté.

Ainsi, ce père qui semait la pagaille partout agissait peut-être de cette façon parce qu'il était malade. Et elle, qui était médecin, n'avait pas fait assez attention à lui pour le remarquer…

— On ne sait toujours pas où il se trouve ? demanda West.

— Non. Ses capacités mentales sont assez fortes pour qu'il puisse faire des retraits d'argent juste avant de quitter un endroit. J'ai tout essayé : enquêteurs, famille, amis, relations, j'ai fait surveiller ses endroits favoris, envoyé de fréquents e-mails, demandé à des gens de passer à son appartement de Lisbonne, payé le concierge pour qu'il me prévienne… Tout ce qu'il est possible de faire légalement.

Il lui ouvrit les bras en silence et elle resta debout contre lui, lui encerclant la taille de ses bras.

— Tu fais vraiment tout ce que tu peux, murmura-t-il.

— Cela fait du bien d'en parler, ça m'aide à me sentir mieux.

Mais les problèmes n'étaient pas réglés pour autant…

— Tu restes avec moi ce soir ? demanda-t-elle. Il y a quelque chose d'autre dont je voudrais te parler à propos du vignoble. J'y ai longuement réfléchi.

— D'accord, dit-il en l'embrassant sur la joue. À présent, je vais aller sortir Nigel Gates de sa forteresse pour qu'il passe des tests sanguins.

— Moi, je vais voir Wilson, le type qui s'était mis en colère contre lui. Appelle-moi quand tu seras arrivé, pour que je ne m'inquiète pas en me demandant si tu t'es perdu dans la neige.

— Et toi, s'il te plaît, emmène quelqu'un de la sécurité avec toi pour que je ne m'inquiète pas de te savoir seule avec un type qui s'est déjà montré violent.

Comme Lia devait mettre beaucoup moins de temps pour voir Wilson que West qui devait gravir une colline enneigée, elle regagna la clinique cinq minutes avant qu'il l'appelle à la radio.

Le ton de sa voix était grave.

— J'ai besoin d'assistance, dit-il. Gates a été poignardé.

Il me faut un brancard, une perfusion, du matériel d'urgence et deux personnes de la sécurité.

— Qui l'a poignardé ?

S'était-il fait d'autres ennemis que Wilson ?

— Je ne sais pas. Envoie la sécurité. Et ne viens pas, ce n'est pas sûr ici.

Naturellement, Lia ne tint pas compte de sa dernière recommandation. Si ce n'était pas sûr pour elle, cela ne l'était pas pour lui non plus. Elle rassembla ce qu'il avait demandé et emmena deux hommes de la sécurité avec elle. Et si l'autre homme était encore là-bas, avec West ?

Pendant tout le trajet jusqu'au télescope, elle s'inquiéta pour lui et l'appela à peine arrivée.

— Par ici !

West se trouvait de l'autre côté de la rotonde du télescope et il avait allongé Nigel sur le dos sur une longue table. Il souffrait, mais il était conscient et put leur confirmer que c'était bien Wilson qui l'avait blessé parce qu'il ronflait la nuit et que cela l'empêchait de dormir. Ensuite, il avait dû retourner dans sa cabine. Nigel avait été touché au niveau de la rate et avait perdu du sang.

Pendant qu'ils s'affairaient autour de lui, un agent de la sécurité appela la station et ne tarda pas à annoncer que Wilson se trouvait sous bonne garde.

En moins de dix minutes, Nigel se retrouva sous perfusion et attaché sur le brancard que les agents portèrent pour lui faire descendre l'escalier. Il allait devoir être opéré pour vérifier l'étendue de la blessure.

Nigel Gates s'en était bien sorti, se dit West, quelques heures plus tard. La rate n'avait été que légèrement touchée et ils avaient aspiré l'excès de sang dans la cavité abdominale.

Mais une fois de plus, il s'inquiétait rétrospectivement de ce qui aurait pu se passer si Lia s'était retrouvée seule ici, sans un autre médecin. Il faudrait sans doute qu'ils effectuent des contrôles hebdomadaires de la thyroïde, et peut-être devraient-ils instaurer un registre dans lequel chacun noterait le nombre d'heures qu'il dormait par nuit afin d'éviter que ce genre d'incident ne se reproduise. Il avait entendu de nombreuses histoires sur le syndrome hivernal, mais il avait toujours pensé que c'était exagéré.

Il avait surtout vu des personnes qui planaient un peu, mais pour ce qui était des changements d'humeur ? Une partie de lui avait envie de kidnapper Lia et de prendre le prochain bateau pour la ramener chez elle. Non seulement le matériel de la station avait failli les tuer, mais il y avait aussi des gens qui passaient à l'acte.

Son seul réconfort était que, cette fois, il voulait s'enfuir avec elle, et non pas loin d'elle.

14.

Pendant la semaine qui suivit l'agression, Lia apprit à apprécier les brefs moments pendant lesquels elle et West prenaient le temps d'échanger un baiser. Ou quand, après avoir vérifié à tour de rôle comment se portait leur seul patient hospitalisé, ils se glissaient dans sa cabine puis s'asseyaient sur le lit pour observer les nuances de l'aurore, et parler un moment.

Ces instants étaient précieux, alors que tous deux se relayaient au chevet de leur patient vingt-quatre heures sur vingt-quatre. Lorsque West quittait sa cabine où il avait dormi seul, elle se glissait dans ses draps qui gardaient encore son odeur.

Aujourd'hui, Nigel était autorisé à dormir dans sa propre cabine. Son agresseur et ancien voisin, à présent bourrelé de remords, suivait un traitement pour la thyroïde et dormait sur une couchette du bureau de la sécurité jusqu'à ce que l'on décide quoi faire de lui.

À moins d'une urgence, ce serait la première soirée que Lia et West passeraient ensemble depuis la nuit où ils avaient failli mourir dans le canot de sauvetage.

Ils avaient dîné, discuté de leur travail, puis s'étaient retirés dans la cabine pour se mettre en tenue de nuit et se blottir ensemble sur le lit, son dos contre le torse de West et ses bras autour d'elle, son menton barbu sur son épaule.

Pour voir l'aurore, il fallait un ciel dégagé, et comme il était un peu couvert, d'autres idées s'imposaient.

Au bout d'un moment, ils se tournèrent naturellement l'un vers l'autre. Glissant une jambe entre les siennes, recouvertes de son pyjama rose, il l'entoura de ses bras.

Leurs nez se touchèrent presque quand il la regarda. Il avait l'air heureux et détendu et son sourire la fit fondre. Il lui vola un petit baiser, puis un autre. Leur rapport aurait été presque chaste s'il n'y avait pas eu ce contact quasi total de leurs corps.

Le désir s'installa rapidement entre eux et ce fut elle qui prit l'initiative de lui enlever son haut de pyjama. Elle se figea en voyant sa bague sur la chaîne qu'il portait autour du cou. Ils se regardèrent un instant, puis elle retira la chaîne qu'elle posa sur la table de chevet.

West défit la fermeture Éclair de sa veste de pyjama ridicule. Dessous, il y avait au moins trois couches de vêtements thermiques.

— Tu ressembles à une poupée russe, dit-il en lui ôtant également ses chaussettes. Quand il n'y en a plus, il y en a encore.

— Je suis programmée pour un climat plus tempéré, répliqua-t-elle. Tu vas devoir me garder au chaud.

Sans répondre, il l'attira vers lui et elle n'eut aucun doute sur ses intentions quand il l'embrassa d'une façon qui la chamboula complètement.

Ils s'étaient très souvent embrassés quand ils étaient ensemble, mais cette fois, quelque chose avait changé. Tous deux étaient différents. Il y avait cette… connexion. Et il n'était même pas encore en elle.

Glissant une main le long de son torse, elle toucha son sexe durci appuyé contre son ventre. Quand elle le caressa du bout des doigts, elle déclencha chez lui un gémissement, et elle désigna le tiroir de la table de nuit où elle avait rangé les préservatifs.

Ils n'avaient pas besoin de parler. West se couvrit le sexe et, avec douceur, pénétra lentement en elle.

Plusieurs mois s'étaient écoulés depuis la dernière

fois qu'ils avaient fait l'amour. Mais cela n'avait jamais été aussi intense. Ils n'avaient jamais eu cette connexion fulgurante pendant qu'il bougeait lentement en elle, ses yeux plongeant dans les siens. Il était là, avec elle et pour elle, à cent pour cent.

Autrefois, ils avaient été le genre de couple qui ennuyait tout le monde à force de s'embrasser et de flirter en toute occasion. Ils étaient un couple joyeux et espiègle, mais leur relation des premiers mois ne s'était guère approfondie ensuite. Jusqu'à ce que la vie s'en mêle et que tout soit détruit.

À présent, elle se disait que tout aurait pu être évité si elle n'avait pas craint de dire la vérité à West en lui expliquant pourquoi il lui était si difficile de rentrer chez elle, et pourquoi elle ne voulait pas qu'il vienne afin qu'il ne voie pas combien elle pouvait paraître faible là-bas.

Mais si elle lui avait demandé de l'accompagner la dernière fois, elle aurait été avec lui pour le soutenir quand il avait appris la mort de son frère.

L'aurait-il acceptée ? Peut-être, peut-être pas. Mais il aurait mérité qu'elle soit sincère avec lui.

— Je suis désolée, murmura-t-elle, sentant les larmes monter.

Il s'immobilisa en elle.

— Pourquoi ? demanda-t-il, les yeux emplis de tant d'amour que même elle pouvait le voir.

— Parce que je ne t'ai pas fait confiance, et que je n'ai pas cru que tu m'aimerais encore après t'avoir parlé de moi.

— Mais tu as fait tout ce chemin jusqu'en Antarctique, ma chérie.

Il était toujours immobile et dur en elle.

— Peut-être qu'il nous faut à tous les deux du temps pour apprendre, ajouta-t-il en souriant avec tendresse.

Il se pencha et l'embrassa longuement, presque respectueusement.

Quand il recommença à bouger en elle, d'abord

lentement, puis de plus en plus vite, elle se mit à haleter, s'abandonnant totalement à lui et au plaisir qu'il lui donnait.

Mais il y avait plus que cela. Il y avait *eux*. Ils se montraient enfin tels qu'ils étaient vraiment, sans armure, s'ouvrant mutuellement leur cœur qu'ils avaient protégé si longtemps.

Quand il roula sur le côté et qu'elle se blottit contre son torse, sentant son cœur se calmer peu à peu contre sa joue, elle sut qu'il avait ressenti la même chose qu'elle.

Et il y avait le silence. Nul besoin de taquineries ni de plaisanteries sur sa performance exceptionnelle. Ils se tenaient, se touchaient, attendant que leurs cœurs reprennent leur rythme normal.

Elle remarqua alors que le visage de West était teinté de rose et tourna la tête vers la fenêtre. Le spectacle de lumière avait commencé, alternant des vagues ondulantes de rose et de bleu.

Tout n'était que beauté, paix et contentement. Au bout d'un moment, elle sentit la respiration de West ralentir et se tourna pour contempler son visage endormi jusqu'à ce qu'elle le suive dans le sommeil.

West se réveilla plus tard dans la nuit. Leurs corps étaient toujours entremêlés dans le petit lit, il avait le nez dans sa nuque et une mèche de ses cheveux bruns indisciplinés lui chatouillait le visage.

Lia commençant à bouger, il resserra les bras autour d'elle.

— Ne t'agite pas trop, à moins que tu ne veuilles réveiller la bête, murmura-t-il à son oreille.

Elle rit doucement.

— Après, peut-être. Mais pouvons-nous d'abord discuter du vignoble ? Cela fait un moment que je voulais t'en parler.

Discuter du vignoble ? Il ne put s'empêcher d'émettre un grognement.

— Rien de grave, je voudrais juste avoir ton opinion.

— Bon, je t'écoute, dit-il en l'embrassant dans le cou.

Elle bougea un peu la tête pour mieux le voir avant de commencer.

— Comme tu l'as compris, je suis d'un village très traditionnel où rien n'a vraiment changé depuis un siècle. Ils n'ont pas eu l'électricité avant 1960 et s'adaptent très lentement au monde moderne. Je voudrais les aider à entrer dans le XXIe siècle. La dernière fois, j'ai obtenu qu'ils aient une antenne-relais de téléphonie mobile plus proche, ils ont Internet et peuvent communiquer plus facilement.

— Impressionnant…

— C'était facile. Ce que je projette maintenant est plus complexe, ajouta-t-elle d'une voix hésitante.

Il l'encouragea d'un baiser sur la joue.

— Que veux-tu faire ?

— J'envisage de donner quarante-neuf pour cent des vins Monterrosa aux villageois pour qu'ils partagent les bénéfices. Ils feraient entendre leurs voix dans la société et leurs familles seraient plus impliquées économiquement, ce qui me semble juste étant donné qu'ils travaillent tous dur à la reconstruction du vignoble.

Il n'en croyait pas ses oreilles.

— Tu veux céder près de la moitié de ta société ?

— Je garderais le contrôle et pourrais annuler toute décision qui ne me paraîtrait pas conforme aux intérêts de l'entreprise pendant qu'ils se familiariseraient avec son fonctionnement. Vendre du vin, ce n'est pas comme le fabriquer ou faire pousser le raisin.

— C'est…

Que dire ? Courageux ? Généreux ? Imprudent ? C'était surtout un risque qu'elle prenait pour son avenir et sa sécurité.

— Es-tu autorisée à le faire légalement ?

— Il suffisait que Pai disparaisse pendant quatre-vingt-dix jours et qu'on apporte la preuve qu'il était vivant, mais négligeait ses devoirs, pour que le vignoble m'appartienne entièrement.

— Je vois.

Apparemment Lia avait déjà longuement réfléchi à la question et cherchait son approbation. Mais il ne pouvait pas l'aider à se décider – juste à mieux s'informer.

— As-tu l'intention d'abandonner le commerce et de revenir à la médecine ?

Elle fronça les sourcils.

— Je n'ai pas quitté la médecine. Je prévois de pratiquer à temps partiel dans le village. Mais il faut que je fasse quelque chose pour ses habitants. La population vieillit et les jeunes s'en vont chercher des opportunités ailleurs. Si les familles ont un intérêt financier, cela les incitera à rester.

— Je vois…

— Tu vois ?

Lia s'assit sur le lit et alluma la lampe de chevet.

— Tu ne crois pas que je devrais le faire ? demanda-t-elle d'une voix tendue.

— Je ne sais pas, répondit-il prudemment. Il s'agit de ton héritage, celui de tes ancêtres.

Il ne voulait surtout pas s'en mêler.

— Mais tu as le droit d'avoir une opinion.

Il s'assit à son tour, toute sensation de bien-être ayant disparu.

— Tu n'as pas besoin de mon opinion. Il y a des gens plus qualifiés que tu peux consulter à ce sujet.

— Non. Pas pour ça. Et ton avis compte pour moi. Est-ce quelque chose que tu aurais voulu pour toi – qui aurait aidé ta famille quand tu étais petit ?

Il réprima un soupir.

— Avant les foyers d'accueil, il n'y avait que maman,

mon frère et moi. Et elle ne travaillait pas en usine ni dans une ferme.

— Que s'est-il passé ? demanda-t-elle d'un ton radouci. Est-ce qu'elle est morte ?

— Elle est toujours en vie. C'était juste une mauvaise mère, et un jour, les services sociaux sont venus nous chercher, Charlie et moi. Pendant quelques mois, elle est parfois venue nous rendre visite, puis elle a renoncé à avoir notre garde. Elle n'était pas de ces parents qui se donnent du mal pour que leurs enfants aient une meilleure vie.

— Je ne sais pas quoi dire, dit Lia, l'air accablé. Mais tu n'aimes pas que l'on compatisse.

— Pas trop, non.

Il se leva, sentant le besoin de dérouiller ses muscles.

— Et je n'aime pas avoir à te donner mon opinion sur un sujet si vaste et important pour ton avenir.

— Tu as bien une idée ? insista-t-elle.

— Mon idée est qu'il s'agit de *ton* avenir. Et je ne peux pas prendre de décisions le concernant.

— *Mon* avenir ?

— Oui.

— Est-ce que tu nous vois toujours vivre ensemble et fonder une famille ? demanda-t-elle en prenant sa chaîne sur la table de chevet et en la lui tendant.

L'expression de son visage hésitait entre la colère et la tristesse.

Ils n'avaient pas parlé de se fiancer à nouveau – en fait, ils n'avaient presque pas eu le temps de discuter cette semaine.

Il prit la chaîne et la lui passa par-dessus la tête.

— Prenons le temps de respirer. Je ne suis pas en train de dire que nous n'aurons pas d'avenir ensemble, cela n'a rien à voir.

— Bien sûr que si. Le vignoble est ton avenir à toi aussi, si nous sommes ensemble.

— Mais c'est toujours toi qui le dirigeras, dit-il en

enfilant ses vêtements thermiques. Les hommes du village s'habitueront à avoir une femme comme patron et finiront par t'écouter. N'est-ce pas la raison pour laquelle tu veux tout moderniser ?

Lia secoua la tête, visiblement irritée.

— Non. Voilà que tu recommences. Tu donnes un diagnostic pour mon père, mais tu n'as pas d'avis sur la façon dont on peut traiter avec lui. Et tu ne veux rien me dire non plus à propos du vignoble… Je vois bien que tu as ton opinion, mais tu ne veux pas la partager.

Elle le regarda, guettant une réaction, mais il ne dit rien.

— J'aime quand nous parlons tous les deux de notre vie et que nous essayons de nous ouvrir et d'évoluer ensemble en nous appuyant l'un sur l'autre, poursuivit-elle. Et quand nous avons fait l'amour… il s'est passé quelque chose de différent. Quelque chose de *plus* qu'avant. Pourquoi ne veux-tu pas prendre part à ce projet ?

— Si tu as envie de le faire, fais-le.

Il avait fini de s'habiller et était prêt à s'esquiver.

— Je peux être quelqu'un de fort quand il le faut, dit-elle. Mais je ne veux pas avoir à être cette personne tout le temps. Nous sommes d'excellents partenaires, nous travaillons très bien ensemble, et nous pouvons aussi nous amuser et avoir… cette nuit.

Elle s'interrompit, comme si elle ne trouvait pas les mots pour la décrire. Oui, il s'était passé quelque chose de différent, mais d'un seul coup, cela lui semblait fragile et provisoire, comparé au bien-être et à la paix qu'il avait ressentis auparavant.

— Je voudrais que nous soyons partenaires pour tout, reprit-elle. J'accorde de l'importance à ton opinion. Peux-tu juste me dire ce que tu penses ?

Elle se glissa entre lui et la porte, totalement nue, et réprima un frisson. Le regardant droit dans les yeux, elle appuya les mains contre la porte et attendit.

Juste lui dire…

— Bon, d'accord. Tu veux savoir ce que je pense ? Quand je suis revenu, j'ai fait un deal avec moi-même : que je ne pourrais être avec toi que si je faisais passer ta sécurité avant la mienne. Ta vie m'est précieuse – et donc ta sécurité physique. Je ne peux pas prendre de décisions à propos de ton avenir, de ta famille ou de toi. La tâche que je me suis fixée consiste à te protéger.

— Pourquoi ?

— Je ne sais même pas ce que nous allons faire une fois que nous aurons passé l'hiver ici. Peut-être que nous nous empresserons de prendre des chemins différents une fois de retour dans le monde civilisé.

Elle lui prit le visage entre ses mains.

— Que s'est-il passé ? demanda-t-elle. Je suis sûre que c'est par rapport à Charlie et je sais qu'il est mort d'une overdose.

Il poussa un long soupir.

— Charlie n'est pas mort par accident. Il a eu son overdose juste après que je lui ai annoncé qu'il ne ferait pas partie de notre famille s'il ne se faisait pas aider. Parce que je ne pouvais pas prendre le risque de vous exposer, toi ou notre future famille, à un drogué qui était suffisamment instable pour devenir dangereux. En gros, cela signifiait : tu deviens *clean* ou tu t'en vas. Et peu après, il…

Sa voix s'étrangla et il frotta sa nuque douloureuse.

— Ce n'est pas ta faute, dit-elle.

— Je savais que tu dirais ça. Mais *c'est* ma faute. J'étais tellement occupé à lui parler et focalisé sur moi que je ne l'ai pas écouté. En y repensant plus tard, je me suis rendu compte qu'il me faisait ses adieux. Il m'a même dit qu'il m'aimait, et je ne l'ai pas entendu. Viens me raconter que ce n'est pas ma faute !

Lia ouvrit la bouche, mais aucun son n'en sortit.

— Si tu veux toujours de moi après ça, je resterai avec toi pour toujours, ajouta-t-il. Mais réfléchis bien.

Généralement, je prends les mauvaises décisions quand il s'agit du bien-être des gens que j'aime.

— West…

— Un autre exemple… Tu veux que je te dise quoi faire avec le vignoble ?

Elle lui lança un regard hésitant teinté de crainte, mais hocha la tête.

— Je pense qu'il vaut mieux que tu le gardes parce que c'est une assurance pour ta sécurité financière. Bien sûr, tu as ton métier, mais on ne sait jamais ce que l'avenir nous réserve. Ces gens qui vivent encore au XIXe siècle ne m'intéressent pas. Je me soucie de *toi*, c'est tout.

— Ce n'est pas vrai, protesta-t-elle. Tu te soucies de tes patients.

— Pendant quelque temps… Pour ce qui est de ton père, tu veux savoir ce que je pense ?

Elle hocha de nouveau la tête, plus faiblement.

— Empêche-le d'avoir accès aux comptes bancaires de la société et porte plainte contre lui. Si les autorités s'en mêlent, on le retrouvera rapidement avec son passeport. C'est bien ce que tu veux ? Alors joue le même jeu que lui. Est-ce que tu aimes mes idées ?

— Eh bien… Je les apprécie…

Il la fit taire d'un geste.

— Tu sais bien que ce sont des décisions que tu ne pourrais pas prendre. Et moi, je prends de mauvaises décisions pour les autres qui finissent par en souffrir, et ensuite, je souffre aussi. Je dois te protéger parce que si quelque chose t'arrivait que j'aurais pu empêcher, je ne m'en remettrais pas.

Voyant ses yeux se mouiller, il s'arrêta.

— Est-ce que tu as changé d'avis ?

— Non, murmura-t-elle. Et toi ?

Il hésita une seconde, puis hocha lentement la tête.

— Cela ne va pas fonctionner si tu as besoin de quelqu'un sur qui compter de cette façon – parce que tu ne veux pas avoir à être aussi forte ou que tu ne sais pas ce que tu veux. Je ne peux pas prendre les décisions à ta place. Je t'ai choisie parce que tu étais forte. Tu voulais savoir si je t'aimerais toujours au cas où tu changerais ? Peut-être que la réponse est *non*. Ou que la réponse est : *je t'aime, mais cela ne marchera pas entre nous*.

Lia le regardait en silence.

— Un homme moins égoïste que moi aurait entendu Charlie, dit-il encore. Je l'ai amené à commettre son geste parce qu'il a craint de perdre la dernière personne à laquelle il tenait.

Comme elle ne bougeait toujours pas, il la prit doucement par les épaules et poussa son corps nu sur le côté pour ouvrir la porte.

— Je vais dans ma cabine, annonça-t-il.

Elle leva la main vers lui et ses yeux le suppliaient presque.

— Je suis tellement désolée que tu aies dû traverser cette épreuve, et aussi que tu continues à la fuir. On ne peut pas faire disparaître les souvenirs douloureux. Te punir pour quelque chose qui était au-delà de ton contrôle n'est pas…

— Je ne me punis pas, coupa-t-il. Je te sauve, toi et *tes* enfants.

Puis il referma la porte derrière lui.

15.

Cette fois, le sort en était jeté, se dit West avec un goût amer dans la bouche. Après avoir un peu réfléchi, Lia ne penserait plus qu'il pourrait l'aider à régler ses propres problèmes familiaux. Elle devait déjà s'en être rendu compte.

Est-ce que l'aurore était toujours là ? Il n'avait même pas regardé par la fenêtre avant de sortir de sa chambre. Peut-être le spectacle du ciel l'aiderait-il à retrouver ce sentiment de paix pour qu'il évite de penser à ce qu'il avait failli avoir avec Lia et qui était définitivement perdu.

Il venait juste de la quitter, et ils allaient se retrouver tous les deux piégés à Fletcher dans le même service, obligés de travailler ensemble, pendant les sept mois à venir. Il avait commis une erreur. Finalement, Dallas aurait été très bien pour lui et il aurait dû y rester.

Il baissa le store pour se retrouver dans l'obscurité et regagna son lit froid et désert. Puis il détacha sa chaîne pour en retirer la bague et la glissa jusqu'à la phalange du milieu de son annulaire. Ils avaient passé tant d'heures à concevoir ce bijou magnifique qui avait représenté leurs espoirs pour le futur…

Mais ils n'auraient sans doute pas d'avenir ensemble. Et il se demandait s'il avait bien fait de partir, ou s'il aurait dû rester. Il ne savait même plus ce qui était le mieux pour elle.

Toujours.

C'était le mot qui l'avait fait revenir, mais il ignorait s'il pouvait rester sans être sûr qu'il rendrait sa vie meilleure.

Quand il avait quitté Charlie, il avait pensé à lui. Depuis, il avait appris la vie. Mais il était peut-être trop tard.

Après le départ de West, Lia dormit par intermittence. Elle rêva que tous les deux peignaient le mur d'une nursery au manoir du village, dans des tons de rose et de pourpre.

Le souvenir de ce rêve la réconforta toute une longue journée pendant laquelle ils s'aperçurent de loin. Elle trouva qu'il avait l'air lugubre, mais il faisait son travail comme si de rien n'était.

De son côté, comme elle n'était pas surchargée, elle décida de faire l'inventaire du matériel de la clinique, ce qui lui laisserait le temps de penser.

Les choses pouvaient encore s'arranger entre eux. Il le fallait. Simplement, elle ne savait pas comment s'y prendre.

Elle devait trouver le moyen de les mettre tous deux sur un pied d'égalité. Les confidences que West lui avait faites rendraient n'importe qui vulnérable, alors qu'il se sentait déjà responsable de la mort de celui qu'il avait passé la plus grande partie de sa vie à protéger. Et il fallait qu'il comprenne qu'elle était encore là pour lui.

Juste après 6 heures du soir, elle alla frapper à la porte de sa cabine. Il ouvrit et lui fit signe d'entrer.

— Je ne suis pas sûr qu'il y ait encore matière à discuter, dit-il en s'asseyant sur le bord de son lit pour lui laisser un peu de place.

— Tu n'as pas besoin de parler, il te suffit d'écouter. Je ne resterai pas longtemps, j'ai juste quelque chose à te dire.

— Quoi donc ?

— Une chose que j'ai tue jusqu'ici car je ne prétends pas que nous n'avons pas de problèmes ni que nous soyons parfaitement bien ensemble. Cependant, sache que je suis certaine que je ne trouverai jamais quelqu'un qui m'aime comme toi. Et je sais que je ne trouverai jamais quelqu'un que j'aimerai autant que toi, et il n'y a personne en qui j'ai autant confiance.

— Tu ne m'as pas écouté, dit-il avec un soupir.

Elle avança d'un pas dans la minuscule chambre et s'assit sur le bord du lit à côté de lui.

— J'ai entendu chaque mot que tu as dit, murmura-t-elle. Et je comprends ce que cela a dû te coûter. Je suis ici pour faire la même chose, et je te retourne tes propres paroles : si tu veux toujours de moi après ça, je resterai avec toi pour toujours… Mon père m'a laissé le vignoble qui est à moi temporairement jusqu'à ce que je me marie. Ensuite, il appartiendra à mon mari. Pai a écrit sa volonté juste avant que je fasse ta connaissance, et je ne l'ai su qu'en retournant au Portugal après ton départ.

West écarquilla les yeux.

— Quoi ?

— Si tu étais mon mari, nos enfants continueraient à hériter. La tradition veut que l'on transmette nos deux noms : Iramarati da Monterrosa MacIntyre. Je sais que tu ferais tout pour me protéger, et eux aussi.

— Ma chérie… Je ne comprends pas ce que tu veux.

— Je te veux, toi. Et je veux que tu te prouves à toi-même que tu peux faire autre chose que tout détruire et blesser les gens que tu aimes. Déjà, tu as cessé de t'enfuir loin de ceux qui t'aiment quand il y a des problèmes. Tu as cassé la fenêtre et nous as fait sortir du canot de sauvetage défectueux. Il suffit que tu me fasses confiance comme je te fais confiance.

— Que veux-tu que je fasse ?

— J'aimerais que tu trouves un moyen de sortir mon père de son silence d'une manière qui ne soit pas trop violente pour lui ni pour moi.

Il la regarda d'un drôle d'air, mais parut plus détendu.

— Je ne connais pas ton père.

— Mais tu me connais.

Elle sortit de sa poche un morceau de papier roulé comme un parchemin, et maintenu par un joint en silicone bleu.

— Voici son adresse mail. Il continue de m'ignorer.

Il retira la bande bleue, et quand il voulut la jeter dans la corbeille, elle retint sa main pour la reprendre.

— Cela ressemble au joint que tu as retiré de la fenêtre, et je pense que ce serait idéal pour confectionner des alliances de fortune. Au cas où tu déciderais quand même de me garder…

Elle se pencha et déposa un rapide baiser sur sa joue avant de se diriger vers la porte.

— Il nous reste environ sept mois pour y arriver. Alors ne t'attends pas à ce que je renonce déjà à toi.

Le lendemain matin, des coups frappés à la porte de sa cabine la tirèrent du sommeil et elle se précipita hors du lit, le cœur battant. Un coup d'œil à son réveil lui confirma qu'elle avait dormi environ trois heures. Sa radio n'avait pas fonctionné, ce n'était donc pas une urgence.

Elle tituba jusqu'à la porte, vêtue de son pyjama rose préféré.

West se tenait sur le seuil, son ordinateur portable sous le bras, l'air fatigué.

— J'ai une idée, dit-il en entrant.

Il avait une idée… Elle sentit l'espoir renaître en elle.

S'asseyant au bord du lit, il ouvrit son ordinateur sur ses genoux.

— Au sujet de ton père… Est-il aussi fier que toi de son vignoble et du village ? S'il l'aime, c'est peut-être pour ça qu'il s'est enfui.

— Oh…

Elle retrouva d'un coup toute sa lucidité.

— Oui, il aime le vignoble et son histoire. Il a toujours apprécié le faste – quand nous recevons des commandes tous les ans pour certaines cérémonies et célébrations.

C'est juste qu'il n'aime pas y travailler. Il n'a pas de don pour ça.

— Je sais que tu n'apprécies pas l'idée de bloquer son accès aux retraits de fonds, ni de le faire arrêter pour avoir provoqué un incendie…

— C'est trop risqué. S'il n'a pas les idées claires, le fait de le priver d'argent pourrait lui faire perdre complètement les pédales.

— Je comprends, dit West. Et je pense que la meilleure façon d'obtenir une réponse de sa part est de provoquer une dispute à propos du vignoble. Si c'était moi, je répondrais plus rapidement à une provocation qu'à une demande.

Elle se rappela qu'elle avait envoyé très souvent des e-mails à West, le suppliant de répondre, et il ne l'avait jamais fait. Mais ce n'était pas le moment d'en parler.

— Le satellite sera bientôt là, dit-il. Je pense que si c'est moi qui provoque ton père à propos du vignoble, il me répondra.

— Comment ça ? Quelle provocation ?

Il tourna l'écran vers elle et l'ouvrit.

Elle remarqua alors qu'il portait sa bague de fiançailles à une phalange de son annulaire. Elle n'était plus dissimulée sous ses vêtements.

Prenant une profonde inspiration, elle parcourut le texte. Il était écrit comme une véritable lettre professionnelle, dans laquelle West disait que Lia s'était mise d'accord avec lui pour lui confier la fabrication du vin, et qu'ils allaient commencer à faire du whisky, car il y avait eu trop de raisin détruit. Ils allaient donc planter de l'orge, ce qui permettrait de concentrer la fermentation sur une seule saison, au lieu de devoir attendre des années pour que les vignes retrouvent leur ancien aspect.

West avait même inclus un faux logo, et elle comprit alors qu'il ne s'agissait que d'un leurre pour susciter une réaction chez son père et qu'il n'avait pas l'intention de se lancer dans la production de whisky.

Il ajoutait que maintenant qu'il n'était plus propriétaire ils pouvaient prendre cette décision seuls, mais qu'il trouvait plus correct d'en discuter avec lui. Et il avait fixé un délai : il lui donnait deux jours pour lui répondre. Il terminait avec le faux logo MacIntyre Whiskey. Il ne mentionnait même pas le nom de Monterrosa, cherchant à l'atteindre dans sa fierté.

— Cela m'a pris plus de temps pour dessiner le logo que pour écrire la lettre, commenta-t-il.

— Tu penses qu'il va répondre pour nous empêcher de faire du whisky ?

— Oui. Rassure-toi, je n'en ai pas du tout l'intention. Je compte bien boire encore du vin Monterrosa dans le futur.

— Tu vas envoyer ce mail maintenant ?

— Pas sans ton approbation.

Si ce stratagème ne fonctionnait pas, causerait-il des dommages ? Son père ne pourrait pas être plus en colère contre elle que pour avoir essayé de le faire réapparaître.

— Plus que dix minutes avant le passage du satellite, ajouta West.

Elle hocha lentement la tête.

— Je suis d'accord.

Il reprit l'ordinateur et cliqua sur « Envoyer » pour que le message soit mis en attente le temps que la connexion Wi-Fi soit établie.

— Je te préviendrai quand il répondra. S'il répond…

— Et sinon ?

West se leva et, remettant l'ordinateur sous son bras, il déposa un baiser sur ses boucles folles. Puis il lui sourit et sortit pour commencer sa journée de travail.

Peut-être avait-il décidé de l'aider simplement pour qu'ils puissent travailler ensemble avec moins de stress pendant les mois à venir…

Il n'avait pas reparlé de son projet de donner une partie du vignoble au village – ce qu'elle ferait, de toute façon.

Mais elle pouvait attendre, il lui restait sept mois. Et elle ne renoncerait pas.

Le reste de la journée s'écoula avec une incroyable lenteur.

Si le plan de West fonctionnait, elle pourrait retrouver son père, ou au moins lui dire qu'il n'avait plus besoin de fuir. West constaterait qu'il ne faisait pas que gâcher la vie de ceux qu'il aimait, et pourrait ne pas les voir tous les deux comme la prochaine catastrophe qu'il risquait de déclencher.

Si le plan fonctionnait, elle pourrait donc aussi récupérer son fiancé.

Sinon ? Elle serait obligée d'attendre que son père réapparaisse, ou se fasse repérer par les enquêteurs. Et West serait conforté dans l'idée qu'il ne fallait pas lui confier d'importantes décisions à prendre.

Il n'y eut pas d'e-mail le soir. La dernière chose qu'elle se rappela fut d'être restée à contempler par sa fenêtre le ciel étoilé, dépourvu d'aurore, depuis son lit…

On frappa à la porte, et West se tenait de nouveau sur le seuil.

— Tu ne t'es pas réveillée…, dit-il. Il est 7 h 05 du matin.

Il arborait un large sourire et ouvrit son ordinateur.

— Il a répondu ? demanda-t-elle, retenant sa respiration.

West se mit à rire et lui montra l'écran.

— Il est vraiment fou. N'oublie pas que mon e-mail était destiné à le mettre assez en colère pour qu'il réponde.

— Je sais. Il est en colère contre moi ? ajouta-t-elle avec appréhension.

— Un peu. Si tu veux, tu n'as pas besoin de le lire et je peux t'en faire un résumé, mais son anglais n'est pas aussi bon que le tien et certains mots sont en portugais.

Elle secoua la tête.

— Cela fait des mois que j'attends. Je suis prête. Et il a été établi qu'il était malade.

Lia se pencha sur l'écran. L'e-mail était adressé à West, mais, de toute évidence, il était destiné à sa bonne à rien de fille. Elle nota au passage quelques piques familières à propos de la déception qu'elle était pour lui, et combien sa vie aurait été transformée si elle avait été un garçon. D'autres passages s'ensuivaient. Tout était fait pour qu'elle se sente le plus mal possible, mais elle avait si souvent lu et entendu ces mots qu'ils n'avaient presque plus d'effet sur elle.

Soudain, West reprit l'ordinateur et le posa sur la table.

— Assez, dit-il. Je pense que tu en as suffisamment lu. Je vais lui répondre…

Mais elle sentit la colère monter en elle. Comment son père avait-il osé dire autant de mal d'elle à West ?

— Non, c'est moi qui vais lui écrire. Parce qu'il a causé plus de tort à la famille et au nom qu'elle porte que j'aurais jamais pu le faire. Et je dois réparer ses bêtises, comme je le fais toujours. Mais tu sais quoi ? Finalement, je vais bloquer son accès à la banque. On verra comment il s'en sort sans pouvoir dépendre du travail de quelqu'un d'autre pour le faire vivre.

Tout en parlant, elle s'était levée et arpentait nerveusement l'espace étroit qui entourait le lit.

West haussa les sourcils.

— Assieds-toi… Après tout, tu n'as pas besoin de répondre tout de suite.

— Oh ! si ! Je vais envoyer son e-mail à mon enquêteur pour qu'il fasse ce qu'il faut pour retrouver sa trace. Ensuite, il ira le voir, et… et…

— Et quoi ?

— Je ne sais pas ! s'exclama-t-elle en levant les bras au ciel avant de se laisser tomber sur le lit.

— Nous avons cherché à le mettre en colère et il a réagi.

— C'est une chose de me critiquer, c'en est une autre

de tout te répéter, en ajoutant que tu t'abaisses en étant avec moi.

— Ah, c'est ce qu'il a écrit en portugais ?

— Il n'avait pas à te dire ça.

— Non, tu as raison. Mais si tu lui réponds sous le coup de la colère, nous n'arriverons à rien. Un e-mail agressif est pire que pas d'e-mail du tout. Envoie-le à ton enquêteur, et laisse-le mûrir jusqu'à ce que tu n'aies plus envie de vouloir le blesser en retour.

En tout cas, elle avait demandé à West d'inciter son père à rompre son silence, et il avait réussi.

— En fait, je ne sais pas exactement ce que je veux que l'enquêteur fasse, à part mettre un peu de bon sens dans la tête de mon père…, dit-elle en soupirant.

Deux minutes plus tard, l'e-mail était envoyé, mais elle n'était toujours pas calmée.

— Rappelle-toi ce que tu souhaitais avant ce matin, lui dit doucement West. Tu voulais t'assurer que tout allait bien pour lui. Avais-tu l'intention de lui laisser une place dans l'entreprise ?

— Oui, mais pas dans la fabrication.

— Le faste et les cérémonies ?

Elle hocha la tête.

— C'est encore possible. Il n'y aura pas de whisky MacIntyre.

Il lui prit les mains et l'aida à se relever avant de la serrer longuement dans ses bras.

— N'oublie pas qu'il n'est pas lui-même. Peut-être était-il soûl quand il a écrit, et il y a ce problème d'hypothyroïdie.

Ses paroles étaient réconfortantes, mais ce qui lui mettait surtout du baume au cœur, c'était qu'il était l'instigateur de toute cette stratégie, qu'il avait menée avec succès. Et elle était si bien dans ses bras, sa joue contre son torse, à entendre les battements de son cœur…

— C'est exactement ce dont j'avais besoin, murmura-t-elle.

Ses mains fourragèrent dans ses cheveux.

— Moi aussi.

— Et je veux récupérer ma bague.

Il se mit à rire, ne s'attendant visiblement pas à cette demande, puis la lâcha avant de poser un genou à terre.

Elle abaissa la capuche de sa veste de pyjama rose, tendit la main vers lui, les doigts bien écartés, et sourit quand il glissa l'anneau à son annulaire, là où il aurait toujours dû rester.

— Cette bague que nous avons dessinée tous les deux est le symbole de la vie merveilleuse que nous allons bâtir avec notre famille, dit-il d'un ton solennel.

Elle ne trouva rien à ajouter et jeta les bras autour de son cou.

— Au lit…

— Je croyais que tu étais censée répondre *oui*. La dernière fois, tu avais dit oui, objecta-t-il, les yeux brillants de gaieté.

— Oui, dit-elle. Et maintenant, *cama*.

Quand ils tombèrent tous deux sur le lit, il jeta un coup d'œil à sa montre.

— Je commence mon service dans quinze minutes.

— On peut faire beaucoup de choses en quinze minutes.

Épilogue

Une semaine plus tard…

Entourés par tout le personnel qui n'était pas retenu ailleurs par son travail, West et Lia se tenaient debout dans le salon devant la longue rangée de fenêtres ouvrant sur un ciel de fin d'après-midi sans aurore.

— Je n'ai plus que dix minutes car j'attends un appel urgent à 7 heures, dit le capitaine de l'équipe de maintenance en scrutant le ciel d'un air dubitatif.

— Si elle ne vient pas, on recommencera demain, répliqua West en passant les bras autour de Lia, chaudement couverte de sa tenue d'extérieur rouge qui devait lui tenir lieu de robe de mariée.

Car ils avaient prévu de se précipiter dehors dès que la première lueur apparaîtrait pour échanger leurs consentements et s'embrasser dans le vent.

— Elle va venir, intervint Lia. J'ai un bon pressentiment.

Tout le reste s'était bien enchaîné, depuis le capitaine qui avait accepté de procéder à cet étrange mariage, en passant par le cuisinier qui avait fait un gâteau spécial, jusqu'à Eileen Gossen qui avait mis à profit ses talents de soudeuse pour leur confectionner des alliances en métal.

La seule chose qui manquait, c'était une connexion Internet pour que Jordan et Zeke puissent assister à l'événement depuis leur plage californienne ensoleillée. Mais quelqu'un faisait un enregistrement et l'enverrait au prochain passage du satellite.

— Cinq minutes ! annonça le capitaine.

Au même moment, le ciel commença à se teinter de nuances bleutées et ce fut la débandade. Tous les participants à la fête revêtus de leur tenue rouge se ruèrent vers la sortie la plus proche.

Une fois dehors, tout le monde se rassembla autour du capitaine. Le vent était plus présent que jamais.

West et Lia se tinrent par leur main non gantée et le capitaine commença à parler, mais ils avaient du mal à le comprendre au milieu des hurlements du vent et durent crier pour s'entendre dire oui. Ils échangèrent leurs alliances au moment où le ciel s'illuminait et West prit le visage de sa femme entre ses mains et l'embrassa longuement sous les applaudissements et les sifflements de joie.

Puis tout le monde rentra en courant à l'intérieur, où un gros gâteau les attendait. En arrivant, les jeunes mariés eurent droit à une pluie de confettis faits maison pour clore cette cérémonie qui, en tout, avait duré trois minutes – sans doute le mariage le plus rapide de l'histoire de l'Antarctique.

Beaucoup plus tard, après avoir fait un passage au sauna pour se réchauffer, tous deux se retrouvèrent allongés dans la cabine qu'ils partageaient désormais. Lia avait adopté sa position favorite, sa joue sur le torse de West, et ils contemplaient le ciel étoilé redevenu sombre.

— Si nous avons une fille, nous l'appellerons Aurore, déclara-t-elle.

— Et si c'est un garçon ?

Elle lui entoura la taille de ses bras.

— Charlie, murmura-t-elle.

Il prit sa main sans rien dire et la serra. Ils restèrent longuement enlacés et, au moment où elle allait sombrer dans le sommeil, elle l'entendit murmurer à son oreille.

— *Amo-te.*

— Toujours, répondit-elle.

Vous avez aimé ce roman ?
Retrouvez en numérique l'intégrale
de la série « Médecins sous les étoiles ».

1. *Le sauveteur de l'Antarctique*
2. *Réunis sous la neige*

ROBIN GIANNA

L'épouse du Dr McCarthy

Traduction française de
EVELINE CHARLÈS

BLANCHE

HARLEQUIN

Titre original :
SECOND CHANCE WITH THE SURGEON

1.

— Assis, Hudson ! Assis… Assis…

Plus Jillian riait, moins le chien la prenait au sérieux, et il lui léchait la figure avec encore plus d'enthousiasme.

Elle ne put s'empêcher d'enlacer l'animal.

Comment avait-il pu devenir aussi imposant, alors que le propriétaire du refuge avait estimé qu'il serait de taille moyenne ? Elle était pratiquement certaine qu'un chien de taille moyenne ne vous pose pas ses pattes sur les épaules pour vous souhaiter la bienvenue.

— Moi aussi, je suis contente de te voir, affirma-t-elle en reculant d'un pas.

Son autre chien, un terrier Yorkshire pas plus grand qu'un rat de ville, en profita pour mordiller le bas de son pantalon.

— Arrête, Yorkie !

Elle se libéra des petites dents d'un mouvement souple dont elle aurait été incapable avant l'opération.

Grandir avec deux jambes de longueurs différentes ne l'avait pas vraiment aidée à se fondre dans la foule et lui avait valu pas mal de moqueries. Mais, heureusement, tout cela appartenait au passé. Aujourd'hui, personne n'aurait pu deviner qu'elle avait souffert de ce handicap étant enfant.

Elle s'accroupit pour câliner Yorkie, qui manifesta bruyamment son enthousiasme.

— Très bien. Je sais que vous en avez assez d'être

restés enfermés aussi longtemps. Mais comme je suis rentrée de bonne heure, aujourd'hui, nous aurons tout le temps de faire une longue promenade.

Le mot « promenade » déclencha une série d'aboiements.

Elle gravit les six marches qui menaient à la chambre minuscule de son appartement new-yorkais.

Cet espace réduit n'était pas vraiment fait pour héberger deux chiens dont l'un faisait la taille d'un scooter…

En évoquant l'appartement spacieux où elle avait vécu avec son mari jusqu'à leur divorce, à peine un an après leur mariage, elle eut le cœur serré. Elle avait entendu dire que Conor, son ex, l'avait vendu pour s'installer dans un appartement-terrasse situé dans un quartier encore plus résidentiel… Un endroit où elle se serait sentie encore moins à sa place.

Mais à quoi bon évoquer ce qui n'existait plus ?

Lorsqu'elle avait rencontré Conor, c'était comme si le sol s'était dérobé sous ses pieds. Jamais elle n'avait éprouvé un tel choc émotionnel, et elle n'avait pas pu s'y soustraire. Il avait suffi de deux rendez-vous pour qu'elle tombe follement amoureuse de cet homme. Ils s'étaient rapidement mariés, même si une petite voix lui murmurait à l'oreille que tout ça était trop beau pour être vrai. Qu'elle n'était pas le genre de femme destinée à épouser un chirurgien de renom totalement dévoué à son travail, et membre de la jet-set new-yorkaise par-dessus le marché.

Le sourire éclatant de Conor, ses épais cheveux blonds et son beau visage surgirent dans son esprit.

La semaine précédente, son patron au centre d'Ergothérapie lui avait annoncé que dorénavant ils allaient se consacrer exclusivement aux membres inférieurs. Ce qui impliquait qu'elle devrait retourner à l'institut orthopédique du Bras et de la Main dont Conor était le directeur.

Comment ferait-elle pour travailler de nouveau avec lui ? Si elle devait le croiser chaque jour, son cœur encore mal cicatrisé se remettrait à saigner…

La fuite était la seule solution.

Elle avait sollicité un poste dans le Connecticut, ce qui lui permettrait de trouver un logement plus spacieux et moins cher. New York et ses amis lui manqueraient, mais elle ne voyait pas d'autre solution.

Chassant cette triste perspective de son esprit, elle ôta ses vêtements de travail pour enfiler un jogging, des baskets et une veste confortable.

La température était étonnamment tiède pour un mois de décembre, et elle comptait profiter de chacune des minutes qu'il lui restait dans cette ville qu'elle aimait.

Quand les chiens virent les laisses, ils remuèrent la queue si fort que leur arrière-train suivit le mouvement, ce qui la fit sourire.

Au moins, elle les avait toujours, ces deux chiots que Connor et elle étaient allés chercher dès la semaine qui avait suivi leur voyage de noces !

— Venez, vous deux, dit-elle en les traînant pratiquement dans l'ascenseur, tant elle était pressée d'oublier ces merveilleux souvenirs.

Une fois dans la rue éclairée par les rayons du soleil couchant, ils se dirigèrent vers le parc distant de quelques centaines de mètres.

Au coin d'une rue, ils se trouvèrent face à face avec deux chiens noirs aussi massifs qu'Hudson, tenus en laisse par un vieil homme d'aspect fragile.

Normalement, Hudson et Yorkie se montraient plutôt aimables envers leurs congénères, mais dès que les deux autres grondèrent et montrèrent les dents, Yorkie se mit à aboyer furieusement.

— Du calme, tout va bien ! dit Jill.

Elle se tournait pour voir si la circulation était suffisamment fluide pour qu'elle puisse passer de l'autre côté de la chaussée, quand les chiens noirs bondirent en avant.

Hudson s'écarta précipitamment, l'entraînant avec lui, tandis que Yorkie se réfugiait entre les pattes de son ami.

Prise de panique, elle chercha à garder son équilibre tout en retenant ses chiens. Elle percevait les cris du vieil homme, qui tentait de maîtriser les siens. Malheureusement, Hudson et Yorkie avaient réussi à enrouler leurs laisses autour d'un réverbère. Tandis qu'elle s'efforçait de les dégager, elle se sentit soulevée de terre et tomba lourdement sur le trottoir. Ce fut sa main droite qui prit le choc. Elle cria tandis qu'une douleur intense irradiait son bras.

Bon sang ! Sans l'ombre d'un doute, son poignet était brisé.

Fermant les yeux, elle agrippa les laisses de sa main gauche.

Comment allait-elle se débrouiller avec les chiens, maintenant ?

— Désolé, dit l'homme, hors d'haleine.

Elle battit des paupières et leva la tête.

Heureusement, il traversait en vitesse, mettant le plus de distance possible entre leurs chiens respectifs. Elle parvint à s'asseoir et fixa son poignet qui commençait à gonfler.

Une femme se pencha vers elle et prit les laisses pour finir de les démêler.

— Ça va ? demanda-t-elle.

— Non, pas vraiment.

Tendant le bras pour prendre son sac, elle chercha son téléphone, avant de se rappeler qu'elle ne pouvait appeler personne : ses collègues ne répondaient jamais aux appels personnels quand elles étaient de service, ses parents vivaient en Pennsylvanie, sa sœur dans le New Jersey… Et pour rien au monde elle n'appellerait Conor.

— Il faut que je rentre chez moi.

— Je vais vous aider. Vous habitez loin ?

— À deux pâtés de maisons d'ici. Merci… Je me suis fait mal au poignet, et j'aurais du mal à maîtriser mes chiens toute seule.

— Je suis contente de pouvoir vous aider.

La femme tira légèrement sur les laisses, et les chiens se postèrent docilement près d'elle.

— Il est clair que vous avez de l'expérience, remarqua Jillian en tentant de sourire. Et en ce moment, vous êtes mon ange gardien.

— Ce n'est pas fréquent d'être traitée d'ange gardien, et je suis certaine que ça va éclairer ma journée. Sauf que vous souffrez et que j'en suis désolée pour vous. Je vous aide à vous relever ?

— Non merci… Ça va aller.

Utilisant sa main valide, Jillian se mit gauchement debout.

Elle priait le ciel pour qu'il s'agisse d'une fracture simple ne nécessitant pas de chirurgie. Mais à voir l'angle bizarre pris par son poignet, elle craignait de ne pas avoir cette chance.

— Montrez-moi où vous habitez, mon petit, pour que vous puissiez vous faire soigner.

— À une centaine de mètres dans cette direction. Au fait, je m'appelle Jillian Keyser.

— Et moi, Barbara. Je pourrais dire que je suis ravie de faire votre connaissance, mais les circonstances ne sont pas très sympathiques.

— Non, malheureusement.

Pour soulager son bras irradié par la douleur, Jillian le maintint contre elle pendant qu'elles marchaient. Elle n'avait pas très envie de parler, et par bonheur, Barbara monologuait sur les chiens, la ville et les parcs où elle menait ses propres bêtes.

Lorsqu'elle eut franchi la porte de son appartement, Jillian se tourna vers son « ange gardien ».

— Je ne peux pas vous dire à quel point je vous suis reconnaissante de m'avoir aidée. Je… Je ne sais pas trop ce que j'aurais fait sans vous.

— Ne me remerciez pas. J'étais au bon endroit au bon moment.

— Encore merci.

Dès qu'elle fut seule, Jillian passa quelques minutes à recouvrer une respiration normale, puis elle donna de l'eau fraîche aux chiens avec sa main valide.

Qu'allait-elle faire, maintenant ?

Les meilleurs chirurgiens de New York, dont Conor, se trouvaient à l'institut où elle avait travaillé pendant dix mois. Elle devait s'adresser à quelqu'un qui ne s'empresserait pas de rapporter son accident à son ex-mari.

Prenant son téléphone, elle inspira profondément avant de former le numéro de l'IOBM, l'institut orthopédique du Bras et de la Main. La lenteur de l'opération lui révéla combien il était difficile de se débrouiller avec une seule main. En tant qu'ergothérapeute, elle savait combien c'était handicapant, mais il y avait une marge entre la théorie et la pratique.

— Bonjour, ici Jillian Keyser, une ancienne employée de l'institut. Ah, salut, Katy ! Oui, ça fait longtemps... Euh, est-ce que je pourrais parler au Dr Beth Crenshaw ? Crois-le ou non, mais je suis pratiquement sûre de m'être cassé le poignet.

Tout en se changeant dans le vestiaire des hommes avec ses deux confrères, Conor McCarthy remarqua :

— On a eu peu d'interventions, aujourd'hui.

— Ouais ! Heureusement que la neige et la glace ne vont pas tarder, plaisanta Bill Radcliff. Ce sera meilleur pour les affaires.

Conor ne put s'empêcher de rire.

— Mieux vaut que nos patients ne t'entendent pas, ou la rumeur se répandra sur les réseaux sociaux. On dira que tu espères des chutes et des fractures pour te faire du fric.

— Nous soignons des personnes qui se sont blessées, c'est une réalité, répliqua Bill avec un sourire. Certaines d'entre elles sortent courir alors qu'elles feraient mieux de rester à la maison en attendant que la météo soit favorable.

— Exact.

Conor pensa à Jillian qui avait l'habitude de faire son jogging par tous les temps, et cela lui ôta toute envie de rire. L'image de son corps mince et de ses jolies jambes moulées dans un legging s'imposa à lui, ainsi que son beau sourire et le chignon qu'elle se faisait pour courir.

Il adorait voir ce mignon chignon sauter quand elle franchissait la porte, presque chaque jour. Sans doute avait-elle besoin de se rattraper, après avoir été privée de sport pendant tant d'années. Elle lui avait dit que, après son opération, courir avait été la première chose qu'elle avait voulu faire. Il avait toujours admiré sa détermination à surmonter ce que d'aucuns auraient considéré comme un handicap.

La douleur, dans sa poitrine, devint si forte qu'il porta machinalement la main à son sternum, comme s'il pouvait soulager son stupide cœur brisé. Au bout d'un an de séparation, il aurait espéré oublier Jillian, mais rien à faire !

— Tu vas finaliser cette association avec le centre d'urgence de Manhattan ? demanda Bill. Ce serait formidable s'ils pouvaient s'installer dans cet espace vacant, juste à côté.

— Je dois rencontrer les responsables aujourd'hui. Je leur ferai une offre qu'ils ne pourront pas refuser.

— J'espère que tu comptes rester à la direction, après la fusion ?

— Crois-moi, je vais m'arranger pour que ça arrive.

Conor vida son gobelet de café, puis il se rendit au secrétariat pour consulter le planning de ses interventions. Le papier en main, il dépassa plusieurs patients qu'on préparait pour le bloc dans des box. C'est alors qu'il entendit une voix mélodieuse.

Aussitôt, son rythme cardiaque s'accéléra dangereusement, et il se retourna d'un coup.

Jillian portait la tenue de l'hôpital. Son doux sourire

habituel aux lèvres, elle discutait avec l'infirmière de bloc et l'anesthésiste.

— Jillian ! Qu'est-ce que… ?

Elle leva la tête, et il plongea dans les yeux magnifiques qui lui avaient tellement manqué, d'un vert mêlé de gris et d'or, comme les nuages à l'horizon quand les rayons du soleil les percent.

Bon sang ! Entre eux, la connexion était toujours là. En dépit de tout, il éprouvait la même décharge électrique.

Elle battit des paupières avant de grimacer de douleur.

— Oh ! salut, Conor. Je me suis cassé le poignet. Fracture du radius distal. Beth va insérer une broche et des vis dans la matinée pour remettre tout ça en place.

Il cessa de respirer.

— Mais comment est-ce arrivé ?

— J'ai sorti les chiens. Nous avons croisé deux mastodontes peu amicaux. Yorkie a piqué une crise, et je me suis retrouvée par terre.

— C'est ta main droite ? demanda-t-il en s'approchant.

Il la prit délicatement dans la sienne, et le simple contact de sa peau douce suffit à le retourner.

Qu'est-ce qui n'allait pas, chez lui ?

Ils avaient beau être tombés follement amoureux, il n'aurait jamais dû se marier avec elle, pour commencer. Il avait appris à ses dépens qu'il n'était pas du bois dont on fait les maris, pas plus que son père, dont il avait visiblement hérité les mauvais gènes. Il avait eu un père égoïste et froid, et une mère qui se mettait en quatre pour rendre son mari heureux… Jusqu'au jour où il était parti. Ensuite, la situation était devenue dramatique.

Croisant de nouveau le regard de Jillian, il sut immédiatement que la tristesse et le chagrin reflétés dans ses beaux yeux n'avaient aucun rapport avec son poignet et tout à voir avec lui.

Elle avait eu bien raison de le quitter. Une femme aussi

extraordinaire que Jillian Keyser n'avait aucune raison de rester avec un homme qui la rendait malheureuse…

Mais depuis dix mois qu'elle était partie, il ne s'était pas passé un seul jour ou une seule nuit sans qu'il pense à elle.

— Oui, grommela-t-elle, ce n'est pas de chance. Mais je ferai avec.

— C'est l'heure du titanium !

Le Dr Beth Crenshaw tira le rideau. En le voyant, elle cessa de sourire.

— Salut, Conor. Surprise, surprise, hein ?

Conor eut du mal à lâcher la main de Jillian.

— C'en est une, en effet. Pourquoi personne ne m'a-t-il prévenu que Jill allait être opérée ici aujourd'hui ?

— C'est moi qui ai demandé qu'on ne t'en parle pas, dit sèchement Jill. Il n'y avait aucune raison que tu sois au courant.

Cette vérité lui poignarda le cœur.

— Peut-être pas, mais j'aurais quand même voulu le savoir. Qui va te ramener chez toi, après l'intervention ?

— Ma voisine Ellie. C'est la seule personne que je connaisse à posséder une voiture.

— Attends… Celle qui a quatre-vingts ans et un genou en vrac ?

Jillian fit une petite grimace.

— Je sais que j'abuse de sa gentillesse, mais on ne m'aurait pas laissée repartir en taxi, comme tu le sais très bien.

— Tu aurais pu me dire que tu avais du mal à trouver quelqu'un, intervint Beth. Je peux très bien te raccompagner. Tu n'auras qu'à rester en salle de réveil jusqu'à ce que j'aie terminé ma journée. De toute façon, tu seras encore dans les vapes. J'espère qu'une personne de confiance prendra soin de toi cette nuit ? Tu ne peux pas rester seule.

— Je crois que Kandie, une collègue, passera voir si tout va bien. Et ma sœur devrait arriver en fin de semaine.

Elle ne peut pas venir plus tôt parce qu'elle travaille sur un gros projet.

Les yeux de Conor allèrent de Jill à Beth.

— Elle doit revenir demain pour qu'on lui enlève le plâtre, non ?

Se tournant vers Jillian, il ajouta :

— Je n'arrive pas à croire que tout soit déjà réglé ! Qu'est-ce que tu fais des chiens ? Et si je me souviens bien, l'emploi du temps de ta sœur est presque aussi chargé que le mien. Comment peux-tu être sûre qu'elle pourra se libérer aussi vite ?

Jill releva le menton, arborant cette expression butée qu'il ne connaissait que trop bien.

— J'apprécie ta sollicitude, Conor, mais je ne vois pas en quoi ça te regarde. Les chiens et moi, on se débrouillera bien.

Malgré cette assurance affichée, il devina qu'elle était inquiète.

— Tu as eu des centaines de patients. Tu sais donc ce qu'on ressent quand on remplace le plâtre par une attelle et combien on souffre. Tu sais aussi que, au début, ton bras et ta main ne seront pas fonctionnels. Hudson est un gros morceau… Sans compter que tu seras dans l'incapacité de sortir les chiens pendant pas mal de temps. Du moins, jusqu'à ce que ton os adhère parfaitement au titane. Si tu tombes avant que ce ne soit le cas, ce sera une catastrophe.

— Je ne tomberai pas, et il existe des promeneurs de chiens rétribués pour ce service. Bien sûr… Je n'ai pas eu le temps de m'en occuper avant l'intervention, mais je suis certaine que j'en trouverai un.

— Laisse-moi chercher un membre du personnel qui apprécierait de se faire un peu d'argent en t'aidant ce soir et en te ramenant demain, dit Beth. Sortir les chiens sera compris dans le contrat. Maintenant, on doit te sédater et t'emmener au bloc, ou bien le planning va être fichu, ce que personne ne souhaite.

Le ton calme de Beth était visiblement destiné à l'apaiser lui-même, mais cela ne fonctionna pas. Jillian n'était peut-être plus sa femme, mais cela ne voulait pas dire qu'il ne se souciait pas d'elle.

— Il se trouve que j'ai peu d'interventions aujourd'hui, alors je peux te raccompagner chez toi. Bien que j'aie une…

Il s'interrompit brusquement.

Il avait failli oublier cette réunion avec les dirigeants du centre d'urgence de Manhattan ! Bien sûr, il pouvait en parler à Jillian, mais son emploi du temps chargé avait été l'une des causes de leur séparation.

Et puis, après tout, il s'agissait d'une urgence. Il pouvait parfaitement reporter cette réunion !

— Je passerai en salle de réveil en quittant le bloc, et je te raccompagnerai chez toi, déclara-t-il.

Les beaux yeux de Jillian exprimèrent un désarroi réel.

— Non, Conor ! Je t'en prie, je…

— C'est parfait, trancha Beth avec entrain. Je te retrouverai en salle de réveil. Et maintenant, Jill, il est temps que le Dr Répare-tout te répare.

Jillian ouvrit les lèvres pour protester, ce qui le chagrina. Le détestait-elle au point de ne pas pouvoir passer quelques heures avec lui ?

Il regarda l'anesthésiste perfuser Jillian, dont les longs cils balayèrent ses joues lorsqu'elle ferma les yeux. Il se força à se détourner de ce ravissant visage qu'il avait tant de fois contemplé lorsqu'il la regardait dormir la nuit.

Il ressentait toujours ce poids sur sa poitrine, mais, bizarrement, son cœur se gonflait de joie. Il allait être avec elle ce soir pour la première fois depuis près d'un an ! Droguée comme elle le serait, elle ne ressemblerait pas à l'épouse souriante qu'il avait aimée, mais la perspective d'être là pour elle quand elle avait besoin d'aide, ne serait-ce que quelques heures, lui faisait un bien fou.

Il ne s'était pas senti aussi bien depuis longtemps, et tant pis si la solitude lui pesait encore plus lorsqu'il retournerait à son quotidien sans elle. De toute façon, ça ne pourrait pas être pire que lorsqu'elle était partie la première fois.

2.

Conor dut se garer en double file devant l'immeuble de Jillian.

Il ne restait plus qu'à espérer qu'il n'aurait pas une amende ou, pire encore, que sa voiture ne serait pas emmenée à la fourrière. De toute façon, il ne mettrait pas longtemps à installer Jillian chez elle, après quoi il se rendrait dans le parking le plus proche.

Jaillissant de son siège, il contourna le capot pour ouvrir la portière côté passager.

— Je sais que tu dois encore te sentir un peu faible, alors je vais t'aider au cas où tes jambes te trahiraient.

Jillian battit des paupières et hocha la tête.

Il glissa un bras autour de sa taille et la souleva quasiment de son siège. La manœuvre était délicate, car Jillian était incapable de coopérer, et il craignait de heurter son bras – en réalité, il ne risquait pas de lui faire de mal, puisque le plâtre la protégeait et que l'anesthésie continuerait de faire effet pendant au moins douze heures.

— Bravo, lui dit-il alors qu'ils gagnaient lentement la porte d'entrée. Tu te débrouilles comme un chef !

Il avait eu la présence d'esprit de récupérer les clés de Jillian avant qu'ils sortent de la voiture. Une fois qu'ils furent dans l'immeuble, il n'eut pas trop de difficulté pour la faire entrer dans son appartement. Il y était venu une seule fois après leur séparation, pour lui amener les chiens, mais il en avait gardé un souvenir très précis.

Souvent, la nuit, étendu dans son lit, il se demandait comment elle gérait la situation. S'il avait été un homme différent, les choses auraient sans doute pu évoluer autrement entre eux…

Il regrettait qu'elle ait refusé l'argent qu'il lui proposait pour qu'elle puisse vivre dans un endroit plus grand. Quoi qu'il en soit, il espérait qu'elle avait trouvé le bonheur, même si l'idée qu'elle partageait peut-être la vie d'un autre homme lui brisait le cœur.

Dès qu'il déverrouilla la porte, il entendit les chiens courir sur le parquet de bois. Craignant qu'Hudson ne se jette sur Jillian, il parvint à s'interposer et gratouilla la tête du mastodonte.

— Assis, Hudson. Brave garçon !

Il fut touché que le chien se souvienne visiblement de lui et remue la queue avec enthousiasme. De son côté, Yorkie bondissait sur ses petites pattes, tout aussi excité.

Bon sang, laisser Jillian partir avait été un calvaire, mais l'accueil des chiens lui rappelait qu'il les avait abandonnés, eux aussi !

Quand Jillian en avait manifesté le désir, il avait été d'accord pour les adopter. Il voulait savoir ce que ce serait de vivre une vie totalement différente de ce qu'il avait connu avec ses parents… Une vie fondée sur un amour réciproque et une solidarité sans faille. Au lieu de cela, il avait été un mauvais époux et un mauvais maître pour leurs chiens. Par bonheur, Jillian et lui n'avaient pas eu d'enfants qu'il aurait pu blesser.

Il avait fini par comprendre qu'il devait se focaliser sur le domaine dans lequel il excellait : la chirurgie. Certes, il menait une existence solitaire, mais au moins il ne faisait pas de mal aux êtres qu'il aimait.

Auparavant, il avait cru que la meilleure façon de leur montrer son amour était d'amasser de l'argent pour les protéger. Sauf que Jillian n'avait pas été d'accord.

— Assis, tous les deux, ordonna-t-il en levant la main.

Il fut agréablement surpris de les voir obéir.

— Jill, je vais te soutenir jusqu'au canapé. Essaie de ne pas trébucher sur Yorkie, s'il fait encore des bonds autour de nous.

— D'accord, mais je tiens mieux sur mes jambes que tu n'as l'air de le croire.

— J'en suis ravi, mais je préfère ne pas courir de risque.

En réalité, le contact de son corps souple le comblait de joie, même si le souvenir de ses fautes lui faisait toujours aussi mal.

Il l'aida à s'installer sur le canapé.

— Tu préfères être assise ou allongée ?

— Je suis juste un peu groggy, alors je ne veux pas dormir. Dès que je me sentirai un peu plus réveillée, tu pourras rentrer chez toi… Ou retourner travailler, plus probablement.

— Je n'ai pas d'opérations ou de consultations programmées, et j'ai annulé une réunion, alors je suis tout à toi.

Du moins, il l'avait été autrefois… Mais aujourd'hui, il avait cette occasion d'être là pour Jillian comme il ne l'avait pas été quand ils étaient mariés.

En même temps, il devait garder la tête froide et maîtriser ses émotions. Sauf qu'elle paraissait si vulnérable à cet instant, qu'il mourait d'envie de l'attirer dans ses bras, d'embrasser son visage et de lui caresser les cheveux jusqu'à ce qu'elle se détende contre lui.

Très mauvaise idée !

Il s'éclaircit la gorge.

— Tu as faim ? Qu'est-ce que tu dirais d'une petite soupe avec des toasts ?

— Pourquoi pas ? Pour l'instant, je vais rester assise là. Tu pourrais peut-être sortir les chiens ? Leurs laisses sont dans le panier près de la porte d'entrée.

Réprimant un soupir, il se tourna vers eux.

— D'accord. Venez, les gaffeurs.

Les queues battantes et les bonds de Yorkie lui arrachèrent un sourire malgré le poids qui pesait sur sa poitrine.

Il n'avait jamais eu de sympathie particulière pour les chiens autrefois, mais il avait adoré la joie de Jill en leur compagnie.

Il constata qu'ils se comportaient bien mieux que lorsqu'ils étaient chiots pendant la promenade. Cela lui donna le temps de réfléchir à la façon dont il pourrait aider Jill.

Il était presque certain que tout se passerait bien tant qu'il viendrait la voir matin et soir en attendant l'arrivée de sa sœur. Le seul problème, c'était que l'appartement de Jill était loin de son travail. Il devrait se libérer dans la journée ou trouver quelqu'un pour sortir les chiens.

Ces derniers, repus d'exercice, haletaient lorsqu'ils revinrent chez Jillian.

Les yeux fermés, elle était étendue sur le canapé, mais ses paupières se soulevèrent, et elle lui adressa un sourire étonnamment doux. Sous l'effet des médicaments, elle devait avoir oublié qu'elle ne l'appréciait plus beaucoup.

— J'ai l'impression que vous venez juste de partir. Les chiens ont été sympas ?

— Tout à fait. Tu les as bien dressés.

— Je n'y suis pour rien. Ils avaient juste besoin de mûrir un peu, mais crois-moi, ils ont encore leurs moments de folie.

— Comme quand ils s'énervent contre leurs congénères et te font tomber.

De nouveau, elle lui sourit comme autrefois.

— Par exemple, oui.

Il fit quelques pas vers elle et s'accroupit.

— Comment te sens-tu ?

— J'ai l'impression qu'on m'a attaché une bûche au bras. Si je me penche, il tombe. Je suis obligée de m'agripper à quelque chose pour ne pas en faire autant.

— Il va être engourdi pendant quelques heures,

ensuite tu éprouveras des fourmillements, et enfin, tout redeviendra normal.

— Tu fais sûrement allusion à une nouvelle normalité, à savoir douleur et immobilité forcée à partir de maintenant.

Il se leva et fourra ses mains dans ses poches pour ne pas repousser ces petites mèches derrière les oreilles de Jillian comme il l'aurait fait autrefois.

— C'est ça. Tu veux manger quelque chose, maintenant ? Je peux aller acheter de la soupe chez le traiteur, à moins que tu n'aies une préférence ?

— J'aimerais un truc léger, comme du potage et des biscuits salés.

— C'est comme si c'était fait.

Il était trop content de pouvoir faire cela pour elle.

Dès qu'il l'avait aperçue au centre d'Ergothérapie, deux ans auparavant, il avait eu l'impression de prendre une grosse claque sur la tête. Elle s'était levée de sa table, révélant son corps athlétique de coureuse moulé dans une robe étroite. Quelqu'un avait dit quelque chose qui avait suscité son rire, et quand ses beaux yeux gris-vert avaient croisé les siens, il aurait juré que son cœur avait cessé de battre.

À cet instant, alors qu'il la regardait, ses souvenirs se teintaient de tendresse. Il aurait tant voulu lui éviter la douleur qu'elle ressentirait lorsque l'anesthésie cesserait de faire effet !

— Je reviens vite, dit-il.

Il se força à se détourner et quitta l'appartement.

Chez le traiteur, il choisit deux sortes de soupe qu'elle aimait et un sac de biscuits salés. Mais quand il revint, il s'immobilisa en ne la voyant plus sur le canapé. Les chiens n'étaient visibles nulle part.

— Jill ? Jilly ?

L'un des chiens gémit avant qu'elle réponde.

— Je suis dans la salle de bains… Entre !

En poussant la porte, il eut la surprise de la voir

assise par terre, les chiens près d'elle et son pantalon de survêtement sur les chevilles. De sa main valide, elle se frottait la tête.

Il s'agenouilla.

— Que s'est-il passé. Tu t'es fait mal ?

— Un peu. J'ai été trop stupide ! Je devais aller aux toilettes, et quand j'étais assise, j'ai fait tomber le rouleau de papier hygiénique. Je me suis penchée en avant pour le récupérer… En oubliant mon bras. Je suis tombée sur mon plâtre, et ma tête a heurté le mur. C'est plutôt drôle, finalement.

Elle lui adressa un sourire en coin qui le fit fondre.

Écartant sa main de son front, il murmura :

— Laisse-moi voir.

— Ce n'est qu'une petite bosse.

— Je vais appliquer de la glace dessus.

Lorsqu'il passa un bras autour d'elle pour la soutenir, il s'aperçut qu'elle avait du mal à se lever.

— Tu as aussi mal aux jambes ?

— Non… C'est juste que j'étais incapable de relever mon pantalon d'une seule main tout en étant assise par terre.

Il la hissa sur ses pieds.

— Appuie-toi sur le lavabo pendant que je te rhabille.

Très rouge, Jillian ne souriait plus.

— C'est vraiment gênant.

— Pense à moi comme à un médecin. Ce n'est pas grand-chose.

Ça n'aurait pas dû l'être, en effet, mais lorsqu'il sentit sous ses paumes la peau douce de ses cuisses, il brûla d'envie de la caresser et de l'embrasser.

Serrant les dents, il s'acquitta de sa tâche puis la souleva dans ses bras et l'emporta jusqu'au canapé en s'enivrant de son parfum.

Comment une femme pouvait-elle sentir aussi bon après avoir passé la journée au bloc puis en salle de réveil ?

Parce que ce n'était pas du parfum, mais son odeur naturelle…

Bon sang !

— J'aurais pu marcher, protesta-t-elle.

— Oui, mais c'est plus facile et plus rapide de cette façon, dit-il en la posant sur les coussins. Je vais te mettre de la glace sur la tête, et ensuite, tu auras ta soupe.

Levant les yeux au ciel, elle sourit.

— Je vois que le Dr Bossy est de retour.

— Je prends ça pour un compliment. Où sont tes sacs de plastique ?

— Dans le second tiroir, près du frigo.

Une fois que le sac rempli de glaçons fut emballé dans une serviette, il s'assit auprès d'elle et l'appliqua sur la bosse. Leurs regards se croisèrent, et il faillit céder à la tentation de l'embrasser.

— C'est froid !

« Merci pour cette distraction, mon Dieu ! »

— C'est généralement le cas. Mais ça devrait réduire le gonflement et te soulager.

— Pour l'instant, la glace me fait plus mal que la bosse.

— Une fois ta peau engourdie, tu ne sentiras plus rien.

— Dit le chirurgien qui ment à ses patients tous les jours à propos de la douleur.

— Moi ? Je ne mens jamais, même si je peux minimiser l'expérience pour ne pas les effrayer.

— Tu oublies ce que je t'ai entendu dire à un patient traité en ergothérapie.

Prenant une voix grave, Jillian le cita :

— « Très bien, monsieur. Vos os guérissent gentiment, et vos ligaments s'étirent bien. Très bientôt, vous pourrez de nouveau jouer du piano. Vous ne jouez pas du piano ? Eh bien, grâce à mes pouvoirs magiques, vous le pourrez. »

Conor ne put s'empêcher de rire.

— Je ne crois pas avoir jamais parlé ainsi à un patient.

— Ah bon ? Cela m'est arrivé. C'est une plaisanterie courante en ergothérapie.

— Et c'est l'une des raisons pour lesquelles tes patients t'adorent. Tu as un peu moins mal ?

— Euh… Oui.

Voyant ses paupières s'abaisser, il dut lutter contre l'envie de caresser la joue de Jillian ou de l'embrasser.

— Je vais te réchauffer ta soupe. Laquelle tu veux, les nouilles au poulet ou la tomate basilic ?

— J'aime les deux, comme tu le sais très bien…

Ouvrant les yeux, elle braqua sur lui un regard grave.

— Tu avais raison. Ma voisine n'aurait pas pu m'aider comme tu le fais… Alors merci !

— Tu n'as pas à me remercier. Même si nous ne sommes plus ensemble, je serai toujours là pour toi.

La gorge serrée, il se détourna et gagna la cuisine. Un instant plus tard, il aida Jillian à se déplacer pour s'installer à la table minuscule de la salle de séjour.

— Merci, répéta-t-elle. Ça sent très bon.

— Je vais sortir les chiens pendant que tu manges. N'essaie pas de te lever avant mon retour, d'accord ?

Elle acquiesça et il s'écarta très vite pour ne pas lui déposer un baiser sur le haut du crâne comme il l'avait souvent fait avant de partir travailler, autrefois.

Pressé de savoir comment elle se débrouillait toute seule, il revint vingt minutes plus tard.

Lorsqu'il ouvrit la porte, il sourit avec soulagement en la voyant toujours assise à la table.

— Je vois que tu es une bonne patiente.

Elle lui adressa le sourire malicieux qu'il avait adoré.

— Tu en doutais ? Quand je me suis retrouvée par terre, j'ai décidé de me limiter à un incident par jour, expliqua-t-elle.

— Que dirais-tu de t'en tenir à zéro incident ? La première fois, j'ai failli faire une crise cardiaque.

— Je suis toujours assise là, non ? À propos, Kandie

m'a appelée. Elle m'a dit qu'elle pouvait passer ce soir après le boulot, pour voir si je n'ai besoin de rien. Tu veux bien emmener les chiens chez toi jusqu'à l'arrivée de Briana ? Je sais que tu es super-occupé, mais tu pourrais engager quelqu'un pour les sortir. Ça… Ça ne sera pas long.

Il resta planté devant elle, incapable d'imaginer qu'il pouvait la laisser livrée à elle-même.

— Kandie passera la nuit ici ?

— Bien sûr que non, puisqu'elle a un jeune fils.

— Selon les médecins, tu ne dois pas rester seule cette nuit.

— Les anesthésiants ont cessé de faire effet, maintenant.

— Dit la jeune femme que j'ai retrouvée par terre dans la salle de bains. Tu dois prendre des antalgiques avant de te coucher. Que se passera-t-il si tu tombes encore ?

— Ça n'arrivera pas.

— C'est arrivé, et tu sais parfaitement que ça peut se reproduire…

Il croisa les bras sur sa poitrine, ignorant l'expression butée de Jillian.

Ils pouvaient être deux, à jouer au jeu du plus entêté. Il n'avait pas l'intention de perdre, parce que la simple idée qu'elle puisse se blesser lui glaçait le sang. Il n'y avait qu'une seule solution.

— Toi et les chiens, vous allez venir chez moi et y rester jusqu'à l'arrivée de ta sœur.

3.

Submergée par la panique, Jillian répliqua sèchement.

— Certainement pas !

— C'est la solution la plus logique. J'habite à deux pas de l'institut. Demain matin, on doit te retirer ton plâtre pour le remplacer par une attelle, ensuite tu pourras retourner tranquillement te reposer chez moi.

— Pas question !

— Écoute-moi…

Tirant la seconde chaise près d'elle, il s'assit et se pencha vers elle.

Elle savait que lorsqu'il affichait cette expression décidée, vouloir lutter avec lui était synonyme de se cogner la tête contre un mur de brique.

— Je sais que tu veux limiter le plus possible le temps que nous passons ensemble… Et moi aussi, pour être honnête. Mais rappelle-toi que, en raison de mes horaires de travail, tu n'auras quasiment pas à me supporter. Je m'assurerai juste que tu vas bien cette nuit, et je t'accompagnerai à ton rendez-vous demain matin. Je trouverai quelqu'un qui pourra veiller sur toi en mon absence et qui sortira les chiens. Dès que ta sœur sera là, l'arrangement prendra fin.

Elle l'écouta sans mot dire.

Ses arguments n'étaient pas dénués de bon sens. Il était peut-être temps qu'elle se comporte comme la femme mature et raisonnable qu'elle s'efforçait d'être.

— D'accord, dit-elle avec un soupir résigné. Je vais téléphoner à Kandie. Tu as raison, je ne peux pas rester seule pour l'instant, en tout cas pendant un jour ou deux. Ensuite, je reviendrai ici, et tu garderas les chiens.

Le visage impassible, Conor se leva.

— Merci. Je vais faire la vaisselle pendant que tu te reposes.

Jillian tendit sa main valide vers la cuillère, qu'elle ne réussit qu'à faire tomber. En se penchant pour la ramasser, elle sentit son plâtre échapper à son contrôle. Il heurta le museau du pauvre Yorkie, qui attendait de voir s'il pourrait glaner quelque chose à manger. Il bascula sur le côté en jappant.

— Mon bébé ! Je suis désolée ! Viens là, Yorkie.

Fort heureusement, la bestiole se laissa caresser sans manifester la moindre rancune.

— Ce truc est une arme mortelle, grommela Conor en s'écartant de l'évier pour l'aider à se redresser. Pauvre chien… Et pauvre toi !

Glissant Yorkie sous son bras, il lui gratouilla le crâne entre les oreilles avec un sourire indulgent qui la frappa en plein cœur.

Conor n'appréciait pas spécialement les chiens, mais il voulait qu'elle soit heureuse. Une mèche de cheveux blonds tomba sur son front tandis qu'il parlait à Yorkie.

C'était de cette tendresse qu'elle était tombée amoureuse. Elle avait passionnément aimé l'homme prévenant qui l'avait traitée comme une princesse pendant les quelques mois où ils étaient sortis ensemble avant leur mariage.

Au souvenir de ce qu'ils avaient éprouvé l'un pour l'autre si peu de temps auparavant, son cœur se serra.

Comment allaient-ils faire pour supporter de vivre quelque temps ensemble ?

Soudain épuisée, elle posa son bras valide sur la table et inclina la tête.

Une grande main lui caressa doucement la tempe, puis le crâne.

— Tu as eu une dure journée. Faisons ta valise. Plus tôt tu seras au lit, mieux ce sera.

— D'accord, mais je peux me débrouiller seule.

— Trois mains valent mieux qu'une, répliqua-t-il avec un sourire en coin. Ça ira plus vite.

En réalité, elle eut l'impression qu'ils mettaient plus de temps qu'il ne le fallait pour réunir quelques vêtements et des affaires de toilette. Mais il y avait aussi les paniers, les bols et la nourriture des chiens, ainsi que leurs laisses.

Après avoir finalement casé le tout dans son coffre, Conor revint la chercher.

— Tu veux que j'arrose tes plantes ?

Elle fut étonnée qu'il y pense.

— Tu n'as jamais aimé celles que j'ai apportées… chez nous, avant.

— Parce que je n'étais pas habitué à avoir chez moi des choses vivantes qui réclament de l'attention…

Cessant de sourire, il ajouta :

— Je choisis mal mes mots, tu ne trouves pas ?

Elle devina qu'il faisait allusion à elle et à son besoin d'être rassurée durant leur mariage.

— Ils sont tout à fait adaptés, au contraire. Mais j'y travaille.

— Tu n'as pas à le faire. Je t'ai dit que j'étais le seul fautif.

Elle ne le pensait pas, mais c'était de l'histoire ancienne.

— De toute façon, je les ai arrosées il y a quelques jours, alors il n'y a pas de problème.

— Allons-y, en ce cas.

Il l'aida à descendre l'escalier étroit, puis il l'installa à l'avant.

— Les chiens vont être un peu serrés sur la banquette arrière, mais ça devrait aller, non ?

— Ils ne sont pas montés dans une voiture depuis… Tu sais, quand tu les as amenés ici. Mais ça ira.

Une minute plus tard, il revenait avec les chiens, qui bondirent à l'arrière, très excités. Elle se mit à rire en voyant Hudson recroqueviller sa grosse masse, mais apparemment, cela ne semblait pas le gêner.

— Combien de Hudson peuvent tenir dans une sedan de luxe ?

— Un seul, je pense, répondit Conor en se glissant derrière le volant, un petit sourire aux lèvres.

Le grondement du puissant moteur se mêla bientôt aux bruits de la ville, tandis qu'ils roulaient sous le ciel nocturne à travers les rues brillamment éclairées.

La voiture s'arrêta finalement devant un immeuble ancien.

— Tu vis sur la Cinquième Avenue ? Waouh !

— C'est près de l'institut, et c'est un bon investissement.

Lorsqu'il sortit de la voiture, un portier vint à sa rencontre. Conor lui parla et l'homme hocha la tête avant d'ouvrir la portière arrière pour faire sortir les chiens. Pendant ce temps, Conor l'aida à s'extirper de son siège.

— Alfred se charge de ta valise et du bazar des chiens, ensuite il garera la voiture dans le parking.

— Tu as dû avoir l'impression de t'encanailler en te garant en double file devant chez moi, dit-elle sur un ton léger.

— Je me suis encanaillé pendant de nombreuses années de ma vie. Je te rappelle que c'est toi qui as refusé l'argent que je te proposais pour t'installer dans un appartement plus grand. Mais tu me détestais trop pour accepter.

— Je ne t'ai jamais détesté, Conor. Je pensais seulement qu'il n'y avait aucune raison pour que tu me donnes quoi que ce soit. Notre mariage était une erreur pour nous deux, et j'étais pressée de déménager comme si ce n'était jamais arrivé.

— Mais c'était arrivé, et tu ne sauras jamais à quel point je regrette de t'avoir rendue malheureuse.

Elle sentit son cœur battre la chamade.

Elle avait eu le temps de réfléchir, ces dix derniers mois, et elle savait que les responsabilités étaient partagées.

— Conor, écoute, je…

À ce moment, les chiens bondirent hors de la voiture, tenus en laisse par Alfred, et Conor alla vers le portier pour lui reprendre les laisses des mains.

Elle ne savait pas trop ce qu'elle voulait dire, mais elle était contente d'avoir été interrompue.

Tout avait été dit… Du moins le principal. En rajouter risquait de réactiver d'anciens conflits, ce qui serait mal venu vu qu'elle devrait rester dans l'appartement de Conor une nuit ou deux.

À partir de maintenant, elle se montrerait calme et constructive.

Conor la guida jusqu'à l'ascenseur. Une minute plus tard, les portes s'ouvrirent sur un palier ne comportant que deux portes. Apparemment, le nouvel appartement était encore plus spacieux que le précédent…

Il en ouvrit une et lui fit signe d'entrer.

C'était comme d'entrer dans une photographie de magazine. Il était clair que Conor avait décidé de repartir de zéro, car elle ne reconnut aucun objet. L'ameublement était moderne et dans des tons neutres. Les fenêtres montant jusqu'au plafond donnaient sur les lumières scintillantes de la ville, et la cuisine consistait en un îlot central flanqué de tabourets de bar. L'ensemble était à couper le souffle, tout en donnant une impression de confort.

Elle sentit un poids familier peser sur sa poitrine. Celui qui l'étouffait chaque fois qu'ils avaient participé à une soirée mondaine, sachant qu'elle déparait la vie de Conor McCarthy.

— C'est… très beau ! Vraiment magnifique. Toutes mes félicitations.

— Merci. Je m'y plais bien.

Conor libéra les chiens qui se mirent immédiatement à renifler partout, puis il la prit par le coude.

— Si tu t'asseyais en attendant qu'Alfred apporte tes affaires ? Ensuite, tu prendras tes antalgiques et tu iras au lit.

— D'accord. Je reconnais que je suis plutôt fatiguée.

— Je t'offrirais bien un verre de vin, mais ça ne ferait pas bon ménage avec les médicaments.

— C'est sûr, répliqua-t-elle en se laissant tomber dans le fauteuil le plus proche.

Alfred ne tarda pas à arriver, ensuite Conor remplit d'eau les bols des chiens et les posa sur le sol dallé de la cuisine. En lapant avec enthousiasme, Hudson fit gicler des gouttes sur le sol.

— Maniaque comme tu es, remarqua-t-elle, tu dois être soulagé de ne plus supporter le désordre causé par les chiens.

— Je m'y étais habitué, et leur présence est plutôt amusante.

« Mais moi, je n'étais pas assez amusante, c'est pour ça que tu n'étais jamais là. »

Les mots jaillirent dans son esprit, mais elle les réprima farouchement.

Elle devait lutter contre ce manque de confiance en elle qui se réveillait à la moindre occasion. Il avait suffi d'une simple allusion aux chiens pour qu'elle la prenne pour elle, comme autrefois. Cela devait cesser !

— Je… Euh… Je vais me coucher, maintenant.

— Bonne idée. Je vais te montrer ta chambre. La mienne est au bout du couloir. Si tu as besoin de quelque chose, tu n'as qu'à crier.

— Ça va aller.

Et si ça n'allait pas, elle n'avait aucune intention de l'appeler à l'aide, sauf en cas d'extrême urgence.

Il la guida le long d'un couloir moquetté, puis ils entrèrent dans une belle pièce dont les fenêtres donnaient sur une autre partie de la ville. Deux chaises et une petite table occupaient un coin de la chambre. Un lit à deux places trônait au milieu, et il y avait une seconde porte donnant sans doute sur la salle de bains.

Conor posa sa petite valise sur une banquette visiblement destinée à cet usage.

— Très bien. Si je sortais tes affaires pendant que tu prends tes antalgiques ? De cette façon, ils agiront quand l'anesthésie cessera complètement de faire effet. Ensuite, je t'aiderai à te déshabiller.

Les yeux de Conor exprimaient un froid détachement, alors que ses derniers mots venaient de déclencher un raz-de-marée intérieur chez elle.

— Je suis certaine de pouvoir me débrouiller seule.

— Vraiment ? Et qu'est-ce que tu fais de ce bras plâtré en écharpe ?

— Eh bien… Je peux dormir habillée.

— Tu auras horriblement chaud dans ce pull. De toute façon, il te faut un vêtement sans manches pour demain, quand on te retirera le plâtre.

Il avait raison, bien entendu.

— Très bien. Tu peux m'aider à tirer sur cette manche ?

Il enleva délicatement l'écharpe, puis il fit ce qu'elle lui avait demandé, après quoi il fit passer le pull par-dessus sa tête, révélant le débardeur qu'elle portait en dessous. Il paraissait concentré sur sa tâche, mais quand leurs regards se croisèrent, elle eut le souffle coupé. Elle fut contente lorsque Conor se détourna pour sortir sa trousse de toilette de sa valise.

— Je vais t'apporter un verre d'eau pour que tu prennes tes médicaments.

La vitesse à laquelle il sortit fit penser à Jillian qu'elle ne s'était pas trompée. Cette situation leur rappelait à tous les deux des choses qu'il aurait mieux valu oublier.

En revenant, il lui tendit les cachets.

— Mets tes cachets dans ta bouche. Ensuite je te donnerai le verre pour que tu boives une gorgée.

Elle prit conscience qu'un geste aussi simple requérait en effet deux mains… Ou de l'aide.

— Merci.

— Tu auras besoin de moi, dans la salle de bains.

— Je suis certaine que non. Bonne nuit.

Elle sentit son regard brûlant la suivre tandis qu'elle gagnait la salle de bains. Fermant la porte, elle s'y adossa un instant.

Comment allait-elle faire avec une seule main pour mettre du dentifrice sur sa brosse à dents ou se laver la figure ?

Il avait suffi d'une fraction de seconde pour que son univers bascule. Elle ne doutait pas que les jours suivants lui réservaient leur lot de problèmes… Dont le principal serait sa cohabitation forcée avec Conor.

Heureusement que Conor avait insisté pour qu'elle prenne des antalgiques ! Vers 2 heures du matin, elle eut l'impression que des aiguilles transperçaient son bras tout entier.

Au matin, elle était légèrement hébétée sous l'effet des antidouleurs qu'elle avait pris dans la nuit. De nouveau, elle dut reconnaître que Conor avait eu raison d'insister pour qu'elle s'installe chez lui. Elle n'aurait jamais pu prendre le métro ou un taxi pour se rendre à l'institut.

Mais un autre désagrément l'attendait.

Après avoir tenté en vain pendant plusieurs minutes d'enfiler un T-shirt à manches courtes, elle laissa échapper un grognement de détresse.

Est-ce que ce serait la même chose, quand l'attelle aurait remplacé le plâtre ?

Lorsqu'elle entra dans la cuisine, tenant le T-shirt devant elle, Conor était devant l'évier, le dos tourné, et elle entendit un cliquètement de couverts.

— Euh… Conor ? Tu peux m'aider à enfiler ça ? Je n'y arrive pas.

Il pivota sur lui-même, et quand leurs regards se retinrent, elle devina qu'il pensait à la même chose qu'elle.

Qu'ils étaient ensemble dans la cuisine le matin, comme au bon vieux temps. Sauf qu'elle n'allait pas lui nouer ses bras autour du cou. Et il ne l'embrasserait pas longuement, ce qui impliquerait un rapide passage dans la chambre à coucher avant le départ au travail.

Sans un mot, il s'approcha d'elle et prit le vêtement. Ses yeux effleurèrent ses seins sous le débardeur, avant de faire passer sa tête dans l'encolure du T-shirt. Très délicatement, il prit son poignet plâtré pour le faire glisser dans la manche courte.

— Comment tu vas ? Je suppose que l'anesthésie a cessé de faire effet ?

— Oui… Si je te disais que je ne me sens pas au meilleur de ma forme, ce serait un euphémisme. Nous devons nous montrer plus empathiques envers nos patients quand ils viennent se faire retirer leur plâtre.

— Je fais toujours preuve d'empathie. Vous, les ergothérapeutes, vous leur faites faire des trucs douloureux dès le premier jour.

— C'est notre rôle. Vous jouez le rôle du bon flic, qui fait des miracles au bloc, et nous on devient les méchants qui leur imposent des exercices pénibles pour qu'ils retrouvent leurs capacités.

— Je suis désolé que tu aies à subir cela à ton tour.

L'espace d'une seconde, Conor lui caressa la joue du bout des doigts, puis il laissa retomber sa main le long de son torse.

La tension qui régnait entre eux s'atténua un peu lorsqu'il lui sourit.

— En tout cas, tu as toujours été un méchant flic très doux. Qu'est-ce que tu veux manger, avant qu'on y aille ?

— Je n'ai pas très faim.

— Pourquoi pas une banane et un yaourt ? demanda-t-il en ouvrant le réfrigérateur.

— Tu me proposes une banane toute noire ? Merci !

— J'ai appris qu'elles tiennent plus longtemps au frigo même si la peau noircit. Je suis trop occupé pour faire souvent les courses, alors ça me convient.

Elle s'était souvent demandé comment il faisait pour survivre avant qu'ils se marient et qu'elle se charge des courses et de la cuisine. Mais il devait prendre ses repas dehors, et c'était sans doute ce qu'il faisait de nouveau maintenant.

Elle mangea sans protester la nourriture qu'il lui offrait pendant qu'il sortait les chiens. Après son retour, ils se rendirent à pied à l'institut. À la lumière du jour, elle fut de nouveau frappée par la beauté de son compagnon, et elle se détourna pour tenter de calmer les battements désordonnés de son cœur.

En franchissant la porte de l'institut, elle éprouvait une curieuse impression, comme si le passé et le présent se confondaient.

Dix mois auparavant, elle avait démissionné parce que voir Conor chaque jour constituait une véritable torture. Elle était d'ailleurs certaine que son départ l'avait soulagé lui aussi.

Mais elle y avait gardé des amis qu'elle voyait encore de temps à autre. Lorsqu'elle entra, elle croisa plusieurs regards surpris, et sa vieille copine Michelle ouvrit de grands yeux en l'apercevant avec Conor à son côté.

— Jillian ! Qu'est-ce qu'il s'est passé ?

— Je suis tombée sur le trottoir. Fracture du radius distal. Beth m'a opérée hier.

— Non ! Je suis vraiment désolée de l'apprendre !

Son amie jeta un coup d'œil à Conor puis, se focalisant sur elle, se leva pour la prendre dans ses bras.

— Tu as toujours été très dévouée à tes patients.

Est-ce que par hasard tu aurais décidé de faire toi-même l'expérience de ce qu'ils endurent ? Je suis impressionnée.

— Très drôle ! Je n'imaginais pas que cela m'arriverait un jour, mais heureusement, ma vie ne sera pas trop bouleversée.

Sauf qu'elle l'était déjà. La cohabitation avec Conor la perturbait bien plus que n'importe quelle douleur physique.

— Jillian pensait qu'elle pourrait rentrer chez elle hier soir et revenir seule ce matin, intervint Conor. Il me semble qu'elle était moins têtue, autrefois… Pas toi, Michelle ?

— Je ne rentrerai pas dans ce débat, répliqua Michelle avec un sourire en coin. En tout cas, Jillian, cela te permettra sans doute de mieux comprendre les patients. Quand tu seras guérie, tu devrais en parler à tes collègues.

— Peut-être… J'essaie de me convaincre que cette expérience se révélera positive au bout du compte.

— Viens t'asseoir à ma table. Je n'avais pas imaginé que ma patiente de la matinée serait *la* Jillian. On va enlever ce plâtre, et ensuite, le Dr Crenshaw viendra te voir.

— Pendant ce temps, je vais m'assurer que mon emploi du temps a été modifié, dit Conor. J'ai précisé que je ne pourrais faire aucune intervention ce matin, mais je veux être certain que j'aurai le temps de te ramener à la maison.

« La maison ».

Sa maison. Pourtant, il l'avait dit de la même façon que lorsqu'ils étaient mariés.

Jillian le regardait s'éloigner, la gorge serrée, quand Michelle se pencha vers elle.

— Je n'en ai pas cru mes yeux quand j'ai vu Conor avec toi, murmura-t-elle. Il y a quelque chose que je devrais savoir ?

— Pas du tout. Il m'a vue avant l'intervention et a décidé de jouer les chevaliers servants. Jusqu'à l'arrivée de ma sœur, les chiens et moi, on est donc censés habiter chez lui.

— Parce que c'est un homme bien.

— Mais pas du bois dont on fait un mari.

— Jill, je sais que ton homme… ton ex… travaille trop, mais il est aussi…

— Je sais. Je n'aurais pas dû dire ça.

Elle regrettait ses paroles amères. Elle croyait avoir tourné la page, mais apparemment la proximité de Conor réveillait de mauvais sentiments.

— Ce n'était pas non plus une partie de plaisir d'être marié avec moi, ajouta-t-elle. Pour tout un tas de raisons. Nous n'étions pas faits l'un pour l'autre, voilà tout.

— Peut-être que cette cohabitation vous permettra au moins d'être amis. J'ai appris que ton centre change d'activité. Ça veut dire que tu vas revenir parmi nous ?

— Il va bien falloir, du moins jusqu'à ce que je trouve autre chose. À long terme, je ne crois pas pouvoir travailler avec Conor. J'ai un entretien d'embauche qui m'attend dans le Connecticut, mais cela va sans doute devoir être retardé à cause de ce stupide poignet.

Michelle hocha la tête.

— C'est dommage, mais je te comprends. On va faire tout ce qu'on pourra pour que ta rééducation soit rapide.

Elle sourit à Jillian avant de se mettre au travail pour lui enlever son plâtre. Puis Beth vint examiner le site opératoire et vérifier les sutures, ce qui évita à Jillian de penser à Conor.

— C'est du beau travail, dit-elle, s'il m'est permis de me féliciter moi-même. Tu sais que les fils se dissoudront tout seuls. Dans deux semaines, on te fera une nouvelle radio pour voir comment ça évolue. Bien entendu, tu m'appelles en cas de besoin.

— Merci, Beth. J'espère être le genre de patiente dont les progrès émerveillent tout le monde.

— Moi aussi. J'aime assez me vanter d'être la meilleure chirurgienne ici, surtout auprès de Conor.

Beth tapota la main gonflée de Jillian avant de se

rendre auprès d'un autre patient. Ensuite, Michelle lui mit habilement son attelle temporaire.

— Le gonflement n'est pas excessif, dit-elle. Avec un peu de chance, tu retrouveras une partie de ta mobilité assez rapidement.

— Espérons-le. J'ai besoin d'être opérationnelle le plus vite possible.

— C'est le but, mais j'ai quand même l'impression que ce sera plus difficile que tu n'as l'air de le penser. En tout cas, tu ne vas pas pouvoir travailler de sitôt.

— J'y ai réfléchi. Je pourrais prendre deux jours de congé puis revenir et aider comme je peux, puisque je suis déjà affectée à l'institut. Je ne peux pas rester à me tourner les pouces… Ou même un pouce, en l'occurrence.

— Ce n'est pas ton genre, répliqua Michelle en riant. Mais je ne vois pas ce que tu pourrais faire.

— Certains gestes me sont interdits, mais je peux montrer aux patients comment utiliser les coussins orthopédiques chauffants, ne pas mouiller leur plâtre sous la douche ou entretenir leur matériel de physiothérapie. Je suis certainement capable de masser des cicatrices d'une seule main, de manipuler des doigts ou des poignets.

— Je vois que tu y as beaucoup pensé, dit Michelle en serrant sa main valide. Ça paraît difficile, mais si quelqu'un en est capable, c'est bien toi. Mon patient suivant vient d'arriver, mais je vais le prendre dans un autre box. Tu peux attendre ici que Conor revienne te chercher.

Au bout de trois quarts d'heure d'attente, Jillian en eut assez et envisagea de rentrer seule.

Pourquoi pas, après tout ? L'appartement de Conor n'était pas loin, et il lui avait donné une clé. Elle souffrait un peu car les antalgiques avaient cessé de faire effet, mais elle n'avait plus de vertiges. L'attelle protégeait son bras et elle allait bien devoir s'habituer à se débrouiller seule dans un futur proche.

Elle gagna le box où Michelle travaillait avec un autre patient.

— Tu peux dire à Conor que je suis rentrée chez lui ?

Michelle fronça les sourcils.

— Ce n'est pas une bonne idée le lendemain d'une intervention chirurgicale. Prends plutôt un magazine et détends-toi. Il t'a dit qu'il avait programmé ses opérations l'après-midi, non ? Il ne va sûrement pas tarder.

— Tu sais qu'il prend en consultation tous les patients qui se présentent, si c'est nécessaire. Ça peut durer indéfiniment, et en plus, il fait très beau dehors.

Sans vouloir se l'avouer, elle fuyait surtout la proximité de son ex-mari pendant le trajet. Elle n'avait pas non plus envie de troubler davantage sa journée de travail. Une fois chez lui, elle ferait une petite sieste, elle pourrait respirer sans avoir à regarder le beau visage de Conor ou son corps sexy… Bref, elle ne penserait plus à ce qui avait existé entre eux.

Après avoir adressé un signe de la main à ses anciens collègues, elle sortit.

Dehors, la brise de décembre sur sa peau l'aida à apaiser le chaos qui régnait dans son esprit et à adoucir les sentiments doux-amers qu'elle éprouvait en présence de Conor. Elle frissonna en évoquant les moments où il l'avait aidée à s'habiller et à se déshabiller.

Comment allait-elle réussir à gérer cette situation ? Conor ressentait-il le même malaise ? Sans doute pas, car son travail l'avait toujours davantage intéressé qu'elle.

Dès qu'elle ouvrit la porte, les chiens l'accueillirent avec excitation, et elle dut prendre une grosse voix pour éviter que Hudson ne pose ses grosses pattes sur ses épaules au risque de la renverser.

Elle ressentait vivement le besoin de dormir, mais le sommeil se refusa à elle. Étendue sur son grand lit confortable, elle laissa son esprit vagabonder là où il ne devait pas aller… Par exemple vers la chambre de Conor.

Y avait-il convié des femmes ?

Bien sûr que oui ! Il avait beau être un bourreau de travail, il avait des besoins sexuels, et dire qu'il était un bon amant serait un euphémisme.

Cette idée lui donna légèrement mal au cœur. Se levant, elle se mit à marcher de long en large dans le grand appartement. La vue de Central Park lui donna l'envie de sortir.

Elle pouvait sûrement promener un des chiens ? Et évidemment, ce serait Yorkie, incapable de la traîner le long d'un sentier à la poursuite d'un écureuil comme le ferait Hudson.

Oui, une petite promenade lui éclaircirait les idées.

Après avoir mis le petit chien en laisse, elle prit l'ascenseur. En franchissant la porte de l'immeuble, elle réussit à sourire au portier, même si elle se demandait combien de femmes il avait vues entrer et sortir de chez Conor.

Respirer l'air frais lui fit du bien. Mais une fois que Yorkie eut exploré le parc pendant un court moment, elle sentit la fatigue la pénétrer jusqu'aux os. Elle mesura alors qu'elle en faisait un peu trop pour un lendemain de bloc opératoire.

Après s'être reposée un instant sur un banc, elle décida qu'elle pouvait rentrer.

— Il est temps de partir, Yorkie. Tu es d'accord ?

Elle avait à peine fait dix pas, se concentrant sur le sol inégal, quand Yorkie fit un bond en avant. Levant les yeux, elle vit Conor McCarthy se diriger vers elle à grandes enjambées, l'air très fâché.

Le cœur battant, elle stoppa net.

Conor posa les mains sur ses épaules. Il l'attira contre lui, et elle eut l'impression que son corps irradiait la colère.

— Qu'est-ce qui ne va pas, chez toi ?

— Rien… J'avais juste envie de prendre l'air, c'est tout.

— C'est *tout* ? Donc, tu fais n'importe quoi sans te soucier du fait que j'ai eu la peur de ma vie. Quand Michelle m'a dit que tu étais partie, je me suis inquiété.

Mais qu'est-ce que tu crois que j'ai éprouvé, quand j'ai découvert que tu n'étais pas à la maison ? J'ignorais où tu étais jusqu'à ce que je m'aperçoive que Yorkie n'était pas là et qu'ensuite Alfred me dise que tu étais sortie. Pour comble, tu n'as pas décroché ton téléphone. *Bon sang,* Jill !

Sous la fureur, elle perçut combien il s'était inquiété pour elle. Elle se sentit coupable de ne pas l'avoir envisagé un instant.

— Je n'ai pas entendu la sonnerie… Je crois l'avoir laissé sur vibreur et… Je ne m'imaginais pas que tu te ferais du souci. Je suis désolée.

Quand il prit son visage entre ses paumes, elle sentit son cœur battre plus vite.

Il la fixa pendant deux longues secondes, puis sa bouche s'empara de la sienne, dure et possessive.

Sous le choc, elle vacilla et s'appuya contre lui.

Le goût de ses lèvres lui avait manqué plus qu'elle n'avait voulu l'admettre jusqu'alors.

La baiser se fit plus tendre, tandis qu'il caressait doucement sa bouche de ses lèvres, comme lorsqu'ils étaient tombés amoureux.

— Jilly… Jill…, souffla-t-il, avant de l'embrasser de nouveau.

Oubliant tout ce qui n'était pas lui, elle se focalisa sur ces lèvres chaudes, sur cette poitrine qui se soulevait et s'abaissait de plus en plus vite contre la sienne. Une seule pensée tournoyait dans son esprit : comment avait-elle fait pour vivre, privée de ces baisers ?

Les jappements de Yorkie la tirèrent finalement de son engourdissement, et elle ouvrit les yeux pour constater que Conor en faisait autant. Son regard était toujours farouche, ses prunelles d'un bleu sombre et son visage tendu.

Très lentement, ses mains glissèrent le long de ses joues, et il recula d'un pas. Sans un mot, il prit la laisse du chien, puis leurs doigts s'entrelacèrent, et il l'entraîna vers son immeuble.

Ils ne parlèrent pas en marchant. Qu'auraient-ils pu dire ? Il l'aurait encore grondée, ou bien elle se serait encore excusée ? Et il n'était pas question de parler de ce qu'il venait de se passer.

Maintenant qu'ils ne s'embrassaient plus, elle se rappelait que, durant leur mariage, elle s'était sentie de moins en moins aimée et désirée à mesure qu'il était de moins en moins là. Son absence l'avait tourmentée, accentuant son manque de confiance en elle jusqu'à ce que la vie commune devienne une torture au lieu d'une source de joie.

Pour tous les deux.

Et maintenant, cette cohabitation réveillait les merveilleux souvenirs comme les plus mauvais, avec leur lot de culpabilité et de souffrance.

Elle ne voulait pas revivre tout cela, même pour un jour ou deux. Ils devaient trouver une solution.

Lorsqu'ils franchirent la porte d'entrée, elle se sentit oppressée dans cet appartement magnifique.

Redressant les épaules, elle se tourna vers Conor.

— Écoute, je ne crois pas que ça va marcher. Je vais réfléchir à ce que je suis capable ou non de faire seule, ensuite je résoudrai les problèmes. Je serai très bien chez moi, et nous engagerons quelqu'un pour promener les chiens, qui resteront chez toi jusqu'à l'arrivée de Briana.

— Non. J'admets que la situation est bizarre et embarrassante pour nous deux…

Conor s'interrompit pour fourrer ses mains dans ses poches. Son impassibilité était surprenante, si on la comparait à la colère et à la passion qui crispaient son visage dix minutes auparavant.

— Jill, tu as besoin de quelques jours pour retrouver une certaine autonomie. Ta main est encore gonflée, tu as une attelle, et tu peux à peine remuer les doigts. Désolé pour ce qu'il vient de se passer… J'avais eu la peur de ma vie. Mais ça ne se reproduira pas.

— Je suis sûre de me débrouiller si…

— Non, répéta-t-il d'une voix calme, bien plus convaincante que sa fureur précédente. Je te demande de rester pour moi. De cette façon, je ne me ferai plus un souci d'encre, à me demander comment tu vas. En tant qu'adultes, on doit pouvoir faire en sorte que ça marche en dépit de tout.

— Conor…

— Je t'en prie. Je sais que tu n'as aucune raison de vouloir me faire plaisir, mais fais-le au moins pour ta propre sécurité.

Comment résister, quand il la fixait de cette façon ?

— C'est juste que… D'accord. Briana sera bientôt à New York, j'en suis sûre, et je ne serai plus dans tes jambes.

— Ce n'est pas l'expression que je choisirais.

Elle cessa de respirer quand il lui caressa la joue.

— Pourquoi ne pas te reposer pendant que je sors Hudson ? suggéra-t-il. Je t'apporterai quelque chose à manger avant d'aller travailler.

— Si tu ne rentres qu'à 22 heures, je ne vois pas trop la différence, si j'étais chez moi.

Elle se reprocha aussitôt son ton triste et amer. Pour se rattraper, elle ajouta aussitôt :

— Mais je te remercie. Manger me fera du bien.

— J'ai modifié mon emploi du temps jusqu'à la semaine prochaine, si bien que je ne travaillerai pas tard, aujourd'hui. Je reviendrai après ma dernière intervention et les dossiers à remplir.

Peut-être était-ce dû aux émotions qu'elle venait d'éprouver, l'épuisement la pénétra de nouveau jusqu'aux os. Désormais, elle n'aspirait plus qu'à s'étendre sur ce lit confortable, à fermer les yeux et à ne rien faire d'autre que commencer à guérir.

Un instant plus tard, Conor quittait l'appartement avec Hudson.

Elle resta un long moment à contempler la vue magnifique par les grandes fenêtres.

C'était une torture que de cohabiter avec Conor et de sentir ce pincement au cœur chaque fois qu'elle le regardait. Plus que jamais, elle se rendait compte qu'elle ne pourrait pas travailler avec lui, même si la perspective de quitter New York l'attristait profondément.

4.

Ce matin, Jillian avait promis de n'aller nulle part, pourtant Conor se sentait mal à l'aise en quittant l'appartement pour se rendre à l'institut.

Se montrait-il trop protecteur ?

Après tout, la façon dont elle gérerait son handicap temporaire ne le regardait plus. Autrefois, elle avait été tout pour lui en dehors de son travail, mais elle avait compris très vite qu'il n'était pas le genre de mari qu'elle voulait. Du même coup, elle avait cru qu'elle n'était pas le genre d'épouse dont il avait besoin dans sa vie. Elle se sentait incapable d'assister à des galas de charité ou des soirées mondaines entre associés.

Mais comment avait-elle pu imaginer qu'il ne la désirait plus ? Cela dépassait son entendement. Un homme ne peut pas toucher une femme, l'embrasser ou rire avec elle comme il l'avait fait s'il n'est pas amoureux fou d'elle.

Pour le reste, elle avait raison. Il avait voulu une vie différente de celle qu'il avait connue étant enfant. Une vie fondée sur la sécurité financière, les enfants, la stabilité…

Dès qu'il avait posé les yeux sur Jillian, il avait mis son cœur à ses pieds. Ils s'étaient mariés au bout d'un mois, ne voulant pas attendre un jour de plus pour vivre à jamais ensemble.

Et cela n'avait pas duré une année.

Il avait rendu Jillian malheureuse. Bien entendu, il ne

s'était pas comporté envers elle comme son propre père envers sa mère, mais cela ne valait guère mieux.

Il avait fallu cet échec monumental pour qu'il mesure à quel point son enfance l'avait abîmé. Son anxiété concernant leur sécurité financière lui causait des sueurs froides, des insomnies. Pour se calmer, il travaillait d'arrache-pied, comme il l'avait fait adolescent.

À ses yeux, la meilleure façon de prouver à Jillian son amour était d'assurer leur avenir commun… Mais elle ne voyait pas les choses de la même façon. Pour finir, il avait compris qu'il n'était pas le compagnon qu'elle voulait et qu'elle méritait. Quand elle l'avait quitté, il n'avait pas protesté parce qu'il n'aurait pour rien au monde souhaité la blesser davantage.

Mais la revoir à l'institut avec un poignet brisé l'avait presque tué. Et depuis qu'elle vivait chez lui, sa proximité, la nécessité de l'aider à s'habiller et à manger, sa présence dans la chambre voisine, tout cela menaçait sérieusement son équilibre mental. Il n'avait pas de meilleure explication pour expliquer qu'il l'ait embrassée dans le parc.

En découvrant qu'elle était sortie avec Yorkie, il avait été submergé par la peur et s'était quasiment rué hors de l'appartement pour la retrouver. Dès qu'il l'avait aperçue, son soulagement s'était mué en colère, et il l'avait embrassée avant même de savoir qu'il allait le faire.

Et là… Le goût de sa bouche, la douceur de sa peau, ce corps souple contre le sien, lui avaient coupé le souffle. Heureusement qu'ils n'étaient pas dans l'appartement, car il aurait pu la soulever de terre pour l'emporter dans sa chambre et lui faire l'amour, fracture du poignet ou non.

Quelle terrible erreur ça aurait été ! Plus jamais il ne voulait lui faire de mal.

Il se passa la main sur le visage.

La meilleure façon d'oublier tout cela était de se concentrer sur la paperasse empilée devant lui, sur ses patients, ses investissements financiers. Il devait aussi échanger des coups de fil et mails avec les responsables du centre d'urgence de Manhattan afin de fixer une nouvelle réunion.

À l'idée que la fusion puisse ne pas se faire, il éprouva une nouvelle bouffée de stress. Pour se refocaliser sur ce qui était important, il examina les radios d'un patient opéré dans la matinée.

Et là, alors qu'il croyait s'être gentiment remis au travail, il se surprit en train d'envoyer un SMS à Jillian :

Tout va bien ?

Elle ne répondit pas, ce qui voulait sans doute dire qu'elle dormait, du moins l'espérait-il.

Tout en se reprochant de s'inquiéter pour rien, il se hâta de terminer ses tâches. Un instant plus tard, il se frayait un chemin parmi la foule des passants.

Une fois dans l'immeuble, il aperçut une famille qui attendait l'ascenseur et choisit de monter à pied ses neuf étages.

En ouvrant la porte, il fut soulagé de voir Jillian tranquillement assise en train de lire, les chiens à ses pieds.

— Salut ! Comment vas-tu ?

Elle releva la tête, et leurs regards se croisèrent.

Il semblait impossible que cette simple connexion lui fasse battre le cœur plus vite. Il savait pourtant que son empressement à rentrer n'expliquait pas qu'il soit aussi essoufflé.

— Très bien. J'ai eu envie de sortir les chiens, mais j'ai pensé que tu piquerais une crise si tu ne me trouvais pas en arrivant.

— Et tu n'as pas voulu me bouleverser ?

— Je suis ergothérapeute, ça signifie que je me soucie des gens. Alors, bien sûr, je ne veux pas t'inquiéter, même si je me demande bien pourquoi tu t'inquiètes.

Elle *aurait dû* le savoir.

— Tu as faim ?

— J'ai mangé la dernière banane noire, et j'ai trouvé un sachet de müesli dans un placard, alors non. Mais je ne sais pas comment tu réussis à rester en forme alors qu'il n'y a aucune nourriture chez toi.

Comme les yeux gris-vert balayaient son corps, il s'efforça de ne pas s'enflammer sous cette inspection inattendue.

— Je mange dehors le plus souvent. Tu veux qu'on promène les chiens ensemble ?

— Je pensais sortir avec Yorkie toute seule. Ensuite, tu pourrais en faire autant avec Hudson avant de retourner travailler.

— Je ne retourne pas travailler.

Elle le fixa comme s'il venait d'annoncer un événement incroyable.

— Pas ce soir, précisa-t-il. Alors je peux tenir les laisses et marcher à ton rythme.

— Est-ce qu'on n'a pas dit qu'il valait mieux pour nous deux de ne pas multiplier les occasions d'être ensemble ? J'ai envie de profiter de cette sortie, pas de me sentir nerveuse.

— Je te rends nerveuse ?

— Tu le sais parfaitement. Ou malheureuse, ou triste, ou… Je ne sais pas trop, mais c'est désagréable.

Il réprima l'envie de lui caresser la joue.

— Je n'ai pas été un bon mari, Jillian, mais on pourrait être amis, tu ne crois pas ?

— Je… J'imagine que le temps nous aidera à être un peu plus amicaux que la dernière fois que nous nous sommes vus. Et, d'accord, une petite promenade nous fera du bien. On ne peut pas lâcher les chiens dans Central Park avant 21 heures, mais une amie m'a parlé d'un petit square où c'est permis, pas très loin d'ici. En plus, il y a une baraque à burgers au coin de la rue. On pourra acheter à manger et un milk-shake.

Sans réfléchir, il tendit le bras pour effleurer la bosse que Jillian avait toujours sur le front.

— Je me rappelle combien tu aimes les milk-shakes à la vanille. Tu pourras poser le gobelet contre ton front avant de le déguster.

Jillian lui adressa un sourire adorable.

— Ou pas. Donne-moi cinq minutes pour être présentable, bien que ce soit quasiment impossible. On dirait que mes cheveux sont passés dans un blender après que je les ai lavés.

— J'ai remarqué qu'ils étaient moins soyeux, que tu les laisses tomber sur les épaules ou que tu fasses ton petit chignon faussement négligé.

— Oui… Pas moyen de faire un chignon d'une seule main, et se sécher les cheveux sans utiliser une brosse dans l'autre main relève de l'exploit.

— Tu as pensé à prendre des notes ? Ce seraient des infos précieuses, pour les chirurgiens de la main et les ergothérapeutes.

— J'y songe, justement. Je compte organiser une conférence pour les ergothérapeutes quand j'en aurai fini avec tout ça. On aura peut-être de nouvelles idées, pour soulager les patients. Ne te moque pas !

— Je ne me moque pas. Je trouve ça très bien.

Il avait assisté plusieurs fois à ses conférences, autrefois. Son dynamisme et sa chaleur humaine faisaient d'elle une oratrice convaincante, et il se rappelait combien il avait été fier d'elle.

— Assure-toi d'inviter aussi les chirurgiens, ajouta-t-il. Il est facile de se focaliser sur les os et d'oublier combien une opération peut affecter le quotidien d'une personne. Tu parles tellement bien que les gens viendront volontiers.

Jillian lui adressa un sourire reconnaissant, comme s'il venait de lui faire un cadeau. Se rappelant le temps où elle le considérait comme un super-héros, il sentit sa poitrine se gonfler.

— Merci, dit-elle. C'est très gentil de ta part, de me dire ça. Je reviens dans quelques minutes.

Il décida de conserver sa tenue de chirurgien pour se rendre au square. En attendant Jillian, il s'assit pour gratouiller le crâne des chiens. Lorsqu'elle revint, il ne put s'empêcher de sourire, car ses cheveux étaient à peine moins emmêlés qu'auparavant.

— Tu es prête ?

— Autant qu'il m'est possible de l'être.

Une fois dehors, il voulut lui prendre la main, mais elle se dégagea.

— Je peux me débrouiller. J'apprends à marcher un peu plus lentement qu'avant et à faire attention de façon à ne pas trébucher. Si tu m'aides, je ne progresserai pas.

Il acquiesça d'un signe de tête, mais en vérité il n'avait pas pensé à la soutenir. La tenir par la main lui avait seulement semblé tout naturel.

Il fourra les mains dans ses poches tandis qu'ils parcouraient en silence la distance qui les séparait du parc.

Tous deux jouissaient de l'air frais du mois de décembre. Il s'aperçut qu'il appréciait de simplement marcher au côté de Jillian comme si les pages douloureuses de leur mariage n'existaient pas… Comme un homme et une femme qui ont été passionnément épris l'un de l'autre.

— On a eu raison d'aller au square aujourd'hui, remarqua-t-il. Il paraît qu'il va pleuvoir.

— Je déteste la pluie !

— Comme tout le monde, sauf le jour où nous étions sous un parapluie à Central Park, rappelle-toi. On riait parce que nos chaussures étaient trempées et que les tiennes grinçaient très fort. On se serrait l'un contre l'autre pour rester secs, mais le vent poussait les gouttes sur nous. On n'arrêtait pas de s'embrasser.

Sans réfléchir, il passa un bras autour des épaules de Jillian.

Voyant qu'elle s'écartait, les sourcils froncés, il se traita intérieurement de tous les noms. Pourquoi avait-il fallu qu'il évoque ce souvenir ?

— Voilà le square, dit-elle brusquement. Laissons-les s'amuser, et ensuite, on s'achètera à manger et on s'installera sur un banc.

— Comme tu veux.

Pour ne pas voir son expression fermée, il regarda autour de lui.

— Je n'étais jamais venu ici. C'est parce que Central Park est à la fois proche de mon appartement et de l'institut. C'est là que je vais d'habitude.

— Tu prends le temps de te détendre à Central Park ?

— Ça m'arrive, oui.

Il n'avait pas spécialement envie de parler de son emploi du temps surchargé avec elle. Il fut donc content que les chiens tirent sur leur laisse de plus en plus fort en agitant la queue.

— Ils ont l'air plutôt excités, tu ne trouves pas ? Tu mets Yorkie dans l'espace réservé aux petits chiens, ou tu le laisses avec Hudson ?

— C'est une vraie question ? demanda Jillian avec un sourire. Tu sais parfaitement que Yorkie cache un fort caractère dans son petit corps. Il reste avec Hudson.

Conor ouvrit la grille et défit les laisses. Aussitôt, les deux chiens se mirent à courir en direction de leurs congénères.

— Heureusement que tu portes ta tenue de bloc au lieu d'un beau pantalon, remarqua Jillian. Les bancs sont plutôt sales. C'est pour ça que je porte ce vieux pantalon de survêtement.

— Je suppose que ce sera ton uniforme pendant quelque temps. C'est aussi plus facile à mettre et à enlever…

Pensant à la peau douce de Jillian sous ses paumes, lorsqu'il l'avait aidée à s'habiller, il se tut.

Elle dut deviner la direction qu'avaient prise ses pensées, car elle pointa la rue du doigt.

— Je n'arrive pas à savoir si j'apprécie l'architecture du musée Guggenheim. Qu'est-ce que tu en penses ?

— Je l'aime bien. Mais mes préférés sont le Flatiron Building, Grand Central Terminal, la New York Public Library… Sans oublier l'Empire State Building et…

— Tu vas citer tous les monuments et immeubles emblématiques de la ville ? s'exclama Jillian en riant. Mais je suis d'accord avec toi. Je les ai tous pris en photo, d'ailleurs, ainsi que le pont de Brooklyn et la cathédrale Saint-Patrick. Après… notre divorce, j'ai décidé de m'inscrire dans un cours de photographie, et ça me plaît beaucoup. Mais je m'aperçois que ce n'est pas demain que je pourrai tenir un appareil, avec une seule main.

Le ton frustré de Jillian incita Conor à lui prendre la main, mais il arrêta son geste juste à temps.

— Tu n'auras pas à attendre trop longtemps. J'ai remarqué quelques photos sur les murs de ton appartement. Elles sont extraordinaires ! Tu accepterais de m'en vendre ?

— Je ne les vends pas, mais je pourrai t'en imprimer.

— Parle-moi de ce cours.

Le sujet était sans danger.

Ils bavardèrent tout en regardant les chiens s'ébattre. Lorsque ceux-ci revinrent vers eux, langues pendantes, Jillian se leva pendant qu'il leur remettait leur laisse.

— Il y a une fontaine et un bol d'eau à leur disposition par-là, dit-elle. Quand tu les auras fait boire, on pourra manger.

— Tu aspires à ton milk-shake à la vanille, hein ?

— Je ne pense qu'à ça depuis une demi-heure.

Quand les chiens se furent désaltérés, il se tourna vers Jillian.

— Où est le baraquement ?

— Au coin de la rue. Tu ne vas pas me croire, mais ils vendent de la glace au poulet pour les chiens.

— Tu rigoles ?

— Pas du tout. Grâce à la proximité du square, ils en vendent des tonnes. Tu pourrais y goûter, si tu veux.

— Merci bien, je me contenterai d'un burger.

Ils rirent ensemble, et de nouveau il dut réprimer l'envie de passer un bras autour des épaules de Jillian. Après avoir payé leur repas, ils retournèrent au square et s'assirent sur un banc pour manger. Au moment où Conor commençait à se détendre, son téléphone portable sonna. En le sortant de sa poche, il vit que c'était l'avocat qui réunissait les documents légaux en vue de l'association avec le centre d'urgence de Manhattan.

— Conor McCarthy.

— Bonjour, Conor. Sam Smith, à l'appareil. J'ai rencontré les nouveaux investisseurs dont vous m'avez parlé, et j'ai corrigé les documents en conséquence. Je sais que vous comptez reprogrammer une réunion avec le centre d'urgence, c'est pourquoi j'ai faxé le tout à l'institut. Votre secrétaire m'a dit qu'elle a posé le dossier sur votre bureau.

— Merci beaucoup. Il faut que tous les chiffres soient à jour pour la réunion. Je vous appellerai dès que la date sera fixée.

Après avoir raccroché, il regarda Jillian, content de la voir aussi détendue. Pourvu que son humeur ne se gâte pas quand il lui dirait qu'il devait repasser par son bureau !

— Ça ne t'ennuie pas de marcher jusqu'à l'institut avec moi ? lui demanda-t-il. Tu n'es pas obligée. Si tu es fatiguée, je garde les chiens, et nous nous retrouverons à la maison.

— Je ne suis pas fatiguée, et je suis contente de profiter de ce temps sec tant qu'il dure. De toute façon, il faut que je récupère mes forces pour recommencer à courir.

— D'accord, mais promets-moi d'attendre au moins six semaines.

— Oui, docteur.

L'expression amusée de Jillian réchauffa le cœur de

Conor, lui rappelant les moments heureux passés ensemble. Trop ému pour parler, il marcha en silence auprès d'elle.

Comme il était un peu plus de 19 heures, l'institut était fermé, mais quand ils approchèrent, ils virent un garçon d'une dizaine d'années en train de frapper à la porte.

— Tu as besoin de quelque chose, mon bonhomme ? demanda Conor.

Le gamin leva vers eux des yeux effrayés.

— Je cherche un docteur qui répare mon bras, dit-il en relevant sa manche.

Quand leurs yeux se posèrent sur la zone désignée par l'enfant, ils échangèrent un regard.

Il était impossible de ne pas remarquer le coude déformé par un œdème.

5.

Conor prit délicatement le bras du jeune garçon et se pencha pour l'examiner.

— Comment est-ce arrivé ? demanda-t-il.

— Je n'ai pas vu que le trottoir se soulevait, à un endroit. Ma planche est rentrée dans la bosse, et quand j'ai été éjecté, je me suis cogné contre le coin d'un immeuble. Ça fait vraiment mal ! Je connaissais cet endroit, alors je suis venu.

— Tu as appelé tes parents, pour les prévenir ?

— Je n'ai pas de téléphone.

Conor sortit le sien de sa poche.

— Moi, si. Je vais leur parler. Tu as besoin d'être soigné dans un service d'urgence.

— Ce n'est pas possible ici ?

Jillian et Conor échangèrent un coup d'œil.

— C'est fermé, pour l'instant. De toute façon, il faut que tes parents donnent leur accord pour qu'on te fasse une radio et qu'on s'occupe de toi.

— J'sais pas si ma maman va répondre. À cette heure, elle doit être dans un bar, quelque part.

Le cœur de Jillian se serra à l'idée que la mère de ce petit garçon ne soit pas toujours là pour lui. Elle vit que Conor serrait un instant les dents.

— Et ton papa ? Il faut juste que je lui demande son autorisation.

— J'ai pas de papa. Tu es sûr que c'est fermé, ici ?

— Oui, mais je suis chirurgien, et c'est là que je travaille. Je peux peut-être faire quelque chose. On va quand même essayer d'appeler ta maman. Comment t'appelles-tu ?

— Noah Thomas.

Conor forma sur son clavier le numéro que l'enfant lui donnait, puis il lui tendit le téléphone.

La sonnerie retentit plusieurs fois et au moment où Jillian commençait à perdre espoir, quelqu'un décrocha.

— Maman, je me suis fait mal au bras. Il faut que tu sois d'accord pour qu'on me soigne.

Jillian ne comprit pas la réponse, mais le ton coléreux était suffisamment clair.

— Passe-moi le téléphone, Noah, dit Conor en le prenant des mains du petit garçon. Madame, ici le Dr Conor McCarthy. Votre fils a besoin de soins médicaux. Il me faudrait votre permission pour l'envoyer en taxi aux urgences et appeler les médecins pour les avertir.

Le visage sombre, il écouta la réponse. Jillian ne comprit pas tout, sauf que la femme refusait de payer des soins et exigeait le retour de Noah à la maison.

— J'ai seulement besoin de votre autorisation, insista Conor. Je vais m'occuper de lui gratuitement dans mon institut orthopédique.

La discussion se poursuivit un instant de plus, et la femme finit par donner son accord. Après avoir raccroché, Conor sourit à Noah.

— Je suis chirurgien orthopédique, ce qui signifie que je suis spécialiste des os. Puisque je peux te soigner sans faire payer ta maman, je vais le faire. Tu veux bien ?

Pour la première fois, l'enfant ébaucha un sourire.

— Ce serait super !

— Parfait.

Conor tapa le code, et un instant plus tard, ils s'entassaient tous dans l'ascenseur.

— Tu ne crois pas qu'on peut enfermer les chiens dans

la réserve ? demanda-t-il à Jillian. Après tout cet exercice, ils devraient pouvoir faire un petit somme.

— J'en suis certaine. Ils vont se reposer pendant qu'on trouvera ce qu'il est arrivé au bras de Noah.

— Qu'est-ce que tu as au tien ? demanda le garçon en fixant son attelle.

— Je me suis cassé le poignet en tombant. Avec un peu de chance, ton bras ne l'est pas. Le Dr McCarthy est un très bon chirurgien orthopédique, alors tu es dans de bonnes mains.

— Ça fait super mal, en tout cas.

— Ce n'est peut-être qu'une luxation du coude, intervint Conor, mais il faut faire des radios pour s'en assurer.

Après avoir déposé des bols remplis d'eau dans la réserve, ils enfermèrent les chiens, puis ils gagnèrent la salle de radiologie.

— Assieds-toi là, Noah, et pose ton bras sur cette plaque.

Conor effectua plusieurs clichés du coude de Noah.

— C'est bon. On va jeter un coup d'œil et voir ce que ça donne, d'accord ?

Ils se rendirent tous les trois dans un bureau comportant tout un matériel informatique.

— Regarde, Noah, les os de ton bras ne se touchent plus au niveau de ton coude. On appelle ça une luxation postérieure du coude. C'est une bonne nouvelle.

— Ah bon ?

— Oui, parce que ça veut dire que tu n'as rien de cassé. Je vais réduire cette luxation, ce qui signifie que je vais te remettre en place l'os qu'on appelle l'humérus. Ça fera mal, et tu devras avoir une attelle et le bras en écharpe pendant quelques jours, ensuite on t'examinera.

Conor adressa à l'enfant un sourire qui aurait rassuré n'importe quel patient effrayé. Noah lui sourit en retour. La bienveillance de Conor émut profondément Jillian. Plusieurs fois, elle l'avait vu avec des patients après des interventions, mais rarement avant, et jamais quand il s'agissait d'un enfant.

Conor tapota le dos de Noah.

— Je vais te donner quelque chose qui va te détendre pendant que je réduirai la luxation, parce que c'est douloureux. Tu ne dormiras pas vraiment, mais tu ne sentiras rien.

— D'accord.

Le visage de Noah exprimait une telle confiance que Jillian cessa de respirer.

— Je vais chercher les sédatifs, dit-elle en se détournant.

Quand elle revint, Conor examinait soigneusement le bras et la main de Noah tout en lui expliquant calmement ce qu'il constatait.

— Ta circulation n'est pas affectée, c'est encore une bonne nouvelle. Aucune veine pincée, ce qui empêcherait le sang de couler comme il faut. Ça devrait être facile. Tu es prêt pour que je t'administre le produit qui va te détendre ?

— Prêt.

Maudissant son invalidité, Jillian aida Noah à s'installer sur la table avant que Conor effectue l'injection dans la cuisse. Un instant plus tard, le petit garçon commença à battre des paupières.

— Parfait, dit Conor en regardant Jillian. Je vais commencer. Tu crois pouvoir maintenir le biceps d'une main pendant la manipulation ?

— Je ferai de mon mieux.

Elle saisit le bras de Noah le plus fermement possible de sa main valide, puis elle observa les gestes de Conor, fascinée.

Il prit le poignet et l'avant-bras du garçon, puis il plia le coude et exerça une traction dans l'axe de l'humérus ainsi qu'une pression sur l'olécrane et la tête radiale. Jusqu'alors, elle n'avait vu que des vidéos de cette procédure. Au bout d'une trentaine de secondes, il y eut un claquement sec, signifiant que l'os était de nouveau en place.

— Impressionnant, docteur McCarthy, dit Jillian. Et extraordinaire à regarder.

— *Je suis* moi-même remarquable. En tout cas, heureusement que nous avons été là pour lui, répliqua-t-il avec un sourire satisfait.

— Je me demande ce que Noah aurait fait si nous n'étions pas arrivés pendant qu'il frappait à la porte.

L'expression de Conor s'assombrit.

— Il serait rentré chez lui pour retrouver une mère à peine capable de s'occuper d'elle-même et encore moins d'un enfant. J'en sais quelque chose.

Quelque chose dans sa voix alerta Jillian.

Y avait-il des éléments de l'enfance de Conor qu'il n'avait pas partagés avec elle ? Elle savait que son père était parti quand il avait cinq ou six ans et qu'il en avait à peine dix-huit quand sa mère était morte. Il ne lui en avait pas dit beaucoup plus, sauf qu'elle avait été longtemps malade.

Avait-elle le droit de lui poser des questions, dans la mesure où ils ne vivaient plus ensemble ?

Elle ouvrit la bouche, ne sachant pas exactement ce qu'elle allait dire, mais se tut en voyant Conor se pencher sur Noah et le secouer légèrement.

— Eh, Noah ! C'est fini, tu peux te réveiller.

Le garçon battit des paupières.

— Hein ?

— Ton coude est réparé. Jillian est une ergothérapeute formidable, experte dans la confection d'attelle. Quand tu seras d'attaque, on va en faire une pour toi, et tu reviendras me voir dans deux jours. Dis-moi quand tu seras prêt.

Conor tourna vers elle un visage serein et continua :

— Tu peux garder un œil sur lui pendant que je vais chercher le fax dont j'ai besoin ? Je ne serai pas long.

Quand il revint, Noah se sentait assez bien pour se rendre avec eux dans la salle d'ergothérapie.

— Assieds-toi là, Noah, dit-elle, je vais fabriquer

ton attelle avec une feuille thermoplastique. Quand je la mettrai dans l'eau chaude, elle s'assouplira, et ensuite je pourrai l'adapter à ton bras. Tu veux quelle couleur ?

— J'aime bien le vert.

— C'est parti !

Jillian plongea la feuille dans un bain chaud. Avec l'aide de Conor, elle la plaça ensuite sur le bras de Noah et découvrit avec plaisir qu'elle était capable de lui donner la forme adéquate d'une seule main.

— Eh ! je ne suis pas aussi handicapée que je le craignais ! C'est mon premier succès postopératoire.

— J'en suis ravi pour toi, dit Conor, mais tâche de ne pas être trop pressée. Tout comme Noah, tu as besoin de temps pour guérir. Je vais découper des bandes de Velcro, même si tu peux sans nul doute t'en charger.

— Exact, mais il est bon qu'un chirurgien qui se donne de grands airs joue les petites mains de temps à autre.

— Je me donne des grands airs ? C'est comme ça que tu me vois ?

— Non.

C'était vrai. Conor manifestait toujours beaucoup de respect aux autres membres du personnel, qu'ils soient chargés du ménage ou du travail administratif.

Ils échangèrent un sourire, puis Conor revint à Noah et fixa les bandes Velcro.

— Pas de planche tant que tu portes une attelle, recommanda-t-il. Il ne faudrait pas que tu tombes avant d'être complètement guéri.

— Je ne tombe jamais, assura le petit garçon.

Conor se mit à rire.

— C'est ce que vous prétendez, Jillian et toi. Pourtant, c'est ce qui est arrivé. Lequel des deux est le plus têtu ?

— Tu es injuste, protesta Jillian avec un sourire. Est-ce que je n'ai pas marché lentement en surveillant chacun de mes pas ?

Les yeux bleus de Conor retinrent un instant les siens, et elle sentit son cœur battre plus vite.

— Je te l'accorde. Toi aussi, tu dois faire attention, Noah. Tu vas rentrer chez toi en taxi, et je veux que tu reviennes ici dans deux jours après l'école.

— Je n'ai pas de sous pour payer le taxi, marmonna le garçon. Je vais prendre le métro, et je ne me servirai pas de ma planche.

— J'ai une application sur mon téléphone pour le taxi, alors tu n'as pas à t'inquiéter pour l'argent.

Conor pressa légèrement l'épaule du petit garçon puis lui remit une carte.

— Voici mon numéro et celui de l'institut. Si tu as très mal ou si tu t'inquiètes, appelle-moi.

L'enfant fixa un instant la carte avant de poser sur Conor un regard grave.

— Merci. Je… Merci beaucoup de m'avoir réparé et tout. À toi aussi, ajouta-t-il en se tournant vers Jillian.

Elle lui sourit avant de l'embrasser.

— Je suis contente qu'on ait été là pour t'aider. Tu peux enlever l'attelle pour prendre ta douche, mais sinon tu dois la garder jusqu'à ce que tu revoies le Dr McCarthy.

— C'est d'accord ? enchaîna Conor.

Noah hocha la tête, et Conor lui pressa de nouveau légèrement l'épaule.

— Très bien. Donne-moi ton adresse, je vais appeler le taxi. Jillian l'attendra dehors avec toi. À quelle heure sors-tu de l'école, après-demain ?

— 15 heures.

— Je t'attends donc ici à 16. Ça marche ?

— Oui.

Conor saisit l'adresse de Noah sur son téléphone, après quoi Jillian prit l'ascenseur avec l'enfant.

Voyant qu'il paraissait nerveux, elle s'efforça de le détendre en lui parlant de son attelle et de la prudence dont il devait faire preuve.

Dehors, la nuit était tombée. Quelques minutes plus tard, elle ouvrait la portière du taxi et l'aidait à s'installer à l'arrière.

— N'hésite pas à appeler le docteur si tu as un souci !

— Oui. Merci beaucoup.

Tandis que la voiture s'éloignait, elle perçut la présence de Conor derrière elle. Il tenait les chiens en laisse.

— C'est ta bonne action de la journée, et peut-être de l'année, dit-elle.

À sa grande surprise, la plaisanterie ne le fit pas rire.

— Je déteste l'idée que le quotidien de ce gamin soit aussi difficile. Tu as vu dans quelle partie de la ville il habite ? Je me demande ce qu'il faisait, aussi loin de chez lui. Il n'avait sûrement pas envie de rentrer dans un appartement désert.

— Et sa mère ne s'est pas déplacée ! Elle ne voulait même pas qu'il aille aux urgences.

— Oui… Je discuterai un peu avec lui quand il reviendra.

L'espace d'un instant, Conor parut fixer quelque chose, au loin, puis il se focalisa de nouveau sur elle.

— Il fait nuit, et tu as beaucoup marché. On pourrait peut-être appeler un taxi qui accepte les chiens.

— J'avoue que je suis un peu fatiguée, mais ton immeuble est tout près, et je peux marcher. Je trouve que tu as été merveilleux avec Noah.

Il secoua la tête.

— Tu es bien placée pour savoir que je ne suis merveilleux que dans mon travail. Mais dans deux jours, tu seras débarrassée de moi.

Une chose était certaine, quoi qu'il en dise, elle ne se réjouirait pas d'être « débarrassée de lui ». Sa gorge serrée lui affirmait même le contraire.

Elle faillit protester mais se retint et demeura silencieuse.

Une fois rentrés, ils regardèrent la télévision, assis sur le canapé à bonne distance l'un de l'autre, jusqu'à ce qu'elle aille se coucher, consciente que la chambre de Conor n'était qu'à quelques mètres de la sienne.

Le lendemain matin, Jillian entrouvrit sa porte et jeta un coup d'œil dans le couloir.

Conor n'étant pas en vue, elle la referma et gagna la salle de bains attenante à sa chambre.

La veille, la sollicitude de Conor envers Noah l'avait profondément touchée, et elle s'était demandé s'il avait lui-même été négligé pendant son enfance. Il lui en avait très peu parlé, et elle regrettait maintenant de ne pas avoir posé davantage de questions lorsqu'ils étaient ensemble. Bien qu'ils soient divorcés, il était peut-être encore temps de le faire… Pour être son amie, ainsi qu'il l'avait suggéré.

Était-ce possible ? Et est-ce qu'elle le souhaitait ?

Laissant échapper un soupir, elle enleva son attelle pour entrer dans la cabine de douche. Elle maintint son poignet contre son ventre pour éviter de le cogner et s'efforça de se rendre présentable pour son rendez-vous de la matinée en salle d'ergothérapie.

Elle eut beau faire son possible pour distribuer équitablement le shampoing sur sa tête avant de se frotter les cheveux, elle ne réussit pas mieux que la veille. Certaines zones étaient recouvertes de mousse, et d'autres pas du tout.

Le rinçage ne fut pas plus facile. Apparemment, les gestes les plus simples ne le seraient pas pendant un certain temps, elle devait l'accepter.

Elle rencontra les mêmes difficultés pour se laver. La douche lui prit dix minutes au lieu des cinq habituelles.

Pourtant, pas question de demander de l'aide à Conor ! La seule idée qu'il la voie nue l'horrifiait… Et l'excitait en même temps. C'était bien la preuve que cette cohabitation la rendait folle ! Du temps qu'ils étaient heureux, ils s'étaient souvent douchés ensemble dans l'ancien appartement, là où ils avaient ri et fait l'amour. Là où, durant un bref laps de temps, ils avaient cru qu'ils étaient faits l'un pour l'autre.

Elle ferma les yeux dans l'espoir que ces stupides souvenirs s'évanouiraient, puis elle fit couler de l'eau froide sur son corps pour refroidir des ardeurs incongrues. Lorsqu'elle fut parvenue à se rincer les cheveux, elle sortit de la cabine et entreprit de se sécher d'une seule main avec sa serviette.

Encore un challenge de taille !

Finalement, elle passa une brosse dans ses mèches mouillées, remit son attelle et examina ses options vestimentaires.

Elle savait déjà que le soutien-gorge était exclu, ce qui n'était pas trop problématique vu sa petite poitrine. Elle pouvait s'en passer à condition de porter un haut relativement épais. Le bas posait d'autres problèmes. La veille, elle avait déjà tenté d'enfiler un legging moulant, mais il n'avait pas dépassé les cuisses malgré tous ses efforts. Pour les mêmes raisons, il n'était pas non plus envisageable de mettre un jean. Un pantalon plus habillé ? C'était possible, mais difficile.

Finalement, elle choisit un pull très large qu'elle parvint à mettre à force de tortillements, ce qui la réconforta légèrement. Ensuite, elle considéra son bas de survêtement de la veille, décoré de poils de chiens et de taches récoltées dans le square. Contrariée de se présenter devant Conor dans cette tenue, elle réfléchissait devant son placard, quand on frappa à la porte.

— Je peux entrer ?

6.

La voix de Conor déclencha en Jillian une véritable panique. Elle se tortilla pour enfiler un slip brésilien.

— J'essaie de…

Apparemment, Conor interpréta cette réponse imprécise comme une invitation, car il entra dans la chambre. Il posa immédiatement les yeux sur les fesses de Jillian à peine couvertes.

Au moins, elle avait eu le temps de mettre un pull.

— Euh… Tu as besoin d'aide ?

Dans la mesure où il était déjà là à fixer son corps à moitié habillé, elle n'avait aucun intérêt à le mettre dehors.

— Oui, dit-elle. Tu peux m'aider à mettre ce pantalon et à me sécher les cheveux ?

Il se planta auprès d'elle et parut examiner sa garde-robe.

— Quel pantalon ?

— Celui-là, dit-elle en lui montrant le pantalon de ville noir. Il n'est pas aussi étroit que mes jeans ou mes leggings.

Il prit le vêtement, et quand leurs regards se croisèrent, il avait cette expression familière qui assombrissait ses yeux et la faisait rougir.

Cette situation était à la fois embarrassante et absurdement excitante. Apparemment, leur divorce n'avait pas totalement anéanti sa libido, bien qu'elle n'ait aucune intention de s'engager dans une nouvelle relation.

— Pose la main sur mon épaule, dit-il en se penchant. Ensuite, lève la jambe.

Elle avait presque oublié la façon dont ses muscles puissants jouaient sous sa paume, autrefois. Tâchant de se focaliser sur son équilibre, elle enfila une jambe puis l'autre.

En faisant glisser le pantalon le long de ses hanches, il les frôla du bout des doigts. Elle frissonna de plaisir lorsqu'il remonta la fermeture Éclair, et quand il appuya sur le bouton-pression, elle se mordit les lèvres pour réprimer un gémissement.

Si ce simple contact suffisait à lui donner l'envie de le pousser vers le lit, elle était dans un sacré pétrin.

— Très bien.

Il tira le pull sur le pantalon. De nouveau leurs regards se croisèrent, et elle lut sans équivoque dans celui de Conor le désir qu'elle éprouvait elle-même.

— D'habitude, tu ne te caches pas sous un pull trop large, remarqua-t-il. Tu ne veux pas que je t'aide à mettre un chemisier ?

— Non, parvint-elle à articuler. Je ne peux plus agrafer mon soutien-gorge, alors je ne porte rien en dessous.

Il émit un petit grognement, et ses mains, qui se trouvaient encore au niveau de la ceinture, se crispèrent sur sa taille.

— Tu dis ça pour me torturer ?

— Bien sûr que non !

Mais elle n'était pas certaine d'être sincère. L'espace d'un instant, n'avait-elle pas éprouvé l'envie qu'il lui ôte ce pull pour lécher ses seins ?

— Très bien, dit-il en rentrant dans la salle de bains. Je n'ai aucune idée de la façon dont tu te sèches les cheveux, mais je vais faire mon possible.

— Ça ne peut pas être pire que le résultat obtenu avec une seule main, répliqua-t-elle en le suivant.

— Assieds-toi là, dit-il en tirant le tabouret de dessous la coiffeuse. Où est ton séchoir ?

— Dans le tiroir du haut.

S'efforçant de se comporter comme si elle se trouvait dans un salon de coiffure, elle passa de nouveau la brosse dans ses cheveux avant de la lui tendre.

— Règle sur la chaleur forte et pointe-le sur mes cheveux tout en les brossant.

Tandis qu'il s'exécutait, elle l'observa dans le miroir.

Les sourcils froncés, il semblait tellement concentré sur sa tâche qu'elle pouffa.

— On dirait que tu es au bloc en train d'effectuer une opération du cerveau que tu n'as encore jamais expérimentée.

— C'est exactement ça ! Qu'est-ce que je suis censé faire, avec cette brosse ?

— Tu lisses mes mèches en les séchant. Tu ne m'as jamais regardée quand…

Elle s'interrompit brusquement. Inutile d'évoquer des souvenirs de leur vie commune.

— Ce que je veux dire, reprit-elle vivement, c'est que je voudrais ne plus avoir l'air d'un hérisson.

— D'accord, pas de hérisson, mais je ne te promets pas un résultat impeccable.

— Et si je tenais la brosse pendant que toi, tu te charges du séchoir ?

Leurs regards se croisèrent de nouveau, jusqu'à ce qu'il brise le contact.

— Bonne idée. Tiens !

Leurs doigts se frôlèrent quand elle prit la brosse, et l'atmosphère se chargea d'électricité. Elle s'efforça de ne fixer que son propre reflet, dans le miroir, mais Conor attirait malgré tout son attention.

Il portait la chemise et la cravate qu'il mettait toujours pour ses consultations, quand il n'était pas en tenue de bloc. Son profil aurait pu être celui d'un mannequin, sa mâchoire énergique et ses lèvres sexy…

— J'avais cru comprendre que tu te brosserais les cheveux pendant que je les sécherais… Tu es fatiguée ?

Jillian rougit. Fascinée par la beauté de son ex-mari, elle avait oublié tout le reste.

— Euh… Non. C'est juste que… Tu sais.

— Oui, je sais.

Entre eux, la chaleur monta d'un cran.

Elle retint son souffle tandis que Conor lui reprenait la brosse. Éteignant le séchoir, il le posa sur la coiffeuse. Ses doigts s'enfoncèrent dans les mèches qu'il venait de brosser, puis il se pencha pour déposer un baiser sur la bosse qui ornait son front.

Elle ferma les yeux tandis que les lèvres de Conor glissaient jusqu'à sa tempe, puis sur sa pommette. Sentant son haleine tiède sur sa peau, elle cessa un instant de respirer.

— Je suis désolé que tu doives supporter ça, murmura-t-il. Je voudrais pouvoir faire quelque chose pour que tu ne souffres plus.

— Je…

— Woof !

— Yip ! Yap !

Hudson et Yorkie venaient de faire irruption dans la salle de bains. Ils glissèrent sur le carrelage et heurtèrent le tabouret de Jillian.

— Assis ! ordonna Conor d'une voix légèrement enrouée.

Elle profita de cet intermède pour s'emparer de la brosse, mais lorsqu'elle se regarda dans la glace, elle constata avec surprise qu'elle était presque présentable.

Conor se tenait derrière elle, ses yeux brillants fixés sur son reflet.

— Je ne m'étonne plus qu'ils t'aient fait tomber dans la rue. Je les aurais crus un peu plus disciplinés, maintenant que ce ne sont plus des chiots.

— Ils sont quand même très jeunes, réussit-elle à articuler.

— Je vais boire un café avant de sortir. Tu en veux un ? Je t'aiderai à mettre tes chaussures et ton manteau si besoin est, et ensuite on partira.

— Très bien.

À l'entendre, on aurait pu croire que rien ne venait de se passer entre eux.

Quand il eut quitté la salle de bains, elle se regarda de nouveau dans la glace et fut frappée par son expression mélancolique.

Durant les deux jours à venir, elle devait absolument faire preuve de plus de sang-froid, si elle voulait prouver à Conor qu'elle pouvait penser à lui comme à un ami.

Quand Conor montrait à des patients leurs radios post-opératoires ou parlait avec eux des résultats de l'opération ou du travail à entreprendre avec l'ergothérapeute, cela requérait d'ordinaire toute son attention. Mais aujourd'hui, la présence de Jillian dans la salle d'ergothérapie le distrayait. Cet espace occupait quasiment la moitié de l'étage occupé par l'institut orthopédique du Bras et de la Main.

Avec un peu de chance, l'immeuble comporterait bientôt un service d'urgence dont il serait le copropriétaire. Ce serait un avantage pour les patients. Le diagnostic effectué, ils rencontreraient immédiatement les chirurgiens. Ensuite, ce serait la salle d'opération, puis les soins postopératoires.

Ce serait aussi un avantage pour son propre avenir financier… Un accord gagnant-gagnant, en quelque sorte.

Cela lui rappela qu'il n'avait pas eu de nouvelles de Peter Stanford, le P-DG du centre d'urgence de Manhattan qui devait l'appeler pour fixer une nouvelle réunion.

Si le contrat tardait trop à être conclu, le risque qu'un autre centre chirurgical le supplante était grand…

Mais il avait beau y réfléchir, il ne pouvait pas s'empêcher de regarder Jillian, qui faisait mine de grimacer tout en utilisant l'équipement censé l'aider à retrouver la mobilité de sa main. Elle bavardait et riait avec ses collègues pendant chaque pause. L'éclairage puissant allumait des reflets dorés dans ses beaux cheveux, et quand elle adressait son sourire adorable à quelqu'un d'autre, il sentait son cœur se serrer.

Malgré son malaise, il ne put s'empêcher de sourire en remarquant qu'elle était à peu près bien coiffée.

Si les chiens n'avaient pas débarqué quand il avait déposé ce baiser sur sa bosse, il n'aurait peut-être pas pu se retenir de l'embrasser sur la bouche, ce qu'il s'était promis de ne pas faire…

Laissant échapper un soupir, il se dirigea vers un ordinateur pour saisir quelques dossiers.

S'ils faisaient de nouveau l'amour, ils le regretteraient sans doute tous les deux, même si elle avait sûrement aussi ressenti le courant qui passait entre eux.

De retour dans son bureau, un peu plus tard, il forma un numéro sur le clavier de son téléphone portable.

— Peter ? Conor McCarthy à l'appareil. Je suis navré d'avoir dû annuler notre rendez-vous à cause d'une urgence familiale. Quand pensez-vous que nous pourrions le reprogrammer ?

— Malheureusement, ma semaine est très chargée. Je vais jeter un œil à mon emploi du temps, et je vous rappellerai.

— Merci. Je souhaite que les détails soient réglés le plus vite possible, alors tenez-moi au courant, s'il vous plaît.

Conor raccrocha, mécontent : que Peter se soit montré aussi vague n'augurait rien de bon.

Par bonheur, il était temps de voir ses patients, certains en suivi de soins, d'autres à qui il devait exposer les options opératoires.

Au bout de deux heures, il décida de suggérer à Jillian de rentrer à la maison se reposer. Mais elle ne se trouvait pas dans la salle d'ergothérapie. Il allait demander où elle était à Michelle Branson, qui travaillait sur un ordinateur, quand il repéra une cascade de cheveux soyeux masquant en partie le profil de Jillian.

Au lieu de bavarder, de se reposer ou de faire ses

exercices, elle se trouvait dans la buanderie et pliait des serviettes, debout devant une table. Elle prit ensuite un coussin chauffant et l'apporta à une patiente qui venait d'arriver.

Faisant mine de consulter sa tablette, il la regarda travailler avec cette patiente.

Elle avait beau sourire, son stress était manifeste.

Profitant du fait qu'elle retournait dans la buanderie, il la suivit.

— Quelque chose ne va pas ? demanda-t-il.

— Non. Pourquoi tu me demandes ça ?

— Tu as l'air stressée.

Elle leva son bras.

— Je le suis parce que je me rends compte qu'il va falloir du temps pour que ce stupide poignet guérisse.

— Il en faut un peu, comme tu le sais très bien. Tu sais aussi que tu as besoin de repos, mais malgré cela, tu plies des serviettes.

— J'utilise seulement la main qui me reste.

— Tu pourrais prendre quelques jours de congé.

— C'est l'hôpital qui se moque de la charité ! répliqua Jillian en levant les yeux au ciel. Toi qui travailles quatorze heures par jour, tu t'inquiètes parce que je veux être un peu productive ?

— Je ne travaille pas quatorze heures par jour et contrairement à toi, je ne suis pas blessé.

Il avait beau se faire du souci pour elle, il était fier de cette femme étonnante qu'il avait cru aimer pour toujours. Dotée d'une énergie hors du commun, elle n'envisageait pas de rester sur un canapé à regarder des films pendant la durée de sa convalescence.

— Qu'y a-t-il de mal à te laisser un peu dorloter ?

— Je ne fais pas grand-chose, pour la bonne raison que je suis très diminuée. Par exemple, il m'est impossible de te donner un coup de poing sur le nez.

Un grand sourire aux lèvres, elle lui agita sa main en attelle sous le nez.

— Tu n'imagines pas à quel point c'est frustrant de ne pouvoir accomplir qu'une partie minime de mon travail habituel, de me sentir dépendante des autres pour des gestes que j'aurais accomplis seule auparavant. Tu es bien placé pour le savoir.

Il l'attira dans un coin de la salle pour qu'ils puissent discuter tranquillement.

— Eh ! tout va bien se passer, d'accord ? Tu retrouveras toutes tes capacités, j'en suis certain. Mais il faut du temps, de la patience et des efforts. Ce n'est pas ce que tu disais à tes patients ?

— Bien sûr. Mais je ne peux plus courir, alors que je suis censée m'entraîner pour un marathon. J'étais sûre de battre mon propre record. Maintenant, c'est exclu pour au moins deux mois.

Il l'imagina en train de courir, les cheveux au vent. Il faillit lui dire combien il aimait la regarder dans ces moments-là, mais il s'en abstint à temps.

— Je suis désolé, dit-il sincèrement.

— Je ne peux même pas mettre mes baskets ou m'habiller…

À cet instant, une sonnerie de téléphone retentit, et il reconnut aussitôt celle de Jillian, l'ouverture de *Guillaume Tell* de Rossini.

— C'est le tien. Où est-il ?

— Dans mon sac.

Elle fit quelques pas pour le prendre derrière le comptoir central. Voyant qu'elle avait du mal à faire glisser la fermeture Éclair d'une seule main, il s'en empara.

— Je m'en occupe.

En fouillant dans le sac, il toucha son rouge à lèvres, son portefeuille et d'autres objets avec l'étrange impression de plonger dans son intimité. Quand il mit finalement la main sur le téléphone, il put rendre son sac à Jillian et échapper au doux parfum qu'il exhalait.

Malgré lui, il jeta un coup d'œil à l'écran pour vérifier si ce n'était pas un homme avec qui elle sortait.

Mais s'il y en avait eu un, il aurait été là pour l'aider…

Il ne vit qu'un numéro et passa le téléphone à Jillian, qui parut surprise, puis inquiète.

— Allô !

Elle lui tourna le dos. Il en fut contrarié, sachant pourtant que depuis leur divorce elle avait tous les droits de lui cacher certaines choses.

— Je comprends, dit-elle. Prévenez-moi si une autre occasion se présente. Encore merci.

Les épaules un peu voûtées, elle passa la main sur son visage avant de se tourner vers lui.

— Il y a un problème ?

— Rien d'important.

— Jillian ! Qu'est-ce que tu ne veux pas me dire ?

Posant un doigt léger sous son menton, il la força à le regarder, de nouveau submergé par des sentiments contradictoires, comme l'envie de l'embrasser pour chasser ses soucis et l'obligation de se maîtriser.

— J'avais un entretien pour un poste dans le Connecticut, la semaine prochaine. Je les ai prévenus de ce qu'il m'est arrivé. Au début, ils ont dit que ce n'était pas grave parce qu'ils ne m'attendaient pas avant six semaines, mais l'un de leurs ergothérapeutes a démissionné, et ils ont besoin de quelqu'un tout de suite. Ça implique que je suis hors jeu… Du moins pour l'instant.

— Tu veux travailler dans un autre État ?

À cette idée, il sentait son cœur s'emballer.

C'était absurde. Après leur divorce, Jillian avait quitté l'institut pour travailler au centre d'Ergothérapie, et il ne l'avait pas revue jusqu'à cette chute. En quoi la situation serait-elle modifiée si elle partait dans le Connecticut ?

— Je suis désolé, reprit-il, mais tu sais que ton poste

ici est assuré, d'autant que tu ignores combien de temps il te faudra pour guérir.

— En fait… Pour des raisons que tu comprendras sûrement, je ne veux plus rester à l'institut et te voir tous les jours. Ce n'est bien ni pour moi ni pour toi.

— On doit pouvoir trouver des solutions… Comme entretenir cette amitié dont nous avons parlé.

— J'y ai pensé, répliqua-t-elle doucement, mais tu sais comme moi que nous ne pouvons pas vraiment être amis.

— D'accord, mais tu n'es pas obligée de quitter New York.

— Tu sais que j'ai besoin de davantage de place pour les chiens. Je trouverai un appartement plus grand et moins cher, si je travaille dans le Connecticut ou ailleurs.

— Tu ne peux pas reconsidérer ma proposition de t'acheter un logement ? Tu ne m'as jamais cru, mais tout ce que je voulais pour nous, pour toi… c'est qu'on n'ait jamais à s'inquiéter pour l'argent.

— L'argent n'est pas la réponse à toutes les questions, Conor. Quelquefois, il empire même les choses.

— Je le sais bien, mais…

Jillian l'interrompit brusquement.

— Peu importe. Je dois retourner au travail. Je t'enverrai un SMS, si je décide de rentrer chez toi.

— Merci.

Il était clair que la conversation était terminée pour l'instant.

— En principe, Noah doit venir dans une heure. Si tu es encore là, tu pourrais jeter un coup d'œil à son attelle avec moi, puisqu'il te connaît.

— Noah ? Oh ! j'avais complètement oublié que c'est aujourd'hui qu'il est censé se présenter. Je veux aider, bien sûr. Je te retrouverai ici.

7.

Tout en faisant mine de se concentrer sur le pliage des serviettes, Jillian suivait des yeux Conor qui marchait de long en large en attendant Noah qui aurait dû être là depuis une heure.

Les sourcils froncés et l'air inquiet, Conor finit par la rejoindre.

— Je vais chez lui. Si jamais il arrive entre-temps, appelle-moi, et je reviendrai le plus vite possible.

— Tu sais où il habite ?

— Son adresse est enregistrée sur l'application qui m'a servi à lui appeler un taxi. C'est assez loin, alors j'y vais en voiture.

— Et s'il n'y est pas ?

— C'est possible, mais je n'ai pas d'autre moyen de le trouver.

Cette inquiétude la surprit.

— Tu ne penses pas que, s'il avait eu un problème, il serait venu ici ?

— Je ne peux pas me fier à ça. Tu veux bien rentrer seule ?

— Bien sûr, mais je préférerais t'accompagner.

— C'est inutile. Le quartier n'est pas très sûr. Je travaille dans un dispensaire tous les quelques mois dans ce coin, et je sais qu'il faut rester vigilant.

— S'il est assez sûr pour toi, il l'est aussi pour moi. D'ailleurs, je suis l'experte en attelle, et pas toi. Allons-y.

Leurs regards se retinrent un instant, et Conor hocha finalement la tête.

— D'accord. Je vais chercher ma voiture dans le parking de mon immeuble, et je te retrouve en bas dans un quart d'heure.

C'était l'heure de pointe, même si à New York on a l'impression que c'est toujours le cas. Les conducteurs actionnaient leur klaxon et les taxis zigzaguaient entre les files.

Aux abords du quartier de Noah, les ordures commencèrent à s'amonceler sur les trottoirs. Les immeubles étaient souvent dans un triste état, certains étaient même condamnés. Au passage de la puissante voiture, les gens levaient le nez avant de disparaître entre les bâtiments. Enfin, le GPS les prévint qu'ils étaient arrivés à destination.

Conor se tourna vers Jillian.

— Je ne connais pas le numéro de l'appartement, alors on va devoir frapper aux portes. Tu peux rester dans la voiture jusqu'à ce que je sache où Noah habite et s'il est là.

— Ce serait une perte de temps. À deux, on pourra frapper à davantage de portes, à chaque étage.

Conor laissa échapper un soupir résigné.

— Pourquoi ai-je l'impression que c'est une mauvaise idée ? Mais d'accord.

Le couloir du premier étage était plutôt sombre. Personne ne connaissait Noah, si bien qu'ils montèrent au second.

— On pourrait trouver quelle est l'école la plus proche et se renseigner demain, suggéra Jillian.

— Bonne idée. Jusqu'à maintenant, c'est l'échec complet, désolé.

— Ne sois pas bête. Je trouve merveilleux que tu te soucies de ce gamin. Je connais pas mal de gens qui seraient étonnés d'apprendre que tu as sacrifié une partie de ta journée à chercher un petit patient.

— Terminons cet étage, et s'il n'est pas là, on rentrera.

Une nouvelle porte s'ouvrit devant un jeune homme à

l'air soupçonneux. Conor lui montra sa carte professionnelle, sur laquelle il y avait sa photo et son nom.

— Je suis le Dr McCarthy. Nous cherchons un garçon qui s'appelle Noah. Il s'est fait mal au bras il y a deux jours, et je voudrais m'assurer qu'il va bien.

Le jeune homme les observa un instant avant de décider qu'ils n'appartenaient pas à la police.

— Il habite au-dessus. Appartement 409, je crois.

— Merci.

Ils gravirent encore un escalier et frappèrent à la porte indiquée. En un premier temps, personne ne répondit et Conor se tourna vers Jillian, un sourire contraint aux lèvres.

— Encore chou blanc, on dirait.

Mais la porte s'entrouvrit, et le petit visage de Noah apparut. Les yeux écarquillés, il l'ouvrit complètement.

— Docteur McCarthy ! Qu'est-ce que tu fais là ?

— Tu n'es pas venu à ton rendez-vous, alors je me suis déplacé pour te voir.

— Waouh !

Noah jeta un coup d'œil par-dessus son épaule avant d'expliquer :

— Je vais bien. Ça fait mal, mais tu as dit que c'était normal. Mais t'aurais pas dû. Ma…

— À qui tu parles ? fit une voix de femme.

— C'est le docteur qui… Celui qui a réparé mon bras.

— Quoi ?

Une femme émergea du fond de l'appartement. Elle semblait s'être réveillée à l'instant.

— Qui êtes-vous ?

— Je suis le Dr McCarthy. Je crois que c'est à vous que j'ai parlé au téléphone, au sujet du bras de Noah.

Ce ton calme face à une hostilité visible stupéfia Jillian.

— Nous voulons nous assurer qu'il va bien, continua Conor.

— Il va bien. Je n'ai pas d'argent à vous donner, alors inutile de traîner dans le coin.

— Nous ne voulons pas être payés. Nous sommes là pour examiner le bras de Noah.

— Je ne vous crois pas. Tout le monde veut quelque chose, affirma la femme en croisant les bras sur sa poitrine. Le père de Noah nous a laissés en plan sans un sou, alors vous perdez votre temps.

— Maman, le Dr McCarthy n'a rien demandé, la première fois. Il veut juste examiner mon bras.

— Et il vient jusque chez nous ? Tu as encore beaucoup à apprendre, mon garçon, dit la femme en prenant son sac posé sur une chaise. Si tu veux payer ton ami toubib, c'est ton problème, bien que tu sois aussi fauché que moi.

Conor la laissa partir sans tenter de la convaincre de sa bonne foi. Au lieu de cela, il posa sa main sur l'épaule de Noah et l'entraîna jusqu'au canapé.

— Si tu t'asseyais là pendant que je jette un œil ? Dis-moi comment tu te sens.

Jillian regardait le spectacle, éberluée : on aurait pu croire qu'ils étaient tous les deux assis à l'institut orthopédique du Bras et de la Main au cours d'une consultation normale.

Conor faisait-il cela souvent ? Comment avait-elle pu ignorer qu'il était habitué à travailler dans des quartiers comme celui-ci ?

— J'ai mal, et c'est toujours gonflé, dit Noah, mais ça va.

Conor prit délicatement le bras du petit garçon, puis il ôta doucement l'attelle avant de palper doucement les alentours du coude tout en lui parlant. Il lui posait des questions, souriait et plaisantait un peu.

Le regard confiant de Noah toucha profondément Jillian.

Elle connaissait à peine cet aspect de la personnalité de Conor. Bien qu'il ne fasse plus partie de sa vie, elle était fière de cet homme.

Durant leur brève vie commune, elle lui avait reproché de vouloir gagner de plus en plus d'argent grâce à un travail acharné, des investissements et des placements.

Mais pour l'instant, elle le voyait se focaliser sur une seule chose : la santé d'un petit garçon.

Ensemble, ils rectifièrent l'attelle et la lui remirent. Ensuite, Jillian fut surprise que Conor s'asseye sur le canapé, près de Noah.

— Parle-moi de ta maman. Est-ce qu'elle s'occupe de toi, ou est-ce qu'elle est souvent partie ?

— Quand elle est là, elle dort la plupart du temps. Autrement, elle est rarement à la maison. Elle a l'air… triste. Je crois que je la rends encore plus triste, alors elle va voir des copains.

— Je ne pense pas que ce soit ta faute si elle est triste. Est-ce qu'elle l'était avant le départ de ton papa ?

Noah haussa les épaules.

— J'me rappelle pas vraiment. C'était il y a longtemps.

Conor entoura d'un bras les épaules de l'enfant.

— Mon père nous a quittés, lui aussi, et ma mère était triste, vraiment triste. C'est pour ça que je sais ce que tu ressens. J'aimerais qu'on soit amis et qu'on discute de temps en temps de la façon dont tu peux aider ta maman. Tu veux bien ?

À la manière dont Noah regarda Conor, il était visible que cette proposition d'amitié constituait l'événement le plus extraordinaire de sa jeune vie.

— Oh oui !

Conor se leva et lui tendit sa carte.

— Parfait. Appelle-moi la semaine prochaine, on déjeunera ensemble ou autre chose. Et n'oublie pas, cette fois.

Noah se mit debout à son tour, les yeux brillants.

— Je n'oublierai pas. Merci d'être venu à la maison.

— Bonne chance, Noah, dit Jillian, la gorge serrée. Et si tu as des problèmes avec cette attelle, fais-le savoir au Dr McCarthy, on la rectifiera à l'institut.

— D'accord.

Conor tapota le dos du petit garçon avant de quitter

l'appartement. Ils n'échangèrent pas un mot jusqu'à ce qu'ils soient dans la voiture et roulent dans les rues.

— Je ne sais pas quoi dire, commença doucement Jillian, sauf que tu as été fantastique avec ce petit. Tu sers souvent de mentor à des enfants ?

— Quand l'occasion se présente.

— Pourquoi est-ce que je ne l'ai jamais su ? Tu ne m'en as jamais parlé.

Il y eut un bref silence.

— En sortant d'une intervention, rien de plus facile que de passer voir un gamin. Pas de quoi en faire une histoire.

— Pourtant, j'aurais aimé être au courant.

De nouveau, Conor se tut pendant un temps assez long.

— Encore une de mes failles, Jill… Je ne sais pas parler de sujets comme celui-ci. Et je ne pensais pas que ça t'intéresserait particulièrement.

— J'étais ta femme, alors bien sûr, tout ce que tu faisais m'intéressait… Tout comme ce qui a pu affecter ta vie dans ton enfance.

Se tournant vers elle, Conor la regarda tristement.

— Je sais que j'aurais dû te dire où j'allais après le boulot. Tu te demandais pourquoi je n'étais pas avec toi, ça te blessait, et je n'avais pas l'intelligence de le comprendre. Mais nous savons tous les deux qu'il y a une lacune en moi, je n'ai pas cessé de le prouver. Je regrette juste de t'avoir rendue malheureuse et de l'avoir compris trop tard.

Jillian ouvrit la bouche pour lui dire qu'elle était aussi responsable que lui de leur séparation. Que, après leur divorce, elle avait eu le temps de réfléchir à ses propres problèmes.

— Conor, je…

— Qu'est-ce que tu aimerais manger ?

Les yeux braqués sur le pare-brise, il lui faisait nettement comprendre qu'il ne souhaitait pas poursuivre cette conversation.

— Euh… Pourquoi pas une pizza ? C'est facile à manger d'une seule main.

— Aux champignons, si je me souviens bien ?

— Avec du salami. Il me faut du gras pour que mes os guérissent.

Un petit sourire étira les lèvres de Conor.

— Rien de meilleur que les champignons et le salami.

Ils se turent pendant la fin du trajet et dans l'ascenseur.

Comme d'habitude, les chiens leur firent un accueil enthousiaste. La gorge serrée, Jillian regarda Conor jouer avec eux en riant.

Pourquoi s'était-elle focalisée sur ses absences, alors qu'elle aurait dû prêter davantage d'attention à ses qualités ?

Mais elle en connaissait la raison. Elle ne se sentait pas adaptée à sa vie fastueuse, à ses riches amis, à son luxueux appartement. Critiquer les failles de Conor était plus facile que de corriger les siennes.

— Je vais nourrir les chiens, déclara-t-il, et ensuite je les sortirai pendant que tu attendras la pizza.

— Parfait.

— Je rentrerai vite.

Les chiens dévorèrent leur repas, puis ils quittèrent l'appartement, très excités à la perspective d'une promenade. La pizza arriva au moment où ils revenaient, et elle se rendit dans la cuisine pour prendre les couverts.

Conor secoua la tête avec une commisération feinte.

— Laisse donc quelqu'un d'autre faire le boulot à ta place tant que c'est possible ! Je suggère que nous dînions sur la terrasse pour pouvoir contempler le parc. Il faudra que tu mettes un gilet, mais il fait vraiment bon. Très bientôt, la pluie, la neige et le froid nous en empêcheront, alors autant en profiter.

Elle s'abstint de lui faire remarquer que ce serait de toute façon leur *seule* soirée sur le balcon, indépendamment de la météo.

Conor prit les assiettes et fit glisser les portes-fenêtres.

Il y avait une petite table et deux chaises, ainsi que deux transats à l'autre bout de la terrasse. En bas, les phares des voitures se déplaçaient dans les deux directions sur la Cinquième Avenue, et les lumières de la ville scintillaient dans la nuit. Un croissant de lune était suspendu dans le ciel au-dessus de Central Park.

— Waouh, murmura-t-elle. C'est magnifique. Je comprends pourquoi tu t'es installé ici.

— C'est beau, oui, mais ce n'est pas la seule raison pour laquelle j'ai déménagé.

— Parce que tu es près de l'institut et que c'est un bon investissement, si j'ai bien compris.

— Oui, mais aussi parce que je ne supportais pas d'habiter dans l'endroit où nous avions vécu ensemble alors que tu n'y étais plus.

La gorge serrée, elle ne sut que répondre. Leurs regards se retinrent un long moment, puis Conor retourna dans l'appartement.

— Je vais chercher le reste.

Quelques minutes plus tard, il revenait avec la pizza, une bouteille de vin et deux verres qu'il remplit aussitôt.

— Du vin ?

— Ton préféré, du chardonnay si je me souviens bien. Puisque tu ne prends plus de médicaments qu'avant de dormir, maintenant, tu peux te le permettre.

— Je ne refuse pas un verre de vin pour accompagner la pizza !

Sans parler davantage, ils s'assirent pour dîner en contemplant le panorama.

L'espace d'un instant, ce silence fut étrangement agréable, jusqu'à ce qu'il dure trop longtemps, et les pensées de Jillian retournèrent malgré elle sur ce qu'elle venait d'apprendre sur les activités de Conor après le travail.

En lui cachant ces activités, il l'avait aussi renforcée dans l'idée qu'il ne souhaitait pas passer de temps avec elle. Bien sûr, son manque de confiance en elle n'avait rien arrangé, elle en avait conscience.

Son verre de vin à la main, elle voulut revenir à ce que Conor avait dit à Noah à propos de sa propre mère.

— Dis-moi pourquoi ta mère était triste, demanda-t-elle.

Il continua de fixer le parc, son beau profil semblant taillé dans la pierre.

— Ça ne sert à rien d'en parler, Jill.

— Je suis persuadée du contraire, répliqua-t-elle d'une voix douce. De quelle façon le départ de ton père vous a-t-il affectés, tous les deux ? Était-ce la raison de sa tristesse ?

Silence.

Elle commençait à croire qu'il ne répondrait pas, lorsqu'il se tourna vers elle.

— Autant que tu saches pourquoi j'ai été un mari aussi minable, dit-il avec un soupir. J'étais en maternelle quand il est parti, mais je m'en souviens bien parce que ma mère s'est effondrée. Sur le coup, je ne l'ai pas compris, parce qu'il n'était pas souvent à la maison, de toute façon, et il n'avait pas l'air de se soucier de nous. Quand il rentrait, il ne nous parlait pas beaucoup. Alors, sa défection ne m'a pas touché, mais elle a quand même totalement bouleversé nos vies.

— Comment ?

— Après sa disparition, on n'a pas pu retrouver sa trace pour exiger qu'il paie une pension alimentaire. Ma mère était constamment angoissée à l'idée de ne pas pouvoir payer les factures, et dès que je l'ai pu, j'ai effectué des petits boulots. Je tondais les pelouses, je promenais les chiens, je ramassais les canettes pour le recyclage… Bref, je faisais ce qu'un gamin de onze ans peut faire. Une fois adolescent, j'ai travaillé dans une épicerie, mais le loyer restait un gros souci. Quand j'entendais ma mère pleurer la nuit, j'ai toujours pensé que c'était à cause de ça.

Jill tendit le bras pour prendre la main de Conor.

— J'imagine à peine combien ça a été dur !

— Je cherchais sans cesse le moyen de trouver quelques dollars… Finalement, je me suis juré que dès que je serais capable de gagner ma vie, on ne connaîtrait plus jamais cette situation.

Jillian hocha la tête, le cœur serré.

Elle comprenait maintenant pourquoi ce qu'il gagnait n'avait jamais semblé lui suffire.

— Est-ce que ta mère a été moins stressée, grâce à ton aide ?

— Non… Et je ne comprenais pas pourquoi. En réalité, j'étais surtout absorbé par mes boulots, les copains ou l'école. Je lui en voulais quand elle sortait le soir, parce qu'elle s'amusait alors que j'étais obligé de cumuler deux jobs et le lycée. Je n'ai rien compris, jusqu'à ce qu'il soit trop tard.

— Qu'est-ce que tu n'as pas compris ?

— Qu'elle était en proie à une profonde dépression. À cause du départ de mon père, de sa solitude et des soucis d'argent, elle s'était réfugiée dans l'alcool. Pour oublier, pour rencontrer des gens aussi tristes et malheureux qu'elle.

L'expression angoissée de Conor poignarda Jillian.

— Je n'ai pas envie de te raconter la suite, dit-il, mais tu as le droit de savoir.

— Que s'est-il passé ? murmura-t-elle.

— J'ai refusé de voir l'étendue de son chagrin. Je ne la soutenais pas assez sur le plan affectif… Un jour, elle est revenue à la maison complètement ivre, et elle est rentrée dans un arbre.

Les doigts de Jillian se resserrèrent sur ceux de Conor.

— C'est comme ça qu'elle est morte ?

— Oui. Si j'avais fait davantage attention à elle, au lieu de nombriliser, j'aurais peut-être trouvé de l'aide, j'aurais parlé avec elle, elle serait encore vivante…

Se levant d'un bond, Jillian contourna la table et noua

ses bras autour du cou de Conor avant de presser sa joue contre la sienne.

— Je suis tellement désolée ! Mais ce n'est pas ta faute. Tu sais bien que les alcooliques écoutent rarement leurs proches. Ils puisent l'oubli dans la boisson, qui engourdit leur douleur.

— À sa mort, j'ai dû affronter tous les signes que j'avais ignorés auparavant. J'ai aussi découvert qu'elle avait conclu un excellent contrat d'assurance-vie qui allait me permettre de faire des études de médecine. Ça m'a presque brisé le cœur. Je me suis considéré comme un véritable salaud. Pendant que je m'imaginais qu'elle ne pensait qu'à elle, elle épargnait de l'argent pour moi alors que nous avions à peine de quoi acheter à manger. En réalité, c'était moi qui n'avais pas été là pour elle… Tout comme je n'ai pas été là pour toi.

Le cœur battant, Jillian pressa ses lèvres sur la joue de Conor.

— C'est faux ! Tu n'étais qu'un adolescent. À cet âge, on est forcément focalisé sur soi. Tu ne peux pas te reprocher d'avoir été normal ou considérer que tu étais responsable de l'alcoolisme de ta mère. Je suis certaine qu'elle serait fière de toi si elle savait ce que tu as accompli.

Conor se tut un instant, puis il secoua la tête.

— Quoi qu'il en soit, tu es au courant, maintenant. Pour toutes ces raisons, j'ai décidé à l'époque que j'aurais tout ce que mes parents n'avaient pas eu : j'aurais une femme que j'aimerais pour toujours, je serais un bon père, je subviendrais aux besoins de ma famille…

Levant la main, il prit le visage de Jillian dans sa paume.

— Je suis tombé fou amoureux de toi à la seconde même où je t'ai vue, Jilly. J'ignorais que j'étais incapable d'être le genre d'homme que je voulais être… Celui que tu voulais. La faute aux mauvais gènes, probablement.

— Conor…

Il posa un doigt sur ses lèvres.

— C'est juste la vérité. J'ai cru qu'il suffisait de gagner le plus d'argent possible pour assurer notre avenir. C'était une façon de te montrer à quel point je t'aimais, mais quand j'ai vu combien je te rendais malheureuse, j'ai compris que j'avais tout faux. Il me manquait quelque chose, à l'intérieur, qui m'empêchait d'être le mari que tu méritais.

Elle aurait voulu lui dire qu'il se trompait, mais c'était en effet l'aspect de lui-même qu'il lui avait montré durant leur mariage. Elle avait eu beau dire ou beau faire, travailler et gagner de l'argent avaient été ses priorités. Il s'était refusé à changer cela…

Mais elle n'était pas non plus l'épouse qu'il lui fallait. Elle voulait une vie normale, avoir des activités normales, des amis normaux. Elle voulait un mari qui aime être à la maison, et Conor lui avait prouvé qu'il ne pouvait pas être cet homme. Même s'il avait pensé qu'il le souhaitait.

Profondément peinée pour eux deux, elle le fixa un long moment, jusqu'à ce qu'il la prenne par la taille et l'attire sur ses genoux pour l'embrasser.

Glissant les doigts dans les cheveux blonds de Conor, elle s'abandonna à cet instant d'émotion partagée.

Il la serrait si fort qu'elle avait l'impression qu'ils ne faisaient plus qu'un. Le baiser se fit à la fois plus tendre et plus passionné, lui rappelant le temps où elle l'avait aimé de toute son âme, certaine qu'il n'y avait rien de plus parfait que ce qu'ils éprouvaient l'un pour l'autre.

— Jillian, murmura-t-il contre sa bouche. Jilly.

Comme il la serrait plus fort, elle laissa échapper un cri de douleur.

Il recula, visiblement horrifié.

— Je t'ai fait mal ?

— C'est… mon imbécile de bras.

— Je n'arrive pas à croire que j'ai pu oublier de faire attention !

Prenant délicatement son poignet entre ses mains, il l'examina.

— Ce n'est pas ta faute, affirma-t-elle en lui caressant la joue de sa main valide. C'est moi qui suis fautive, puisque je t'ai enlacé.

— Comment fait-on l'amour avec une attelle ? demanda-t-il avec un sourire en coin.

— Il me semble que ce n'est pas ce que nous faisons.

— Non… Parce que ce serait une mauvaise idée, c'est ça ?

Elle hocha la tête, mais avant qu'elle ne trouve une réponse adéquate, il la souleva dans ses bras, rentra dans l'appartement et gagna sa propre chambre.

— Euh… Je croyais que nous n'étions pas sûrs que…

S'emparant de nouveau de ses lèvres, il tira la couette et la déposa sur le grand lit, puis il défit les boutons de sa chemise en un clin d'œil. Ensuite, il fit glisser une première manche le long du bras valide de Jillian, puis tout alla très vite, et elle se retrouva en débardeur.

— C'est à toi de décider si on fait l'amour ou non, déclara Conor en la caressant du regard. À mon avis, tu as besoin d'une séance d'ergothérapie pour te soulager.

— Tu es chirurgien, pas ergothérapeute, répliqua-t-elle d'une voix tremblante.

— Tu en es sûre ? Il me semble que tu appréciais nos séances, autrefois.

— S'il te plaît, n'utilise pas l'ergothérapie comme métaphore pour le sexe ! Je n'arriverai plus jamais à travailler avec cette idée en tête…

Elle se mit à rire, avant de pousser un petit cri quand Conor suivit du bout d'un doigt le bord de son débardeur au-dessus de sa poitrine.

— Mais j'avoue que je suis curieuse de voir ce que tu as en tête pour que je me sente mieux, continua-t-elle tout en l'attrapant par le cou de sa main valide.

— J'en ai une idée très précise.

Conor se pencha pour caresser un mamelon de sa langue, à travers le tissu.

Quand elle commença à gémir, il entreprit de déboutonner son pantalon puis descendit la fermeture Éclair, et elle éprouva une sensation délicieuse de plaisir anticipé. Les lèvres de Conor se posèrent sur son ventre tandis que ses doigts glissaient sous son slip.

— Tu es si belle, Jilly…

C'était si bon, si merveilleux ! C'était comme ça l'avait toujours été entre eux. La jouissance extrême qu'il lui procurait balayait toutes ses inquiétudes. C'était exactement ce qu'elle voulait : oublier toute tristesse, toute culpabilité pendant un instant.

— Conor…

— Hum… ?

— Fais-moi l'amour.

— Tu ne crois pas que c'est un traitement peu orthodoxe ? Et puis, être loin de toi pendant près d'un an, cela m'a peut-être fait perdre mes talents ?

Tout en souriant, il tira sur les jambes de son pantalon, puis il recommença à l'embrasser et à la caresser.

— On y va lentement, d'accord ? Sinon je pourrais perdre le contrôle et te faire mal au poignet.

— Moi ? J'ai un problème au poignet ? Je ne m'en souviens pas.

— Content d'apprendre que la thérapie fonctionne.

Il rit contre sa bouche, tandis qu'elle se cambrait sous les doigts talentueux qui la faisaient frissonner et brûler. C'était si bon qu'elle parvenait à peine à respirer, mais elle le repoussa légèrement pour voir son visage.

Les yeux souriants de Conor scintillaient. Il la regardait comme autrefois, comme si elle comptait plus que tout au monde pour lui.

Posant sa main valide sur sa nuque, elle l'attira vers elle pour qu'il l'embrasse encore, avant de comprendre qu'elle recevait beaucoup sans rien donner.

— On a un problème, dit-elle. Je suis nue, et tu es habillé.

— Je ne vois pas où est le problème, dit-il avant de lui mordiller l'oreille.

— Ce… C'en est un, parce que je ne peux pas te déshabiller, et j'ai envie de sentir ta peau contre la mienne. Tu peux enlever tes vêtements, s'il te plaît ?

— Dans une minute.

Sa bouche poursuivit son trajet nonchalant sur sa gorge. Quand il recommença à sucer son mamelon, l'orgasme la prit au dépourvu. Des vagues de plaisir la parcoururent, et elle laissa échapper un long gémissement.

— Ah, Jilly…

Posant les mains sur sa taille, il l'embrassa tendrement. Quand elle parvint à soulever les paupières, ce fut pour plonger dans les beaux yeux bleus de Conor, emplis de la même passion qu'elle ressentait. Elle s'attendait à éprouver du regret, à craindre que ce ne soit une erreur, mais il n'en fut rien.

— Waouh ! souffla-t-elle. C'était très… très thérapeutique. Merci.

— Ce n'est pas fini.

— C'est bien ce que j'espérais, dit-elle en tentant de déboutonner le pantalon de Conor.

Il l'arrêta.

— Non. Tu es handicapée, tu te rappelles ? Ce soir, tu me laisses tout faire. T'embrasser, te toucher et te faire l'amour pendant que tu restes juste étendue. Permets-moi de te faire sentir mieux.

— Et dire que je m'imaginais que c'était affreux, une fracture du poignet ! Comment imaginer que ça pouvait mener à quelque chose d'aussi merveilleux ?

— On peut toujours trouver du positif dans n'importe quoi, je suppose.

Il lui sourit avant de l'embrasser lentement et tendrement. Sa bouche s'attarda si longtemps sur la sienne qu'elle était partagée entre l'envie que ça ne s'arrête jamais et celle qu'il se déshabille.

Enfin, il leva la tête et se mit debout pour ôter ses vêtements jusqu'à ce qu'il se tienne devant le lit, dans sa nudité superbe.

Elle admira le corps musclé, la peau lisse et le sexe érigé qu'elle connaissait si bien. Elle se rappela en avoir exploré le moindre centimètre jusqu'à ce qu'elle connaisse chaque cicatrice, chaque imperfection.

Ce qui lui rappela ses propres cicatrices et imperfections.

Elle détestait qu'il les voie, et quand ils étaient nus ensemble, elle s'efforçait toujours de les cacher.

Cette pensée atténua brièvement son excitation, jusqu'à ce qu'il vienne sur le lit et s'agenouille au-dessus d'elle. Il fit passer le débardeur par-dessus sa tête et, en la fixant dans les yeux, il prit son visage dans ses mains. Il commença alors à l'embrasser jusqu'à ce qu'elle oublie tout ce qui n'était pas eux.

— Je crois que l'endroit le plus sûr pour tes bras, c'est au-dessus de ta tête.

Tout en parlant, Conor lui prit les mains et les posa sur l'oreiller.

Elle frissonna quand il fit courir ses doigts le long de l'intérieur de ses bras, puis elle se tortilla quand il taquina ses aisselles et cria quand il caressa ses seins. Il continua son lent parcours jusqu'au centre de son intimité, qu'il caressa jusqu'à ce qu'elle pousse des gémissements incontrôlables.

— Je ne sais pas si c'est du plaisir ou de la torture, dit-elle.

— Seulement du plaisir, c'est promis.

Elle fut vaguement consciente que Conor prenait quelque chose dans un tiroir de sa table de chevet, puis il fut en elle, et ils trouvèrent le rythme parfait qu'ils avaient toujours partagé. Enfin, il accéléra le mouvement, l'entraînant toujours plus haut et lui donnant l'impression qu'ils retrouvaient la meilleure partie de leur passé commun.

Comme s'ils voulaient faire une nouvelle fois l'expérience de ce qu'ils pourraient ne plus jamais avoir.

La bouche de Conor écrasa la sienne tandis qu'ils gémissaient ensemble de plaisir.

Elle sentit son cœur battre la chamade.

Conor McCarthy lui appartenait pour un bref instant, et elle voulait le retenir contre elle tant qu'elle le pouvait.

8.

Assise sur le canapé confortable de Conor, Jillian contemplait la ville tout en mangeant une banane.

À ses pieds, les chiens réclamaient son attention, bien que Conor les ait sortis de bonne heure. Elle réussit à sourire, malgré une inexplicable envie de pleurer. Elle leur gratouilla les oreilles, et quand Hudson gémit, elle posa son visage sur sa grosse tête.

— Je sais. Il me manque aussi… Ce qui n'est pas une bonne chose.

Mais du temps qu'ils vivaient ensemble, il lui manquait aussi… Si seulement elle avait su comment cela tournerait, quand elle était tombée follement amoureuse dès leur premier rendez-vous !

Sauf que, pour être honnête, rien n'aurait pu l'empêcher de l'épouser, même si elle avait connu l'avenir.

Après leur conversation de la veille, elle comprenait mieux pourquoi il avait refusé de changer, même quand leur mariage courait à l'échec.

L'ouverture de *Guillaume Tell* retentit, la faisant sursauter. Elle retrouva son téléphone entre les coussins et vit que c'était Briana qui l'appelait.

— Salut, frangine. Quelles nouvelles ?

— J'ai finalement réussi à me ménager du temps pour venir te voir. Désolée de ne pas avoir pu le faire plus tôt. J'apporterai un peu de travail, mais je suppose que ça ne pose pas de problème ?

— Pas du tout. J'ai des séances d'ergothérapie trois fois par semaine, et je peux même travailler un peu pendant une heure ou deux. Je ne suis pas encore opérationnelle, mais tu ne devrais pas être obligée de rester trop longtemps. Bientôt, je ne prendrai plus d'antalgiques le soir, et j'apprends à me débrouiller avec une seule main en attendant que l'autre fonctionne de nouveau.

— Super ! J'arriverai après-demain, je te dirai à quelle heure. J'ai hâte de te voir, ainsi que les chiens.

— Moi aussi. Bisous et… merci !

Sans lâcher le téléphone, elle regarda de nouveau par la fenêtre.

On y était. Briana arrivait, et elle allait faire ses adieux à Conor, sauf qu'ils se verraient à l'institut avant de se dire au revoir définitivement. Ensuite, ils ne se reverraient jamais.

Elle devrait s'en réjouir, mais voilà, elle l'avait revu, elle avait habité chez lui, ils avaient fait l'amour… Tout cela avait sérieusement bousculé son équilibre et réveillé le chagrin qu'elle tentait d'oublier auparavant, mais du même coup, elle avait aussi retrouvé de merveilleux souvenirs…

C'était uniquement pour cette raison que son cœur se serrait à l'idée de ne plus jamais revoir Conor. Ils n'avaient ni l'un ni l'autre intérêt à remonter le temps. Conor était ce qu'il était, et elle aussi. Leur entente sexuelle était fantastique, mais cela n'impliquait pas qu'ils soient faits pour vivre ensemble au quotidien.

Laissant échapper un soupir, elle s'étendit sur le canapé.

Apparemment, elle avait dû s'endormir, car lorsqu'elle rouvrit les yeux, la porte d'entrée venait de s'ouvrir, et elle entendit Conor prononcer son prénom. Parvenu auprès d'elle, il lui caressa les cheveux en souriant.

— Eh, dit-il en lui décochant une petite pichenette sur le nez, j'ai bien l'impression que tu as fait un petit somme ! Comment te sens-tu ?

— Plutôt pas mal.

Du moins, si elle ne pensait pas à ce qu'il s'était passé entre eux la nuit précédente.

— Je n'ai aucune intervention de programmée cet après-midi, et j'ai bien avancé dans la paperasserie, si bien que je peux passer le reste de la journée avec toi.

— Quoi ?

Elle tenta de s'asseoir, et Conor la prit par la taille pour l'aider. Ensuite, il se redressa, gagna la porte d'entrée et revint.

— Je sais que tu t'ennuies quand tu n'as rien à faire, alors j'ai pensé que la décoration de mon appartement manquait de couleurs pour que tu t'y sentes chez toi. Du coup, j'ai apporté deux de tes plantes pour te tenir compagnie.

Tout en parlant, il posa les pots sur la table basse.

Elle les fixa et tendit le doigt pour caresser une feuille, une grosse boule dans la gorge.

— C'est vraiment gentil de ta part, mais Briana a appelé. Elle arrive après-demain, et je vais rentrer chez moi.

Le sourire de Conor se flétrit.

— C'est une bonne chose, dit-il pourtant. Je suis content que ta sœur puisse prendre soin de toi pendant quelque temps.

— Oui, je suis ravie.

Conor inspira profondément, et un bref silence s'installa entre eux. Finalement, elle parvint à se lever seule.

— Tu m'aideras à faire ma valise ?

Il ébaucha un petit sourire en coin.

— Tu as dit que Briana arrivait après-demain, et tu sais que je ne prends jamais une demi-journée de congé. Alors, profitons-en.

Elle le fixa, le cœur battant la chamade.

Elle n'arrivait pas à croire qu'il avait sacrifié son travail pour être avec elle ! Est-ce que cela lui permettrait de le quitter définitivement sans amertume, ou lui manquerait-il encore davantage qu'elle ne l'aurait souhaité ?

— Je ne sais pas quoi dire.

— J'espère que tu vas dire oui, dit-il doucement. Je me suis dit qu'on pourrait se promener en ville et faire ce qu'on n'a jamais eu l'occasion de faire ensemble, bien qu'on en ait souvent parlé. On pourrait visiter quelques-uns de tes musées préférés, aller voir le sapin de Noël…

Une grosse bulle se forma dans la poitrine de Jillian, chargée de mélancolie, grossissant au point de l'empêcher de respirer.

La gorge serrée, elle parvint cependant à répondre :

— Euh… Puisque je vais sans doute partir bientôt, ce sera sympa de vous faire mes adieux, à toi et à New York.

Conor prit la main de Jillian, soi-disant pour s'assurer qu'elle ne trébucherait pas, mais en vérité, il avait besoin lui-même de cette connexion physique.

À quoi bon garder ses distances, alors que la nuit précédente ils avaient connu un rapprochement doux-amer ?

Doux parce qu'il était clair qu'ils avaient encore des sentiments l'un pour l'autre, et affreusement amer parce qu'il ne pouvait pas être le compagnon qu'elle méritait.

Avant de sortir du musée Guggenheim, ils passèrent au vestiaire récupérer la petite glacière contenant leur déjeuner.

— C'était amusant, remarqua Jillian. Je regrette de n'être jamais venue ici pendant les trois ans que j'ai passé à New York.

— Je ne suis toujours pas sûr de comprendre pourquoi on expose des boules de coton géantes, des morceaux de bois et de grosses pierres éparpillées sur le sol. Mais qu'est-ce que je comprends à l'art ?

Il adora le rire de Jillian. Il avait aussi retenti pendant la visite… Le même que lorsqu'ils étaient heureux ensemble.

— Tu es prête pour notre pique-nique hivernal à

Central Park ? On est déjà en milieu d'après-midi, et tu dois avoir faim.

— Tout à fait, répliqua-t-elle. Admirer des œuvres d'art exige pas mal d'énergie.

Conor ne put s'empêcher de rire en la voyant plisser comiquement le nez.

Il prit la glacière-sac à dos des mains de l'employé, puis ils se dirigèrent vers la porte d'entrée.

— Si on s'installait au soleil ? À moins qu'il ne fasse trop froid pour toi ?

— J'ai mis exprès ma parka, alors pas de problème. Quand il fera nuit, on pourrait aller voir le sapin du Rockefeller Center ?

— C'est l'idée, oui.

Glissant la main glacée de Jillian sous son bras, il l'attira contre lui en marchant.

— Quand nous aurons mangé, je te propose d'abord d'aller au Metropolitan Museum, à moins que tu n'aies envisagé autre chose ?

— J'ai entendu dire que le hangar à bateaux ferme demain. J'aimerais bien qu'on loue une barque et qu'on rame une demi-heure avant le pique-nique. Je n'ai jamais osé le faire avec les chiens. Hudson est trop gros, et Yorkie serait capable de sauter dans l'eau.

De nouveau, la culpabilité serra le cœur de Conor.

Était-ce quelque chose qu'elle avait eu envie de faire, quand ils étaient mariés ?

— En tout cas, nous sommes très bien sans eux, aujourd'hui. D'ailleurs, impossible d'entrer dans un musée avec eux.

— Sans compter que Yorkie aurait tenté de voler notre déjeuner chaque fois qu'on ne l'aurait pas surveillé.

Conor avait toujours été fou du sourire de Jillian. Il chassa cependant la mélancolie qui l'envahissait de nouveau. Cette journée devait être pleine de bons souvenirs pour eux deux.

— Très bien. On mangera après la promenade en bateau.

Un instant plus tard, il plaçait la glacière à l'avant, puis il tendit la main à Jillian.

— Assieds-toi sur le banc du milieu. Je suppose que tu voudras ramer ?

Elle émit un rire surpris.

— Oui, bien sûr ! Sauf qu'on fera des ronds dans l'eau.

— Très bien. Puisque tu veux que je fasse tout le travail, tu peux t'installer à l'arrière, répliqua-t-il en feignant de soupirer.

— Et si on s'asseyait tous les deux au milieu et qu'on prenne chacun une rame ?

Ce fut au tour de Conor de rire.

— Tu ne crois pas que ce sera difficile ?

— On peut toujours essayer. Je dois au moins entretenir l'un de mes bras.

Il se noya un instant dans les prunelles gris-vert.

— D'accord. Si ça se trouve, les passants nous prendront pour des avant-gardistes.

— Il n'y en a pas beaucoup, par une froide journée de décembre. Les gens sont peut-être plus malins que nous.

— Ou alors, nous le sommes plus qu'eux, puisque nous allons nous tenir chaud, assis l'un près de l'autre.

Elle rit de nouveau pendant qu'il l'aidait à s'asseoir sur le banc du milieu avant de pousser la barque dans l'eau et de sauter à bord. Bientôt, leurs hanches et leurs épaules furent en contact étroit. Le ravissant visage de Jillian était si proche du sien que ses cheveux le frôlèrent quand il se pencha pour saisir sa rame et la mettre dans sa main.

Soudain, il fut ridiculement content qu'elle ait suggéré cette promenade.

— Prête ?

— Prête.

Ils plongèrent leurs rames dans l'eau, et pendant quelques minutes, tout se passa bien. Puis leurs mouvements se décalèrent et ils se mirent à tourner en rond.

Riant aux éclats, ils cessèrent de ramer.

— Il se passe exactement ce que tu avais prévu si tu avais ramé seule, plaisanta Conor. Décidons où nous voulons aller, et faisons un nouvel essai.

— Dirigeons-nous vers ces rochers, suggéra Jillian. On m'a dit qu'il y avait des tortues, par là.

— D'accord, je vais faire tourner la barque, ensuite tu rames avec moi, d'accord ?

Un grand sourire aux lèvres, elle hocha la tête. Fasciné, il en oublia de plonger sa rame dans l'eau. Se penchant vers elle, il posa ses lèvres sur le front de Jillian.

— Ta bosse a presque disparu.

— Ces glaçons désagréables ont dû accélérer les choses.

— Sans doute.

Il l'embrassa sur la bouche, heureux qu'elle ne le repousse pas. Mieux encore, elle se pencha pour accentuer la pression, et il ferma les yeux pour s'imprégner de cet instant de bonheur.

Des rires tout proches les firent sursauter. S'écartant vivement l'un de l'autre, ils échangèrent un long regard chargé d'une mélancolie qui risquait de gâcher la journée.

— Très bien, dit-il, on y va. Un, deux, trois, rames dans l'eau !

Cette fois, ils parvinrent à adopter un rythme commun et tracèrent lentement leur sillon sur le lac. Le bras libre de Conor entourait la taille de Jillian parce qu'il voulait qu'elle ait chaud, mais cela lui faisait aussi penser à la nuit précédente et…

— On est bons, tu ne trouves pas ?

— Experts dans l'art de ramer, absolument. Évidemment, je n'ai jamais vu personne s'y prendre de cette façon, mais comme tu dis, nous sommes des avant-gardistes.

— La prochaine fois que tu viendras, les gens nous applaudiront.

— Ça ne sera pas avant longtemps, dit-elle sur un ton

empreint de regret. Si je quitte l'État, je ne retournerai pas souvent à New York.

Il faillit lui dire qu'elle n'était pas obligée de partir, si elle aimait tant cette ville. Il se rappela à temps qu'elle avait un argument imparable. Tout comme elle, il savait qu'il leur serait incroyablement difficile de se voir régulièrement à l'institut. Lorsqu'ils étaient mariés, c'était chaque fois une joie. Après leur rupture, c'était devenu une torture, et il savait qu'elle éprouvait la même chose que lui.

Comme ils approchaient des rochers, elle s'écria :

— Regarde ! Il y en a trois qui prennent le soleil.

— C'est plutôt sympa. Il n'y a pas beaucoup d'endroits où tu pourras voir des tortues sur un lac avec des gratte-ciel à l'horizon.

— C'est vrai. New York est unique au monde.

De nouveau, il perçut de la tristesse dans sa voix.

Cessant de ramer, il se tourna vers elle.

— Tu ne devrais pas déménager si tu n'en as pas envie, Jill. On peut trouver le moyen de travailler ensemble, ou bien tu restes chez tes anciens patrons jusqu'à ce que tu trouves un autre poste en ville. Je ne veux pas être la raison de ton départ.

— Je sais, mais comme je te l'ai dit, les chiens auront plus de place, et le loyer sera moins élevé. Si ça se trouve, j'aurai envie de revenir plus tard, ou au contraire le coin me plaira et j'y resterai.

Jillian lui caressa la joue du bout des doigts, et il devina les efforts qu'elle faisait pour sourire.

— Ne t'en fais pas, dit-elle. Tout se passera comme c'est censé se passer.

— Jill, je…

— Si on allait un peu plus loin, vers ce joli pont ? l'interrompit-elle.

C'était aussi bien, parce qu'il ignorait ce qu'il allait dire.

— On déjeune ensuite ?

— D'accord.

Il aspira une bouffée d'air humide, content de la diversion, bien qu'ils n'aient pas réussi à régler vraiment cette question.

Après avoir stationné un instant sous le pont, ils firent demi-tour et regagnèrent la berge. Dès qu'il eut remis les rames en place, il sauta sur le quai, puis il tendit la main à Jillian.

— Sois prudente.

— Je suis peut-être handicapée, mais pas invalide, monsieur Mère-Poule.

Le délicieux sourire de Jillian lui réchauffa le cœur, atténuant du même coup la culpabilité et les regrets.

Il l'aida à quitter la barque et récupéra le sac à dos.

— Si regarder des œuvres d'art t'a donné faim, dit-il, tu dois être affamée après cet exercice. Je connais un coin pas trop loin où il y aura du soleil.

Ils marchèrent dans le parc jusqu'à ce qu'il trouve l'endroit qu'il cherchait et qu'elle allait forcément adorer. Il sortit du sac la mince couverture qu'il avait apportée et l'étala par terre, puis ils s'assirent au centre. Le genou de Jillian toucha le sien pendant qu'il plongeait la main dans la glacière.

— Sandwich à la dinde, annonça-t-il. Le mien est au poivre, et le tien au fromage suisse dégoûtant que tu aimes.

— Beaucoup de gens dans le monde l'apprécient.

Un sourire amusé aux lèvres, il poursuivit :

— Chips, carottes, et bien sûr tes cornichons à l'aneth.

— Je crois que tu les apprécies, toi aussi.

— Moins que toi.

Il en porta un à la bouche de Jillian, qui mordit dedans avec un sourire. Sans réfléchir, il se pencha pour donner un coup de langue sur ses lèvres.

— Hum… Finalement, c'est plutôt bon.

Leurs regards se retinrent l'espace d'un moment suspendu. Il allait lui voler un autre baiser, quand elle se détourna et lui décocha un léger coup d'épaule.

— En ce cas, j'espère que tu en as pris beaucoup, parce que j'exige ma part.

— Plus que ta part, promis.

Il sortit le reste du repas.

Près de Jillian, toutes ses sensations étaient accrues : le soleil sur la peau, la brise fraîche sur le visage… Le beau sourire de Jillian lui rappelait combien il aimait serrer son corps souple contre lui et savourer le goût de sa bouche, ce qu'il ne ferait peut-être plus jamais après ce jour-là.

— J'ai fait couper tes sandwichs en quatre pour que ce soit plus facile pour toi, expliqua-t-il.

Elle posa sur lui un regard grave.

— Je voulais te dire… Jamais je n'aurais pensé que tu serais un garde-malade aussi attentif. Tu es très gentil avec les patients et un excellent chirurgien, mais ce n'est pas pareil de prévoir les besoins de quelqu'un. C'est ce que tu as fait avec moi.

— Je ne peux pas prétendre que j'ai passé beaucoup de temps à anticiper les besoins d'autres personnes que toi, ce que tu sais parfaitement. Mais j'ai été content de t'aider comme je le pouvais.

— Peut-être est-il temps que tu reconnaisses davantage tes qualités, dit doucement Jillian.

— Crois-moi, je…

Il la vit se dresser et fixer un point par-dessus son épaule, les sourcils froncés. Il se retourna pour voir ce qu'elle regardait.

— Qu'est-ce qu'il y a ?

— Quelqu'un vient de tomber de vélo sur le sentier. Personne ne l'a vu, apparemment.

9.

Conor localisa le vélo renversé sur le côté et quelqu'un étendu par terre. Au bout d'une minute, voyant que la personne ne s'était toujours pas relevée, il se mit debout.

— Je vais voir s'il est sérieusement blessé.

— Ne m'attends pas, je te rejoindrai.

Il aida Jillian à se lever, puis il se mit à courir.

En approchant du lieu de l'accident, il vit un homme qui se tenait le poignet et tentait de se redresser. Franchissant les derniers mètres en quelques enjambées, il constata immédiatement que l'index de cet homme était plié sur le côté.

— Je ne vais pas vous demander si ça va, dit-il en s'accroupissant, car il est clair que ce n'est pas le cas. Je suis le Dr McCarthy, chirurgien orthopédique. Il se peut que votre index soit cassé, mais je pense plutôt que vous vous l'êtes luxé en tombant.

L'homme leva vers lui un regard empli de désarroi.

— Ça fait un mal de chien, et je flippe à mort.

— Quand on souffre d'une dislocation, c'est fréquent. En revanche, ce n'est pas trop grave.

Conor lui adressa un sourire censé le rassurer, car le teint du blessé avait tourné au gris pâle, et il semblait sur le point de s'évanouir.

— Vous permettez que je vous examine ?

L'homme fixa sa main sans répondre à la question.

— Qu'est-ce que… ? Oh ! je vois, dit Jillian en s'agenouillant près d'eux, la glacière à la main.

— Essayez de ne pas vous inquiéter, reprit Conor. Tout va bien se passer.

Prenant le poignet du blessé, il se pencha pour palper délicatement son doigt et prendre son pouls.

— Jill ? Tu peux prendre un peu de glace dans le sac, et peut-être aussi l'un des sacs en papier qui contenait notre déjeuner ?

Leurs regards se croisèrent.

Il était clair que Jillian savait exactement la raison de cette dernière demande : l'homme haletait, son pouls était trop rapide, et il commençait à hyperventiler. Plus vite ils réussiraient à l'apaiser, mieux ce serait.

— Tu vas devoir m'aider à ouvrir la fermeture Éclair du sac, lui rappela Jillian.

— Désolé. Je devrais m'en souvenir, maintenant.

Il ouvrit la glacière avant de se concentrer de nouveau sur son patient.

— Tenez bon, lui dit-il en l'aidant à s'asseoir. Je sais que ça a l'air terrifiant, mais essayez de respirer plus lentement, au niveau du ventre au lieu de la poitrine.

Hochant la tête, l'homme s'efforça visiblement de suivre la consigne, mais quand il commença à pencher dangereusement vers le sol, Conor craignit qu'il ne s'évanouisse.

— Vous commencez à hyperventiler, ce qui est parfaitement normal quand on se luxe un doigt. Je vais vous faire respirer dans un sac.

— Tu peux peut-être maintenir le sac contre sa bouche pendant que j'appliquerai la glace sur son doigt, suggéra Jillian.

Il fit ce qu'elle disait.

— Allons, dit-il, soufflez, aspirez ! Moins vite et au niveau du ventre.

Au bout d'un instant, le blessé reprit des couleurs.

Baissant les yeux, Conor constata que Jillian appuyait toujours le sachet rempli de glaçon sur l'index de l'homme.

— Tu vas réduire la luxation ? demanda-t-elle.

— Non. Il faut d'abord faire une radio. Vous vous sentez mieux, monsieur ?

L'homme acquiesça du menton.

— Parfait ! Vous devez voir un chirurgien orthopédique. Vous avez le choix entre les urgences, ou le centre orthopédique où je travaille. Franchement, ce serait la meilleure solution, car le temps presse, et je peux les prévenir de votre arrivée. C'est encore ouvert pendant une heure.

— Je risque d'attendre longtemps, aux urgences. Votre centre m'a l'air mieux. Où est-il ? Assez près pour que j'y aille à pied ?

— Ce ne serait pas une bonne idée, alors que vous souffrez et que vous avez la tête qui tourne. Les passants peuvent heurter votre doigt en vous croisant. Vous préférez un taxi ou une ambulance ?

— Ça a l'air ridicule, d'appeler une ambulance pour un doigt tordu. Je me sens mieux, maintenant, alors je vais prendre un taxi. Mais… Vous pouvez mettre l'antivol sur mon vélo ? Mon fils viendra le chercher plus tard.

— D'accord. J'appelle tout de suite l'institut orthopédique du Bras et de la Main, ensuite je vous accompagnerai jusqu'à la Cinquième Avenue pour vous mettre dans le taxi et donner l'adresse au chauffeur.

— Merci beaucoup. Désolé d'avoir fait le bébé quand j'ai vu mon index. Je n'avais jamais rien vu de pareil, précisa l'homme avec un faible sourire. Et merci aussi de vous occuper du vélo.

— On est contents d'avoir été là, et je vous jure que les gens sont toujours très impressionnés par les dislocations, dit Conor d'un ton encourageant.

Il sortit son téléphone de sa poche pour téléphoner à

l'institut, puis il prit la main valide du blessé pour l'aider à se mettre debout.

— Maintenez le sachet de glaçon sur votre doigt, d'accord ?

Légèrement vacillant, l'homme obéit. Il semblait suffisamment remis de ses émotions pour marcher.

— Je reviens vite, dit Conor à Jillian.

— Pas de souci. Je vais attacher votre vélo à ce râtelier, dit-elle au blessé. Vous pensez que votre fils le trouvera ?

— Oui, et de toute façon, je pourrai toujours le récupérer moi-même.

Quand Conor revint, il trouva Jillian assise sur la couverture. La tête en arrière et les yeux fermés, elle profitait visiblement du soleil, qui allumait des reflets dorés dans ses cheveux. Sa beauté lui serra le cœur, et il resta un instant immobile à la contempler.

Ce serait sans doute la dernière fois qu'il la verrait ainsi, détendue et jouissant du simple plaisir d'être dehors. Peut-être aussi se plaisait-elle en sa compagnie… Leurs conversations récentes les avaient aidés à mieux se comprendre mutuellement, mais le chagrin qu'ils s'étaient mutuellement infligé n'était pas totalement effacé. L'amour aussi, du moins en ce qui le concernait.

Elle dut sentir son regard sur elle, car elle ouvrit les yeux et lui sourit.

Lorsqu'il s'approcha d'elle, il comprit à son émotion grandissante qu'il l'aimerait toujours. Jillian était exceptionnelle, et s'il se laissait aller, il la supplierait de lui donner une seconde chance.

La gorge serrée dans un étau, il jeta un coup d'œil à sa montre.

— Il va bientôt faire nuit. On pourrait aller au centre Rockefeller, maintenant ?

— Avec plaisir !

— C'est à trois kilomètres d'ici. Tu veux qu'on y aille à pied, ou tu préfères prendre un taxi ?

— Comme je te l'ai dit, je ne suis pas impotente, affirma-t-elle en glissant une main sous son bras. Et j'adore les balades en ville, d'autant que je ne peux plus courir.

— Alors, allons-y.

Un instant plus tard, ils se frayaient un chemin parmi la foule des passants.

Ils n'abordèrent que des sujets légers, ce qui était exactement ce que Conor voulait pour leurs deux derniers jours. Ils rirent ensemble à propos des bêtises des chiens ou des événements drolatiques survenus quand ils travaillaient ensemble.

Ils approchaient du centre Rockefeller quand le sapin s'illumina.

Jillian poussa un cri de joie.

— C'est magnifique ! s'exclama-t-elle. Je ne me lasserai jamais de ce spectacle. Pas toi ?

Elle leva la tête vers lui, un sourire heureux aux lèvres, et il se réjouit d'avoir été assez intelligent pour prendre un après-midi de congé.

— Moi non plus. J'habite à New York depuis longtemps, maintenant, mais ce ne serait pas Noël sans le sapin.

— Je suis d'accord. Je crois que je reviendrai chaque année rien que pour ça.

Il savait qu'elle ne voudrait pas le voir, mais il refusa de laisser cette idée gâcher sa soirée. Ils rejoignirent la foule massée autour du sapin et écoutèrent l'orchestre qui commençait à jouer. Durant un long moment, ils restèrent côte à côte, s'imprégnant de cette atmosphère festive sans échanger un mot.

Des rafales de vent s'engouffrant dans les rues, il entoura les épaules de Jillian d'un bras.

— Tu n'as pas froid ?

— Non. Je me sens très bien.

Ils restèrent un long moment silencieux, dans une communion parfaite, puis Jillian leva vers lui un regard troublé.

— Je voulais te dire… Tu m'as confié combien ton passé avait affecté ton présent, mais je ne t'ai pas parlé de mes propres problèmes. Je pense que tu dois savoir que tu n'es pas le seul responsable de notre divorce.

— De quoi parles-tu ?

— Je ne t'ai donné que des informations basiques sur l'opération de ma jambe… L'âge que j'avais, le nom de mon chirurgien… Tu as cru que j'avais tourné la page, mais ce n'était pas vrai.

Ne sachant pas où elle voulait en venir, il se montra prudent.

— Tu as vécu une expérience traumatisante ?

— Oui. Grandir avec une jambe plus courte que l'autre a été horrible. Les autres enfants m'affublaient de surnoms, surtout sur l'aire de jeux où je ne pouvais pas faire ce que les autres faisaient. « Monstre » et « jambe de bois » me faisaient moins mal que « Jilly la boiteuse ».

— Je botterais bien le derrière de ces garçons !

— Les filles étaient tout aussi méchantes, crois-moi. L'année de mes quatorze ans a été la pire. Aucun garçon ne s'intéressait à moi, sinon pour me tourmenter et se moquer de moi.

— Quels imbéciles ! Pourquoi ne pas m'en avoir parlé, la nuit dernière ? On a tous les deux connu de durs moments, pendant notre enfance.

— Je sais, ce qui m'amène à autre chose que je voulais te dire… Quand nous étions mariés, je t'ai attribué toute la responsabilité de notre échec. Tu travaillais trop, tu ne pensais qu'à gagner de l'argent, j'avais l'impression d'être ce qui comptait le moins dans ta vie. Tout était ta faute… Du moins, je m'en suis convaincue.

— Nous avons toujours été d'accord sur le fait que j'étais un piètre mari, dit-il doucement.

— Peut-être, mais je sais aujourd'hui que je faisais partie du problème. J'ai beaucoup réfléchi ces dix derniers mois, et j'ai fini par comprendre que mon handicap m'avait privée de toute confiance en moi. J'avais honte des cicatrices sur mes jambes. Je ne voulais pas que tes amis fortunés et élégants les voient, c'est pourquoi je portais toujours une robe longue quand nous allions à un gala. Ils auraient compris tout de suite que je n'appartenais pas à leur monde, que je n'étais pas l'épouse que le fameux Dr McCarthy aurait dû avoir.

Il la fixa avec stupéfaction.

— Jill… Tu as toujours été la plus belle femme dans une assemblée. Tes cicatrices ne montrent rien, sinon que tu es une guerrière capable de surmonter n'importe quelle difficulté. Tu cours, tu participes à des marathons… Bon sang, tu…

Jillian lui posa un doigt glacé sur la bouche, puis elle se haussa sur la pointe des pieds pour lui embrasser la joue.

— Stop ! Je ne t'ai pas dit cela pour que tu me rassures, mais pour que tu comprennes que mes failles ont fait partie de nos problèmes. Parce que je n'avais pas confiance en moi, je voulais constamment être assurée de ton amour, savoir que tu me trouvais désirable malgré mes cicatrices. Comme tu ne pouvais pas répondre à ces exigences, je t'ai sans cesse reproché de travailler trop, ce qui t'a fâché et frustré. Nous étions en plein cercle vicieux.

— Je suis navré de ne pas t'avoir donné ce que tu méritais. Tu es la femme la plus extraordinaire que je connaisse, Jill. Je ne sais pas quoi dire d'autre.

— Ne sois pas désolé. Notre divorce a été douloureux, mais j'ai enfin compris que c'est à moi de travailler sur mes propres lacunes, au lieu d'attendre d'être rassurée par quelqu'un d'autre.

Attirant Jillian dans ses bras, il l'embrassa au milieu de la foule qui bavardait et riait. Quelqu'un les bouscula, et il releva finalement ma tête. Leurs regards se croisèrent et il sentit qu'elle frissonnait.

— Tu as froid, dit-il d'une voix enrouée. Tu es prête à rentrer ?

Elle hocha la tête.

Sans un mot, il lui prit la main et l'entraîna jusqu'à la Cinquième Avenue pour héler un taxi. Assis près d'elle, il resta silencieux pendant le trajet, puis dans l'ascenseur.

Quand ils franchirent le seuil de l'appartement, l'accueil enthousiaste des chiens lui donna enfin l'occasion de recouvrer ses esprits. Il leur donna à manger, et pendant qu'ils dévoraient leur repas, il prit une décision.

Il n'avait pas été un bon mari pour Jillian, mais ce soir, il y avait quelque chose qu'il pouvait faire avant que leurs vies se séparent définitivement.

Il s'approcha du canapé sur lequel elle était assise.

— Tu dois savoir quelque chose, dit-il.

Elle leva vers lui des yeux légèrement inquiets.

— Quoi ?

S'agenouillant devant elle, il glissa la main sous la jambe de son pantalon et remonta jusqu'à la cuisse de Jillian. Ses doigts caressèrent la longue cicatrice blanche. Retroussant ensuite le pantalon, il y posa ses lèvres.

Elle tenta de lui échapper.

— Tu dois savoir que ce galbe est parfait. Tu entends ? *Parfait.* C'est une jambe douce, lisse et forte, qui promène des chiens, qui participe à des marathons.

Levant les yeux vers Jillian, il ajouta :

— J'admire du plus profond de mon cœur ce que, cette jambe et toi, vous avez accompli pour surmonter ses débuts dans la vie.

— C'est… vraiment gentil de ta part, mais je… Oh !

Jillian poussa un cri, car il faisait courir sa langue sur son tibia. Il monta le long de sa cuisse jusqu'à ce qu'il ne puisse plus retrousser davantage le pantalon.

— Qu'est-ce que tu fais !

— Je te montre que tes jambes sont sacrément sexy. S'il y a au monde une personne qui devrait avoir confiance en elle, c'est bien toi, parce que tu es aussi belle à l'intérieur qu'à l'extérieur.

— Merci, murmura-t-elle. Et puisque nous en sommes aux déclarations, sache que tu seras toujours cher à mon cœur.

— Et tu le seras toujours au mien. Je mentirais si je te disais que je n'ai pas envie de te faire l'amour sur-le-champ. C'est peut-être une mauvaise idée, mais je voudrais que tu sois dans mes bras encore une fois avant que nous nous fassions nos adieux.

S'asseyant près d'elle, il l'attira contre lui et lui caressa tendrement les lèvres des siennes jusqu'à ce qu'elle entrouvre la bouche et réponde à son baiser.

— Juste une fois, souffla-t-elle.

Ils s'embrassèrent passionnément, et elle poussa un grognement de dépit lorsqu'il s'écarta d'elle pour s'agenouiller de nouveau.

— Qu'est-ce… ?

— Chut ! Pour une fois, je bénis ton handicap temporaire, parce que ce pantalon large ne sera pas difficile à enlever.

Posant les mains sur la ceinture, il glissa ses pouces en dessous et fit glisser le vêtement jusqu'à ses genoux.

Cette fois, sa bouche descendit le long de la cicatrice tandis que le pantalon parvenait aux chevilles. Après le lui avoir ôté, il se leva pour faire passer le pull de Jillian par-dessus sa tête. Tout en riant, elle protesta.

— Ce n'est pas juste ! Tu me déshabilles en une fraction de seconde, alors que je suis incapable de te faire subir le même sort.

— Heureusement que je peux le faire moi-même.

Une minute plus tard, il se tenait nu devant elle.

Se carrant sur le canapé, elle l'inspecta de la tête aux pieds, un sourire sensuel aux lèvres.

— Finalement, ce n'est pas si mal d'être handicapée, constata-t-elle.

Il se mit à rire et décida que la meilleure option consistait maintenant à gagner sa chambre.

Jillian poussa un cri aigu lorsqu'il la souleva dans ses

bras et l'emporta. Les chiens qui étaient couchés par terre se levèrent aussitôt.

— Désolé, les gars, vous n'êtes pas invités.

Après avoir refermé la porte du talon, il posa Jillian sur le lit et s'étendit près d'elle. Malgré le désir qu'elle lui inspirait, il parvint à se rappeler son poignet blessé, qu'il remonta de nouveau au-dessus de la tête de Jillian.

— Mieux vaut prévenir que guérir, dit-il. L'ardeur risque de m'emporter.

De nouveau, Jillian émit un petit rire contre sa bouche et passa son bras valide autour de son cou. Ils échangèrent un baiser passionné et sauvage tandis qu'il la caressait partout où sa main pouvait accéder. Elle se mit à pousser des petits gémissements tellement excitants qu'il dut lutter contre l'envie de s'enfoncer en elle.

— Conor… Conor, j'ai besoin de te sentir en moi.

Apparemment, ils étaient sur la même longueur d'onde.

— Non ! répliqua-t-il entre ses dents serrées. Je veux que ça dure plus longtemps.

— Je sais, mais je te veux *maintenant*.

Comme elle posait la main sur son sexe érigé, il gémit à son tour et comprit qu'il ne tiendrait plus très longtemps.

— La prochaine fois, on ira plus lentement, promit-elle.

— Il n'y aura pas de prochaine fois ! Tu te souviens ?

— Oui, sauf qu'on peut renégocier le contrat. Je ne suis pas encore retournée dans mon appartement, d'accord ?

— D'accord.

Il adora le petit sourire qui étira les lèvres de Jillian lorsqu'il tendit la main vers sa table de chevet pour prendre un préservatif. Après l'avoir enfilé sur son sexe dressé, il s'enfonça en elle, et ils trouvèrent très vite le rythme qu'ils aimaient. Le cœur de Conor se gonfla d'une joie qui éclipsa les souvenirs du passé.

Interrompant leur baiser, il inspira profondément et la regarda dans les yeux.

— Jillian, Jilly…

Lorsqu'elle prit sa joue dans le creux de sa paume, l'émotion le submergea. Alors qu'il la menait à l'orgasme, elle cria et pressa sa bouche contre la sienne, étouffant ses gémissements de plaisir à lui.

Quand ce fut fini, il enfouit son visage dans le cou de Jillian, attendant que les battements de son cœur ralentissent. Elle lui caressa doucement le dos, et il la serra contre lui.

Dieu qu'il aimait cette femme !

Mais il ne voulait plus jamais la faire souffrir… Et il savait avec certitude que son départ allait l'anéantir pour la seconde fois.

10.

Ce matin, Jillian était heureuse. Sa séance d'ergothérapie s'était mieux passée qu'elle ne l'espérait, ses mains et ses doigts devenant de plus en plus agiles chaque jour.

Bien entendu, son contentement n'avait rien à voir avec la nuit magique qu'elle avait passée avec Conor. Absolument rien à voir.

Tout en pliant des serviettes dans la buanderie de l'institut, elle leva intérieurement les yeux au ciel.

Elle n'aurait pas dû avoir le cœur aussi léger, puisqu'elle regagnait son propre appartement le lendemain. C'était sûrement parce que Conor et elle étaient parvenus à une meilleure compréhension mutuelle.

Comme si elle pouvait sentir sa présence, elle leva les yeux et vit l'homme de ses pensées s'approcher.

À la lumière du plafonnier, ses cheveux paraissaient plus clairs, ses traits encore plus beaux, et le sourire qu'il lui adressa l'emplit d'une douce chaleur.

L'attirant dans un coin de la pièce où des yeux curieux ne pouvaient les voir, il l'interrogea.

— Ta séance s'est bien passée ?

— Oui. J'ai vraiment l'impression de faire des progrès. Maintenant, je peux même me servir de quelques doigts pour plier ces serviettes.

— J'en suis ravi. Écoute, j'ai quelque chose à te demander. Prends le temps de réfléchir avant de me donner ta réponse.

— Oui ?

— Je sais que tu n'aimes pas… Plutôt que tu n'as jamais aimé participer à des galas de charité. Il y en a un ce soir auquel je devrais assister pour représenter l'une de mes relations d'affaires qui sponsorise la création d'un abri pour animaux. Comme je sais que tu adores les animaux, j'ai espéré que tu accepterais de m'accompagner.

— Je ne sais pas. Je…

Il leva la main.

— Une minute. J'ai une autre question. Ce serait l'occasion de sortir ensemble pour fêter notre anniversaire.

Elle émit un petit rire.

— Tu dois penser à une autre ex-épouse, parce qu'on s'est mariés en janvier.

— C'est l'anniversaire de ton premier jour au centre d'Ergothérapie, et aussi de notre première rencontre. Je reconnais que c'est assez bébête, mais je me suis dit que ça pourrait être… amusant.

Le cœur battant, elle le fixa avec étonnement.

— Je n'arrive pas à croire que tu aies retenu cette date. Mais nous savons tous les deux que, en prolongeant nos adieux, nous ne faisons que rendre les choses plus difficiles.

— J'en suis conscient, et je ne cherche pas à les rendre plus faciles, parce que c'est impossible. Quand tu es partie, nous nous sommes dit au revoir… Ou plutôt nous ne l'avons pas fait parce que nous étions tous les deux furieux et blessés. Cette fois, je voudrais que nous nous quittions sur une note plus positive. Et pourquoi pas une bonne soirée qui nous permette de célébrer tout ce que nous avons aimé l'un chez l'autre ?

— Euh… C'est une bonne idée.

En tout cas, c'était mieux que d'échanger une poignée de main avec Conor avant qu'elle s'en aille de chez lui.

— Merci. Tu veux que je te dépose devant ton immeuble, pour que tu choisisses une robe ?

— Pourquoi pas ? Ça me permettra d'arroser mes plantes. Ensuite, je retournerai chez toi en taxi.

Conor jeta un coup d'œil par-dessus son épaule avant de se pencher pour lui déposer un doux baiser sur les lèvres. Lorsqu'il se redressa, ses yeux étincelaient.

— Parfait. On fera ça pendant la pause déjeuner. Et ensuite, on se retrouvera chez moi.

Jillian éprouva une curieuse impression en retrouvant le petit appartement où elle avait vécu un peu moins d'un an sans s'y attacher particulièrement. Elle s'occupa de ses plantes et s'attarda un instant devant son ordinateur, mais elle avait hâte de retourner chez Conor… Pour retrouver ses chiens, évidemment.

Debout devant sa penderie, elle examina les robes de soirée qu'elle avait acquises pendant son mariage, heureuse de ne pas s'en être débarrassée comme elle l'avait envisagé. Elle tendait la main vers une robe longue dont elle aimait la couleur, quand son attention fut retenue par une autre, qu'elle n'avait jamais portée. Elle était d'un beau vert océan, avec une jupe de mousseline qui s'arrêtait au-dessus des genoux.

Elle repensa à ce manque de confiance en elle dont elle avait parlé à Conor, raison pour laquelle elle ne s'était jamais sentie à sa place dans son univers mondain. Sous le coup d'une impulsion subite, elle prit la robe, la glissa dans une housse et se mit en quête de chaussures.

C'était un nouveau pas vers la nouvelle Jillian. Si Conor pensait que ses jambes étaient belles et ne la rendaient pas repoussante, il était peut-être temps de le croire.

Le cœur soudain empli de joie, elle emballa ses affaires et appela un taxi. Arrivée chez Conor, elle sortit Yorkie. Un vent froid soufflait, et elle regretta de ne pas avoir emporté de manteau pour chien. Mais après tout, quelle importance, puisqu'elle rentrait chez elle le lendemain ?

Refusant de se laisser assombrir par cette perspective, elle se prépara pour le gala de charité. Un peu plus tard, devant le grand miroir de la chambre d'amis, elle fut satisfaite de ce qu'elle voyait.

Pour la première fois, elle était fière d'elle. Certes, ses cicatrices étaient visibles, mais Conor avait raison. À partir de maintenant, elle les considérerait comme des blessures de guerre.

La sonnerie de son téléphone retentit, mais le numéro affiché sur l'écran lui était inconnu.

— Allô !

— Allô, Jillian ? Ici Mary Rodgers, du centre d'Ergothérapie, en Nouvelle Angleterre. Pardonnez-moi de vous appeler aussi tard, mais nous avons un nouveau poste de libre, et nous serions ravis si vous l'acceptiez. Le conseil d'administration a déjà examiné vos références, et vous n'aurez pas besoin de passer un entretien d'embauche. Vous êtes toujours intéressée ?

Le cœur de Jillian fit des bonds dans sa poitrine.

Voulait-elle toujours emménager dans le Connecticut et commencer une nouvelle vie, loin de Conor McCarthy ?

Quelques jours auparavant, elle aurait dit oui sans hésiter. Mais après les confidences de Conor et ce qu'elle avait compris sur elle-même, elle n'en était plus si sûre.

— Merci beaucoup de m'avoir appelée, Mary, mais là, je dois me rendre à une soirée. Est-ce que je peux vous rappeler demain ?

— Bien sûr. J'aimerais avoir votre réponse le plus vite possible, parce que nous avons absolument besoin de quelqu'un. Bien que votre poignet ne soit pas encore guéri, nous souhaiterions que vous formiez nos nouvelles recrues jusqu'à ce que vous puissiez travailler avec des patients.

— Je comprends. Je vous contacterai demain.

Après avoir raccroché, Jillian gagna lentement la salle de séjour et contempla les lumières de la ville.

Une chose était certaine : elle n'avait pas envie de partir. Mais serait-elle capable de travailler à nouveau avec Conor ?

Cette idée lui donna le vertige, parce qu'elle ne l'avait jamais envisagée. Connaissant les épreuves qu'ils avaient subies dans le passé et ce qu'ils venaient de partager, pouvaient-ils saisir la seconde chance qui leur était offerte ?

La sonnerie du téléphone retentit encore, mais cette fois, c'était le numéro de Conor.

— Salut ! Tu es en route ?

— Je suis vraiment désolé, mais je suis retenu. Cela fait un mois que je repousse cette réunion, et bien sûr, ils ont voulu qu'elle ait lieu ce soir. On a presque terminé, alors si tu peux prendre un taxi, je te retrouve là-bas.

— Euh… D'accord.

La perspective de se rendre seule à cette réception était effrayante, mais la nouvelle Jillian pouvait le faire.

— Merci. Je t'envoie l'adresse par SMS. À tout de suite.

Conor raccrocha. Apparemment, il était vraiment pressé.

En soupirant, Jillian prit son manteau et son sac, puis elle dit au revoir aux chiens et descendit. Alfred insista pour lui appeler un taxi, et une minute plus tard, elle était en route.

Les lumières de New York semblaient scintiller tout particulièrement ce soir, la ville lui semblait vivante, vibrante.

Et elle aussi, elle se sentait vivante et vibrante ici.

Elle ne voulait pas partir. Elle le dirait à Conor ce soir.

En rentrant dans la salle de réception de l'hôtel, quelques connaissances d'autrefois l'accueillirent avec des sourires amicaux. Elle s'était toujours sentie mal à l'aise, dans ce genre d'assemblée, mais ce fut plus facile qu'elle ne l'avait cru, d'autant que le gala était organisé pour la protection des animaux.

Elle avait prévu d'attendre Conor pour dîner, mais au bout d'une heure, elle décida de goûter aux hors-d'œuvre. Une demi-heure supplémentaire s'écoula, et elle commença à se faire du souci. Mais lorsqu'elle appela Conor, elle n'obtint que son répondeur.

Elle lui laissa un message vocal : « Je t'attends. Quand penses-tu arriver ? »

Avertie de l'arrivée d'un SMS, elle se hâta de le consulter :

Désolé. La réunion se prolonge, mais je ne vais plus tarder.

Combien de temps devrait-elle distribuer des sourires et se sentir idiote ?

Un homme l'invita à danser. Elle allait refuser, mais elle pensa que ce serait une bonne chose si Conor la voyait dans les bras d'un autre. Elle regretta presque aussitôt sa décision, car soutenir une conversation avec une seule personne sur une piste de danse se révéla plus difficile que de s'adresser à un groupe.

Une autre heure passa. Le buffet était bien dégarni, maintenant. Assise seule à sa table, elle réprima les larmes qui l'étouffaient.

Après toutes leurs discussions, après que Conor lui avait dit combien il regrettait de l'avoir blessée, après qu'il lui avait demandé de venir ici pour célébrer ce stupide anniversaire, il lui posait un lapin ! Elle serait vraiment idiote de rester une minute de plus !

Se levant d'un bond, elle prit son sac et gagna la porte. Une fois dehors, elle héla un taxi, se glissa sur la banquette arrière et referma la portière. Au moment où elle fixait la ceinture de sécurité, elle vit un homme de haute taille et aux cheveux blonds courir vers l'hôtel.

Leurs regards se croisèrent, et il stoppa net. Le cœur battant, au bord des larmes, elle le vit s'approcher du taxi.

— On peut y aller ? demanda-t-elle au chauffeur. Il faut que je m'éloigne d'ici tout de suite.

Conor monta quatre à quatre les marches de l'escalier menant à l'étage de Jillian.

Il savait qu'il avait tout gâché en ne la rejoignant pas au gala de charité. Il essayait de se convaincre que sa défection ne l'avait pas trop affectée, que défendre la cause des animaux lui tenait de toute façon à cœur, qu'elle n'allait pas remettre en cause leur relation pour si peu…

Mais il savait qu'il se mentait à lui-même. Ils s'étaient rapprochés au point qu'il avait cru que le destin leur accordait peut-être une seconde chance. Mais voilà ! Il était toujours le pauvre type qu'il ne cesserait jamais d'être. Il l'avait laissée tomber, tout comme il avait laissé tomber sa mère autrefois.

La réunion portait sur des points importants qui ne pouvaient pas être remis à plus tard. Il avait été tellement focalisé sur le débat qu'il n'avait pas vu le temps passer. Et quand il s'était rendu compte de l'heure, son cœur avait quasiment cessé de battre.

Il n'avait aucune excuse, mais il lui devait quand même des explications. Il lui répéterait qu'elle était la femme la plus extraordinaire et la plus belle au monde, qu'il avait tout gâché comme d'habitude.

Mais il craignait que leur séparation ne soit encore plus douloureuse que la première fois. En tout cas, il devait lui donner l'occasion de lui dire tout le mal qu'elle pensait de lui, parce qu'il le méritait.

Inspirant profondément, il frappa à la porte.

— Jillian ?

Pas de réponse.

Est-ce qu'il l'effraierait, s'il utilisait la clé qu'il avait toujours ?

La gorge serrée par l'anxiété, il ouvrit lentement la porte… Et s'immobilisa sur le seuil.

Jillian était assise sur le canapé, enveloppée dans un peignoir, son bras en attelle posé sur ses genoux. Elle leva vers lui des yeux qui n'exprimaient nulle colère, seulement une profonde tristesse.

— Jilly…

S'asseyant en face d'elle, il prit sa main valide. Le contact de sa peau douce suscita une douleur sourde dans sa poitrine car il se dit qu'il ne la tiendrait sans doute plus jamais.

— Je suis tellement désolé, dit-il.

— Je sais. Moi aussi. Tu devrais partir, maintenant.

Il ne savait pas ce qu'il pourrait dire ou faire, mais il était hors de question qu'il s'en aille maintenant.

— C'est ma faute, pas la tienne. Tu le sais ?

— Oui. Nous avons déjà réglé cette question.

— Tu sais aussi que tu es la femme la plus extraordinaire que j'aie jamais connue et que je t'aime ? J'aurais voulu être différent, mais il est clair que j'en suis incapable. Tu mérites un homme meilleur que moi.

— Nous avons aussi abordé cette question, répliqua-t-elle avec un sourire triste. Ne t'inquiète pas, Conor, je comprends, mais c'est le moment de nous dire au revoir.

C'étaient les paroles qu'il s'apprêtait à prononcer, mais cela n'en faisait pas moins mal. L'espace d'un instant, il fut incapable d'articuler un mot.

— Si tu restes à New York, je te promets de garder mes distances au travail. Ce… Ce ne sera pas facile, mais je veux que tu te sentes bien, ici. Il ne faut pas que tu partes à cause de moi.

— On m'a offert aujourd'hui un poste dans le Connecticut. Je vais aller m'installer là-bas.

— Tu… Tu auras besoin d'aide, pour ton déménagement ?

Elle le fixa comme s'il était pathétique – ce qu'il était vraiment.

— Si c'était le cas, je ne pense pas que je ferais appel à toi. Nous étions d'accord sur le fait que ce serait notre dernière soirée ensemble. Je ne veux pas que nos adieux traînent encore en longueur, tu comprends ?

Il baissa les yeux vers ses mains, hochant la tête.

Elle avait raison, mais l'idée que d'ici quelques minutes il ne la verrait plus jamais le poignardait littéralement.

Lorsqu'il se leva, il fut surpris qu'elle en fasse autant.

— Rappelle-toi toujours combien tu es exceptionnelle, dit-il.

Il tressaillit lorsqu'elle lui caressa la joue en lui adressant de nouveau son petit sourire mélancolique.

— Toi aussi. J'espère que tu découvriras un jour que le bonheur ne réside pas uniquement dans le travail.

Elle ne le détestait donc pas comme lors de leur première séparation !

L'émotion le submergea. Il l'enveloppa de ses bras et la serra contre lui, juste pour la sentir une dernière fois. Lorsqu'il s'écarta, il vit des larmes dans les beaux yeux de Jillian.

Il n'y avait rien à ajouter, tout ayant déjà été dit. Il se détournait pour partir, quand elle posa la main sur son bras.

— Briana viendra chercher les chiens demain.

— D'accord. Demande-lui de me passer un coup de fil.

Devant la porte, il la regarda.

— Au revoir, Jilly. Je souhaite sincèrement que la vie t'apporte tout ce que tu veux.

— Je forme le même vœu pour toi, Conor. Au revoir.

Il sortit très vite pour qu'elle ne voie pas les larmes qui lui embuaient aussi les yeux.

11.

Jillian aurait eu du mal à faire ses cartons toute seule. Par bonheur, Briana avait eu le temps de l'aider avant de repartir, et Michelle passait en fin de journée pour faire à sa place ce dont elle était incapable avec une seule main.

Elle colla avec du ruban adhésif les deux bords d'un carton dont Michelle avait rabattu les bords.

— Je ne sais pas comment je me serais débrouillée sans toi, dit-elle à son amie. Merci beaucoup !

— Il n'y a pas de quoi. Mais je me demande parfois si tu as vraiment envie de partir, dit Michelle en déposant le carton sur une pile.

— J'en suis sûre et certaine.

Bien entendu, ce n'était pas entièrement vrai. Elle regrettait de quitter New York. Mais elle n'aurait pas supporté de voir le beau visage de Conor et son sourire contagieux sans évoquer les jours merveilleux qu'ils avaient passés ensemble. Et comment lui cacher à quel point elle l'aimait ?

Elle ferma les yeux pour retenir ses larmes.

Comme Conor l'avait reconnu implicitement lui-même, l'amour ne suffit pas. Il ne semblait pas vouloir combattre ses démons, et elle avait les siens. Elle avait beau avoir fait des progrès, s'ils essayaient encore de vivre ensemble, cela se terminerait par deux cœurs brisés.

— Je sais que tu adores cette ville, insista Michelle, et je trouve injuste que Conor te force à partir.

— Ce n'est pas le cas. C'est mon choix.

— Ben voyons ! Ne me prends pas pour une imbécile. Tes yeux pétillaient quand tu l'apercevais à l'institut, du moins jusqu'à ce qu'il se comporte comme un imbécile.

— Ce n'est pas un imbécile, c'est simplement quelqu'un qui a quelques problèmes. Je ne vais pas rester pour l'aider à les résoudre alors que j'ai bien du mal à résoudre les miens.

— À mon avis, Conor McCarthy vaut quand même le coup qu'on fasse des efforts.

Jillian secoua lentement la tête.

Son amie avait sans doute raison, mais elle était certaine que son ex-mari ne changerait jamais. Désormais, sa priorité était de construire sa propre confiance en elle, pas de soutenir un homme qui ne pensait pas pouvoir être aidé.

— C'est trop tard pour nous, dit-elle très bas. C'est comme ça.

Jetant un coup d'œil par la fenêtre, elle soupira.

New York lui manquerait, c'était une évidence. D'accord, c'était une ville chère et surpeuplée, mais il n'y avait aucun endroit comparable, et elle s'y sentait chez elle.

Des gouttes de pluie frappèrent les vitres.

Décidément, le temps reflétait son humeur morose…

Se tournant vers Michelle, elle se força à sourire.

— De toute façon, je pourrai revenir quand je voudrai, non ? Tu me verras débarquer tous les trois mois à peu près.

— Euh… Avec les chiens ? Je ne crois pas que ma coloc' appréciera leur compagnie.

Heureuse de changer de sujet, Jillian se mit à rire.

— Quand je viendrai te voir, je leur trouverai un chenil.

— On peut emporter les cartons ? fit une voix masculine.

Jillian se tourna vers les deux déménageurs, qui se tenaient sur le seuil de l'appartement.

— Oui. On en a encore un ou deux à fermer, mais vous pouvez commencer.

— Parfait, dit l'un des hommes en se penchant pour

caresser les membres du comité d'accueil constitué par Hudson et Yorkie. Ils sont super ! Le grand me rappelle le mien.

— Ils sont braves, du moins la plupart du temps.

— Donc, on charge les caisses dans les camions, et on part demain matin, c'est ça ?

— C'est ça.

Demain matin… Le premier jour de sa nouvelle vie.

Jillian parvint à sourire aux deux hommes avant de reprendre ses rangements avec Michelle. Elle se rappela alors que Conor avait oublié un sac contenant des vêtements quand il l'avait ramenée chez elle après son opération.

Gagnant sa chambre, elle le ramassa et hésita un instant. Le vieux T-shirt qu'il portait pour faire du sport ou sortir les chiens dépassait. Elle le saisit et enfouit son visage dans le tissu qui portait son odeur.

Tout en se disant qu'elle était pathétique, elle ouvrit sa valise et le fourra dedans avant de la refermer.

Elle aurait quelque chose qui lui rappellerait Conor dans son nouveau logement… Bizarrement, ce lui était une source de réconfort et non de tristesse.

Elle retourna dans la salle de séjour, le sac de Conor à la main.

— J'avais oublié que j'avais des affaires de Conor. Tu pourras les lui rendre ?

Michelle la fixa un moment avant de répondre.

— Bien sûr… J'ai fini de ranger les ustensiles de cuisine. Je crois que c'est tout.

— Merci.

Jillian regarda Michelle poser le carton près de la porte, restée ouverte après que les déménageurs avaient emporté le canapé. Elle vit que Hudson était allongé sur son tapis, mais elle ne vit pas Yorkie.

— Où est Yorkie ?

Michelle et elle cherchèrent partout, et quand il fut

clair que le petit chien avait disparu, un vent de panique souffla sur Jillian.

— Mon Dieu, je crois qu'il est sorti !

— Je vais regarder dans l'escalier.

— J'y vais aussi.

Elle claqua la porte d'entrée derrière elle pour qu'Hudson ne s'échappe pas à son tour. Après avoir constaté que Yorkie ne se trouvait sur aucun palier, elle sentit que ses mains tremblaient.

— Il doit être dans la rue ! Comment savoir quelle direction il a prise ? Et il est tellement petit qu'il peut se faire renverser par une voiture.

— Où est-ce que tu le promènes, d'habitude ? Il est peut-être allé de ce côté.

— Je n'ai pas de parcours particulier, répliqua-t-elle, s'efforçant de réfléchir en dépit de la frayeur qui lui paralysait l'esprit. Je me demande si Conor en avait un. Il les a sortis plusieurs fois quand il était ici.

— Je vais l'appeler pour le lui demander. Il pourra peut-être nous donner un indice.

Le cœur de Jillian battit la chamade.

Elle n'avait pas la moindre envie de parler à Conor, mais il y avait une urgence.

— Conor ne répond pas sur son portable, déclara Michelle un instant plus tard. J'appelle l'institut.

Elles étaient parvenues sur le trottoir. Jillian courut vers le camion de déménagement et appela les hommes qui se trouvaient à l'intérieur.

— Mon petit chien est sorti quand la porte est restée ouverte. Vous ne l'avez pas vu ?

— Non. Bon sang ! Désolé, mais je n'ai pas remarqué qu'il nous avait suivis.

Jillian courut le long de la rue en appelant Yorkie. Michelle courait avec elle, le téléphone pressé contre son oreille.

— J'ai besoin de parler immédiatement au Dr McCarthy, dit-elle. C'est une urgence.

— Voici les bénéfices que nous pouvons faire la première année, selon moi, dit Conor.

Il distribua à l'assemblée les dossiers contenant les calculs et les projections sur lesquels il travaillait depuis six mois.

— L'emplacement situé près de l'institut orthopédique du Bras et de la Main est parfait pour accueillir le centre d'Urgence de Manhattan. Il deviendra l'endroit où il faut aller pour des blessures ou des maladies non mortelles. Il n'y a pas de clinique de ce genre dans le quartier, en revanche l'hôpital est tout proche. Si vous avez besoin de faire transférer vos patients pour des soins que vous ne pouvez pas prendre en charge, ce sera possible.

— Je reconnais que l'endroit est parfait, intervint Peter Stanford. Pour toutes les raisons que le Dr McCarthy vient d'exposer et parce que nous pouvons envoyer les patients directement à l'institut s'ils doivent être examinés par un chirurgien orthopédique. Du coup, je pense que de nombreuses personnes souffrant de fractures viendront nous voir au lieu de nos concurrents.

Les membres du conseil d'administration posèrent des questions à Peter Stanford, ils consultèrent leurs comptables et leurs juristes.

Conor s'efforçait de se concentrer sur le débat. Il ne comprenait pas sa distraction, alors qu'il avait travaillé si dur sur ce projet. Mais l'image de Jillian ne cessait de flotter dans son esprit, accroissant la douleur qui le rongeait depuis qu'ils s'étaient fait leurs adieux.

Il avait appris par la rumeur qu'elle quitterait New York le lendemain avec les chiens. Il y avait peu de chances pour qu'il la revoie, mais il était certain que le ravissant visage de Jillian et son beau sourire lui manqueraient toujours.

Au moment où la discussion s'animait, il perçut la

vibration de son téléphone dans sa poche, ainsi que la sonnerie marquant une urgence.

— Excusez-moi un instant, murmura-t-il en le sortant de sa poche avant de gagner le fond de la salle.

» Conor McCarthy.

— Conor, c'est Michelle.

La voix essoufflée de Michelle lui fit craindre le pire.

— Il y a un problème ? Jill est blessée ?

— Non. C'est Yorkie. Il est sorti pendant que les déménageurs emportaient les meubles et Jill voudrait savoir si tu avais un trajet particulier, quand tu le promenais. On se dit qu'il est peut-être allé de ce côté.

— Bon sang ! Passe-moi Jill.

— D'accord.

Il y eut un bruit étouffé, puis Jillian fut à l'autre bout du fil.

— Conor ? Je suis morte d'inquiétude. Tu ne vois pas où il aurait pu aller ?

Les doigts de Conor se crispèrent sur le téléphone.

Même tendue et angoissée, cette voix qu'il croyait ne plus jamais entendre était comme un baume sur son cœur blessé.

— Non, mais laisse-moi réfléchir une minute.

— Je dois y aller. Appelle-moi s'il te vient une idée.

— Attends !

Dehors, la pluie fouettait les fenêtres, et la foudre zébra soudain le ciel. Nul besoin de réfléchir pour savoir qu'il devait aider Jillian à retrouver le petit Yorkie, qui avait aussi été à lui autrefois.

— J'arrive tout de suite, dit-il. Je te préviendrai quand j'aurai garé la voiture.

— D'accord.

Dès qu'elle eut raccroché, Conor regagna l'avant de la salle.

— Je dois vous quitter en raison d'une urgence. Je

vous en prie, continuez d'examiner les projections et appelez-moi si vous avez des questions.

Peter dressa les sourcils, l'air mécontent.

— Nous espérions finaliser cet accord ce soir… Il est important que vous soyez là pour nous apporter les éclaircissements nécessaires. S'il s'agit d'une urgence médicale, un autre chirurgien peut certainement vous remplacer.

— Il ne s'agit pas d'un patient, mais de mon chien. Il est perdu, et je dois aller le chercher.

Toutes les personnes présentes le fixèrent avec une surprise teintée d'incrédulité.

— Votre chien ? répéta Peter. Personne ne peut s'en charger à votre place ?

— Mes proches ont besoin de mon aide.

— Vous ne pouvez pas prétendre à la présidence du complexe médical que nous sommes en train de créer si un chien est plus important que cette réunion.

— C'est peut-être vrai. Désolé, Peter, mais je m'en vais.

En courant vers sa voiture, Conor s'attendait à être rongé par le regret. Ce contrat qui avait été sa priorité pendant si longtemps risquait de ne pas être conclu. Il venait en quelque sorte de jeter par la fenêtre de longs mois de travail et l'espérance de gros bénéfices…

Mais il ne ressentait rien de ce genre. Il avait beau se faire du souci pour Yorkie, il lui semblait qu'il venait de se libérer du monstre de plusieurs tonnes qui pesait auparavant sur ses épaules. Un monstre qui avait contrôlé sa vie depuis son adolescence…

Il conduisit aussi vite que le lui permettait la circulation new-yorkaise, puis il se gara près de chez Jilly et se mit à courir dans les rues.

— Yorkie ! Yorkie !

Il gagna le square que les chiens appréciaient, bien que Jilly y soit déjà certainement allée. Sortant son téléphone de sa poche, il l'appela.

— Je longe le square à côté de chez toi. Où êtes-vous ?

— Michelle et moi, on y est passées il y a environ un quart d'heure. Pour l'instant, on est à une centaine de mètres, et on ne sait plus quelle direction prendre.

La voix de Jilly se brisa.

— Je vais y retourner, ensuite je te rappellerai, et on établira un plan de campagne. À tout de suite.

Il entra dans le parc, regardant sous les nombreux buissons et les arbres.

— Yorkie ! Yorkie !

Il se pencha pour scruter l'obscurité sous la haie plantée contre le mur de brique et marqua un temps d'arrêt. Battant des paupières pour chasser les gouttes de pluie qui lui brouillaient la vue, il aperçut deux petits yeux qui le fixaient au milieu des feuilles.

Il s'accroupit et tendit la main.

— Viens par là, mon gars. Ta maman te cherche partout. Qu'est-ce que tu dirais de manger quelque chose de bon ?

Yorkie hésita mais finit par s'approcher. Dès qu'il fut assez proche, Conor le saisit par la peau du cou et le serra contre lui, laissant échapper un soupir de soulagement.

Comme la pauvre bestiole tremblait, il la mit sous son manteau.

— Tu as besoin de te réchauffer.

S'assurant qu'il tenait bien le chien, il prit son téléphone de sa main libre.

— Jill ? Je l'ai trouvé. Il se cachait sous des buissons, au square. Oui, il va bien, sauf qu'il est mouillé et qu'il a froid. On se retrouve chez toi.

— Mon Dieu ! Merci ! On pensait qu'il tenterait peut-être de rentrer, alors on est tout près de mon immeuble.

Tout en marchant, il murmura des paroles de réconfort au petit chien. Ses vêtements étaient trempés de pluie, sans compter la bestiole boueuse serrée sur son cœur, mais il ne s'en souciait pas. Il pouvait toujours racheter un costume, mais retrouver le chien qu'il aimait et dissiper la tristesse de la femme qu'il aimait, il n'y avait rien de plus précieux.

En approchant de la porte d'entrée, il vit Jillian courir vers lui.

— Ne cours pas ! Tu pourrais glisser et tomber sur le trottoir mouillé. Je le tiens bien, il ne s'échappera pas.

— Oh ! Conor !

Elle l'enveloppa de ses bras, et il l'attira contre lui de sa main libre. Des gouttes de pluie ruisselaient le long des cheveux de Jillian, de son front et de ses joues. Elle se haussa sur la pointe des pieds pour presser sa bouche humide sur la sienne.

— Je n'arrive pas à croire que tu sois venu et que tu l'aies trouvé. J'avais si peur qu'il soit perdu pour toujours ! Je te dois tellement !

— Ne sois pas ridicule, chérie. Yorkie a été mon chien à moi aussi, et j'ai autant d'affection pour lui que toi.

C'était vrai. Et alors qu'il se tenait sous la pluie avec Jillian, il réprima l'envie de lui dire combien il l'aimait et qu'il avait appris quelque chose de très important ce soir : la peur qu'il avait éprouvée pour Yorkie et pour elle avait été si puissante qu'elle avait pris le pas sur toute autre préoccupation, incluant la réunion qu'il avait crue primordiale.

Michelle les attendait devant l'immeuble.

— Waouh ! Tu es fantastique, Conor ! Je suis si contente que tu l'aies retrouvé ! Maintenant, je voudrais rentrer chez moi si ça ne vous dérange pas. J'ai besoin de me sécher et, ça tombe bien, j'ai pensé à emporter mon sac et mes clés avant de me lancer à la poursuite de ce garnement. Jill, si tu as besoin de moi demain matin pour tes derniers préparatifs, appelle-moi.

— Merci, mais on a quasiment fini. Un grand merci pour ton aide, que ce soit pour les cartons ou pour Yorkie.

Les deux femmes s'embrassèrent, puis Conor et Jillian prirent l'ascenseur.

— Il y a un petit problème, dit Jillian en franchissant le seuil de l'appartement. Toutes mes affaires sont dans les cartons embarqués par les déménageurs. Je n'ai plus de serviettes ni de vêtements. On n'a aucun moyen de s'essuyer.

— C'est vraiment un gros problème !

Il sortit Yorkie de dessous sa veste et le brandit devant lui. L'apparence du petit chien les fit rire tous les deux. Avec ses poils trempés, on aurait dit qu'il avait perdu cinq kilos. Il ressemblait davantage à un opossum qu'à un chien.

— Tu es un casse-pieds, tu le sais ? lui dit Conor.

Yorkie se lécha le museau et aboya, ce qui accentua leur hilarité.

Mais Conor reprit rapidement son sérieux. Son futur bonheur dépendait de ce qu'il allait dire.

— J'ai pas mal de choses à te raconter.

Leurs regards se retinrent un long moment, puis Jillian hocha la tête.

— D'accord, mais on va d'abord voir si j'ai autre chose que des vêtements dans ma valise pour essuyer cette pauvre bête.

— Prends ma chemise. De toute façon, elle est fichue.

Posant le chien par terre, Conor ôta son manteau et sa veste avant de déboutonner sa chemise, qui était presque sèche sauf à l'endroit où il avait maintenu Yorkie contre lui.

Il frotta le petit chien, qui lui apporta une aide efficace en se secouant, propulsant des centaines de gouttes autour de lui.

— Je pense que ça ira, bien qu'il soit encore tout crotté.

— Je suis vraiment désolée pour tes vêtements. Mais la bonne nouvelle, c'est que j'ai un sac d'affaires qui t'appartient.

Elle le prit et le lui tendit.

— Euh… Il manque un T-shirt. Je vais le chercher.

Ouvrant le sac, il y trouva entre autres un pantalon de survêtement et des chaussettes. Jillian revint, son T-shirt à la main. Il le prit, un peu surpris qu'il ne se soit pas trouvé avec le reste de ses affaires.

— Je l'ai gardé, dit-elle très vite. Je sais que c'est bête, mais je voulais garder quelque chose de toi. En fait… Je l'ai volé.

Il brûlait d'envie de la prendre dans ses bras, mais auparavant, il devait lui dire ce qu'il avait découvert ce soir.

— Bête ? répéta-t-il. Il n'y a que moi qui le sois, Jill, puisque je suis l'homme qui t'a laissée partir alors que je t'aime plus que tout.

— Conor, murmura-t-elle. C'est bon, nous…

— Laisse-moi terminer. J'ai accepté notre séparation parce que je croyais que c'était ce qu'il y avait de mieux pour toi après mes nombreuses défections. J'étais certain qu'il y avait un truc qui clochait chez moi. Mais ce soir, j'ai reçu un coup sur la tête qui m'a ouvert les yeux, et j'ai compris que j'avais tout faux.

Les yeux écarquillés, Jillian le fixait en silence.

— Je participais à une réunion avec le centre d'Urgence de Manhattan, j'allais conclure un contrat sur lequel je travaillais depuis longtemps. C'était donc très important… Du moins en principe. Mais j'étais assis là, et je ne pensais qu'à toi, à ton déménagement, au vide que ton départ allait creuser en moi… Et aussi combien je t'aimais et combien j'aurais voulu être différent.

— Et alors…

— Et alors, Michelle m'a téléphoné pour me prévenir que Yorkie s'était enfui. En un éclair, j'ai compris que je m'étais trompé sur toute la ligne. Je ne ressemblais pas à mon père, et *tu* étais ce qu'il y avait de plus important au monde à mes yeux. Bien plus que mon travail, l'argent ou les investissements ne le seraient jamais. Je me suis soudain rendu compte que la meilleure façon de te prouver mon amour n'était pas d'amasser une fortune. C'était comme si je venais d'être frappé par la foudre.

— Tu as quitté la réunion ?

— Oui. Et du même coup, tout ce en quoi j'avais cru à propos de moi et de ma vie s'est évaporé. J'ai su avec une absolue certitude que tout ce dont j'ai besoin, c'est toi.

Les lèvres tremblantes, Jillian se blottit contre lui.

— Et moi, dit-elle, je m'étais persuadée que notre séparation était une bonne chose et que, si je parvenais à guérir de mon manque de confiance en moi, un homme m'aimerait un jour pour ce que je suis. Mais en t'écoutant, je vois que tu as parcouru un chemin parallèle. Nous avons progressé tous les deux comme jamais auparavant.

Bouleversé, il dut s'y reprendre à deux fois pour répondre.

— Tu as raison. Dorénavant, je ne serai plus jamais le pauvre type qui t'a déçue tant de fois.

— Et je ne serai plus jamais la femme qui se demande si tu l'aimes, parce que j'en suis certaine. C'est tellement clair que le bonheur m'empêche presque de respirer.

Incapable de parler, il serra Jillian contre lui et enfouit le visage dans ses cheveux mouillés. Ils restèrent dans cette position durant de longues minutes avant qu'il s'écarte pour l'embrasser. Le goût de ses lèvres lui serra de nouveau la gorge.

Il lui retira son pull humide, puis il prit ses mains froides dans les siennes.

— Je sais que tu as besoin de mettre des vêtements secs, mais je ne peux pas attendre une seconde de plus... Est-ce que tu veux bien m'épouser, Jill ? Pour la seconde fois. Mais cette fois, je serai le mari que tu mérites, l'homme que tu veux, celui qui sera toujours là pour toi et qui te donnera tout ce dont tu as besoin. Et je ne parle pas d'argent !

— Oui, je veux être ta femme pour la seconde fois. Je crois en toi et je te promets que tu pourras toujours compter sur moi.

Les jambes tremblantes, il l'attira de nouveau contre lui et l'embrassa jusqu'à ce que l'atmosphère autour d'eux se réchauffe.

Lorsqu'ils se séparèrent, ils échangèrent un sourire.

— Et si on se déshabillait avant que tu n'attrapes un rhume ? On prendrait une douche chaude.

— C'est une prescription judicieuse, docteur McCarthy.

Elle lui adressa la petite grimace malicieuse qu'il aimait tant. À l'idée qu'il allait la voir tous les jours de sa vie, il sentit de nouveau ses jambes le lâcher.

— Et tu vas être content d'apprendre que mon sèche-cheveux est dans ma valise, puisque tu sais parfaitement l'utiliser, ajouta-t-elle.

La prenant par la main, il l'entraîna vers la salle de bains.

— Tu m'en vois ravi. Mais j'aimerais te montrer d'autres domaines dans lesquels je suis assez bon. Qu'est-ce que tu en penses ?

— J'en pense que se faire du bien mutuellement est la meilleure façon de célébrer notre seconde chance ! On commence tout de suite ?

Épilogue

Jillian évaluait la force et la mobilité de la main de sa patiente. Elle saisit les mesures sur son ordinateur, puis elle arbora un large sourire.

— Toutes mes félicitations, Sandy ! Vous avez terminé votre rééducation. Vous avez droit à l'étoile décernée par notre centre.

— Je suis si contente ! Ça n'a pas toujours été drôle, sauf que j'ai adoré travailler avec vous, Jillian. Merci pour tout. Grâce à vous, ce processus long et douloureux a été beaucoup moins pénible que je ne le croyais. Et ma main fonctionne presque comme avant ! Je n'arrive pas à y croire.

— J'ai toujours su que vous réussiriez. Si vous poursuivez les exercices chez vous, vous obtiendrez une mobilité parfaite.

— Je le ferai. Merci, Jillian.

Jillian se leva et haussa la voix.

— Écoutez-moi, tout le monde, Sandy a obtenu son étoile. Vous pouvez l'applaudir.

Tous les ergothérapeutes applaudirent, ainsi que quelques patients qui le pouvaient.

Souriante, Sandy leur adressa un signe d'adieu avant de gagner la porte.

Jillian posa ses mains sur son ventre rebondi et s'étira avant de refermer l'ordinateur et de prendre son sac.

S'immobilisant un instant, elle fixa la cicatrice qui ornait son poignet.

Ce n'était plus qu'une mince ligne à peine rosée, que Conor embrassait et mordillait parfois. Il en faisait autant à sa jambe, ce qui la faisait rire jusqu'à ce que le jeu devienne érotique.

Elle se sentait choyée, aimée et bénie des dieux.

Conor l'avait aidée à comprendre que ces marques sur son corps montraient surtout qu'elle était une battante. Grâce à lui, son manque de confiance en elle n'était plus qu'un lointain souvenir.

Elle monta au quatrième étage en ascenseur et emprunta la passerelle vitrée qui reliait l'institut orthopédique du Bras et de la Main au centre d'Urgence de Manhattan. Conor avait réussi la fusion des deux établissements, mais il avait renoncé à la présidence pour être un simple membre du conseil d'administration.

En arrivant devant la garderie que l'institut proposait maintenant à ses employés, elle sourit à la vue des enfants qui sautaient sur l'aire de jeux, rampaient par terre ou s'amusaient avec des jouets de plastique. Assis sur le sol parmi eux, il y avait un bel homme blond qui se régalait autant qu'eux.

Elle poussa la porte.

— Que vois-je ? s'exclama-t-elle. Le Dr McCarthy en train de froisser son pantalon ?

— Je pensais garder ma tenue de bloc, mais comme on va dîner avant d'aller voir le sapin du centre Rockefeller, j'ai voulu être présentable.

Il baissa les yeux vers leur fille et caressa son petit dos.

— Tu es contente, toi aussi, Alyssa ?

— Ouiiiii !

L'enfant leva ses beaux yeux bleus, faisant glisser en arrière ses boucles blondes.

— Bonjour, maman !

— Bonjour, mon cœur. Qu'est-ce que vous faites, papa et toi ?

— Mon camion vient d'entrer dans sa voiture, alors le docteur est venu et il a réparé la jambe cassée du papa, dit Alyssa en brandissant une figurine en blouse blanche.

— Je vois.

À huit mois de grossesse, Jillian avait du mal à se baisser, mais elle parvint à s'asseoir.

— Je parie que le docteur a fait du bon travail.

— Oui ! C'est un très bon docteur.

Tandis qu'Alyssa retournait à son jeu, Jillian sourit à son mari.

— Merci d'avoir insisté auprès du conseil d'administration pour que nous ayons cette garderie. Tous les employés en bénéficient.

Conor se pencha pour presser sa joue contre la sienne.

— Eh bien… Une certaine personne dont je suis follement amoureux m'a convaincu qu'il était important de trouver un équilibre entre le travail et la vie quotidienne.

— C'est vrai.

Jillian noua ses bras autour du cou de Conor et glissa les doigts dans ses cheveux blonds.

— Du coup, reprit-il, si un patient a du retard, je passe voir ma fille entre deux consultations. Et nous ne sommes pas obligés de traverser la ville pour la déposer ou aller la chercher. À quoi cela servirait-il d'être patron, si on ne peut pas rendre la vie des gens meilleure ?

— À faire de l'argent, par exemple ?

Il lui déposa un baiser sur les lèvres.

— Il faut assurer à sa famille une sécurité financière, mais ma ravissante épouse m'a démontré qu'il y a plus important.

Ils échangèrent un long regard, puis il se leva.

— Allons-y. J'ai faim, et je parie qu'Alyssa aussi. Pas vrai, mon petit chou ?

Abandonnant ses jouets, Alyssa se mit debout.

— Oui ! On va chercher les chiens ?

— Pas cette fois. On les emmènera un autre jour. Ils pourraient peut-être te regarder quand je t'apprendrai à faire du patin à glace.

— Ouiiiii !

Conor mit à sa fille son manteau et son bonnet, puis il la prit dans ses bras, et ils sortirent tous les trois de l'institut.

Après avoir dîné dans leur restaurant favori, ils marchèrent jusqu'au centre Rockefeller.

Conor posa Alyssa sur ses épaules car la place était bondée de monde. La neige commença à tomber, portant à son comble l'excitation ambiante. Tout le monde se mit à compter :

— Cinq ! Quatre ! Trois ! Deux ! Un !

Le sapin étincela de tous ses feux sous les applaudissements, éclairant le ciel nocturne.

Alyssa battait des mains, un grand sourire aux lèvres.

— C'est joli !

Posant une main sur la petite jambe, Conor passa son autre bras autour des épaules de Jillian.

— Je t'aime, murmura-t-il.

— Moi aussi… Tellement !

Ils s'embrassèrent encore et encore jusqu'à ce que la musique retentisse et que les gens se mettent à danser.

Alyssa voulait danser, elle aussi. Conor la fit glisser par terre, et ils tournoyèrent pendant quelques minutes. Ensuite, la petite fille rejoignit Jillian et posa ses mains et sa bouche sur son ventre rond.

— Tu aimes la musique, petit frère ? Tu aimes les lumières ?

Conor baissa sur sa fille un regard adorateur.

— Il ne peut pas encore les voir, Alyssa, mais je suis sûr qu'il entend l'orchestre.

— Je parie qu'il danse dans le ventre de maman, dit Conor. Qu'est-ce que tu en penses ?

— Ouiiiii ! Comme moi !

Alyssa se mit à sauter sur place avec tant d'ardeur que Conor et Jillian éclatèrent de rire.

Jillian avait l'impression que son cœur allait exploser de joie. Ensemble, ils menaient la vie qu'ils avaient toujours voulue.

— J'espère que notre fils ne danse pas la gigue comme sa sœur, remarqua Conor.

— Pour le moment, il est calme, répondit Jillian, mais… sens-le bouger !

Conor lui posa à son tour la main sur le ventre.

— Waouh ! Mon troisième miracle. Alyssa était le second…

— Et le premier ?

— C'est toi, Jillian. Tu ne m'as pas laissé tomber alors que tu aurais dû le faire.

— Et maintenant, tu me donnes tout ce que je pouvais souhaiter : nos magnifiques bébés, New York, le centre Rockefeller à Noël… De quoi d'autre pourrait-on avoir besoin ?

Conor balaya les flocons de neige qui lui parsemaient le nez avant de l'embrasser.

— De rien. Absolument de rien.

SUSANNE HAMPTON

Un bébé à parrainer

Traduction française de
MARCELLE COOPER

BLANCHE

HARLEQUIN

Titre original :
A BABY TO BIND THEM

Ce roman a déjà été publié en 2015

Prologue

Jade Grant fredonnait au son de la radio tout en se préparant à dîner, le volume à fond, comme toujours lorsqu'elle était seule et qu'elle ne risquait de déranger personne. De temps en temps, elle reprenait le refrain de *Billie Jean*, mais les paroles des chansons n'étaient pas son fort, ni la justesse du ton d'ailleurs, à en croire sa sœur.

Elle esquissa un pas chassé vers le réfrigérateur, inclina un Fedora imaginaire sur sa tempe et virevolta avant d'entamer un *moon walk* que Michael Jackson n'aurait pas renié. Sa voix laissait à désirer mais, pour la danse, elle ne craignait personne. Balançant ses hanches fines en rythme avec la ligne de basse, elle ouvrit la porte du Frigidaire, se baissa pour inspecter le contenu du bac à légumes et y préleva un brocoli et des carottes. Pile sur la reprise de la batterie, elle referma la porte et, tel le Roi de la Pop sur sa marelle lumineuse, glissa jusqu'à la planche à découper. Sa chanson préférée avait beau dater des années 80, elle ne s'en lassait pas. Cet air lui remontait le moral, et fut une époque où elle se l'était passé en boucle sur son lecteur CD pour chasser les fantômes. Mais tout cela appartenait au passé. Sa carrière d'infirmière en néonatologie était désormais sur les rails au Los Angeles District Hospital, où elle adorait travailler, et où plus d'un médecin semblait s'intéresser à elle, ce qui la flattait, même si elle ne comptait sortir avec aucun de ses soupirants en blouse blanche.

Du revers de la main, elle chassa les minuscules griffes de brocoli qui s'étaient accrochées à son T-shirt et jeta un coup d'œil à l'horloge. Parfait… À cette heure, sa sœur et son beau-frère avaient dû arriver au Palm Springs Riviera Hotel pour le long week-end qu'elle leur offrait.

Sur la foi des fabuleuses photos et des élogieux commentaires des clients postés sur le site internet, elle leur avait réservé une suite, et elle espérait que l'établissement serait à la hauteur de ses étoiles, de sorte que Ruby et David y passeraient trois jours de rêve. Ruby était enceinte de six mois et ce seraient certainement les dernières vacances que le couple s'octroierait avant la naissance du bébé, une seconde lune de miel en quelque sorte, à condition que les nausées matinales qui jouaient les prolongations leur laissent un peu de répit. En tout cas, le changement d'air ne pouvait que leur faire du bien.

Après le dégât des eaux du mois dernier — une canalisation éclatée — qui l'avait chassée du placard à balais qui lui servait de studio, Jade avait trouvé refuge sous leur toit, et ce séjour au Riviera était sa manière à elle de les remercier. Son retour chez elle était prévu en principe pour le mois prochain, sauf que les travaux de remise en état étaient au point mort en attendant que le propriétaire et l'assurance se mettent d'accord sur le montant de l'indemnisation. Étant donné qu'il s'agissait d'un meublé, Jade n'avait perdu aucun bien personnel dans le sinistre, mais elle trouvait tout de même contrariant de ne pouvoir regagner son logement.

Une fois les légumes versés dans le cuit-vapeur, elle éteignit la radio et passa dans la salle de séjour. Bien que ce ne fût que pour quelques jours, elle profitait pleinement du plaisir d'avoir cette grande maison pour elle toute seule. Minces comme du papier, les murs de son appartement de Santa Monica restituaient tout ce qui se passait dans les appartements contigus à tel point que, certains matins, elle avait du mal à croiser le regard de ses voisins sur le parking. Ici, rien de tel. La maison était spacieuse, les murs épais, sa chambre avec salle de bains privative se trouvait à l'opposé de celle de sa sœur et de son beau-frère et, même quand ils étaient là, elle n'avait absolument pas l'impression d'empiéter sur leur intimité ni d'être dérangée en retour par des choses qu'elle préférait ne pas voir ni entendre.

Se laissant tomber dans le fauteuil, elle bascula les jambes par-dessus l'accoudoir. Après une longue journée à l'hôpital, elle rêvait d'un bain moussant puis de son lit, mais tendit machinalement la main vers la télécommande pour allumer la télévision et prit en route le reportage d'un carambolage géant qui s'était produit durant l'après-midi sur l'autoroute Pacifique Sud.

Sa bonne humeur envolée, elle regarda les images des débris fumants en pensant aux victimes, et également aux familles dont les vies seraient brisées à jamais par cette tragédie.

Elle pouvait d'autant mieux s'identifier à ces personnes qu'autrefois, au sortir de l'adolescence, sa sœur et elle avaient dû faire le deuil de leurs parents tués dans un accident de la route. Cet événement avait marqué un tournant dans leur vie. Sentant sans doute la responsabilité qui pesait sur ses épaules en tant qu'aînée, Ruby avait mûri très vite et cherché à leur construire une vie stable dont Jade n'avait pas voulu. Aux antipodes des principes de prudence de sa sœur, elle avait vécu à cent à l'heure, puisque tout pouvait s'arrêter à tout moment.

Défilaient sur l'écran les images des véhicules de police et des ambulances garés en travers de l'autoroute, avec les gyrophares éclairant le pylône de béton contre lequel était venue s'encastrer la première voiture et le sinistre enchevêtrement de tôles qui retenait les corps prisonniers. La circulation était désormais interdite sur la voie et des hélicoptères survolaient la zone pour mieux retransmettre tous les détails de la scène d'horreur. Y avait-il seulement des survivants ?

Le cœur serré et le pas plus lourd, elle retourna dans la cuisine vérifier la cuisson des légumes. Elle était en train de les égoutter quand elle entendit son portable sonner dans son sac.

Le numéro d'appel était masqué, remarqua-t-elle avant de répondre.

— Jade Grant ? demanda une voix féminine au ton sépulcral.

— C'est moi.

— Je suis le sergent Meg Dunbar du Los Angeles Police Department. Il y a eu un accident sur l'autoroute Pacifique Sud. Votre sœur fait partie des blessés et elle a été emmenée au L.A. District Hospital.

Saisie de vertige, Jade se retint à la table. Son cœur cognait à tout rompre contre ses côtes.

— Non, ce n'est pas possible. Il doit s'agir d'une erreur. Ma sœur est à Palm Springs avec son mari.

— Non, mademoiselle Grant, ils se trouvaient tous deux dans l'un des véhicules impliqués dans le carambolage. Les pompiers sont parvenus à désincarcérer votre sœur de l'épave et ils l'ont transportée à l'hôpital, inconsciente et dans un état critique. J'ai trouvé vos coordonnées dans son portable. Venez immédiatement, on est en train de la conduire en salle d'opération.

— Et le bébé ?

— Je suis désolée, mademoiselle Grant, je vous ai dit tout ce que je savais. Les médecins seront en mesure de vous renseigner à votre arrivée.

— David, son mari, est-il aussi à l'hôpital ?

Un silence se fit au bout de la ligne.

— Je suis au regret de vous annoncer que votre beau-frère n'a pas survécu à l'accident.

Le téléphone glissa des mains de Jade. Tremblant de tous ses membres, elle poussa un cri et s'affaissa contre le mur.

Telles des sirènes hurlantes, les mots du sergent Dunbar lui perçaient le cerveau. Par l'arcade de la cuisine, elle apercevait les images de la catastrophe qui continuaient à défiler sur l'écran et elle comprit que le cadavre de David se trouvait là, quelque part, dans cet enfer. Ils n'étaient jamais arrivés à Palm Springs.

Une sensation d'engourdissement s'empara de son corps, paralysant jusqu'à ses neurones. Seul son cœur sentait encore la douleur, si vive qu'elle lui coupait la respiration.

Soudain revenue huit ans en arrière, elle était de nouveau la jeune fille de dix-huit ans à qui une assistante sociale venait d'annoncer la mort de ses parents. Un camion chargé de matériaux de construction avait brûlé un feu rouge à l'angle de Fairfax et de Wilshire et heurté de plein fouet leur break. Ils étaient morts sur le coup. L'expression de l'assistante sociale — un mélange de tristesse et d'embarras — était gravée dans sa mémoire, et le visage de la policière qui venait de lui parler affichait sans doute le même masque.

Le sort s'acharnait sur leur famille en les frappant deux fois de la même peine. C'était trop cruel, trop injuste. Cette fois, elle ne s'en remettrait pas…

Les larmes lui brouillèrent la vue et elle resta à fixer le mur sans le voir. Mais elle ne pouvait céder au désespoir et s'écrouler comme elle l'avait fait autrefois, car Ruby avait besoin d'elle. Huit ans auparavant, c'était cette dernière qui, malgré son propre chagrin, lui avait offert son épaule pour pleurer, qui avait su la rassurer en lui disant qu'elle serait toujours là pour la soutenir. Aujourd'hui, Jade savait qu'elle se devait de lui rendre la pareille. Quand Ruby apprendrait qu'elle avait perdu son mari, elle aurait besoin de toute son aide, et Jade savait qu'elle devait être forte pour elles deux. Cette fois, le roc, ce serait elle.

S'obligeant à se ressaisir, elle prit son sac et ses clés. Elle devait se rendre au plus vite à l'hôpital pour être aux côtés de sa sœur qui venait de perdre l'amour de sa vie et le père de son enfant à naître.

Les joues ruisselantes de larmes, elle roula vers l'hôpital tout proche en s'efforçant de se concentrer sur la conduite en cette heure de pointe où les véhicules avançaient pare-chocs contre pare-chocs sur Wilshire Boulevard. Son cœur continuait à marteler sa cage thoracique et un goût de bile lui montait aux lèvres tandis qu'elle prenait pleinement conscience de l'horrible réalité. David était mort.

Quelques heures auparavant, David et Ruby étaient dans la cuisine, en train de bavarder gaiement et de la remercier pour ce week-end « cinq étoiles » qu'elle leur offrait. À leur retour, David avait prévu de peindre la chambre d'enfant et Ruby de se mettre en quête du berceau dont elle avait jusque-là reporté l'achat, par superstition. À l'issue de l'échographie du sixième mois, ils avaient été fous de joie d'apprendre que c'était une petite fille, « la première de nos quatre enfants » avait dit un David taquin à sa femme en lui caressant tendrement le ventre. Pour rester fidèle à la tradition familiale, il lui avait choisi un nom de pierre précieuse. Amber.

Jade croyait que la situation ne pouvait être pire. Hélas, à son arrivée à l'hôpital, elle découvrit que si. Le médecin chef des urgences lui annonça que sa sœur avait succombé à un arrêt cardiaque sur la table d'opération, quelques minutes après la césarienne qui avait permis de sauver la petite Amber.

En apprenant la nouvelle, Jade abandonna ce qu'il lui restait de self-control et hurla sa douleur. Rien de ce que purent lui dire les infirmières ou les policiers ne parvint à l'apaiser. Les mots de compassion ne pouvaient rien pour elle et elle avait l'impression que ses larmes n'auraient jamais de fin. Cette fois, plus personne ne serait là pour la soutenir.

*
* *

— Survivra-t-elle ? demanda Jade tout en craignant la réponse.

Cela faisait deux jours qu'elle veillait au chevet de sa petite nièce dans la pouponnière des soins intensifs réservée aux grands prématurés.

— Jade, vous êtes bien placée pour savoir qu'Amber est entre de bonnes mains dans l'un des meilleurs services de néonatologie spécialisée de l'État de Californie, et que nous ferons tout pour la sauver, dit la pédiatre.

Douceur et bienveillance tempéraient l'autorité naturelle de la voix de la doctoresse.

— Je sais, docteur Greaves, répondit-elle en se penchant sur la couveuse. Mais n'essayez pas de me ménager, s'il vous plaît. Voici plus de deux ans que je travaille dans ce service, et je vous prierais donc de me donner sans détour votre avis sur son pronostic vital.

Melissa Greaves avait passé toute la nuit à dispenser ses soins à Amber et, à la lumière du petit matin, une fatigue extrême se lisait sur son visage. Ce qui n'empêchait pas la chaleur humaine. Alliant professionnalisme et empathie, Melissa était le genre de médecin qui se montrait maternelle envers les enfants et les familles. Or, si sa collègue passait un bras autour de ses épaules pour la réconforter comme elle avait coutume de le faire avec les parents en détresse, Jade avait peur de s'écrouler complètement. Elle s'écarta donc avant que Melissa puisse la toucher.

Seule. Elle devrait désormais tout affronter seule et elle ferait mieux de s'y habituer dès maintenant.

L'hésitation que marqua Melissa confirma ses craintes. Son estomac se noua.

— Puisque vous me demandez d'être franche, Jade, je vous avoue que l'état de santé de votre nièce m'inquiète. Elle est descendue en dessous du poids d'un kilo qu'elle pesait à la naissance, seulement de quelques grammes, certes, mais qui peuvent se révéler déterminants chez les grands prématurés comme elle…

La mine grave, elle s'interrompit pour accrocher son stylo à la poche de sa blouse.

— La vérité, c'est que je lui donne 50 % de chances de survie si elle parvient à passer cette journée. Elle est née à vingt-neuf semaines avec des complications supplémentaires dues à la rupture du placenta et au déficit d'alimentation en oxygène et en sang de l'utérus après l'accident survenu à la mère. Il faudra qu'elle se batte pour survivre.

Jade reporta son attention sur l'habitacle semi-stérile de l'incubateur où un océan de fils et de tubulures reliés aux moniteurs maintenait sa nièce en vie. Glissant la main dans l'orifice, elle la caressa du bout de l'index. La peau d'Amber était chaude et ridée, excepté sur le visage qui, d'une joliesse inhabituelle chez les prématurés, ressemblait à celui d'une poupée de porcelaine. La petite poitrine se soulevait avec effort et le bébé recevait les nutriments nécessaires par une perfusion plantée dans son talon après qu'on eut tenté en vain de lui trouver une veine exploitable dans les bras.

— Le bon côté des choses, c'est que ses poumons fonctionnent, reprit Melissa. Je n'en reviens pas qu'elle n'ait pas besoin d'assistance respiratoire, mais ça laisse une lueur d'espoir pour la suite. Si ses poumons n'avaient pas été viables, et même avec l'administration de corticoïdes pour accélérer leur maturation, ses chances de survie auraient été encore plus faibles. À la naissance, j'avais réservé mon pronostic et, deux jours plus tard, Amber est encore là, elle s'accroche. C'est une battante…

La note d'optimisme que la pédiatre cherchait de toute évidence à insuffler dans son propos ne parvenait pas à rassurer Jade. « Je vous garantis que votre nièce va s'en sortir », aurait-elle voulu entendre, tout en sachant qu'une telle promesse aurait été irréaliste.

Dans cette salle où elle prodiguait quotidiennement des soins intensifs aux prématurés, elle avait aujourd'hui terriblement peur, car il ne s'agissait pas de n'importe quel petit patient, mais de sa nièce. Or, pour le bien d'Amber, elle avait intérêt à se ressaisir et à évaluer objectivement la situation afin d'être en mesure de prendre des décisions pertinentes concernant les soins.

— Par contre, il ne faut plus qu'elle perde de poids, conclut la pédiatre. Les prochaines vingt-quatre heures seront décisives.

— La journée promet d'être longue, ma chérie, dit Jade à l'enfant endormie.

Et je ne te quitterai pas une seconde.

Les larmes brûlèrent ses paupières et elle se détourna pour que Melissa ne la voie pas pleurer. Après le départ de la doctoresse, elle resta à observer la manière dont la petite poitrine montait et descendait spasmodiquement comme si chaque respiration lui coûtait un effort démesuré.

Jamais, elle ne s'était sentie aussi impuissante de sa vie. Elle aurait tout donné pour qu'Amber vive mais, ainsi que l'avait signifié Melissa, sa nièce n'était pas encore hors de danger. Si elle parvenait au bout de cette journée, elle pourrait peut-être prétendre à un avenir. Un avenir sans père ni mère.

Le surlendemain, Jade commença à y croire. Le directeur des ressources humaines lui avait accordé un congé pour raisons familiales afin qu'elle puisse se consacrer à Amber dont l'état s'améliorait petit à petit.

Chaque gramme supplémentaire affiché sur le voyant de la balance néonatale était une victoire. Les médecins avaient l'air moins inquiets, ainsi que ses collègues et amies infirmières. Personne ne lui donnait de faux espoirs en lui disant qu'Amber pourrait bientôt sortir mais, au moins, les sombres pronostics n'étaient plus de mise.

Son cœur se serrait à la vue de cette enfant tant désirée par Ruby et David. En plus des séquelles qu'elle conserverait peut-être de sa naissance avant terme, elle devrait grandir sans connaître l'amour ni la chaleur d'une mère, ce lien si fort, si physique, qui, durant les premiers mois de sa vie, unissait un enfant à celle qui l'avait mis au monde. Bien entendu, Jade avait conscience qu'elle ne pourrait jamais remplacer Ruby, mais elle se promettait de tout faire pour combler au mieux ce manque et être toujours là pour sa nièce tout au long des étapes décisives de son existence.

Un terrible sentiment de culpabilité pesait sur ses épaules. Sans ce week-end qu'elle leur avait offert, Ruby et David seraient encore vivants, et elle n'aurait pas trop de toute sa vie pour se flageller de les avoir envoyés à la mort. Si besoin était, cela renforçait encore sa détermination d'être une mère de substitution exemplaire pour sa nièce.

Durant les longues heures de veille passées dans la pouponnière des soins intensifs, elle s'efforçait de ne pas pleurer car elle savait les bébés réceptifs à l'humeur des personnes qui les entouraient, même à travers la vitre d'une couveuse, mais son chagrin était tel qu'elle avait parfois du mal à retenir ses larmes. Elle avait perdu sa sœur, la personne qui comptait le plus au monde pour elle.

Très complices durant toute leur enfance et leur adolescence, elles s'étaient encore rapprochées après la mort de leurs parents. Jouant à fond son rôle de grande sœur, Ruby s'était montrée aimante, patiente, protectrice, parfois sévère, mais également amusante, malicieuse, et toujours à l'écoute. Avec sa mort, Jade avait l'impression d'être amputée d'une moitié d'elle-même qui lui aurait été arrachée sans qu'elle ait pu lui dire adieu ou la remercier pour tout ce qu'elle avait fait pour elle, pour ses conseils — qu'elle avait si souvent ignorés —, son soutien, et tous les précieux moments passés ensemble, ces larmes qu'elles avaient versées pour des garçons qui n'en valaient pas la peine, leurs conversations qui duraient des heures le soir au téléphone.

Tout cela était terminé. Elle ne partagerait plus de séances de fou rire avec Ruby, elle ne l'écouterait plus faire des projets, discuter de l'éducation de sa fille, taquiner son mari pour sa coquetterie en matière vestimentaire…

Feignant d'être excédée par l'amour total et fusionnel qu'ils se portaient, Jade leur disait souvent qu'ils ressemblaient à un couple d'un de ces insupportables mélos à la guimauve qui encombraient le petit écran l'après-midi. En réalité, elle était admirative, et un peu envieuse, de leur relation.

Sa culpabilité n'en était que plus vive. Sans elle et son stupide cadeau, rien ne serait arrivé et Amber serait au chaud dans le ventre de sa mère pour encore une dizaine de semaines. Jade avait beau se dire qu'un accident de la route pouvait arriver n'importe quand et n'importe où, elle ne parvenait pas à se dégager de sa responsabilité. Sans ce séjour à Palm Springs, David et Ruby ne se seraient pas trouvés sur cette maudite autoroute cet après-midi-là. Ils auraient continué leur vie, heureux, tranquilles, tout à la joie d'accueillir bientôt leur petite princesse…

Au lieu de cela, Jade était en train d'organiser leurs funérailles tout en veillant nuit et jour au chevet de la petite fille qu'ils ne connaîtraient jamais. Par sa faute.

Plutôt que de s'accabler, elle ferait mieux de dépenser son énergie à aider Amber à s'affranchir de cette gangue de fils et de sondes qui la reliaient aux moniteurs, songea-t-elle. Elle était décidée à se battre aux côtés de sa nièce qui était tout ce qu'il lui restait au monde.

1.

— Mesdames et messieurs, l'avion va amorcer sa descente, annonça l'hôtesse. Je vous prierais de redresser vos sièges en position assise et de boucler vos ceintures. Nous atterrirons à Adelaïde dans quinze minutes. Il est 11 h 30, heure locale, et la température au sol est de 32°C. Vous sortirez par la porte 23 et pourrez récupérer vos bagages au carrousel 5. Tout l'équipage et moi-même espérons que vous avez fait un bon voyage et que nous vous retrouverons prochainement à bord d'un appareil de la compagnie.

Jade retira son casque, le rangea dans le filet face au siège puis se tourna vers sa nièce qui, profondément endormie, serrait contre elle son doudou. Elle ressemblait à un angelot fatigué avec sa petite frimousse ronde écrasée contre l'oreiller et ses boucles blondes en bataille. Après un premier vol qui avait duré quinze heures, toutes deux avaient changé d'avion à Sydney pour entreprendre la dernière partie du voyage, plus courte, heureusement.

Ce voyage en Australie n'avait pas été son idée, et elle l'avait repoussé plusieurs fois avant de s'y résoudre devant l'insistance de Maureen et d'Arthur, la mère et le beau-père de David qui l'avait suppliée de leur amener leur petite-fille pour lui faire découvrir la ville où son père avait grandi. De guerre lasse, Jade avait fait leurs valises et elles étaient sur le point d'atterrir dans cette ville qu'elle ne connaissait que par les récits de son beau-frère.

Elle essuya ses mains moites sur son jean. Sa nervosité s'accentuait à l'approche de l'arrivée.

La dernière fois qu'elle avait vu Maureen et Arthur remontait à trois ans, pour les funérailles de Ruby et de David. Malgré leur chagrin, ils s'étaient montrés très gentils envers elle en acceptant que leur fils soit enterré à Los Angeles alors qu'ils auraient fort légitimement pu demander à rapatrier le corps à Adelaïde, sa ville natale.

Mais ils avaient accepté de laisser leur fils cadet reposer au côté de la femme qu'il aimait, dans une ville qui se trouvait sur un autre continent, à douze mille kilomètres de chez eux, ce qui témoignait d'une rare générosité d'esprit. Jade avait alors su d'où David tenait sa bonté et son altruisme. De ses parents.

Après l'enterrement, ils étaient repartis directement sans prolonger leur séjour à Los Angeles car ils n'avaient eu aucune envie de voir l'endroit où leur fils était mort, ce que Jade avait parfaitement compris. Ils étaient restés en contact par e-mail et téléphone, envoyant de somptueux cadeaux à Amber à Noël et à chacun de ses anniversaires.

Les anniversaires de la fillette étaient des moments difficiles pour tous car elle était née le jour de la mort de ses parents, mais, estimant qu'Amber n'avait pas à en pâtir, Jade mettait un point d'honneur à lui offrir de joyeuses petites fêtes où elle conviait toutes les copines du jardin d'enfants. Elle avait en quelque sorte passé un accord tacite avec Maureen et Arthur pour s'efforcer de faire abstraction des tristes souvenirs et célébrer en ce jour le miraculeux cadeau que représentait Amber dans leur vie.

Ce qui n'empêchait pas la douleur qu'elle ressentait en elle-même, si vive qu'elle l'empêchait parfois de dormir. Presque trois ans après, les souvenirs continuaient à tournoyer dans sa tête, et la culpabilité à la tourmenter comme au premier jour.

Tout en l'emplissant de joie et de fierté, les premiers pas d'Amber puis la première fois où elle avait articulé un mot, une phrase, toutes ces premières fois lui avaient serré le cœur car c'étaient Ruby et David qui auraient dû avoir la primeur de ces merveilleux moments.

Impossible, hélas, de revenir en arrière. Mais il y avait une chose que Jade pouvait faire, c'était assurer à sa nièce une vie heureuse où elle ne manquerait de rien. Jamais Amber ne serait seule au monde. Jade se promettait d'être toujours là pour l'aimer et la guider.

En s'engageant sur la passerelle qui reliait l'avion au terminal, elle aperçut le visage souriant de Maureen derrière la baie vitrée du hall des arrivées. À côté d'elle, Arthur affichait une expression plus réservée, mais elle savait qu'il était bon et généreux.

La main d'Amber dans la sienne, elle déboucha dans le hall et se dirigea vers eux. Habillés tous deux dans un style sportswear chic, Maureen et David offraient l'image d'un couple conservateur et élégant. Ruby avait souvent taquiné son mari sur ses codes vestimentaires impeccables qu'il avait visiblement hérités de ses parents.

Encore un peu somnolente, Amber traînait des pieds en remorquant sa poupée de chiffon.

— Bonjour, Maureen, dit Jade en l'embrassant.

Elle déposa également un baiser sur la joue burinée d'Arthur. Était-ce la pratique du tennis ou du golf qui avait creusé ces sillons dans sa peau ? Ce n'était certainement pas son métier de médecin, même s'il était aujourd'hui à la retraite.

— Amber, ma chérie, dis bonjour à ta grand-mère et à ton grand-père.

— Bonjour, Amber, dit Maureen en se penchant pour entourer la fillette de ses bras et l'embrasser. J'espère que vous avez fait bon voyage toutes les deux.

— Bonzour, murmura l'enfant intimidée.

Puis elle se tortilla pour échapper à Maureen. Comprenant la réticence de sa nièce à se laisser câliner par une femme qu'elle ne connaissait pas, Jade la souleva dans ses bras.

— Elle est un peu fatiguée, dit-elle en guise d'excuse en voyant non sans inquiétude des larmes voiler les yeux bleu pervenche de sa nièce. Le vol était très long, non que je me plaigne. Je vous remercie beaucoup de nous avoir offert le billet en première classe.

— C'était le moins que nous puissions faire, répliqua Maureen en caressant le bras de sa petite-fille.

Au grand soulagement de Jade, Maureen ne semblait pas se formaliser de la réaction d'Amber.

— Nous voulions que vous voyagiez confortablement. Vous faites partie de la famille, et notre demeure sera la vôtre pour la durée de votre séjour. En fait, mon rêve le plus cher serait que vous tombiez amoureuse d'Adelaïde et que vous n'en repartiez plus jamais. La maison est trop grande pour nous deux.

Souriant d'un air embarrassé, Arthur leva les yeux au ciel, sans doute devant le manque de finesse de sa femme qui annonçait d'emblée la couleur. Il prit le sac de cabine de Jade et tous quatre se dirigèrent vers la zone de récupération des bagages.

La déclaration de Maureen avait amusé Jade, mais le souhait que la mère de David avait émis n'était pas près de se réaliser. Leur vie se trouvait à Los Angeles où elles repartiraient dans trente jours, pas un de plus. Le District Hospital où elle travaillait désormais à mi-temps lui avait accordé un mois de congé sans solde. Après avoir obtenu la garde d'Amber trois ans auparavant, elle avait songé un temps à démissionner car elle ne se voyait guère continuer à travailler dans l'hôpital où sa sœur était morte, mais, désormais, elle puisait du réconfort dans l'idée de se savoir là où sa sœur avait passé ses derniers instants sur terre. Et là où Amber était venue au monde.

Mais l'heure n'était pas à l'introspection. Elles venaient d'arriver à l'extrême sud de l'Australie, à Adelaïde, et Jade ne regrettait pas le voyage, malgré la fatigue, car Maureen et Arthur qui avaient été privés pendant presque trois ans de leur petite-fille méritaient de passer du temps avec elle. Cela leur permettrait de fêter tous ensemble l'anniversaire d'Amber qui tombait ce mois-ci — et de partager leur chagrin pour celui de la mort de Ruby et de David.

— Sortez profiter du soleil, leur proposa Arthur. Je vais me charger des bagages.

Impatiente de détendre ses jambes courbaturées, elle accepta et reprit son sac.

— La valise d'Amber est rose fluo constellée de pois jaunes, précisa-t-elle en fourrant dans le sac la poupée de chiffon dont la robe rose avait viré au gris à force d'essuyer le sol. La mienne est un peu plus discrète, rassurez-vous : c'est une Samsonite grise avec une étiquette rouge.

Laissant Arthur se diriger vers le carrousel des bagages, elles empruntèrent l'escalier roulant et émergèrent au soleil.

Jade sortit ses Ray-Ban. Mmm, comme c'était agréable de sentir le soleil réchauffer ses joues ! Elle s'était fait tirer un peu l'oreille pour venir, mais ces vacances tombaient vraiment à pic.

— Vous ne pouvez savoir à quel point nous sommes heureux de vous recevoir ici, Jade.

Un sourire aux lèvres, elle se tourna vers Maureen.

— Et nous, Amber et moi, nous sommes très heureuses d'avoir accepté votre invitation.

Quelques minutes plus tard, Arthur les rejoignait avec les bagages et ils prirent la direction de la tour du parking.

— Oncle Mitchell sera peut-être à la maison pour te souhaiter la bienvenue, dit Maureen à Amber.

Épuisée, les paupières visiblement de plus en plus lourdes, la fillette ne montra aucune réaction aux mots de cette gentille dame qu'elle ne connaissait pas.

Oncle Mitchell ? N'ayant pas non plus les idées très claires, Jade mit quelques secondes à se rappeler qu'il s'agissait du frère aîné de David, l'électron libre de la famille qui avait roulé sa bosse sur tous les continents et mené une vie de nomade — aux dernières nouvelles, il avait planté sa tente quelque part en Afrique.

— Mitchell habite toujours à l'étranger ?

Maureen passa ses doigts dans les boucles emmêlées d'Amber, ce qui fit regretter à Jade de ne pas lui avoir donné un coup de peigne avant la descente d'avion. Mais elle constata avec plaisir que, cette fois, la fillette ne se dérobait pas au contact de Maureen, sans doute parce qu'elle avait compris qu'elle n'avait rien à craindre de cette dame au sourire bienveillant.

Pourvu que la petite-fille et la grand-mère ne perdent pas trop de temps à s'apprivoiser étant donné qu'elles n'avaient que quatre semaines pour devenir amies et profiter de la compagnie l'une de l'autre.

— Il s'est partagé entre la Somalie et le Nigéria pendant quatre ans, mais il est de retour à Adelaïde depuis quelques mois. En fait, il a décidé de revenir peu de temps après que nous lui avons annoncé votre visite, poursuivit Maureen. Quelle coïncidence, n'est-ce pas ? Je crois qu'il a compris que nous avions besoin de lui, même s'il ne l'admettra pour rien au monde. Il a toujours été très indépendant, mais je suppose qu'il s'inquiétait pour ses vieux parents. Peut-être reprendra-t-il bientôt son envol car la vie de famille doit l'ennuyer prodigieusement, mais pour le moment il est là et il fêtera l'anniversaire de sa nièce avec nous.

Jade n'attacha pas beaucoup d'importance à ce retour de l'oncle baroudeur. Tout ce qui comptait pour elle, c'était de remercier comme il convenait Arthur et Maureen pour leur gentillesse, et la meilleure manière de le faire était de leur laisser passer du temps avec Amber. Que l'oncle Mitchell aille et vienne à sa guise, cela ne lui faisait ni chaud ni froid. C'était de toute évidence le genre d'homme qui avait la bougeotte et qui reprendrait sans doute le large à la première occasion. Grand bien lui fasse.

Autrefois, elle avait connu des garçons dans son genre qui ne supportaient aucun fil à la patte, et elle était même sortie avec quelques-uns, mais ces erreurs de parcours appartenaient au passé, et elle n'avait aucune intention de s'égarer de nouveau dans cette voie. De manière plus générale, même si elle n'avait rien contre les hommes, elle préférait désormais garder ses distances avec le sexe fort. Ses priorités avaient changé le soir de l'accident de Ruby et de David, et elle n'avait plus de temps à consacrer à d'éphémères relations sentimentales.

Désormais, son seul objectif était d'offrir une vie stable et heureuse à sa nièce, sans se laisser distraire par les séducteurs qui lui tournaient autour à l'hôpital.

Elle devait à Ruby et à David de se consacrer entièrement à leur fille. La nuit où ils étaient décédés, elle en avait fait le serment devant leurs dépouilles et rien ne pourrait la faire revenir sur sa décision.

Par l'ascenseur, ils parvinrent au niveau 5 où était garée la berline du couple. Arthur rangea les bagages dans le coffre puis le véhicule emprunta la rampe menant à la sortie.

— Alors, comment va notre Amber ? demanda-t-il en insérant le ticket de parking dans la machine et en attendant que le bras automatique se lève pour les libérer. Je sais qu'elle souffrait de nombreux problèmes médicaux la dernière fois que nous l'avons vue en soins intensifs, mais cela fait plaisir de constater qu'elle respire désormais la santé.

La voiture s'engagea sur le boulevard en direction de la mer.

Jade regarda Amber qui, de nouveau somnolente, suçait son pouce, blottie contre elle sur la banquette arrière. La dernière fois que ses grands-parents l'avaient vue, elle était une petite chose d'à peine un kilo qui luttait pour survivre derrière la coque de verre d'un incubateur. La fillette avait surmonté beaucoup d'obstacles en trois ans, et elle n'en avait, hélas, pas fini avec les hôpitaux. En tant qu'ancien orthopédiste, Arthur cernait sans doute parfaitement la situation.

— Comme je vous l'ai dit dans mes courriels, on lui a diagnostiqué une dysplasie du rein droit.

— Est-ce une maladie grave ? demanda Maureen.

— Ce n'est pas une maladie, ma chérie, répondit Arthur. C'est une malformation congénitale du rein dont les tissus sont remplacés par des kystes, c'est-à-dire en l'occurrence des formations arrondies remplies de liquides. Le rein malade ne fonctionne pas, poursuivit-il en s'arrêtant comme le feu passait au rouge. Mais le rein valide prend le relais pour produire l'urine et éliminer les déchets.

— Ne risque-t-il pas de lâcher à force de faire le travail pour deux ?

Amber lut de l'admiration dans le regard qu'Arthur jeta à son épouse. Bien que cette dernière n'eût pas de bagage médical, la question témoignait de son intelligence. Sans doute était-ce pour cette raison qu'il employait le jargon médical réservé aux initiés.

— Un bébé ou un enfant en bas âge atteint d'une dysplasie d'un seul rein peut grandir normalement sans problèmes de santé majeurs, dit-il en redémarrant. Par contre, quand la dysplasie atteint les deux reins, le fœtus est en général mort-né, et les rares nouveau-nés qui survivent ont besoin de dialyses dès les premiers jours de leur vie et, à court terme, d'une greffe de rein.

— Ce doit être une épreuve terrible pour l'enfant et les parents.

Jade caressa le front de sa nièce qui serrait farouchement contre elle son doudou d'une propreté douteuse — elle avait insisté pour le ressortir du sac.

— Pour l'heure, Amber ne montre aucun signe d'insuffisance rénale, mais le néphrologue en pédiatrie du L.A. District la suit régulièrement.

— Quelles sont les causes de cette dysplasie ?

— Elles sont principalement génétiques, répondit

Jade. Même si un seul parent est porteur du gène, il y a un risque qu'il le transmette à l'enfant car il s'agit d'un gène dominant, expliqua-t-elle comme si elle faisait un exposé en cours de médecine.

Elle s'étonnait de pouvoir parler aussi froidement de la personne qui comptait le plus au monde pour elle. Sans doute le décalage horaire et la fatigue du voyage expliquaient-ils cette étrange distanciation qu'elle éprouvait depuis l'atterrissage. Après une bonne nuit de sommeil, tout rentrerait dans l'ordre. Le problème, c'était qu'il lui faudrait attendre jusqu'au soir pour dormir, par politesse envers ses hôtes.

— Quand on découvre la malformation, poursuivit-elle, on effectue d'habitude une échographie sur les deux parents et on dresse leur caryotype respectif afin de déterminer qui est le porteur du gène défectueux, ce qu'on n'a bien entendu pas été capables de faire sur David et Ruby. De toute façon, cela n'aurait rien changé de le savoir.

Ils franchirent un pont et Jade vit l'immensité de l'océan s'étaler devant eux, et la plage de sable blanc où elle comptait passer ses après-midi à bronzer au soleil sans penser à ce que leur réservait l'avenir. Elle savait que l'état d'Amber risquait de se détériorer et qu'il faudrait peut-être une opération, mais elle préférait ne pas y songer pour l'heure.

— Tout ce qui compte, c'est que notre petite-fille soit en bonne santé.

— Elle l'est, dit Jade en se gardant d'ajouter « Pour le moment ».

À son grand dam, elle sentit monter les larmes. C'était la fatigue du voyage qui exacerbait ses émotions et lui faisait imaginer le pire, la défaillance du rein valide et les conséquences que cela entraînerait.

— Comme je vous l'ai dit, reprit-elle, elle a des examens tous les mois chez le néphrologue et c'est pour cette raison que nous avons tant tardé à venir car je voulais m'assurer qu'elle ne courait aucun risque à prendre l'avion.

— Le médecin lui a donc donné le feu vert ? demanda Arthur en tournant dans une rue bordée de magnifiques villas.

— Oui. Le Dr Mulligan m'a toutefois laissé les coordonnées de son homologue au Eastern Memorial Hospital d'Adelaïde au cas où il y aurait un problème.

— L'Eastern Memorial a été ma seconde maison pendant trente ans. J'ai pris ma retraite l'an dernier, ajouta Arthur, une note de regret dans la voix.

— Oui, je me rappelle que vous m'en aviez parlé dans vos e-mails. C'est rassurant de savoir que vous connaissez l'établissement dans l'éventualité où nous devrions consulter en urgence, mais le Dr Mulligan que nous avons vu l'avant-veille du départ m'a assuré qu'Amber pouvait voyager sans risques à court et moyen termes, à condition que la situation actuelle se maintienne. Un jour, le plus tard possible, il faudra avoir recours à un traitement, voire une greffe, et, à l'âge adulte, elle devra bien sûr subir un examen génétique si elle désire avoir des enfants.

— Mon Dieu, nous n'en sommes pas là ! commenta Maureen en jetant un coup d'œil attendri dans le rétroviseur à sa petite-fille endormie.

— Je suis sûr que tout se passera bien durant votre séjour à Adelaïde et que vous n'aurez pas besoin de mettre les pieds à l'hôpital, dit Arthur d'un ton sans réplique. Nous ferons tout pour qu'Amber passe quatre semaines inoubliables avec nous.

— Et avec son oncle Mitchell, ajouta Maureen d'une voix enjouée.

L'oncle Mitchell. Elle allait donc rencontrer celui que David décrivait comme un esprit libre avide de grands espaces et de liberté, mais elle n'était pas impatiente de faire sa connaissance. Jamais, elle ne l'avait vu pour la bonne raison que David et Ruby s'étaient mariés en secret, sur l'île de Maui, et que les deux familles n'avaient donc pas assisté à la cérémonie. S'ils s'étaient mariés à l'église, il n'y aurait eu qu'elle du côté des Grant, mais la famille de David aurait sans doute été présente au grand complet, et elle avait soupçonné ce dernier d'avoir organisé ce mariage clandestin, au crépuscule, sur une plage d'Hawaii afin d'éviter à Ruby de voir les bancs vides dans la partie de l'église réservée aux parents de la mariée. Il s'était privé d'un mariage en famille pour ne pas raviver la douleur de la femme qu'il aimait car il était dévoué et attentionné, des qualités qui, d'après ce que Jade avait entendu dire, faisaient cruellement défaut à son frère Mitchell.

Celui-ci n'avait même pas assisté aux funérailles de son frère, mais Jade avait été tellement absorbée par son propre chagrin qu'elle avait à peine remarqué la présence, ou l'absence, des gens à la cérémonie.

Ne pas prendre la peine de faire le voyage pour l'enterrement de son frère en disait long sur le personnage. Bien qu'elle ne sût pas grand-chose de lui, cela lui suffisait pour le juger et le condamner. Au fil des ans, elle avait aperçu des cartes postales et des photos épinglées sur le tableau en liège de la cuisine de la maison de Ruby, mais il lui avait été difficile de distinguer les traits de Mitchell sous le chapeau et les larges lunettes de soleil qu'il arborait en permanence sur tous les clichés. Sauvage, brut, coriace, c'était l'impression qu'il donnait avec ses cheveux longs qui ressemblaient un peu à des dreadlocks et sa barbe, aux antipodes de David toujours si coquet et soigné. Autre différence de taille avec son frère, Mitchell posait avec une fille différente sur chaque photo, ce qui indiquait que la fidélité n'était pas son fort.

Le visage de David s'éclairait chaque fois qu'il posait les yeux sur ces photos. Il avait toujours vénéré son frère et clamé haut et fort que Mitchell était l'être le plus généreux au monde et un frère exemplaire, alors que Ruby tout comme Jade voyaient toutes les preuves du contraire.

Malgré la distance et les continents qui les séparaient, le gentil David conservateur et casanier avait manifesté une loyauté indéfectible envers son baroudeur de play-boy de frère, ce que Ruby n'avait jamais compris. Le saut à l'élastique, l'alpinisme, le canyoning, et les autres sports extrêmes auxquels s'adonnait Mitchell témoignaient de son goût pour les sensations fortes. C'était un nomade, accro à l'adrénaline, qui avait séjourné dans plusieurs pays d'Afrique au gré de ses missions — Jade avait beau se creuser la mémoire, elle ne parvenait pas à se rappeler son domaine d'activités.

Bref, entre David qui avait trouvé son âme sœur, menait une vie rangée et s'apprêtait à devenir père de famille, et Mitchell qui semblait brûler la vie par les deux bouts en Afrique, c'était le jour et la nuit.

Jade n'avait pas non plus beaucoup de points communs avec sa sœur. Elle n'avait jamais trouvé l'homme de sa vie, contrairement à Ruby, et elle n'avait jamais vraiment cherché.

Avant qu'elle ait la garde de sa nièce, sa nature aventureuse l'avait poussée à vivre à cent à l'heure et à profiter à fond du moment présent. Elle était sortie avec plusieurs hommes, dont un musicien à la carrière prometteuse qui était parti pour la côte Est afin de mettre toutes les chances de son côté. Ensuite, elle avait fréquenté pendant un temps un joueur de football professionnel puis un cow-boy qui se produisait dans des rodéos à travers le Nevada et l'Arizona. Avec ce dernier, elle avait eu l'impression de vivre dangereusement par procuration en le voyant se mesurer à des mustangs sauvages et des taureaux — rester assis sur le dos de ces derniers pendant huit secondes lui semblait un exploit bien plus extraordinaire que de gagner le *Superbowl*, mais, au bout de quelques mois, elle s'était lassée de lui comme des autres.

Quelque chose lui manquait. Elle s'était bien amusée avec ses partenaires de passage sans jamais nouer une complicité réelle avec aucun d'entre eux. On disait que chacun avait une âme sœur quelque part, et elle n'avait de toute évidence pas trouvé la sienne.

Ruby n'avait guère approuvé ses choix en matière d'hommes et lui avait reproché de s'enticher de risque-tout incultes. Elle lui avait conseillé de s'habiller autrement, de manière plus classique, comme elle, afin d'attirer un autre type d'hommes, mais Jade n'avait pas voulu remiser ses shorts et ses T-shirts dans lesquels elle se sentait à l'aise. « Ton petit ami est aussi sauvage que les mustangs qu'ils chevauchent, lui avait dit Ruby à propos du dernier. Un homme qu'on ne peut apprivoiser ne restera jamais pour la vie. »

Jade n'avait pas recherché de compagnon pour la vie. À l'époque, elle voulait juste s'amuser, sans être liée par aucune contrainte ni promesse. Une relation sérieuse, très peu pour elle. *Carpe Diem* avait été son credo. La vie était courte, il fallait en profiter.

Même si elle répugnait à l'admettre, elle avait quelques points communs avec Mitchell dont le style de vie débridé et insouciant ressemblait assez à celui de la Jade d'il y a trois ans, avant qu'elle devienne la tutrice légale d'Amber.

Autrefois, elle avait adoré, par exemple, faire du parachutisme en chute libre ; la vertigineuse chute dans les airs avant que le parachute s'ouvre lui procurait chaque fois une poussée d'adrénaline à nulle autre pareille, et jamais, elle ne se sentait aussi vivante qu'en ces moments-là.

Désormais, tout cela appartenait au passé et ses pieds étaient solidement ancrés sur terre. À présent, elle n'envisagerait même pas de faire un tour sur les montagnes russes du parc à thèmes de Six Flags où elle avait naguère passé des week-ends entiers avec des amis tout aussi friands de sensations fortes qu'elle.

Elle avait charge d'âme et se devait de ne pas prendre de risques inutiles afin de pouvoir toujours être là pour s'occuper de sa nièce.

La Jade impétueuse et téméraire de naguère s'était transformée en une personne casanière et conservatrice, jusque dans le physique. Elle avait sacrifié sa longue crinière et affectionnait désormais une coupe courte, pratique, son seul grain de folie consistant à appliquer parfois un peu de gel sur ses épis blonds ; ses vêtements ressemblaient à ceux de quelqu'un qui aurait eu dix ans de plus et son maquillage se réduisait à sa plus simple expression — un soupçon de gloss sur les lèvres et une crème teintée pour protéger du soleil.

Au terme de sa métamorphose, elle était devenue la personne que Ruby et David auraient voulue pour élever leur fille. L'ancienne Jade n'existait plus. Tout ce qui comptait pour elle, c'était d'assurer la sécurité et le bonheur d'Amber, et la meilleure manière d'y parvenir était de se comporter en toutes circonstances comme Ruby l'aurait fait.

« Prudence est mère de sûreté » avait désormais remplacé *Carpe Diem*.

— Nous sommes arrivés, dit Arthur en se garant dans l'allée d'une luxueuse villa à l'architecture moderne, entourée sur ses deux étages d'un balcon de verre qui donnait sur la plage.

Baissant ses Ray-Ban, Jade admira la demeure, et la vue, spectaculaire.

— C'est magnifique. Dans quel quartier d'Adelaïde nous trouvons-nous ?

— Glenelg… Au nord de Glenelg, pour être exact, répondit Arthur avec une once de fierté dans la voix. Ici, nous avons l'impression d'être en vacances tout au long de l'année, avec la plage en prolongement de notre jardin, à quelques minutes seulement du centre-ville. Vous pourrez faire du surf si le cœur vous en dit. Mitchell loue un appartement dans une résidence au bout de la rue, sans box pour se garer, et il laisse sa planche de surf dans notre garage. Vous pourrez l'emprunter, je suis sûr que cela ne le dérangera pas. David nous avait dit que vous étiez une passionnée de surf.

Dans une autre vie. Et pas question de pratiquer ce sport maintenant car chevaucher les vagues n'allait pas sans risques, notamment sur ces plages de l'océan Indien où de grandes vagues risquaient de vous assommer, sans parler des requins qui croisaient peut-être dans les parages. Le surf était à proscrire au même titre que le parachutisme, le deltaplane et le saut à l'élastique.

Tous les jours, elle s'appropriait un peu plus la manière de penser de Ruby et comprenait la nécessité fondamentale de vivre prudemment quand on avait un enfant à charge.

— Je ne pratique plus le surf, ni la natation d'ailleurs. Mais Amber adorera construire des châteaux de sable.

— Elle va pouvoir s'en donner à cœur joie, dit Maureen. Et les magasins sont tout près, ce qui nous permettra d'aller faire du shopping quand vous en aurez assez de la plage. Il y a de très jolies boutiques de vêtements pour enfants dans la zone piétonne.

Jade mit pied à terre et contourna le véhicule pour détacher la ceinture de sa nièce. Elle s'apprêtait à sortir l'enfant de la voiture quand Maureen s'avança.

— Est-ce que je peux ?

Non sans quelque appréhension quant à la réaction d'Amber, Jade s'effaça, mais elle eut le plaisir de constater que celle-ci, toujours inséparable de sa poupée de chiffon, accepta d'aller dans les bras de sa grand-mère sans protester. Un grand sourire aux lèvres, Maureen remonta l'allée avec son précieux fardeau, Jade prenant soin de rester dans leur sillage afin de rassurer la fillette.

— Toi et ta poupée, vous aimeriez peut-être un bon bain moussant avant le déjeuner ? demanda Maureen d'une voix douce.

Sans répondre, Amber inclina la tête contre son épaule

tandis qu'Arthur ouvrait la porte de la maison où elles allaient habiter durant les quatre prochaines semaines.

Jade entra dans la salle de bains de la chambre d'amis en souriant devant le spectacle qui s'offrait à ses yeux. Agenouillée devant la baignoire en porcelaine blanche, Maureen était aux petits soins pour Amber qui jouait avec les bulles de savon.

Elle-même s'était offert le luxe d'une longue douche chaude et relaxante dans l'autre salle de bains dallée de marbre. Après avoir séché ses cheveux, elle avait revêtu une longue et ample robe bain de soleil en cotonnade à imprimé floral. D'habitude, elle prenait des douches express qui n'excédaient pas deux minutes afin de ne pas laisser Amber sans surveillance mais, rassurée de savoir cette dernière avec sa grand-mère, elle avait pour une fois pris son temps.

Voilà trois ans qu'elle subvenait seule aux besoins de sa nièce mais, maintenant que Maureen et Arthur étaient là pour la seconder, elle en profiterait pour s'accorder un peu plus de temps, tout en restant à proximité, bien sûr, pour le cas où Amber la réclamerait.

C'était l'entente cordiale dans la salle de bains. Coiffée d'un bonnet de bain rose et blanc qui laissait échapper la moitié de ses boucles dorées, Amber gloussait de rire en faisant éclater les bulles de savon sous le nez de Maureen qui semblait s'amuser autant qu'elle. Des jouets en plastique de toutes les couleurs flottaient à la surface de l'eau, et Jade se doutait qu'ils avaient été achetés spécialement pour la petite princesse étant donné qu'ils semblaient flambant neufs.

Arthur et Maureen étaient de toute évidence décidés à gâter leur petite-fille durant le mois qu'elle passerait chez eux, et Jade n'y voyait aucune objection. À son jeune âge, la fillette avait déjà traversé beaucoup d'épreuves et elle méritait d'être câlinée et choyée sans réserve. De même que, après la terrible perte qu'ils avaient subie, Arthur et Maureen méritaient de passer du temps avec celle qui représentait désormais leur seul lien avec leur fils.

Jade s'agenouilla à côté de Maureen pour chasser les bulles collées aux cheveux de l'enfant.

— Après ton bain, Amber, que dirais-tu d'aller sur la plage pour construire un château de sable ? demanda Maureen.

— Voilà qui est contraire à toute logique, intervint une voix masculine depuis le seuil.

Jade sursauta car elle n'avait entendu personne s'approcher. Et elle comprit pourquoi. En se retournant, elle vit deux pieds bronzés, nus, ce qui expliquait qu'ils n'aient fait aucun bruit sur le carrelage du couloir. Elle remonta vers les jambes, tout aussi nues et bronzées, le short qui tombait bas sur les hanches, les abdominaux et le torse sculptés qui déclenchèrent une sensation étrange du côté de son cœur.

Une sensation qu'elle n'avait pas éprouvée depuis longtemps, et qui la dérangeait. La nouvelle Jade, rangée et assagie, n'aimait pas se sentir troublée de la sorte.

— Tu laves un enfant puis tu l'emmènes se rouler dans le sable ? poursuivit le nouveau venu. Tu veux donc qu'elle ressemble à une escalope de poulet pané ?

— Cesse de dire des horreurs, Mitchell, répliqua Maureen d'un ton léger tout en gardant son attention fixée sur sa petite-fille. Primo, Amber a fait un voyage de plus de vingt heures et elle avait besoin de prendre un bain. Secundo, je suis sûre que cela lui fera du bien de se détendre sur la plage. Et tertio, ta comparaison est stupide. Une petite fille aussi jolie qu'Amber ne ressemblera jamais à une escalope de poulet pané !

Tandis qu'ils continuaient à se taquiner, Jade tenta de se redresser, maladroitement, car le tissu ample et fluide de sa longue robe s'était accroché à ses chevilles.

— Il me semblait bien que je t'avais entendu rentrer, dit Arthur en les rejoignant et en donnant une tape sur l'épaule de son fils. Tu arrives juste à temps pour faire la connaissance de Jade, la tante d'Amber…

— Oh ! je sais qui est Jade ! dit-il en lui tendant la main pour l'aider à se relever. Ravi de te rencontrer enfin, Jade. Tu permets qu'on se tutoie ? On est oncle et tante, tout de même.

Par politesse, Jade accepta son aide et fut surprise de constater que la main était propre, pas calleuse, ce qui ne s'accordait guère avec l'idée qu'elle s'était faite d'après les photos. Lentement, elle se releva et se retrouva face à cet homme dont on lui avait tant parlé — le voyageur qui avait écumé tous les continents, le frère adoré de David.

Elle venait d'apprendre deux autres choses à son sujet : il aimait taquiner sa mère. Et les photos ne lui rendaient pas justice. Il n'était ni dépenaillé ni hirsute. Ou du moins, il ne l'était plus. Ses cheveux blonds étaient désormais très courts et la longue barbe avait été remplacée par une barbe de trois jours qui ombrait son menton. Quant aux yeux, toujours cachés par les lunettes sur les clichés, elle découvrait qu'ils étaient d'un bleu limpide et brillant, comme le ciel qui l'avait accueillie à sa sortie de l'aéroport.

Impossible que ce soit le même homme. L'individu qui se tenait devant elle était beau à couper le souffle. Comme il se penchait pour l'embrasser sur la joue, le parfum frais de sa lotion après-rasage acheva de la troubler.

— Tante Zade, attrape !

Amber lui lança un canard en plastique qu'elle essaya de saisir au vol. Ce faisant, sa sandale se prit dans le tapis de bain et elle perdit l'équilibre. Vif comme l'éclair, Mitchell la rattrapa par les épaules et la ramena contre lui, sa bouche à quelques centimètres de la sienne. Au prix d'un effort considérable, elle parvint à se ressaisir et à s'écarter. Que lui arrivait-elle ? Aucun homme ne lui avait fait cet effet en si peu de temps. Rectification : aucun homme ne lui avait *jamais* fait cet effet.

— Ça va ? demanda-t-il de sa belle voix rauque.

Non, cela n'allait pas. Il réveillait sa sensualité alors qu'elle avait décidé de faire une croix sur le sexe fort. Trois ans auparavant, elle s'était fait le serment de s'abstenir de toute relation sentimentale jusqu'à ce qu'Amber soit en âge de voler de ses propres ailes. Jusque-là, cela avait été facile de s'en tenir à ses résolutions car aucun des médecins qui lui tournaient autour à l'hôpital ne l'intéressait, et les têtes brûlées qu'elle avait fréquentées naguère n'étaient plus son genre. Depuis l'accident de Ruby et de David, personne ne lui plaisait. Jusqu'à ce que Mitchell entre dans cette salle de bains et lui serre la main. À deux reprises, lors de la poignée de main et maintenant, son contact avait fait naître en elle un émoi qui l'alarmait par son intensité.

Il semblait sincèrement inquiet pour elle, mais elle connaissait ce genre d'hommes, les aventuriers au sourire ravageur qui vous séduisaient puis s'en allaient vers d'autres horizons. Jadis, elle avait été sur la même longueur d'onde qu'eux, et c'était même elle qui rompait la première, mais aujourd'hui il n'était pas question de tomber dans les filets de l'un d'eux, fût-ce ce Mitchell qui l'attirait tel un aimant, et pas seulement en raison de son physique.

Il y avait quelque chose en lui qui la touchait profondément… C'étaient ses yeux. Quand elle le regardait, elle avait l'impression de regarder Amber car leurs yeux étaient exactement de la même teinte. En tant que son oncle, il était désormais son plus proche parent, à égalité avec elle. Tous deux partageaient un lien unique avec leur nièce.

D'accord, ils faisaient partie de la même famille, mais leur lien s'arrêtait là. Un lien qu'il n'avait d'ailleurs jamais revendiqué en cherchant à entrer en contact avec Amber. Contrairement à Maureen et Arthur, Mitchell n'avait jamais envoyé de carte à Noël ni cherché à prendre des nouvelles de sa nièce au cours de ces trois années où il était sans doute trop occupé à faire les quatre cents coups en Afrique.

Même si elle s'enorgueillissait de subvenir seule aux besoins de sa nièce et ne demandait rien à personne, Jade aurait apprécié de temps en temps un petit mot ou un coup de fil qui lui aurait permis de se sentir moins seule.

Jusque-là, Mitchell n'avait manifesté aucun intérêt pour sa nièce, et Jade était décidée à lui réclamer une explication avant de lui permettre d'entrer dans la vie de la fillette, à supposer qu'il le désire.

Il était rentré au bercail pour des raisons qu'elle ignorait, en choisissant une période qui coïncidait étrangement avec leur visite, mais nul doute qu'il se fatiguerait bien vite de la routine familiale et reprendrait la route. Les baroudeurs de son espèce ne restaient jamais longtemps au même endroit.

— Bien sûr, ça va, dit-elle sèchement.

Elle s'en voulait de se sentir aussi troublée à son contact. Cette attirance qu'elle éprouvait envers l'oncle d'Amber était ridicule, et il n'était pas question de la laisser se développer. Cet homme n'avait pas pris la peine d'envoyer ne serait-ce qu'une carte postale à la fille de son frère décédé, et Jade se ferait fort de lui réclamer des comptes. Pas tout de suite. Par respect envers ses hôtes, elle ne manifesterait pas de l'animosité envers leur fils devant eux, d'autant qu'il était exclu de lui dire ce qu'elle pensait de lui en présence d'Amber, mais il ne perdait rien pour attendre.

Plus tard, en grandissant, si Amber lui posait des questions sur son oncle, Jade ne le dénigrerait jamais, non pour ménager Michell à qui elle ne devait rien, mais pour l'amour de David qui avait pensé tant de bien de son frère.

Dès que l'occasion se présenterait et qu'ils seraient seuls dans la maison, elle lui poserait ses questions sans mâcher ses mots. Pourquoi ne s'était-il jamais occupé de la nièce qui était le seul lien qu'il lui restait avec son frère ? Comment pouvait-il tenir l'enfant à l'écart de sa vie, comme si elle n'existait pas ? N'avait-il donc pas de cœur ?

Et elle, comment pouvait-elle se sentir attirée par un tel individu ? Soudain, plus rien n'avait de sens.

Intrigué, Mitchell observait sa très jolie belle-sœur. Elle paraissait sur ses gardes et s'exprimait d'un air pincé, un peu comme une gouvernante de la vieille époque.

Bien que sans manches et légère, sa robe était très sage, du genre que porterait une femme de fermier ou une institutrice, et camouflait complètement ses courbes. Tout en elle respirait… la pruderie. C'était le mot qui la qualifiait le mieux. La robe lui tombait jusqu'aux chevilles et, bien que ses bras fussent nus, elle avait sans doute un cardigan ou un châle à portée de main. Sa coupe de cheveux était simple, pratique, et son visage semblait vierge de tout maquillage bien que sa beauté naturelle pût se dispenser de fards.

Il avait du mal à croire que cette femme qui lui faisait face était la même que celle que lui avait décrite David, l'enfant terrible de la famille, la fille émancipée qui vivait à fond ses passions, enchaînait les aventures et n'avait que faire des convenances.

En rentrant chez ses parents en cette fin de matinée, il croyait rencontrer une aventurière bonne vivante et tombait sur Miss Coincée ; maintenant, il ne voyait vraiment pas comment concilier l'image de l'enfant terrible croqueuse d'hommes avec cette Jade collet monté.

Sur la foi des récits de son frère, il avait cru qu'ils auraient beaucoup de points communs, s'entendraient plutôt bien et apprécieraient la compagnie de l'autre. Mais il n'avait aucune envie de passer du temps avec cette femme puritaine qui lui avait serré la main du bout des doigts sans lui faire l'aumône d'un sourire. Sans doute fréquenterait-elle assidûment la bibliothèque municipale et les musées durant son séjour à Adelaïde, et il n'avait aucune envie de l'y accompagner alors que la plage et les rouleaux de l'océan Indien l'attendaient. La vie était courte et il n'avait pas l'intention d'en gaspiller un seul jour.

Ses parents croyaient que son retour coïncidait par hasard avec la visite de Jade, et il les laissait croire, mais, en réalité, il avait voulu la rencontrer pour lui présenter ses condoléances, ce qu'il avait été dans l'impossibilité de faire après l'accident de David et de Ruby. À l'époque, il avait travaillé avec Médecins sans Frontières dans une zone isolée du Rwanda et il n'avait pu se faire rapatrier à temps pour les funérailles. Sans internet ni relais pour les portables, il n'avait en fait appris la mort de son frère que la veille de l'enterrement. Ensuite, il n'avait pas vu l'utilité d'aller aux États-Unis pour se voir imposer des obligations et des contraintes dès son arrivée à L.A. Il n'avait pas la fibre paternelle et il avait été convaincu que Jade, toute délurée qu'elle paraissait aux dires de David, ferait un bien meilleur parent que lui.

En revenant en Australie, son intention était de faire sa connaissance et celle d'Amber, puis de disparaître de nouveau pour reprendre sa vie en les laissant poursuivre la leur. Il brûlait d'envie de connaître sa nièce, mais il ne voulait pas non plus éveiller en elle des espoirs qu'il ne pourrait satisfaire puisqu'il n'avait aucune intention de rester.

L'avantage de se rencontrer en Australie, s'était-il dit, c'était que tous les trois seraient en vacances, sur un territoire neutre où ils n'habitaient pas, et que l'atmosphère serait plus légère, sans risque de traumatisme en cas de mésentente ou de conflit. Si d'aventure, les choses se passaient mal entre eux, il reprendrait l'avion et Jade pourrait se tourner vers Maureen et Arthur.

D'après les confidences faites par David, il avait cru s'entendre comme larrons en foire avec Jade. Maintenant, il n'en était plus aussi sûr. À la voir, on devinait aisément que le mot « s'amuser » ne faisait pas partie de son vocabulaire. Qu'est-ce qui avait pris à son frère de la qualifier d'enfant terrible affranchie des convenances ?

À moins qu'elle n'ait changé.

Quelque chose lui échappait, c'était certain.

Jade se détourna de Mitchell pour s'adresser à Amber.

— Prête à construire des châteaux de sable ?

— Voui !

En riant, Maureen ôta la bonde de la baignoire avant d'envelopper l'enfant dans une moelleuse serviette de bain blanche puis de la soulever dans ses bras.

— Amber, je te présente ton oncle Mitchell.

Mitchell tendit la main que la fillette serra.

— Ravi de faire ta connaissance, Amber. Quand tu en auras assez des papouilles de papy-mamy, tu n'auras qu'à m'appeler et nous irons faire un tour de poney, à moins que tu ne préfères aller au Monarto Zoo voir les lions, les tigres et les ours.

Un gloussement ravi lui répondit. Il avait mis dans le mille car Amber adorait les fauves. En peluche.

Jade sentit ses joues s'empourprer. De colère. Mitchell ne manquait pas de toupet de proposer à sa nièce une promenade au zoo alors qu'il ne lui avait pas donné signe de vie en trois ans ! Il risquait d'attendre longtemps avant qu'elle l'autorise à emmener Amber au zoo, ou ailleurs !

— Amber sera très bien sur la plage, dit-elle sèchement.

— Dans ce cas, je vais vous laisser, répliqua-t-il en reculant vers le seuil, la mine un peu déçue. Avec le petit vent qui est en train de se lever, ça va être un après-midi parfait pour faire de la planche à voile.

Puis il sortit dans le couloir.

— Le soleil tape dur, n'oublie pas l'écran total ! lui cria sa mère.

— J'ai trente-six ans, j'ai passé quatre années en Afrique et deux en Arabie Saoudite, alors je sais comment me protéger du soleil, maman.

Secouant la tête, il leur fit au revoir de la main sans se retourner.

Maureen se mit à rire, la fierté se le disputant à l'amusement dans son regard. Comme toutes les mères, elle passait tout à son fils, mais ces quelques minutes avaient suffi à Jade pour confirmer sa mauvaise opinion de Mitchell. Il était égoïste, méprisant — la condescendance avec laquelle il avait parlé des « papouilles de papy-mamy » l'avait horripilée — et il n'agissait que dans son propre intérêt. Et le fait qu'il était très beau ne le rendait que plus dangereux.

Un tel oncle ne pourrait qu'exercer une influence néfaste dans la vie d'Amber si elle lui permettait d'y jouer un rôle ; mais elle ne s'inquiétait pas trop car il y avait fort à parier qu'il tirerait bientôt sa révérence et qu'elles n'entendraient plus parler de lui.

— À force d'être sur le dos de notre fils, Maureen, tu vas le faire partir plus tôt que prévu, dit Arthur. Il est assez grand pour se débrouiller sans tes conseils. Contente-toi de faire la mère poule avec notre petite Amber. Et vous, Jade, méfiez-vous, sinon, elle va vous materner aussi.

Jade se força à rire avec eux. Pas question de risquer la moindre remarque susceptible de trahir l'animosité qu'elle éprouvait envers leur fils. Si seulement il pouvait passer ces quatre semaines à faire de la planche à voile loin d'elles, cela lui irait très bien, et si le vent du large pouvait le ramener en Afrique, ce serait encore mieux.

Cet homme la déstabilisait. Et elle préférait ressasser sa colère contre lui plutôt que d'analyser ces stupides émotions qu'il faisait naître en elle.

Maintenant qu'il était parti, son rythme cardiaque

revenait à la normale. Elle suivit Maureen qui ramena Amber dans la chambre d'amis, une jolie pièce décorée dans des tons pêche et ivoire avec des lits jumeaux et un accès direct à la plage par la porte-fenêtre. Celle-ci était fermée pour l'heure et elle veillerait à ce qu'elle le reste afin qu'Amber ne puisse profiter d'un moment d'inattention pour se glisser sur le balcon. « Il valait mieux prévenir que guérir » faisait désormais partie de ses maximes préférées. Depuis ce jour où elle avait tenu sa nièce dans ses bras pour la première fois, elle ne jurait plus que par la prudence.

— Nous avons une seconde chambre d'amis, dit Maureen. Mais j'ai imaginé qu'Amber préférerait que vous dormiez avec elle dans une maison qu'elle ne connaît pas.

— Merci d'y avoir pensé.

— J'ai acheté quelques affaires pour qu'elle puisse les porter ici avant de les rapporter à Los Angeles, annonça Maureen en faisant coulisser la porte de la penderie pour dévoiler une garde-robe digne d'une princesse. Comme j'ignorais sa couleur préférée…

— Elle les a achetées dans toutes les couleurs, termina Arthur en levant les yeux au ciel.

Puis il sortit, les laissant entre elles.

— C'est trop gentil. Le problème, c'est que tous ces vêtements n'entreront jamais dans sa valise, ajouta Jade gentiment.

Son intention n'était pas de froisser Maureen, mais elle ne voulait pas qu'Amber s'habitue à un style de vie luxueux qu'elle ne pourrait pas lui offrir lorsqu'elles seraient de retour à Los Angeles.

Là-bas, elles habitaient dans la maison achetée par Ruby et David. Bien que ce ne fût pas facile tous les jours car tout lui rappelait sa sœur et son beau-frère, Jade avait estimé que c'était important pour Amber de grandir au milieu des meubles de ses parents, dans des pièces qu'ils avaient décorées eux-mêmes. Avec elle, Mitchell avait aussi hérité de la demeure, ainsi que le stipulait le testament laissé par David et Ruby, mais, par l'intermédiaire d'un message envoyé au notaire, Mitchell avait cédé sa part à Amber. Toujours par le biais de l'homme de loi, Jade lui avait adressé une lettre pour le remercier de sa générosité, lettre à laquelle il n'avait jamais répondu. L'avait-il reçue ou avait-il sciemment choisi de l'ignorer ? Elle n'en savait rien.

Peu importait. Grâce à son geste, elles possédaient une maison, et pas des moindres, à Hancock Park, l'un des quartiers résidentiels de L.A., à deux pas de l'hôpital. Cerise sur le gâteau, leurs voisins, un adorable couple de sexagénaires qui n'avaient jamais eu d'enfants, gardaient Amber lorsque Jade travaillait. Ils se déclaraient ravis de jouer les baby-sitters et l'encourageaient même à sortir afin de pouvoir passer du temps avec la fillette qu'ils considéraient un peu comme la petite-fille qu'ils n'avaient jamais eue.

Travailler à mi-temps ne permettait guère d'extravagances. Utiliser l'argent de l'assurance-vie laissée par sa sœur et son frère aurait été facile, mais Jade avait préféré verser la somme sur un compte qui servirait plus tard à financer les études supérieures de sa nièce.

— Qu'à cela ne tienne. Je vous les ferai envoyer à L.A. par colis postal. On choisit un short et un joli T-shirt pour la plage ?

— Je vous en prie, dit Jade en s'efforçant de prendre un ton enjoué.

Pas question de gâcher le plaisir de son hôtesse qui avait le droit de gâter Amber à sa guise, d'autant que cela lui éviterait d'acheter des vêtements pendant au moins deux ans à en juger par le nombre de tenues suspendues sur les petits cintres colorés.

— Juste une précision, ajouta-t-elle. Cette semaine, sa couleur préférée est le jaune.

— Voui, le zaune ! intervint la fillette en sautant sur place d'excitation, ce qui fit tomber la serviette.

— Alors, va pour le jaune.

Sous le regard approbateur d'Amber, Maureen choisit un bikini, un short brodé de marguerites sur les poches et un ravissant petit haut rayé, le tout de la couleur idoine.

Sa fatigue apparemment envolée, la fillette se laissa docilement habiller devant la psyché. Par la porte-fenêtre, Jade voyait les vagues bordées d'écume blanche qui venaient s'écraser doucement sur la grève. Les parasols ponctuaient de notes de couleur la large plage de sable blanc. La côte d'Australie-Méridionale était encore plus belle qu'elle ne l'avait imaginé.

Soudain, son attention fut attirée par une silhouette masculine, torse nu, qui empruntait le sentier vers la plage. Se rapprochant de la baie, elle reconnut Mitchell. Sa planche de surf sous le bras, son short descendant bas sur ses hanches, il offrait un spectacle tout aussi magnifique que la mer et la plage. Incapable de détacher son regard de lui, elle le regarda marcher vers le bord de l'eau. Elle avait beau s'en défendre, cet homme la fascinait. Ce qui la consternait car elle ne voulait pas aimer Mitchell Forrester.

2.

— Venez vous baigner, toutes les trois ! L'eau est bonne.

Jade ne put résister à l'envie de tourner les yeux dans la direction de la voix reconnaissable entre mille.

Rauque, suave, mélodieuse, elle lui rappelait celle d'un présentateur radio de L.A. qui animait une émission nocturne diffusant des chansons d'amour pour cœurs solitaires. Depuis deux ans Jade se branchait sur cette fréquence tous les soirs pour trouver le sommeil. Un temps, elle l'avait délaissée pour suivre une émission où les auditeurs confiaient en direct leurs pensées les plus intimes à une psychologue qui leur prodiguait ensuite des conseils censés soigner leurs peines de cœur ou leurs problèmes de couple, mais les sujets évoqués étaient parfois si douloureux qu'ils la ramenaient à ses propres démons, aussi avait-elle préféré retourner aux ballades romantiques.

Tel un jeune Neptune, Mitchell émergea des vagues à quelques mètres d'elles, et Jade l'observa à travers le filtre de ses Ray-Ban, admirant sa plastique parfaite et la manière dont les rayons du soleil magnifiaient ses muscles et sa peau où l'eau coulait comme sur une statue de bronze. Il aurait pu être modèle pour une classe de sculpture…

L'image de Mitchell posant dans le plus simple appareil fit affluer le sang à ses joues.

— Non, merci, répliqua-t-elle en s'efforçant d'adopter un ton détaché. Nous préférons construire notre château de sable, il avance, comme tu le vois.

— Il a déjà fière allure. Laisse donc tes assistantes le terminer et viens plutôt faire trempette avec moi.

Faire trempette avec lui ? En plus de la tutoyer d'autorité, il se permettait d'étranges familiarités de langage, mais sans doute était-ce elle qui prêtait un double sens à ses mots.

Si elle acceptait, cela lui donnerait l'occasion de lui demander pourquoi il n'avait pas daigné prendre de nouvelles de sa nièce durant toutes ces années. Et tant pis si ses hormones se déchaînaient à la vue de son corps de dieu grec. Il n'était pas question de lui montrer l'effet qu'il produisait sur ses sens.

Un seul objectif devait la guider : l'intérêt d'Amber. Elle était décidée à réclamer des comptes à Mitchell, tout en restant dans les limites de la politesse étant donné qu'il leur avait tout de même donné sa part de la maison.

— D'accord, dit-elle, prête à se lever.

— Allez, Amber, dit-il alors en s'approchant. Tante Jade vient de te donner la permission de te baigner. Viens vite avant qu'elle change d'avis, ajouta-t-il, une main tendue dans sa direction.

— Youpi ! dit l'enfant.

Abandonnant seau, pelle et râteau, elle se précipita vers lui.

— On fait la course ?

— Voui ! C'est moi qui vais gagner !

Jade n'en revenait pas. C'était à Amber qu'il avait proposé de « faire trempette », pas à elle. Les joues rouges d'embarras, elle regarda l'oncle et la nièce piquer un sprint sur la plage.

— Voulez-vous une boisson fraîche ? demanda Maureen. Vous avez l'air d'avoir bien chaud, venez plutôt me rejoindre sous le parasol.

Jade obéit et ôta son chapeau avant de s'asseoir à côté de Maureen. Elle se sentait ridicule mais, heureusement, personne n'avait été témoin de sa méprise. Dieu merci, elle ne s'était pas trahie en tendant la main vers celle de Mitchell pour qu'il l'aide à se lever.

Sans doute aurait-il éclaté de rire en se rendant compte qu'elle avait cru que l'invitation lui était destinée. Un homme tel que lui ne faisait pas dans la diplomatie.

Ce n'était pas avec elle qu'il voulait passer du temps, mais avec Amber. Et c'était très bien ainsi, se raisonna-t-elle. Pour l'explication qu'elle comptait lui demander, il faudrait attendre un autre moment, voilà tout.

Plongeant la main dans la glacière, Maureen en sortit une cannette qu'elle lui tendit.

— Buvez. Cela va vous aider à vous rafraîchir.

Résistant à l'envie de frotter la surface d'aluminium glacé contre ses joues, elle avala une gorgée de soda. Au moins, cela lui donnait une contenance.

— Regardez ces deux-là ; on croirait qu'ils se connaissent depuis toujours. Mitchell a la manière avec les enfants, il fera un merveilleux père, ajouta fièrement Maureen.

Sceptique, Jade se contenta de hausser les sourcils en observant Amber et son oncle qui barbotaient joyeusement dans l'eau.

— Ils ont l'air de bien s'amuser, commenta-t-elle.

Elle se garderait de contredire Maureen en lui disant qu'un homme qui n'avait témoigné aucun intérêt pour sa nièce orpheline durant trois ans n'avait guère l'étoffe d'un bon père. C'était un aventurier, égoïste, qui ne s'intéressait qu'à lui-même et à la poursuite de ses plaisirs, et ne possédait pas la première des qualités pour être père.

— Mais parlez-moi de vous, Jade. Depuis votre arrivée, il n'y en a eu que pour Amber. Qu'y a-t-il de nouveau dans votre monde ?

— Euh… Tout va bien, dit-elle, un peu prise au dépourvu par la question. Je travaille toujours à mi-temps dans le service des soins intensifs de néonatologie du District Hospital.

— Cela doit être dur de vous occuper d'une enfant en bas âge tout en continuant à travailler.

— Je parviens à concilier les deux. Amber est une bénédiction dans ma vie et il ne me viendrait pas à l'idée de me plaindre.

— Tout de même, ces vacances ne vous feront pas de mal. Nous voulons que vous vous détendiez au cours des semaines à venir car je serai là pour veiller sur Amber. C'est une petite fille délicieuse, très bien élevée, et c'est à vous qu'on le doit.

— Je n'ai guère eu de mérite, elle tient de ses parents et a un caractère en or. Elle ne se plaint jamais, ou alors seulement quand on l'oblige à manger des brocolis ou des choux de Bruxelles.

— Ah, j'en prends bonne note pour la préparation des repas.

Jade reporta son attention sur Mitchell et Amber qui, allongés sur la grève, laissaient l'eau leur caresser les pieds. À cette distance, elle ne voyait pas leurs visages, mais elle était sûre que sa nièce souriait d'une oreille à l'autre.

— Arthur m'a dit que vous comptiez profiter de votre séjour ici pour faire de l'intérim, poursuivit Maureen en posant une main parfaitement manucurée sur la sienne.

Cela faisait une éternité que Jade n'avait pas sollicité les services d'une manucure. Jadis, dans son autre vie, elle s'était pomponnée, fait les ongles et avait fréquenté assidûment les salons de beauté et de coiffure. Depuis qu'elle avait la charge de sa nièce, toutefois, elle n'en avait ni le temps ni l'utilité. Amber n'avait que faire qu'elle ait un brushing impeccable ou des ongles limés et peints. Elle trouvait sa tante Zade belle comme elle était, et c'était tout ce qui comptait.

— Bien entendu, continua Maureen, je respecterai votre désir si vous voulez effectuer une garde de temps en temps, mais je trouve que vous devriez vous reposer. Après avoir joué pendant trois ans le rôle de parent célibataire auprès d'Amber, vous méritez de vous la couler douce sur la plage avec un bon livre.

Jade ne demandait pas mieux, sauf qu'elle ne pouvait se permettre de rester un mois sans travailler. Aucune hypothèque ne pesait sur la maison, Dieu merci, mais les frais d'entretien d'une aussi grande demeure et les factures diverses grevaient son maigre budget, et un mois sans salaire la précipiterait dans le rouge à la banque étant donné qu'elle ne disposait pas d'économies.

Tout de suite après avoir accepté l'invitation d'Arthur et de Maureen, elle avait donc contacté l'Ordre des infirmiers et des sages-femmes d'Australie pour obtenir l'autorisation de travailler durant un mois pour une agence d'intérim d'Adelaïde spécialisée dans le personnel médical.

— Je vous remercie de bien vouloir vous occuper d'Amber, mais j'essaierai d'aménager mes horaires en fonction de vous et d'Arthur afin de ne pas abuser de votre gentillesse.

— Sottises ! Ce sera un plaisir pour nous de veiller sur notre petite-fille. J'aimerais tant que vous puissiez vous détendre, faire du shopping, m'accompagner dans mon établissement thermal préféré pour une séance de massage — il y a de la musique douce et des bougies parfumées, et Enrique a des mains divines qui défont tous les nœuds de votre corps, ajouta Maureen en fermant les yeux comme si elle revivait les sensations du massage.

Un délicieux frisson parcourut le dos de Jade. Mitchell avait peut-être éveillé quelque chose en elle... En tout cas, après trois ans de solitude, cela ne lui paraissait guère prudent de se faire enduire le corps d'huile par Enrique dans une chambre à la lumière tamisée avec une musique douce en fond sonore.

Un soupir aux lèvres, elle s'efforça de chasser les images de son esprit.

— Dites-moi, Jade, reprit Maureen en baissant la voix d'un ton. Y a-t-il un homme dans votre vie ?

Comme Jade cherchait une réponse à la fois élusive et diplomatique — elle ne voulait pas avoir l'air de dire à Maureen de se mêler de ses affaires —, Amber surgit devant elles, souriant de toutes ses dents du bonheur, dégoulinante et encroûtée de sable, ce qui lui donnait effectivement l'air d'une escalope panée. À côté d'elle se tenait son beau maître nageur.

Avait-il entendu la question de Maureen ?

— Ne sois pas timide, réponds, insista-t-il, confirmant ses craintes. Ma mère adore jouer les Cupidon. Si elle te sait célibataire, elle va à tout prix essayer de te caser. Alors, si tu cherches à te marier avec un Australien bien sous tout rapport, c'est le moment de le dire, et le cabinet matrimonial Maureen te trouvera chaussure à ton pied. Moi, le seul fait d'entendre le mot « mariage » me donne des boutons, mais chacun ses goûts.

Son aversion envers cette institution n'étonnait pas Jade. Pour un aventurier avide de liberté comme lui, mariage rimait avec esclavage.

Ils avaient de la chance ceux qui rencontraient leur âme sœur, comme Ruby et David qui s'étaient aimés d'un amour fusionnel et qui auraient sans doute vieilli côte à côte en s'aimant comme au premier jour si le sort cruel ne les avait fauchés en pleine jeunesse. Une fois la passion du début émoussée, la plupart des couples mariés se satisfaisaient de compromis, mais Jade savait qu'elle ne connaîtrait ni l'un ni l'autre.

— Je suis célibataire par choix, déclara-t-elle sans croiser le regard de Mitchell. Et je ne cherche pas de mari, ni ici ni aux États-Unis.

— Maintenant que tu as ta réponse, tu peux la laisser tranquille, maman, dit-il, clin d'œil à l'appui.

Que sous-entendait ce clin d'œil ? Qu'elle mentait pour cacher qu'elle était une vieille fille, un cas désespéré, et qu'il valait mieux que Maureen ne s'attelle pas à son cas ?

Peu importe. Mitchell était un célibataire endurci. Et, comme elle l'était aussi, il ne se passerait rien entre eux.

Après le dîner, Jade se retrouva seule avec Mitchell sous le porche. Amber était couchée depuis longtemps, et ses grands-parents venaient de se retirer aussi dans leurs quartiers. Jade était restée car elle avait envie de profiter de la soirée pour se détendre un peu. Pour la première fois depuis longtemps, elle bénéficiait du soutien d'une famille et savait qu'Amber et elle n'étaient plus seules au monde. Certes, elles ne séjourneraient à Adelaïde que quelques semaines, mais elle était persuadée que le lien qui se tisserait avec Maureen et Arthur durerait toute la vie.

La présence de Mitchell à ses côtés la dérangeait un peu, toutefois le porche appartenait à tout le monde et il avait bien le droit d'admirer le coucher du soleil en sirotant du thé glacé. Leurs hôtes avaient eu l'air épuisés ce soir, sans doute autant par les émotions de la journée que par les préparatifs de leur visite.

Depuis leur arrivée, Maureen avait été aux petits soins pour Amber en devançant tous ses souhaits. La poupée de chiffon avait été lavée et séchée au soleil, et elle avait rejoint sa propriétaire, elle-même toute propre, sous des draps tout aussi roses et frais.

Allait-elle profiter de ce qu'elle était seule avec Mitchell pour lui réclamer des comptes sur son silence durant ces trois années ? se demanda Jade.

S'il voulait jouer un rôle dans la vie de sa nièce, il avait tout intérêt à lui donner des réponses satisfaisantes, et elle voulait également s'assurer qu'il ne s'évanouirait pas de nouveau dans la nature après avoir joué les oncles avenants pendant quatre semaines. En un après-midi, Amber s'était déjà attachée à cet oncle Mitch qui connaissait toutes sortes de jeux et la faisait rire aux éclats, et elle allait souffrir s'il ne lui donnait plus signe de vie à leur retour à L.A.

Surtout, ne pas attaquer bille en tête. Cet homme avait tout de même renoncé à son héritage pour qu'elles aient un toit au-dessus de leurs têtes. Pourtant, il fallait crever l'abcès afin qu'un semblant d'entente cordiale puisse s'instaurer entre eux.

Se mordillant la lèvre inférieure, elle chercha un moyen d'aborder le sujet en douceur afin de ne pas le braquer d'emblée. La situation était compliquée car Jade était partagée entre gratitude et colère, deux sentiments qui cohabitaient mal.

— Qu'y a-t-il ? demanda Mitchell en la voyant sans doute s'agiter sur son siège.

— J'aimerais vous parler… te parler de quelque chose, rectifia-t-elle puisqu'il avait initié le tutoiement. Mais je ne sais par où commencer…

Malgré elle, son regard se posa sur la bouche sensuelle de Mitchell. Était-elle aussi douce qu'elle en avait l'air ?

C'était le décalage horaire qui lui jouait des tours. Et cet homme, dont le charme transpirait par tous les pores de sa peau. Qu'il ne croie pas arriver à ses fins avec elle par l'un de ces étincelants sourires dont il avait été prodigue cet après-midi sur la plage. Elle ne se laisserait pas amadouer aussi facilement qu'Amber.

Buvant une gorgée de thé glacé pour gagner du temps, elle prépara son entrée en matière puis se lança.

— Pourquoi n'as-tu pas rendu une seule fois visite à Amber en trois ans ? Ni même passé un coup de fil ni écrit une carte postale ? C'est la fille de ton frère décédé et tu n'as rien fait pour entrer en contact avec elle.

C'était une question dont Mitchell se serait bien passé. Non qu'elle ne fût légitime. Il n'avait simplement pas envie de s'aventurer sur ce terrain-là. Plus jamais, il n'accepterait d'assumer la responsabilité de quelqu'un. Une fois lui avait suffi. Il avait cru que la cession de la maison à

Amber compenserait largement tout ce qu'il aurait pu lui offrir par sa présence.

— Los Angeles ne me dit rien, répondit-il. J'aime les endroits hors des sentiers battus, la nature, les grands espaces. Hollywood, les huit-voies et les gratte-ciel, très peu pour moi…

— Je ne te parle pas d'une visite touristique, mais d'aller voir ta nièce ! répliqua Jade en durcissant le ton.

— Je suis ici maintenant. C'est une fillette adorable et j'espère que nous passerons tous quatre semaines agréables sous le toit de mes parents.

— Ce qui ne répond pas à ma question. Admettons que Los Angeles te soit insupportable ; mais tu aurais pu passer un coup de fil à Amber, lui écrire une carte pour son anniversaire. Or, tu n'as pas daigné lui donner un seul signe de vie en trois ans. Pourquoi ?

Mitchell se passa une main dans les cheveux. Jade insistait, réclamant une explication qu'il n'était pas prêt à donner. Durant son séjour à Adelaïde, il n'avait aucune envie de rouvrir d'anciennes blessures. Rien de bon n'en sortirait. Il s'était brûlé les ailes, connaissait désormais ses limites et était décidé à éviter tout ce qui ressemblerait de près ou de loin à un engagement.

— Jade, je regrette de ne pas avoir été là pour Amber, mais, en toute franchise, je crois que ça ne lui aurait rien apporté que je débarque dans vos vies pour y semer le désordre avant de disparaître de nouveau. Tu as su lui donner des repères, lui construire une vie stable et je ne voulais pas tout détruire en jouant l'oncle prodigue de passage. Au cours de ces dix dernières années, je n'ai jamais posé mes valises plus de quelques mois dans les endroits où j'ai travaillé. C'est ma vie, c'est ainsi, il faut que je bouge.

Il ne mentait pas, mais ne disait pas non plus toute la vérité. Plutôt que d'essayer d'être ce qu'il n'était pas et de finir par faire du mal à ceux qu'il aimait, il préférait passer pour un être inconstant, peu fiable. Jade devrait se contenter de son explication car il n'était pas question pour lui de remonter le temps et de lui raconter les événements de sa vie — et de celle de sa mère — qui l'avaient poussé à devenir une pierre qui roule, un nomade. De l'eau avait coulé sous les ponts, depuis ; sa mère avait pansé ses plaies, tout allait bien désormais pour elle, et c'était l'essentiel.

La nuit était chaude et le ventilateur tournait à plein régime au-dessus de leurs têtes. Dans l'obscurité, il voyait les yeux de Jade fixés sur lui, luisants de colère. Il était désolé qu'elle lui en veuille à ce point mais, même pour elle et pour Amber, il n'était pas prêt à déterrer les fantômes du passé.

Elle tourna son regard vers l'océan, et un silence hostile s'installa sous le porche. Chacun campait sur ses positions. Malgré sa résolution, cela le chagrinait de savoir qu'elle pensait pis que pendre de lui. Sans doute le prenait-elle pour un irresponsable qui n'en avait rien à faire des autres, et il n'était pas en position de la détromper.

Il remplit son verre vide d'eau glacée et but une gorgée tout en observant Jade à la dérobée. Plus il la regardait, plus il la trouvait jolie, bien qu'elle fît tout pour ne pas paraître à son avantage. Mais elle n'était pas son genre.

Pourtant, malgré sa robe d'institutrice et ses manières sèches et guindées — il était le seul à y avoir droit car elle redoublait d'amabilité envers sa mère et son beau-père —, elle l'attirait.

C'était à n'y rien comprendre. Ils étaient le jour et la nuit.

3.

Presque trop fatiguée pour dormir, Jade posa la tête sur l'oreiller du lit jumeau. Ces dernières vingt-quatre heures avaient été un tourbillon avec des moments heureux et d'autres un peu plus tendus. Au premier coup d'œil, Maureen et Arthur étaient tombés amoureux d'Amber qui les avait également adoptés sans réserve. C'était la première fois qu'elle les voyait, mais Jade lui avait souvent parlé de papy-mamy, et pas seulement à la faveur des cartes et des cadeaux qu'ils avaient envoyés à leur petite-fille.

Du côté de Maureen et d'Arthur, il n'y avait que du positif. Elle ne pouvait en dire autant de la rencontre avec Mitchell. L'image qu'elle s'était faite de lui au fil des ans, d'un barbu dépenaillé ressemblant un peu à Robinson Crusoé, ne correspondait certainement pas à la réalité. Il était séduisant en diable, et lui aussi semblait ne jurer que par sa nièce. Combien de temps cela durerait-il avant qu'il se lasse d'elle ou que l'organisation des loisirs d'une fillette de trois ans commence à lui peser ? Car elle était convaincue qu'on ne pouvait se fier à lui à long terme.

Dire qu'il avait osé lui dire qu'il n'avait pas rendu visite à Amber parce qu'il n'aimait pas Los Angeles ! C'était un homme allergique à tout ce qui ressemblait de près ou de loin à des responsabilités et elle se montrerait donc extrêmement vigilante s'il proposait d'emmener sa nièce au zoo ou au cinéma.

La tête lui tournait. Force était de reconnaître qu'à cause

de lui, ou grâce à lui, elle avait éprouvé des émotions qu'elle avait refoulées depuis longtemps. L'ancienne Jade, toujours partante pour des aventures, aurait réagi différemment à son contact et s'en serait sans doute fait un compagnon de jeux et d'équipées sauvages. Mais tout cela était terminé. En tant que maman de substitution d'Amber, elle devait de se conduire en adulte posée et responsable, comme sa sœur l'aurait fait. Protéger, guider et montrer l'exemple, telles étaient les obligations de son cahier des charges.

Durant ce séjour, son seul souci serait le bien-être et la sécurité d'Amber. Entretenir une relation avec Mitchell était exclu, d'autant que, pour un individu tel que lui, une relation se bornait à une nuit de galipettes et au revoir. Sauf que la nuit de galipettes serait mémorable…

Le seul contact de sa main suffisait à la chavirer, alors, elle n'osait imaginer dans quel état la mettrait une nuit dans ses bras.

Il avait réveillé ses désirs de femme. Qu'elle devait museler de nouveau, pour le bien d'Amber. C'était à cause d'elle que la petite fille n'avait plus de parents, et elle n'aurait pas assez de toute sa vie pour se racheter.

Un jour, quand Amber serait en âge de comprendre, elles en parleraient, et Jade espérait que sa nièce lui pardonnerait d'avoir envoyé ses parents sur la route de Palm Springs. Lors des funérailles, Maureen et Arthur lui avaient dit de ne pas se sentir coupable, mais elle ne parvenait pas à s'ôter de l'esprit que, sans ce séjour qu'elle avait voulu leur offrir, sa sœur et son mari seraient encore vivants.

Mitchell connaissait-il les circonstances de l'accident ? En tout cas, il n'avait aucune leçon à lui donner en matière de moralité étant donné son parcours.

Comme s'il la poursuivait, le visage de Mitchell fut la dernière chose que Jade vit — en pensée — avant de s'endormir, et la première qu'elle vit, pour de vrai, à son réveil.

Il était là, debout, au pied du lit, flanqué d'une Amber rayonnante dans une autre tenue jaune, ses cheveux ceints d'un bandeau couleur soleil décoré d'abeilles butinant d'étranges fleurs bleues. Maureen s'était donné du mal.

— Bonzour, tante Zade, dit la petite voix zozotante que Jade aimait tant. V'là ton p'tit dézeuner.

Elle lui sourit, partagée entre le plaisir de voir sa petite puce et la contrariété de se faire surprendre par Mitchell alors qu'elle avait les yeux encore bouffis de sommeil et les cheveux en bataille.

— Bonjour, Jade, intervint la voix suave de l'animateur de radio.

Il ne se forçait pas, sa voix était naturellement douce comme du velours.

— Bonjour, tous les deux, dit-elle en s'asseyant. On dirait que j'ai eu une panne d'oreiller. Quelle heure est-il ?

— À peine 10 heures, répondit Mitchell en l'observant.

Se rappelant qu'elle portait une nuisette bleu ciel à fines bretelles, elle ramena le drap sous son cou.

— Seigneur… Bon, je ferais mieux d'aller prendre une douche et de voir quel programme papy-mamy nous ont réservé pour la journée. Qu'en penses-tu, Amber ?

— Manze d'abord tes pancakes. C'est moi qui les ai faits.

En parfaite synchronie, Mitchell posa le plateau sur ses genoux.

— Des pancakes, du jus d'orange et une magnifique rose, dit-elle en se penchant pour respirer la fleur. Je suis gâtée.

Dans sa nuisette, Jade n'avait pas du tout l'air d'une gouvernante coincée. Elle était même carrément sexy, et Mitchell s'efforçait de ne pas la dévorer du regard à cause de la présence de la fillette, mais aussi parce qu'il voulait cacher à Jade à quel point il la trouvait attirante. Il avait du mal à se l'admettre à lui-même. Avec ses cheveux emmêlés, sa bouche encore gonflée de sommeil et ce petit carré de satin qui révélait sa gorge et le doux renflement de ses seins, elle éveillait en lui une réaction qui ne trompait pas.

— Bon, je vais aller taquiner les vagues, dit-il en reculant vers le seuil. J'ai intérêt à en profiter pour ma dernière journée de vacances ; demain, je reprends le collier à l'hôpital pour une semaine d'affilée.

Puis il se hâta de disparaître dans le couloir, loin du spectacle tentateur qu'elle lui offrait malgré elle. Il ne devait pas la trouver sexy car elle n'était pas son genre, ni lui le sien. En femme qui a la tête solidement vissée sur les épaules, elle s'assortirait bien à un comptable ou à un fonctionnaire capable de lui garantir une vie stable à horaires fixes. Et lui, de son côté, aimait les filles délurées et insouciantes qui ne disaient pas non à une virée à moto dans le désert, cheveux au vent.

Ce qui ne l'empêcha pas d'imaginer Jade, en nuisette sur le siège arrière de sa moto, agrippée à sa taille…

Après une douche express, Jade rejoignit ses hôtes dans la cuisine. Ils bavardèrent tous trois autour d'une tasse de café, et Maureen et Arthur proposèrent d'emmener Amber sur la jetée voir les dauphins. Ils déjeuneraient ensuite ensemble sur le port, ce qui permettrait à Jade de disposer de sa matinée. Elle accepta volontiers. Le but de ce voyage était de permettre aux grands-parents de passer le maximum de temps avec Amber, laquelle ne demandait visiblement pas mieux.

— Nous allons donner une petite fête pour son anniversaire, ce soir, dit Maureen.

Elle parlait à voix basse afin qu'Amber qui regardait un dessin animé ne l'entende pas.

— Mais son anniversaire n'est que dans trois jours !

— Je sais, mais Mitchell aura alors repris ses gardes et rentrera tard de l'hôpital. Ce serait bien qu'il assiste aux réjouissances, n'est-ce pas ?

— Comme vous voudrez.

— Ainsi, Amber aura deux gâteaux : ce soir, et le jour J où nous avons prévu une petite fête à l'heure du déjeuner au restaurant du zoo.

De toute évidence, Maureen avait déjà pensé à tout et Jade n'avait aucune envie de lui gâcher son plaisir. D'autant que cette semaine réserverait aussi des moments moins agréables puisqu'elle marquait l'anniversaire de l'accident. Ce jour, trois ans auparavant, qui avait changé leur vie pour toujours. Deux êtres chers étaient morts, ceux qui restaient en avaient été anéantis, et, au milieu de tout cela, avait émergé une petite vie miraculeuse. La double célébration des trois ans d'Amber serait une distraction bienvenue pour tout le monde.

— Il y a de la salade et toutes sortes de crudités dans le réfrigérateur, et du pain frais dans la huche, dit Maureen en se dirigeant vers la porte dans le sillage de son époux. Faites comme chez vous, à moins bien sûr que vous ne désiriez nous accompagner sur le port. Nous ne voulons surtout pas vous donner l'impression de kidnapper notre petite-fille ; notre but est simplement de vous permettre de souffler, ce que vous méritez amplement après vous être occupée toute seule d'Amber durant si longtemps.

— Et j'apprécierai à sa juste valeur cette petite pause. Une salade à midi sera parfaite.

Restée seule, Jade décida de profiter de la piscine. Le seul élément de sa garde-robe appartenant à l'ancienne Jade était son bikini, un ensemble minimaliste couleur chair qui donnait l'illusion qu'elle était nue à ceux qui l'apercevaient de loin — ses amis de l'époque l'avaient suffisamment taquinée à ce sujet. Au cours des années qui avaient suivi, comme elle n'avait jamais le temps d'aller se baigner avant ou après son travail en raison d'Amber, elle n'avait pas pris la peine d'acheter un maillot de bain plus en accord avec la personne sage et responsable qu'elle était devenue.

Toutefois, sachant que personne ne risquait de la voir aujourd'hui, elle enfila le minuscule bikini, enroula un drap de bain autour de sa taille et se dirigea vers la piscine pour faire quelques longueurs de bassin.

Le soleil chauffait l'eau et elle nagea quelque temps avant de faire la planche, et d'admirer le ciel d'un bleu pur sans le moindre nuage. Une très légère brise faisait onduler l'eau qui caressait son corps presque nu — elle avait oublié combien cette sensation était agréable.

La dernière fois qu'elle l'avait éprouvée avait été lors d'un week-end à Cabo San Lucas, quatre ans plus tôt, dans une autre vie qu'elle ne regrettait certainement pas, même si c'était agréable de s'accorder un moment pour soi.

Elle sortit de l'eau et s'allongea sur une chaise longue sans se sécher. Sa peau était dorée grâce à la lotion autobronzante que lui avait appliquée une collègue et amie du District avant son départ.

— Il ne faudrait pas que les Australiens te marchent dessus en te confondant avec le sable blanc, lui avait-elle dit, taquine.

Vêtue de son scandaleux bikini, Jade s'était allongée sur le sol de la salle de bains et avait laissé son amie lui vaporiser la lotion sur tout le corps. Le problème, c'était qu'elle en avait également enduit le carrelage, et elles avaient bien ri en nettoyant les dégâts.

Mitchell entra dans le garage. La voiture n'était plus là, ce qui indiquait que ses parents et leurs invitées étaient sortis pour la journée. Après une heure de surf, la réverbération du soleil sur l'eau avait commencé à le gêner et il revenait déposer la planche.

Cet intermède sportif avait calmé sa libido. Voir Jade échevelée et en petite tenue dans son lit ce matin l'avait égaré vers des pensées absurdes.

Dès qu'il la reverrait vêtue de sa longue robe de bonne sœur, il se rappellerait qu'elle n'était pas du tout son genre. Il appréciait la compagnie des femmes qui aimaient s'amuser et n'avaient pas froid aux yeux. Une règle d'or régissait toutes ses relations : pas de fil à la patte, et il prenait soin de fréquenter des personnes sur la même longueur d'onde. Jamais, il n'avait mené une femme en bateau. Il annonçait la couleur d'emblée et ses petites amies savaient qu'avec lui il ne fallait rien espérer de sérieux, et encore moins le mariage.

Elle n'était pas née celle qui pourrait lui passer la corde au cou. Les relations durables entraînaient leur lot de responsabilités et de complications, et il avait déjà donné sur ce plan-là. S'il s'y risquait de nouveau, ce serait l'échec à coup sûr. Voilà dix ans maintenant qu'il fuyait comme la peste tout engagement, sentimental ou autre, et ce n'était pas près de changer. Avec son aspect conservateur et ses petits airs guindés, Jade était exactement le genre dont il devait se tenir à distance ; tout en elle disait : « Femme sérieuse. Cherche homme bien sous tous rapports pour me marier et fonder une famille. »

Avec lui, elle frapperait vraiment à la mauvaise porte, si toutefois elle lui manifestait un quelconque intérêt.

Après avoir remisé la planche de surf, il passa dans le vestibule, torse nu et vêtu de son seul short de bain. À quoi bon enfiler une chemise puisque la maison était vide ?

Amber était adorable, mais son babil incessant et sa petite voix haut perchée à l'accent américain l'auraient empêché de se concentrer sur la tâche qui l'attendait.

Il aimait les enfants. C'était pour cette raison qu'il s'était spécialisé en néonatologie et pédiatrie, mais il séparait strictement vies professionnelle et privée. Jamais il n'aurait d'enfant, par exemple. La paternité ne faisait pas partie de ses objectifs. Tout juste acceptait-il d'être oncle.

Dans la salle de séjour, il trouva le carton contenant la chaîne hi-fi achetée par ses parents. Son beau-père ne savait comment la faire fonctionner, où brancher les fils, et Mitchell avait promis de s'en occuper. Puisque personne ne viendrait le déranger, il en aurait pour quelques minutes. Quand sa mère était là, le moindre dépannage prenait des allures de cours théorique et pratique : elle posait une foule de questions à chaque étape de l'installation, puis lui demandait plusieurs démonstrations avant de s'y risquer elle-même, en réclamant une assistance de tous les instants. Par ailleurs, la leçon était souvent à répéter quelques heures plus tard car elle avait tout oublié. Non que sa mère fût sotte ; simplement, elle n'avait pas l'esprit technique.

Il installerait la chaîne en deux temps trois mouvements puis veillerait à quitter les lieux avant leur retour car, sinon, il ne couperait pas à la corvée d'explications. Tant pis car il aurait bien voulu embrasser la petite Amber.

Quant à Jade… Il n'était pas trop sûr de ce qu'il voulait en qui la concernait. Cette femme était une énigme. Hier, il n'avait éprouvé qu'indifférence à son égard mais, ce matin, la voir en nuisette au milieu de ses draps chiffonnés l'avait mis dans tous ses états. Ce qui l'inquiétait pour la suite.

Qui était la vraie Jade ? Naguère, David l'avait décrite comme une aventurière un brin kamikaze, une image qui ne s'accordait guère avec la femme collet monté qui lui avait serré la main du bout des doigts hier en refusant de croiser son regard.

Avait-elle changé en trois ans ? Essayait-elle de prendre modèle sur la regrettée Ruby afin de devenir une mère parfaite pour Amber ?

Couchée dans le lit, ce matin, elle avait plutôt ressemblé à l'une de ces femmes dont il recherchait la compagnie.

S'efforçant de chasser l'image de son esprit, il sortit les baffles du carton puis la chaîne. Il ne lui manquait plus que la trousse à outils que son père gardait dans la remise près de la piscine.

À la sortie de la remise, Mitchell aperçut Jade, allongée au bord de la piscine, et il en laissa tomber la boîte à outils dans l'herbe. Elle était nue !

Il ne l'avait pas vue tout à l'heure. Sans doute était-elle venue s'installer pendant qu'il fouillait dans la caisse à outils à la recherche d'un tournevis cruciforme et d'une clé universelle.

Malgré son désir de rester à admirer sa plastique parfaite, il éprouvait quelques scrupules à l'observer ainsi alors qu'elle se croyait seule. Au prix d'un effort surhumain, il détourna le regard et s'agenouilla pour ramasser les outils qui étaient allés s'éparpiller jusque sur les dalles de l'allée. De toute évidence, elle ne l'avait pas vu et il ferait mieux de repartir par le fond du jardin afin de ne pas l'embarrasser. Profitant de l'absence de la famille, elle avait visiblement décidé de faire du bronzage intégral.

Ce qui ne collait pas avec l'image de la femme sage et prude qu'elle essayait de donner à tout le monde. Qui était la vraie Jade ? La miss Collet Monté de la veille ou cette pin-up digne de poser pour la double page de *Playboy* ?

Sauf erreur, voilà la femme dont son frère lui avait parlé, la Jade intrépide et rebelle qui n'avait pas peur d'offrir son corps dénudé au soleil australien. Et cette Jade-là lui plaisait, et pas qu'un peu.

Se croyant seule, elle avait envoyé valser ses vêtements de bonne sœur pour redevenir elle-même pendant quelques instants.

À la mort de son frère, il avait fui de plus belle ses responsabilités alors que Jade avait fait tout le contraire. Elle avait pleinement assumé la charge de sa nièce et son rôle de mère de substitution en abandonnant sa vie d'avant et en revêtant le costume de son nouveau rôle. Elle s'était métamorphosée en sa sœur, Ruby, une femme casanière et pleine de bon sens.

Bien sûr, ce n'était qu'une hypothèse, mais son instinct lui soufflait qu'il avait mis dans le mille.

Prenant soin de marcher sur l'herbe, il s'éloigna sans bruit. Pas question d'embarrasser Jade en lui signalant sa présence et en lui montrant qu'il avait vu ce qu'elle s'efforçait de cacher à tout le monde, son corps de déesse, et aussi son vrai visage.

La chaîne hi-fi attendrait. À défaut de douche froide, il avait besoin d'aller piquer une tête dans l'océan pour calmer ses sens déchaînés.

Après avoir laissé son bikini à sécher dans la buanderie, Jade alla s'habiller dans sa chambre. Elle venait de revêtir un pull à maille grise sur une jupe plissée gris et blanc lui arrivant à mi-mollet quand son portable sonna.

— Jade Grant, annonça-t-elle machinalement.

— Bonjour, Jade. C'est Susy, de l'agence d'intérim. Je voulais savoir si vous seriez libre pour une mission de trois semaines à partir de demain.

— Euh… Bien sûr, dit-elle, un peu prise au dépourvu.

Elle avait pensé que cela prendrait quelques jours avant que l'agence ne la recontacte.

— Dès que j'ai mis votre candidature en ligne sur notre site, j'ai reçu plusieurs appels de DRH d'établissements médicaux désireux de vous employer. Quel dommage que vous ne restiez qu'un mois ! Avec votre expérience et vos qualifications, vous ne manqueriez jamais de travail. Comme vous m'aviez dit que vous ne vouliez pas travailler à temps plein, j'ai retenu la proposition du Eastern Memorial Hospital qui a besoin d'une infirmière en néonatologie à temps partiel, à raison de trois gardes par semaine. Vous remplacerez une collègue pendant ses vacances. Si vous acceptez.

— Bien sûr que j'accepte.

— Vous vous partagerez entre la néonatologie et le service de pédiatrie. Vous verrez, vous allez adorer travailler là-bas, l'équipement y est de pointe et le personnel infirmier trié sur le volet. Vous y retrouverez d'ailleurs l'une de nos employées, Mandy, qui travaille en néonatologie depuis déjà plusieurs mois.

Jade remercia Susy et mit un terme à la communication. Ce travail tombait bien pour ses finances, et aussi parce que, en étant prise à l'hôpital trois jours par semaine, elle verrait beaucoup moins Mitchell.

Maureen et Arthur s'occuperaient d'Amber, comme convenu. Son séjour à Adelaïde semblait démarrer sous les meilleurs auspices.

Si sa mère ne l'avait appelé pour lui annoncer qu'on allait fêter l'anniversaire d'Amber ce soir, Mitchell aurait prétexté quelque excuse pour ne pas venir dîner. À son arrivée, il fut accueilli par des ballons dans l'entrée, et quelques cadeaux joliment emballés dans du papier rose et jaune s'alignaient sur la table de la salle de séjour.

— On fête mon anniversaire en avance, onc'Mitch, expliqua l'héroïne de la soirée.

— Pour qu'il puisse assister à la fête et te voir souffler les bougies, ajouta Jade, tout sourire.

La vision de la jeune femme nue au bord de la piscine avait hanté Mitchell toute la journée. La prudence lui soufflait de garder ses distances avec elle, mais un désir tout aussi fort le poussait à passer du temps en sa compagnie.

Il voulait apprendre à la connaître, et savoir s'il avait deviné juste. Croyait-elle vraiment que le fait de porter une jupe de vieille dame allait faire d'elle une meilleure tutrice pour Amber ? Quel besoin avait-elle de gommer sa féminité et son charme ?

Dieu sait qu'il avait en horreur les gens qui se présentaient comme des autorités morales, et la Jade de ce soir l'irritait avec son déguisement BCBG et ses manières policées. L'affection et le dévouement qu'elle montrait envers leur nièce forçaient pourtant son admiration. Bref, il éprouvait des sentiments mêlés à son égard. Heureusement, il n'aurait plus à se torturer l'esprit bien longtemps à son sujet puisqu'il allait reprendre le travail demain.

Dès que Jade vit Mitchell entrer dans la pièce, son cœur se mit à battre plus vite. Sous le bras, il tenait un grand ours blanc vêtu d'une robe à pois jaunes et, dans l'autre main, une petite boîte ornée d'un nœud rose. Et, sauf erreur, il semblait éviter son regard.

Mon Dieu, pourvu qu'il ne l'ait pas vue en train de l'observer du balcon tandis qu'il descendait vers la plage, ce matin, torse nu, bronzé, beau comme le péché. Elle sentit le sang affluer à ses joues à ce seul souvenir.

Depuis trois ans, elle avait croisé des milliers d'hommes séduisants, dans la rue, à l'hôpital, à la cafétéria, au supermarché ouvert vingt-quatre heures sur vingt-quatre où elle faisait ses courses après ses gardes, et pas un ne lui avait fait cet effet. Elle ne leur avait pas accordé plus d'attention qu'à un mannequin dans une boutique. Mitchell était le premier à la mettre sens dessus dessous.

— Joyeux anniversaire, Amber, dit-il en plaçant l'ours dans ses bras.

Radieuse, leur nièce serra la peluche contre elle.

— Il te plaît ? demanda Arthur.

— Elle, rectifia la fillette. Tu vois bien qu'elle porte une robe, papy. C'est maman ourse.

— Et ça, Amber, c'est pour plus tard, quand tu seras

un peu plus grande, reprit Mitchell en lui tendant la petite boîte.

— Merci, Onc'Mitch.

Souriant, il se baissa pour recevoir un bisou.

— Z'vais l'ouvrir tout de suite.

Amber alla s'asseoir et, maman ourse fermement calée sur ses genoux, défit le nœud.

— Oh ! C'est zoli ! dit-elle en sortant un pendentif en argent en forme de cœur. Regarde, tante Zade !

— Tu pourras mettre des photos à l'intérieur, intervint Mitchell. Comme ça, quand tu voyageras autour du monde, tu auras toujours ta famille avec toi.

Puis il la fixa, droit dans les yeux, et sans sourire. Cherchait-il à lui délivrer un message ? Et lequel ?

« Tu te donnes beaucoup de mal pour Amber, mais un jour, elle s'envolera pour vivre sa vie et tu te retrouveras seule, comme une idiote. Alors, cesse de jouer à la tutrice irréprochable et vis ta vie, toi aussi. »

Était-ce ce qu'il voulait lui signifier ?

Jamais, elle n'avait pensé au moment où Amber la quitterait pour visiter le vaste monde. L'idée de ne plus pouvoir la protéger la rendait malade. Et ce qui l'écœurait encore plus, c'était que Mitchell profite de cette fête d'anniversaire pour essayer d'inculquer ses valeurs douteuses à sa nièce.

— C'est ravissant, dit-elle en s'asseyant à côté de l'enfant pour l'aider à ouvrir le pendentif. Tu pourras le porter à des fêtes avec tes copines.

Et pas pour voyager loin de ta famille, termina-t-elle en son for intérieur.

Quelques minutes plus tard, quand Mitchell et elle se retrouvèrent seuls dans la cuisine, elle ne se priva pas de lui dire sa manière de penser.

— Cela m'étonne que tu ne lui aies pas acheté un

pendentif vert pour l'assortir à la tenue de camouflage que tu lui offriras l'an prochain pour descendre l'Amazone. Un voyage autour du monde… N'importe quoi ! ajouta-t-elle, les yeux levés au ciel. Tout le monde n'est pas obligé d'être un aventurier comme toi. Amber n'a que trois ans et il y a de grandes chances qu'elle soit comme son père et qu'elle apprécie la vie en famille au lieu de la fuir !

Le reproche sembla le surprendre.

— J'ai parlé de voyage comme j'aurais parlé d'autre chose, le but étant de lui montrer l'importance de la famille. Tu sembles vouloir me prêter des intentions que je n'ai pas, Jade, peut-être pour masquer les tiennes.

C'était une attaque en règle. Tant mieux, ils allaient pouvoir se dire les choses en face.

— Que veux-tu dire ?

— Tu élèves Amber dans du coton. Sur la plage, tu voulais bien qu'elle se salisse les mains dans le sable, mais tu as poussé des hauts cris dès qu'elle s'est approchée de l'eau comme si elle allait se noyer dans dix centimètres. À force de trop vouloir la protéger, tu vas étouffer en elle tout sens d'initiative et la rendre incapable de vivre sa vie.

— Comme c'est agréable de vous voir bavarder tous les deux ! intervint Maureen en entrant dans la cuisine.

Elle prit une pile d'assiettes.

— Arthur va cuire des crevettes au barbecue pour accompagner les pommes de terre et la salade.

— Quelle bonne idée…, commenta Jade, les dents serrées.

Elle était furieuse contre Mitchell. À la mort de Ruby, elle avait dû s'improviser mère et elle faisait de son mieux pour protéger sa nièce.

Et si jamais il avait raison…

Elle ne voulait pas isoler Amber et l'empêcher de s'amuser ni de trouver sa place dans le monde.

Était-elle en train d'étouffer Amber ?

— Je vais voir si papa a besoin d'aide, dit Mitchell avant de disparaître sur la terrasse.

— Quel joli bijou il a offert à Amber ! dit Maureen en sortant la salade du réfrigérateur. Et ce qu'il a dit sur la famille témoignait d'une telle sensibilité…

— Ce pendentif est très joli, c'est vrai.

Pour le reste, elle préférait ne pas se prononcer.

Jade s'assit à un bout de la table et Mitchell à l'opposé, et ils n'échangèrent pas un mot ni un regard de tout le repas. Ne montrant pas beaucoup d'appétit, Amber grignota du bout des lèvres puis demanda la permission d'aller s'étendre sur le canapé avec maman ourse.

— Ça va, ma chérie ? demanda Jade, inquiète, en l'aidant à s'allonger.

— Z'ai trop manzé, z'ai mal au ventre.

Maureen entraîna Jade à l'écart.

— Elle n'a presque pas touché au déjeuner non plus. C'est le décalage horaire, j'en suis sûre. Il affecte davantage l'organisme des enfants.

— Je vais la surveiller. Si elle ne va pas mieux demain, je la conduirai à l'hôpital.

— Voulez-vous que je prenne rendez-vous avec le néphrologue, juste par précaution ? intervint Arthur qui les avait rejointes. Cette petite baisse de régime n'a sans doute aucun rapport avec son rein, mais cela nous rassurera tous.

— Voyons d'abord son état demain.

— Maman ourse a sommeil, protesta Amber.

Tous sourirent. Les laissant retourner à la table du dîner, Jade recouvrit Amber d'un plaid et resta quelques instants auprès d'elle. Seigneur, faites que sa petite puce reste en bonne santé !

*
* *

— Joyeux anniversaire, Amber !

Pour l'arrivée du gâteau, Amber les avaient rejoints à table et ses yeux se mirent à briller à la vue de la génoise aux fraises et à la crème pâtissière couverte d'un glaçage rose du plus bel effet orné de figurines de ses princesses de contes de fées préférées entourant les trois bougies miniatures.

Après avoir soufflé les bougies, elle mangea la moitié de la tranche de gâteau qu'on avait déposée dans son assiette puis retourna s'allonger sur le canapé en compagnie de maman ourse et de sa poupée de chiffon.

Le vol de quinze heures avait laissé des traces. Peut-être avait-elle simplement sommeil, se répéta Jade, cherchant à se rassurer.

Voyant sans doute qu'elle s'endormait, Mitchell la souleva dans ses bras pour la porter dans la chambre d'amis. Jade aida la fillette à se brosser les dents et à enfiler son pyjama. Quand elles sortirent de la salle de bains, elle constata non sans surprise que Mitchell était toujours là.

Il souleva leur nièce pour la déposer entre les draps. Était-ce sa manière de se faire pardonner les accusations qu'il avait proférées tout à l'heure à son encontre ?

S'il lui proposait de faire la paix, elle était d'accord et, en tout cas, ce n'était pas elle qui alimenterait la querelle. Elle avait d'autres soucis en tête que de se disputer avec Mitchell.

À l'hôpital, Mitchell avait l'habitude de border ses petits patients dans leurs lits, mais c'était la première fois qu'il le faisait à l'extérieur. Il avait senti son cœur se gonfler en embrassant Amber sur le front et en l'entendant lui répondre « Bonne nuit, onc' Mitch. »

Il avait fait des progrès depuis la poignée de main qu'ils avaient échangée l'avant-veille ! L'affection que sa nièce semblait lui porter lui faisait chaud au cœur. C'était nouveau pour lui.

Son travail consistait à sauver la vie des enfants que les parents lui confiaient et qui lui exprimaient en retour une gratitude éternelle qu'il ne prenait jamais pour acquise. C'était son métier, et il l'accomplissait avec le recul nécessaire, comme tout médecin qui se respecte.

Toutefois, en regardant Amber s'endormir, il comprit que son travail ne lui suffisait pas. Quelque chose lui manquait et il se demanda si l'exil qu'il s'était imposé à lui-même en valait la peine. Il aimait sa nièce. Pourquoi ne pourrait-il la regarder grandir, jouer un rôle dans sa vie ?

Puis il secoua la tête. Il savait pertinemment pourquoi et il ne servait à rien de se mentir.

Malgré son amour pour Amber, il ne serait jamais prêt à s'occuper d'un enfant. Ce n'était pas dans ses gènes. S'il s'y risquait malgré tout, il représenterait un danger pour cet enfant.

— Je vais retourner auprès de Maureen et d'Arthur pour quelques instants, d'accord ? dit doucement Jade. Fais dodo, ma chérie.

Serrant contre elle maman ourse et son doudou, Amber s'endormit.

Jade suivit Mitchell dans le couloir.

— L'agence d'intérim m'a confié une mission de trois semaines à l'hôpital, lui dit-elle.

— Formidable… Quel hôpital ?

— L'Eastern Memorial, l'ancien établissement d'Arthur.

— En effet, c'est là que mon père a fait toute sa carrière.

Il se garda bien de lui dire qu'il y travaillait aussi temporairement en tant que médecin consultant en néonatologie, la spécialité de Jade.

Avant de prendre ses jours de repos, il avait demandé au directeur des ressources humaines d'embaucher quelqu'un pour remplacer une infirmière partie en vacances. De toute évidence, il avait été entendu et tout indiquait qu'il serait le futur patron de Jade au cours des semaines à venir.

4.

Désireux de se changer les idées avant d'aller se coucher, Mitchell descendit sur la plage. Le séjour de Jade et d'Amber ne se passait pas du tout comme il l'avait imaginé.

Il avait cru que Jade serait une femme décontractée, sportive, un peu casse-cou, son double féminin en quelque sorte, une Californienne délurée qui aimerait se baigner dans la mer, sortir le soir, boire quelques verres dans un bar et, pourquoi pas, apprécier une petite liaison pour pimenter ses vacances.

En lieu et place, il avait découvert une femme foncièrement sérieuse qui organisait sa vie en fonction de sa nièce et avait sans doute renoncé à ses passions et à ses habitudes pour élever cette dernière correctement. À son avis, Jade en faisait trop ; lui-même n'en serait pas capable et il ne pouvait s'empêcher d'admirer son abnégation et le dévouement qu'elle montrait envers leur nièce.

La rebelle décrite par David n'existait plus. Elle s'était métamorphosée en une femme casanière, pantouflarde, qui buvait des tisanes et se couchait à 22 heures — seule. Nul doute qu'elle donnerait sa vie pour protéger Amber, mais qu'avait-elle besoin de se cacher derrière une autre, une femme qui était tellement moins bien qu'elle ? Il avait entr'aperçu la vraie Jade près de la piscine, et ce seul souvenir faisait s'accélérer le sang dans ses veines.

L'air était doux et chaud, une brise légère agitait la mer qu'il resta à regarder en se demandant comment une femme aussi jeune et belle pouvait se sacrifier à ce point pour une enfant.

Elle l'intriguait, lui plaisait même s'il s'en défendait, mais il n'était pas question de s'engager dans une quelconque relation avec une personne aussi exigeante et entière.

Cela ne pourrait que mal finir. Jade n'était pas une femme de compromis, ce serait tout ou rien avec elle. Autrement dit, ils étaient incompatibles car il avait coutume de n'accorder que des miettes à celles qui faisaient un bout de chemin avec lui. Jamais il ne supporterait les contraintes d'une relation sérieuse ni d'une famille.

C'était ce qu'il se disait depuis des années, mais en était-il sûr ? Il avait aimé mettre Amber au lit et la border en compagnie de Jade ; les gestes de ce tendre rituel lui étaient venus naturellement comme s'il les avait déjà effectués par le passé, et il avait l'impression qu'il ne se lasserait pas de les répéter, encore, et encore.

Pourtant, il savait que la constance n'était pas son fort. Jusqu'à présent, il avait pris ses jambes à son cou dès que la moindre obligation se pointait à l'horizon. Le long terme, ce n'était pas pour lui et il craignait de briser le cœur de ceux qui lui feraient confiance.

Encore fallait-il essayer. Ce n'était pas en enchaînant des liaisons sans lendemain qu'il allait pouvoir tester son aptitude à partager la vie d'une femme.

Les sentiments qu'il éprouvait pour Jade constituaient une première pour lui et il avait l'impression d'aborder un cap nouveau de son existence sans savoir s'il allait pouvoir le franchir ou s'échouer sur les rochers.

Complètement perdu, il resta à fixer le reflet tremblant de la lune dans l'eau.

Dans l'antichambre de la pouponnière des soins intensifs, Jade enfila une blouse en cellulose jetable sur son uniforme blanc d'infirmière.

Elle avait commencé sa garde à 14 heures et terminerait à 22 heures. Arthur avait proposé de l'amener en voiture, mais, ne voulant pas abuser de sa gentillesse, elle avait préféré prendre le tramway, suivant les directives de Susy de l'agence d'intérim puisque la maison se trouvait à cinq minutes de l'arrêt du tram sur Jetty Road. Par ailleurs, la promenade à pied jusqu'à l'arrêt lui avait offert l'avantage de découvrir la ville.

Elle s'approcha de l'évier, frotta du savon sur ses bras puis actionna la pédale avec le pied pour ouvrir le robinet. Elle était en train de se sécher les mains avec des serviettes en papier quand une jeune femme d'une vingtaine d'années vêtue d'une blouse et de surchausses sortit de la salle des couveuses. Sa mine inquiète attira son attention et elle lui adressa un sourire amical.

— Vivement que je rentre à la maison, dit l'inconnue en lui rendant son sourire. C'est mon troisième jour. J'aimerais tellement emmener Jasper avec moi, mais ce n'est pas pour tout de suite, d'après le médecin. Combien de temps les prématurés restent-ils à l'hôpital ?

— Cela dépend du stade de prématurité de l'enfant. Quand il n'y a pas de complications, il reste en général en néonatologie jusqu'à la date où il aurait dû naître à terme. Et si le bébé s'alimente bien, prend du poids et est en parfaite santé, il peut même sortir avant. Jasper est né combien de semaines avant terme ?

— Dix. Il est sous assistance respiratoire parce qu'il a un problème de poumon, une maladie des membranes hy… quelque chose. Le médecin a essayé de m'expliquer, mais je n'ai pas compris, et je n'ai pas osé poser trop de questions de peur de le déranger ou de passer pour une idiote.

Durant ses années d'exercice à Los Angeles, Jade avait rencontré beaucoup de mamans de nouveau-nés prématurés qui exprimaient les mêmes craintes infondées.

— Il ne faut jamais hésiter à poser vos questions aux

médecins, même si elles vous paraissent anecdotiques ou stupides. Le médecin est là pour vous répondre et vous expliquer le protocole thérapeutique, et il lui appartient de vous inclure dans les décisions qu'il prend concernant votre bébé, ce que vous ne pouvez faire qu'à condition de comprendre la situation.

— J'avais peur de lui faire perdre son temps. En même temps, j'aimerais tellement savoir ce que Jasper a.

— Il s'agit de la maladie des membranes hyalines appelée aussi syndrome de détresse respiratoire du nouveau-né. La moitié des prématurés nés avant trente semaines en sont atteints. Cela signifie que Jasper ne peut respirer correctement en raison du manque de maturité de ses poumons qu'il est obligé de gonfler à l'excès pour pouvoir inspirer. À chaque expiration, ils se dégonflent complètement et restent en collapsus. Sans ventilation artificielle, il ne pourrait pas respirer, mais grâce à la corticothérapie ses poumons seront bientôt matures et opérationnels.

— Alors, c'est une maladie fréquente ?

Dans le regard de la jeune femme se lisait le besoin d'être rassurée.

— Comme je vous l'ai dit, elle touche la moitié des grands prématurés. Il ne faut pas vous inquiéter, Jasper est entre de bonnes mains. Au cas où le médecin ne serait pas disponible lors de vos visites, n'hésitez pas à vous adresser aux infirmières.

— Je ne vous avais pas vue avant. Vous êtes américaine, cela s'entend à votre accent. Comptez-vous vous installer à Adelaïde ?

— Non. Je suis venue voir de la famille, et je joins l'utile à l'agréable en travaillant à mi-temps à l'hôpital. Je suis encore là pour trois semaines, et je travaille jusqu'à 22 heures ce soir si vous désirez me poser des questions sur l'état de santé de Jasper.

— Merci beaucoup. Maintenant, il faut que j'aille tirer

mon lait puis j'irai manger un morceau. L'infirmière m'a dit qu'il fallait consommer des calories pour produire suffisamment de lait pour Jasper.

Jade acquiesça.

— Il faut manger des repas sains, vous reposer, dormir, c'est le meilleur service que vous rendrez à votre fils, et il en va de même pour votre compagnon. Avoir un bébé en néonatologie, surtout un grand prématuré, est épuisant pour les parents ; c'est normal de faire passer son enfant avant tout le reste, mais il faut aussi prendre soin de soi.

Sur ces conseils, elle quitta la salle pour entrer dans le service. On lui avait donné son planning de soins lors de son arrivée et, pour l'instant, elle ne risquait pas le surmenage : elle n'avait que deux patients à sa charge. C'était l'heure du repas par gavage — un vilain terme qui recouvrait toutefois une opération nécessaire et salvatrice — d'un petit garçon prénommé Costa.

Afin de se présenter, elle se dirigea vers l'infirmière de garde, une jeune fille au visage criblé de taches de rousseur qui lui donnaient l'air d'une adolescente.

— Bonjour, je suis Jade.

— Moi, c'est Mandy. Vous venez aussi de l'agence ?

— Oui. C'est ma première garde. Je serai là pendant trois semaines, à temps partiel seulement.

— Bienvenue à bord…

Le regard de Mandy se tourna vers la vitre de l'antichambre derrière laquelle se distinguait une silhouette en blouse blanche.

— Il est canon, n'est-ce pas ? demanda-t-elle à voix basse.

— Qui cela ?

— Si je n'étais pas fiancée, je lui offrirais bien le petit déjeuner au lit, poursuivit Mandy sur sa lancée.

— De qui parlez-vous ?

— De notre patron. Mitchell Forrester. Il est en train de se préparer à côté.

Jade se figea. Mitchell travaillait à l'hôpital ?

Son estomac se noua. Pourquoi ne le lui avait-il pas dit hier soir quand elle lui avait parlé de sa mission d'intérim au Eastern Memorial ?

Elle qui croyait qu'ils avaient fait la paix depuis qu'ils avaient bordé Amber ensemble, elle tombait de haut.

Peut-être n'aimait-il pas l'idée de collaborer avec elle.

Mandy n'était probablement pas la seule à être sensible au charme de cet homme, mais elle semblait un peu jeune pour un séducteur tel que Mitchell. Sans doute avait-il déjà jeté son dévolu sur une infirmière ou une doctoresse peu farouche qui ne disait pas non à des pauses torrides. En tout cas, qu'il ne compte pas s'amuser avec elle entre deux gardes. Les cinq à sept à l'hôpital, ou ailleurs, très peu pour elle.

— C'est chouette d'avoir un chef de service agréable à regarder, poursuivit son interlocutrice. Surtout quand on fait un travail difficile comme le nôtre en passant des journées au chevet de petits prématurés. Il est en quelque sorte notre récompense !

Jade ne partageait pas son enthousiasme. Mitchell était la dernière personne qu'elle aurait voulue comme patron. Par sa virilité et son charme, il ranimait en elle des désirs insatisfaits depuis fort longtemps, et dont s'accommodait fort mal la nouvelle Jade.

— Les enfants sont en de bonnes mains avec lui. Tout comme le personnel, et j'en connais plus d'une qui aimerait être dans ses bras, ajouta Mandy en riant.

— Chacun ses goûts, répondit Jade sèchement afin de signifier à sa collègue qu'elle n'était pas candidate au harem du sultan Forrester.

Par la vitre, elle vit une infirmière appeler Mitchell qui quitta précipitamment l'antichambre.

Ouf… Il n'était pas entré dans la salle. Le répit serait de courte durée, mais c'était déjà cela de gagné.

Après s'être assuré que le petit Costa avait digéré son

précédent repas, elle remplit une seringue de lait maternisé et la passa par le hublot de l'incubateur pour la tenir au-dessus de la bouche du nouveau-né et commencer le goutte-à-goutte. Une séance de gavage durait en principe une demi-heure.

Une vingtaine de minutes plus tard, une jeune femme brune vêtue d'une blouse stérile et de chaussons entra dans la pouponnière.

— Bonjour, je suis Soula, la maman de Costa.

Jade leva les yeux un bref instant vers elle.

— Bonjour, Soula. Je m'appelle Jade et c'est moi qui vais m'occuper de Costa cet après-midi. Vous avez là un beau petit garçon.

— Il ressemble à son papa, dit Soula avec un sourire un peu tremblant. Les mêmes cheveux noirs épais. Sa *yia-yia*, Maria, l'adore car elle lui rappelle Yanni, son fils aîné qui est aussi mon mari. Maria a eu cinq enfants, mais Yanni et moi, nous nous contenterons de deux.

Tout en écoutant la jeune mère lui expliquer combien les familles grecques étaient soudées, Jade reporta son attention sur le précieux goutte-à-goutte qu'il lui faudrait renouveler dans quelques heures.

Puis elle changea la couche de Costa, et elle était en train de l'installer confortablement sur son petit matelas quand elle entendit pleurer derrière elle. Soula…

— Je ne sais ce que je ferais s'il arrivait quelque chose à Costa. Je l'aime tellement ! murmura la jeune femme. Avant même qu'il soit né, je l'aimais déjà de tout mon cœur.

Jade referma la porte de l'incubateur et demanda à Soula de s'asseoir. Ayant accouché la veille, elle était physiquement et moralement épuisée, et donc sujette aux baisses de moral et aux accès de découragement.

— Costa est entre de bonnes mains. Il est petit, certes, mais il a la volonté de vivre et il se bat. L'injection de corticoïdes qu'on vous a faite quelques heures avant la naissance a accéléré suffisamment la maturation de ses poumons, par le biais du cordon, pour lui permettre de respirer l'oxygène enrichi de l'incubateur sans avoir besoin de ventilation artificielle. Depuis hier, il a pris presque dix grammes. Croyez-moi, il progresse bien.

— Mais le Dr Forrester qualifie encore son état de critique.

— Comme pour tous les enfants qui se trouvent dans cette unité de soins intensifs. Il emploie ce terme par prudence car il veut que vous compreniez les problèmes auxquels Costa doit faire face maintenant, et les défis qu'il devra relever dans les semaines à venir, dit-elle comme si Mitchell lui avait accordé le droit de parler en son nom. Il ne vous cache rien, et vous admettrez que c'est préférable pour des parents de savoir ce qui les attend. Dès que vous aurez du lait, nous le donnerons à Costa, ce qui renforcera nettement ses défenses immunitaires.

— Tout ce que son père demande, c'est que Costa vive, dit la jeune mère en essuyant ses larmes. J'ai promis de l'appeler en sortant d'ici. Il est ouvrier dans les mines, à Roxby, et il alterne deux semaines de travail et deux semaines de repos. Il avait posé ses congés afin d'être là pour l'accouchement, mais Costa est arrivé huit semaines avant terme. Il va essayer de prendre un avion aujourd'hui pour me rejoindre car il veut absolument voir son fils.

— J'imagine. C'est terrible d'être loin de sa famille en des moments pareils. Comme vous le devinez sans doute à mon accent, je ne suis pas d'ici et j'ignore complètement où se trouve Roxby. Est-ce une grosse ville minière ?

Son but était d'amener Soula à parler de son mari, un homme qu'elle adorait visiblement, afin de la détourner de son sujet principal d'inquiétude. Dans quelques jours, Soula souffrirait peut-être de dépression post-natale, de sautes d'humeur et de troubles du sommeil qui viendraient s'ajouter à son angoisse, et ce serait une excellente chose que son mari soit près d'elle pour la soutenir. À deux, on surmontait plus facilement les obstacles.

— Roxby se trouve au nord de l'État, on y exploite des mines d'opale depuis plus d'un siècle. Je n'y suis jamais allée, mais un jour, j'y accompagnerai peut-être Yanni avec notre petit Costa, si Dieu le veut, ajouta-t-elle avec un timide sourire.

Voyant que Soula semblait s'être ressaisie, Jade se dirigea vers son second petit patient pour prendre ses constantes.

— À peine arrivée, tu fais des merveilles en métamorphosant les larmes de nos jeunes mamans en sourires, dit une voix de velours derrière elle. Tu m'impressionnes, Jade Grant.

Jade se mordit la lèvre. Le moment était venu de lui faire face. Le cœur battant, elle se retourna.

— J'aime voir les parents sourire. Mais tu m'excuseras, je n'ai pas le temps de bavarder, il faut que je prenne les constantes de Jasper. Au fait, pourquoi ne m'as-tu pas dit hier soir que nous travaillerions ensemble ?

— Pour te faire la surprise, dit-il, un pli moqueur au coin des lèvres.

Même en blouse chirurgicale, il était beau comme un dieu et elle se sentait stupidement intimidée en sa présence comme si elle était une étudiante de première année et non une infirmière expérimentée au curriculum vitæ bien rempli. Si seulement il avait conservé son apparence négligée d'Indiana Jones barbu, elle aurait trouvé plus facile d'avoir affaire à lui, et de ne pas le regarder bouche bée comme elle le faisait à présent.

— Notre protocole de soins est-il différent de celui que vous appliquez à Los Angeles ? demanda-t-il tout en la regardant prendre la température de Jasper Johnson.

— Non. À l'exception de quelques termes dans les dossiers, tout est pareil. Vous dites « vitales » pour les constantes. Ne t'inquiète pas, je m'adapterai très bien, ajouta-t-elle froidement.

Comme s'il s'inquiétait pour elle ! Sans doute n'avait-il aucune envie de l'avoir dans les parages.

*
* *

Le soir, Jade avait pris ses marques dans le service. Ses collègues étaient sympathiques, même si la plupart ne juraient que par Mitchell, y compris les infirmières d'un certain âge qui n'avaient pourtant aucunes vues sur lui. Force était de constater qu'il montrait des qualités d'empathie exceptionnelles avec les parents qui venaient voir leur bébé en soins intensifs, et qu'il faisait tout son possible pour les associer aux prises de décision médicales.

Il savait les rassurer quand leur inquiétude ne se justifiait pas et expliquer des cas parfois très compliqués au moyen de termes simples accessibles aux profanes. Quand la situation était critique, il trouvait les mots pour exprimer sa compassion et les assurer de son soutien. Si elle avait été parent, elle se serait sentie en sécurité en sachant son enfant dans les mains d'un tel médecin.

Durant sa pause, Jade avait appelé à la maison pour parler à Amber et découvert qu'elle s'amusait comme une petite folle à barboter dans le petit bain de la piscine avec mamy, laquelle avait pris le téléphone pour l'assurer qu'elle avait tartiné la fillette d'écran total, que celle-ci portait les brassards gonflables en plus de la bouée, et que papy-mamy ne la quittaient pas des yeux une seule seconde.

Sa nièce ne risquait rien avec Maureen et Arthur qui n'étaient pas comme leur irresponsable de fils aîné. S'il proposait un jour d'emmener Amber en excursion quelque part, elle s'y opposerait farouchement, ou s'obligerait à être du voyage.

Il faisait nuit quand elle sortit de l'hôpital et elle décida de prendre un taxi pour rentrer. Malgré la douceur de la soirée, cela ne lui disait rien de marcher dans les rues désertes jusqu'à l'arrêt du tramway.

— Tu veux profiter de ma voiture ?

Sans se retourner, elle savait, à la manière dont son cœur s'était accéléré, que c'était Mitchell.

— Non, merci. Je vais prendre un taxi.

— C'est stupide, répliqua-t-il en s'approchant d'elle. J'habite au bout de la rue, ce n'est pas comme si j'allais faire un détour pour toi.

Un signal d'alarme résonnait dans la tête de Jade aussi fort que la sirène de l'ambulance qui était en train de se ranger sous l'auvent des urgences.

— Tu es sûr que cela ne te dérange pas de me ramener ?

Avec un peu de chance, il se rappellerait une course à faire à l'autre bout de la ville, ou quelque galante compagnie qui l'attendait, et il retirerait son offre.

— Certain. Je suis garé sur le parking des médecins.

À contrecœur, Jade le suivit. Sur ledit parking se trouvaient trois BMW dernier modèle, deux coupés sportifs, un 4x4 et une moto. À tous les coups, elle pariait pour le 4x4 avec la galerie sur le toit — pour transporter les planches de surf. Le mètre quatre-vingt-dix de Mitchell aurait du mal à rentrer dans les voitures de sport. Mais il n'était pas exclu que l'une des luxueuses berlines de marque allemande lui appartienne.

Peu importe le mode de transport. Elle voulait juste rentrer à la maison et surélever ses pieds. Sans que le trajet en compagnie de son chauffeur lui réserve de mauvaises surprises.

— Tiens, dit-il en lui tendant un casque de moto. Je vais prendre ton sac pour plus de sûreté.

— Tu plaisantes ?

— J'en ai l'air ?

Cela faisait des années qu'elle n'était pas montée sur une moto.

— Écoute, Mitchell, je ne me sens pas à l'aise à l'idée de monter sur cet engin. Je préfère prendre un taxi.

— Si tu veux dépenser ton argent pour rien… Allez,

viens, tiens-moi compagnie. On en a pour à peine vingt minutes.

Son cœur commençait à cogner contre ses côtes. Non seulement la moto lui faisait peur, mais elle ne pouvait se permettre de se rapprocher de cet homme. Or, elle devrait enrouler les bras autour de sa taille, peut-être se coller à lui afin de ne pas tomber dès que l'engin prendrait de la vitesse…

— En toutes mes années de motard, je n'ai jamais tué ni mutilé personne, ni perdu aucun passager en route.

— C'est censé me rassurer ?

— Allez, ma jolie…, intervint une voix au fort accent irlandais. Ne vous faites pas prier et acceptez l'offre du Dr Forrester.

Jade reconnut l'une des consultantes en pédiatrie. La quinquagénaire jeta un sac sur le siège arrière d'une des BMW et se glissa derrière le volant.

Jade aurait tout donné pour prendre place à côté d'elle, non pour le prestige du véhicule, mais parce qu'il possédait un toit et des portières, et qu'il lui éviterait de faire le trajet avec Mitchell.

— Bien parlé, Maggie O'Donnell. Pour sûr…, ajouta Mitchell en imitant son accent.

— Si vous vous moquez de moi, dit Maggie, l'œil pétillant de malice, je ne vous adresserai plus jamais la parole. Pour sûr…

— Ce serait dommage de ne plus entendre votre douce voix.

Maggie secoua ses boucles grises en riant.

— La journée a été longue, je vous laisse, mes jolis. Débrouillez-vous.

Elle fit une marche arrière nerveuse puis s'éloigna dans la nuit.

Devait-elle accepter l'offre de Mitchell ? se demanda Jade. Et s'ils avaient un accident ?

— La route est en ligne droite sur North Terrace, dit-il

comme s'il lisait dans ses pensées. Puis nous prendrons une petite portion d'autoroute jusqu'à Glenelg. Il ne pleut pas, le revêtement de la quatre-voies vient d'être refait et la circulation à cette heure est quasi nulle.

— Tout de même, je ne me sens pas rassurée.

— Tu n'as jamais fait de moto ?

Naguère, elle avait foncé cheveux au vent sur les routes qui serpentaient vers Malibu, le long de la côte. Qu'elle ait été le conducteur ou le passager, elle avait adoré la vitesse, sentir les embruns sous le casque.

— Si, souvent, mais…

— Alors, pourquoi tant d'hésitations ? En selle !

De guerre lasse, elle mit le casque et s'installa sur le siège arrière. Après avoir autrefois tutoyé le danger et même frôlé la mort à quelques reprises pour satisfaire sa soif d'adrénaline, elle aurait été de mauvaise foi en reculant devant ce trajet de trois fois rien pour rentrer à la maison.

Il rangea le sac dans le coffre sous le siège, prit place derrière le guidon et mit les gaz. Comme il ne démarrait pas, elle comprit ce qu'il attendait. Comme pour le confirmer, il fit un geste désignant sa taille et elle y posa ses mains.

Le parfum de Mitchell franchit la barrière du casque pour emplir ses narines. Il fallait espérer que le vent le dissipe, en emportant aussi les sensations que son contact éveillait au plus profond de son corps.

Jugeant sans doute qu'elle ne s'agrippait pas suffisamment fort à lui, il tira sur ses bras pour qu'ils s'enroulent tout autour de sa taille.

Puis l'engin les emporta, serrés l'un contre l'autre.

5.

— Te voilà arrivée en un seul morceau, comme promis, dit Mitchell en descendant de moto et en retirant son casque.

Jade, qui avait déjà mis pied à terre, commença à remonter l'allée. Le contact presque intime qu'ils avaient partagé durant le trajet l'avait déstabilisée, et la haute silhouette qui se découpait contre la lumière du réverbère lui paraissait incroyablement séduisante. D'où la nécessité de mettre de la distance entre eux.

En d'autres circonstances, elle aurait peut-être consenti un baiser, et la promesse de refaire un tour de moto en sa compagnie, mais, en l'occurrence, il valait mieux remercier poliment Mitchell et regagner sa chambre. Levant la tête, elle jeta un coup d'œil à la fenêtre derrière laquelle Amber dormait tranquillement.

Sa colère contre Mitchell s'était évanouie. Sans doute avait-il ses raisons pour s'être comporté comme il l'avait fait ; en tout cas, il semblait maintenant vouer une affection sincère à Amber. Restait à espérer qu'il reste désormais en contact avec sa nièce.

Voir le dévouement qu'il témoignait à ses patients et aux familles inquiètes qu'il recevait à l'hôpital l'avait fait remonter dans son estime. Il se battait avec une détermination farouche pour que tous les prématurés de son service survivent, même les cas les plus désespérés, ce qui forçait son admiration.

Il y avait du bon chez cet homme. Mais il n'était pas

pour elle, et la fragile paix qu'ils venaient de conclure ne serait en aucune manière un prélude à quelque chose de plus sérieux. Son opinion de lui avait pourtant effectué un virage à 180°. D'égoïste irresponsable, il était devenu un médecin remarquable. Par ailleurs, durant leur trajet à moto, il lui avait prouvé qu'elle pouvait lui faire confiance car il avait roulé très prudemment en ne dépassant pas une seule fois la limitation de vitesse. Au lieu de craindre pour sa sécurité, elle s'était sentie protégée par lui.

Ce qui ne changeait rien au fond du problème. Elle avait la charge d'Amber, toutes deux n'étaient à Adélaïde que pour quelques semaines, et Mitchell serait peut-être parti avant elles.

Leur relation, si relation il y avait, serait terminée avant même d'avoir commencé.

— Merci pour m'avoir raccompagnée.

— De rien. Comme tu le sais, je laisse la moto chez mes parents étant donné que je n'ai pas de garage dans la résidence où j'habite. Je passerai la reprendre demain vers 8 heures et, si tu veux, je t'emmènerai par la même occasion à l'hôpital.

— Non, merci. Je suis de nouveau de garde l'après-midi et je prendrai le tram.

Après lui avoir souhaité une bonne nuit, elle entra dans le vestibule en veillant à ne pas faire de bruit au cas où ses hôtes seraient couchés.

Encore tout excitée par le voyage à moto, elle s'allongea dans le lit jumeau, à côté de celui où Amber dormait comme un loir, et eut du mal à trouver le sommeil.

Ce soir, après trois années d'abstinence, elle avait goûté de nouveau à la liberté, et au plaisir de se pencher dans les virages et de ne faire qu'un avec le pilote. La Jade d'antan avait refait surface durant un bref instant.

Prudence… Une nouvelle virée à moto risquait de réveiller d'autres désirs qu'elle ne pourrait cette fois contrôler.

*
* *

Le lendemain matin, Jade entendit le moteur gronder sous ses fenêtres et éprouva une pointe de regret à l'idée de ne pas pouvoir chevaucher l'engin en compagnie de Mitchell.

Elle passa la matinée à jouer sur la plage avec Amber en essayant de le chasser de son esprit. Après tout, il n'était qu'un homme et elle avait eu son lot d'aventures par le passé. Les mâles qui avaient tourné autour d'elle n'avaient pas manqué ; elle avait fait un bout de chemin avec certains, mais en avait éconduit bien davantage, et et aucun n'avait laissé d'empreinte durable dans son cœur ni dans son esprit.

Alors qu'elle n'avait même pas échangé un baiser avec Mitchell, il l'obsédait du matin au soir. L'odeur de son parfum et le souvenir de ses propres bras autour de son corps musclé la hantaient depuis ce trajet à moto.

À cause de lui, elle était tentée de faire un accroc à ses sages résolutions.

Comme Jade s'apprêtait à partir pour l'hôpital, Maureen décida d'emmener sa petite-fille faire les boutiques sur Jetty Road afin de lui trouver des affaires « brillantes », cousues de strass et de paillettes, comme c'était, paraît-il, la mode cette année.

Laissant Amber tout excitée à la perspective de la séance de shopping avec mamy, Jade se mit en route pour sa seconde garde au Eastern Memorial.

Elle venait de prendre son service quand on l'informa de l'arrivée par hélicoptère d'un bébé prématuré en provenance de Melbourne dont elle devrait s'occuper en priorité.

— Le service de néonatologie était complet à Melbourne, expliqua Mandy. Ayant eu une recrudescence de naissances de prématurés ces derniers jours, ils n'avaient plus un seul incubateur de libre alors ils nous ont envoyé la petite Morey — elle n'a pas encore de prénom. Elle est minuscule, mais c'est une battante.

Elles s'approchèrent de la couveuse où reposait la fillette.

— Pourquoi les parents n'ont-ils pas voyagé avec l'enfant ?

— La mère a accouché par césarienne à la suite d'un accident de la circulation. J'ai lu le rapport : un carambolage impliquant quatre véhicules sur l'autoroute Tullamarine près de l'aéroport.

Jade se sentit pâlir.

— Les parents ont-ils survécu ?

Sa voix tremblait. Pourvu que ce soit le cas. Elle ne pourrait pas supporter d'entendre le contraire et d'être reportée en arrière, à cette tragédie qui avait détruit sa famille. Une famille déjà cruellement frappée une première fois, des années auparavant.

— Ils sont blessés, mais hors de danger. La mère souffre d'une fracture de la clavicule, d'un poumon perforé et, bien sûr, des effets de la césarienne pratiquée en urgence. Quant au père, il présente une fracture à la hanche et des côtes cassées avec suspicion de lésion à la colonne vertébrale.

Des lésions graves. La petite fille sans prénom avait vu le jour dans les mêmes conditions qu'Amber trois ans auparavant. La seule différence, c'était que le bébé qui s'accrochait à la vie derrière la vitre de cette couveuse avait encore ses parents. Bien que grièvement blessés, ils s'en sortiraient et feraient partie de la vie de leur fille.

Les souvenirs firent monter les larmes à ses yeux. Heureusement, Mandy s'était éloignée vers l'incubateur d'un autre prématuré.

À cet instant, Mitchell et un groupe d'étudiants entrèrent dans la salle et s'approchèrent de la petite Morey.

— Le pédiatre qui nous a adressé cette enfant a noté une cyanose de la peau et des ongles qu'il a attribuée à une détresse respiratoire. Comme je n'étais pas convaincu, j'ai fait effectuer des examens complémentaires, notamment des radios et un scanner thoracique qui m'ont permis de compléter le diagnostic de mon collègue. Ce bébé souffre en effet d'une détresse respiratoire qui est due à une insuffisance cardiaque.

Il se tourna vers elle.

— Mademoiselle Grant, pouvez-vous placer la petite Morey devant une lampe chauffante pendant quinze minutes afin de maintenir sa température corporelle ?

— Bien sûr, dit-elle sans croiser son regard.

S'efforçant de retenir ses larmes, elle obéit aux instructions.

Les étudiants partirent puis Jade entendit Mitchell appeler une autre infirmière.

— Prenez le relais de Mlle Grant, Melanie, il faut que je lui dise deux mots. Continuez à monitorer la saturation en oxygène et la fibrillation cardiaque, et administrez la digoxine dans la perfusion — j'ai noté le dosage dans le dossier. Jusqu'au retour de Mlle Grant, ne quittez le chevet de ce bébé sous aucun prétexte.

Jade se dirigea vers la porte. Elle n'avait aucune envie de lui parler. Sans doute avait-il remarqué ses larmes et elle ne voulait pas de sa pitié, ni de ses blâmes au cas où il lui reprocherait de se laisser submerger par ses émotions au détriment de son travail.

— Mademoiselle Grant, je vous prierais de me suivre, dit-il en la rattrapant.

Il la prit par le bras et la conduisit dans un petit bureau où les consultants recevaient les familles.

— Jade, que se passe-t-il ? demanda-t-il dès qu'il eut fermé la porte.

— Rien, dit-elle, les yeux toujours baissés. Tout va bien.

— Tout est loin d'aller bien. Tu as l'air complètement bouleversée.

— Ne t'en mêle pas, s'il te plaît.

Elle leva enfin les yeux et vit, à sa grande surprise, qu'il semblait sincèrement inquiet pour elle. Les traits de son beau visage exprimaient la compassion et l'inquiétude. Alors, sans qu'elle puisse les retenir davantage, les larmes se mirent à couler sur ses joues.

C'était la première fois qu'elle pleurait depuis les funérailles de Ruby et de David. Elle avait enfoui ses sentiments en elle et tenu bon durant toutes ces années car elle n'avait guère eu le choix. Personne n'avait été là pour la soutenir, et elle se devait d'être forte pour Amber qui n'avait qu'elle.

Quand il l'attira contre lui, elle n'essaya pas de se dégager. Elle se languissait depuis si longtemps d'une épaule contre laquelle s'appuyer.

— Est-ce à cause d'Amber ? Tu te fais du souci pour elle à cause de son problème de rein ?

Muette, elle resta blottie contre lui. C'était tellement agréable de sentir ses bras autour d'elle, sa chaleur l'envelopper. Mais elle ne pouvait rester indéfiniment ainsi. Il allait partir bientôt. Et elle aussi. Ce serait une folie de lui ouvrir son cœur.

À contrecœur, elle le repoussa doucement.

— Amber est en bonne santé. Si je pleure, ce n'est pas à cause d'elle, mais de cette fillette qui vient d'être admise chez nous. Elle est née par césarienne à la suite d'un accident de la route, et cela m'a rappelé les circonstances de la mort de David et de Ruby. Tout est remonté à la surface d'un seul coup. C'est absurde, il faut que j'apprenne à m'endurcir et j'y travaille.

D'un air presque tendre, il lui caressa la joue.

— Je ne veux pas que tu t'endurcisses. Les meilleures infirmières sont celles qui éprouvent empathie et compassion. Tu as les deux, et ce sont de merveilleuses qualités.

Jade avait du mal à supporter son regard. Tout ce qu'elle voulait, c'était retourner travailler.

— Je vais aller relever Melanie, sa place est en pédiatrie. Alors que nous sommes en sous-effectifs, je suis là, à pleurnicher sur mon propre sort…

— Tu ne pleurniches pas, tu exprimes tes émotions. Prends quelques minutes avant d'y retourner. Si tu préfères, je peux confier la petite Morey à quelqu'un d'autre.

— Non. Je veux continuer à m'occuper d'elle.

— Tu en auras la force ?

— Oui, dit-elle d'une voix ferme en se dirigeant vers la porte.

Elle avait besoin de mettre de la distance entre eux, surtout maintenant qu'elle venait de découvrir qu'il avait un cœur, et des trésors de compassion dont elle ignorait l'existence. Désormais, ce serait encore plus difficile de ne pas succomber à son charme, mais c'était son problème, pas celui de Mitchell.

— Nous avons un nouveau petit pensionnaire, Jade, lui annonça Alli, l'une des infirmières du service, en roulant le berceau dans la pouponnière. Il s'appelle Liam. Son père est dans l'antichambre, en train d'enfiler la tenue stérile. La maman, qui se remet d'un accouchement par césarienne, n'est pas encore en état de venir le voir. Liam est né à vingt-neuf semaines.

Quelques minutes plus tard, un homme d'une quarantaine d'années à la mine très inquiète entra dans la salle, vêtu de la blouse en cellulose bleue des visiteurs.

— Votre fils est là-bas, monsieur Phillips, dit Alli en le conduisant vers le berceau. Installez-vous près de lui. Le Dr Forrester arrive.

— Oh ! mon Dieu, il est si petit ! murmura l'homme en se penchant sur le nouveau-né.

Il jeta un coup d'œil aux autres bébés avant de reporter son regard sur le sien. Sa peur était palpable.

— Bonjour, monsieur Phillips, dit Mitchell en s'approchant. Je suis le Dr Forrester, c'est moi qui vais m'occuper de votre fils.

— Pourquoi n'est-il pas dans une couveuse ? demanda l'homme d'un ton vindicatif. Vous n'en avez pas suffisamment pour tous les bébés ? Il aurait sûrement plus chaud. Ne pourriez-vous au moins le recouvrir d'une couverture ?

— Il y a différents niveaux de traitements en néonatologie. Dans l'heure qui suit, nous allons lui prodiguer des soins très pointus qui exigeront un accès sans entrave et une liberté de mouvement du personnel soignant qu'un incubateur ne permettrait pas, expliqua Mitchell. Ne vous inquiétez pas, votre fils est allongé sur un matelas chauffant et il est en de bonnes mains.

— Si vous le dites.

L'air guère convaincu, M. Phillips s'assit au bord d'une chaise.

— Combien de temps devra-t-il rester en soins intensifs ?

— Il est impossible de le dire pour le moment. Les bébés prématurés ont besoin d'aide pour rattraper leur déficit de croissance, réguler leur température corporelle, respirer, manger. Liam ne pèse qu'un kilo, son système digestif n'est pas mature, et il sera nourri à l'aide d'une sonde qui transportera le lait jusqu'à son estomac, poursuivit Mitchell en chauffant la capsule métallique du stéthoscope avant de la poser sur la minuscule poitrine.

— Mais ma femme veut le nourrir au sein, elle y tient.

— Elle pourra tirer son lait que nous donnerons à Liam dès qu'il sera en état de se nourrir lui-même. L'objectif premier est qu'il prenne du poids.

Mitchell écouta le cœur du bébé puis enroula le stéthoscope autour de son cou.

— Vous n'avez que deux infirmières ? demanda M. Phillips en désignant Jade et Alli. S'il arrive d'autres prématurés, comment feront-elles pour s'occuper de tout le monde ?

— Soyez assuré que nous disposons de tout le personnel

nécessaire. Au cours des semaines à venir, vous ferez la connaissance de tout le monde. Alli, que vous avez déjà rencontrée, est un élément précieux de notre équipe de soins intensifs, et nous avons la chance d'avoir Jade qui nous fait profiter de l'expertise qu'elle a acquise dans un CHU de Los Angeles.

La note de fierté qui teintait sa voix n'échappa pas à Jade qui en rougit de plaisir.

— Il y a aussi Laura, l'infirmière en chef, et moi, le consultant en néonatologie, qui serai le médecin référent de Liam. Des pédiatres, kinésithérapeutes, diététiciens viennent compléter les effectifs, sans oublier les assistantes sociales qui aident les parents à opérer la transition une fois le bébé de retour à la maison. C'est une petite armée qui sera à votre service pour répondre à tous les besoins que vous formulerez au cours des semaines et des mois à venir.

Sur le ton à la fois anxieux et brutal qui semblait le sien, le père de Liam posa d'autres questions auxquelles Mitchell répondit sans montrer le moindre signe d'impatience. Admirative, Jade l'écouta expliquer et réexpliquer les choses au père inquiet.

— Il est important que vous et votre épouse rendiez visite le plus souvent possible à Liam. Aussi nombreux soient-ils, les médecins et les infirmières ne pourront jamais remplacer les parents. Un bébé prématuré reconnaît la voix de ses parents et leur toucher, et votre présence fera toute la différence pour lui.

Enfin, M. Phillips sembla se détendre sur sa chaise. Mitchell était visiblement parvenu à gagner sa confiance.

— Je vais poursuivre mon examen. Vous pouvez rester ou retourner voir votre femme pour la rassurer et revenir plus tard. Je serai là tout l'après-midi pour répondre à vos questions. Les portes du service et de la pouponnière sont par ailleurs ouvertes vingt-quatre heures sur vingt-quatre pour les parents des patients.

— Euh… Je crois que je vais retourner auprès de ma femme pour lui dire que la situation est sous contrôle, dit le père en se levant. S'il y avait la moindre aggravation, pourriez-vous m'appeler dans la chambre de ma femme en maternité ? Je redescendrai aussitôt.

— Bien entendu. Mais l'état de Liam est stable pour le moment. Alors, prenez votre temps.

M. Phillips se dirigea vers la sortie avec l'air sonné du boxeur. C'était une épreuve pour les parents autant que pour le bébé. La route serait encore longue avant que ce dernier soit transféré dans la pouponnière de pédiatrie, la dernière étape avant le retour à la maison.

— As-tu dîné ? demanda Mitchell à Jade comme elle s'apprêtait à prendre sa pause du soir.

— Pas encore. J'allais descendre à la cafétéria pour m'acheter un sandwich et le déguster en salle de repos.

— J'ai une meilleure idée.

Ils entrèrent dans l'ascenseur dont les portes venaient de s'ouvrir.

— Le petit restaurant italien en face de l'hôpital…, ajouta-t-il. Ils servent les meilleures pâtes d'Adélaïde et le service est ultrarapide car ils savent qu'on n'a pas beaucoup de temps. C'est délicieux, on se croirait en Italie.

L'invitation la surprit, et elle accepta sans même prendre le temps de réfléchir.

Tant mieux, songea-t-elle tandis qu'ils attendaient de traverser au feu rouge sur le boulevard, sinon, la Jade timorée aurait peut-être encore eu le dernier mot. Une entente cordiale semblait s'être instaurée entre Mitchell et elle, et il n'y avait aucune raison qu'ils ne partagent pas un repas.

— Je ne t'ai même pas demandé ton avis, reprit Mitchell d'un air un peu penaud. Dans mon esprit, tout le monde raffole des pâtes et des pizzas, mais tu préfères peut-être autre chose.

— Pas du tout. J'adore la nourriture italienne.

Au cours du repas, Mitchell résolut de parler à Jade de cette vision fugace qu'il avait eue d'elle au bord de la piscine de ses parents. Depuis ce jour-là, il n'avait cessé d'y penser et il se sentait malhonnête de le garder pour lui. Loin de lui l'intention de l'embarrasser, il voulait simplement la mettre au courant.

Mais il ne savait comment aborder le sujet.

— Te voilà soudain bien silencieux, dit-elle en empilant du risotto sur sa fourchette.

— Il y a quelque chose dont j'aimerais te parler…

Allait-elle mal le prendre ou en rire avec lui ? Après tout, il n'avait rien fait de mal et s'était dépêché de s'en aller sans profiter du spectacle.

— Alors, vas-y.

Il but une gorgée d'eau pour gagner un peu de temps.

— L'autre matin, j'étais passé à la maison pour monter la nouvelle chaîne hi-fi ; mon beau-père ne comprend rien aux modes d'emploi…

— Et… ?

De toute évidence, elle se demandait où il voulait en venir.

— Mes parents avaient emmené Amber sur le port voir les dauphins…

— Je m'en souviens, dit-elle. Moi, j'étais restée à la maison, mais je ne t'ai pas vu.

— Non. Mais, moi, je t'ai vue. Tu prenais un bain de soleil au bord de la piscine.

Les joues de Jade rosirent. Visiblement embarrassée, elle porta la main à sa bouche.

— Je ne me le serais jamais permis si j'avais su qu'il y avait quelqu'un à la maison.

— Je voulais juste que tu saches que j'ai détourné les yeux et que je ne me suis pas attardé. Ton secret ne craint rien avec moi.

— Mon secret ? Mais de quoi parles-tu ? Je bronzais au bord de la piscine, la belle affaire… Tu n'avais pas besoin de détourner les yeux. Tu ne me feras pas croire que, toi, tu es choqué à la vue d'une femme en bikini !

— Tu n'avais pas de bikini. Ce qui est ton droit le plus strict.

— Bien sûr que si, j'avais un bikini, dit-elle en écarquillant les yeux d'un air horrifié. Je sais quand même ce que je portais !

— Tu n'avais rien sur toi quand je suis arrivé. Je sortais de la remise à outils et je t'ai vue, allongée sur la chaise longue, dans le plus simple appareil. Alors, je suis parti pour ne pas t'embarrasser par ma présence.

Elle s'essuya le coin de la bouche avec la serviette.

— Je crois comprendre… C'est un bikini en lycra couleur chair que je ne porterai jamais en présence d'Amber, mais c'était la seule tenue de bain en ma possession, et j'avais envie de profiter du soleil. De loin, les gens peuvent effectivement avoir l'impression que je suis nue, mais je ne l'étais pas. Et cela m'offense que tu puisses me croire capable d'un tel comportement au bord de la piscine de tes parents !

— Et alors ? Je ne vois pas où serait le crime.

— Dans ce cas, pourquoi as-tu détourné les yeux ?

Pour brider sa libido avant qu'elle ne l'entraîne trop loin, mais il ne se voyait pas l'avouer à une Jade déjà suffisamment indignée.

— On voit bien que tu ne me connais pas ! poursuivit-elle. Un bikini, c'est déjà limite pour moi.

— D'accord, dit-il d'un ton conciliant. Je te crois. C'est sans doute moi qui ai besoin de lunettes. Mais permets-moi de te dire que tu as une silhouette fabuleuse.

Le compliment était risqué mais, à son grand soulagement, elle sourit.

— Ce bikini fait partie de mon ancienne garde-robe qui était un peu ollé ollé. Depuis que j'ai la charge d'Amber, je veille à porter des vêtements qui donnent l'image de quelqu'un de respectable. Amber n'aimerait sûrement pas me voir me promener dans une tenue aussi osée.

Ce qui confirmait les soupçons de Mitchell. Elle s'était façonné une nouvelle personnalité, et une apparence qui allait de pair.

Il lui savait gré de sa franchise. Jade lui plaisait comme elle était, avec ses contradictions, ce double visage qu'elle n'assumait pas ou si mal, son absence totale de rouerie, et sa beauté, tant physique que morale.

Chaque jour, elle occupait une place de plus en plus importante dans son cœur. Las, il n'avait pas le droit de le lui dire puisque, dans quelques semaines, ils allaient partir chacun vers un continent différent.

— Je ne suis pas d'accord sur ce point, répliqua-t-il sur un ton soigneusement désinvolte. Je suis sûr qu'Amber trouverait sa tante Jade ravissante dans son bikini en lycra.

6.

Le lendemain, Mitchell reçut un appel du régulateur du Service médical aérien alors que Jade prenait sa garde. Ce serait la dernière de la semaine et elle enchaînerait ensuite sur quatre jours de repos qu'elle avait prévu de passer avec Amber — au programme, visite au zoo et pique-nique d'anniversaire.

Mitchell avait mis la communication sur haut-parleur et Jade, Laura et toutes les personnes présentes dans le poste infirmier en profitèrent.

— Je peux partir immédiatement, dit-il à son interlocuteur. Quel est l'âge gestationnel ?

— Trente-quatre semaines, répondit la voix dans le micro.

— Trente-quatre semaines, c'est viable, mais la situation est tout de même préoccupante puisqu'il s'agit d'une naissance gémellaire. J'amènerai une infirmière de néonatologie qui a également travaillé en tant que sage-femme, et elle collaborera avec l'infirmière de bord.

Mitchell raccrocha et demanda à Alli de relever Jade pour assurer le service en pouponnière. Jade comprit alors que c'était elle qu'il avait choisie pour l'assister. Il lui faisait confiance pour cette mission ô combien délicate.

Il l'entraîna vers l'ascenseur tout en lui expliquant les détails.

— Nous allons prendre l'avion pour nous rendre dans l'outback, à Blinman, une petite ville située au pied de la chaîne de Flinders. C'est à une heure de vol d'ici. Une femme qui y campait avec son mari et des amis — ils y effectuaient une sorte de retraite spirituelle — est sur le point d'accoucher prématurément de jumeaux et il n'y a aucun médecin à des kilomètres à la ronde.

— Pourquoi moi, pour t'accompagner ?

— Parce que tu as une expérience de sage-femme en plus de tes compétences de néonatologiste. C'est également le cas d'Alli et de Laura, mais elles sont sur le point de terminer leur garde alors que tu viens d'arriver ; comme tu es toute fraîche, tu te montreras plus efficace qu'elles.

— Et que fais-tu d'Amber ?

Jade veillait à toujours rentrer à l'heure pour faire prendre son bain à sa nièce et lui raconter son histoire préférée avant de la mettre au lit.

— Elle ne se rendra même pas compte que tu es partie. Nous serons à Blinman dans une heure et, d'après le rapport du régulateur, les bébés sont pressés de naître. Au plus tard, nous serons de retour pour dîner et je te laisserai filer dès que nous serons de retour. Peut-être que tu rentreras plus tôt que prévu.

— Y aura-t-il un autre médecin à bord ?

— Juste l'infirmière des secours d'urgence qui va nous retrouver à l'aéroport. C'est considéré comme un accouchement à haut risque, ce qui justifie la mobilisation d'une équipe médicale de trois personnes. Je vais envoyer un texto à ma mère pour la tenir au courant et lui dire que nous serons de retour dans quelques heures.

— Quelle drôle d'idée pour une femme enceinte de huit mois d'aller camper dans le bush ! s'exclama Jade tandis qu'ils montaient dans l'ambulance.

— D'après le régulateur, il s'agit d'un groupe de nostalgiques de la période hippie qui se sont isolés dans l'outback pour faire du yoga et de la méditation. Sans doute avez-vous le même genre de courant en Californie : des gens plutôt bien éduqués issus de classes aisées qui font un retour à la nature une ou deux fois par an pour travailler sur leurs chakras et se ressourcer. Le problème, c'est qu'ils ont choisi une zone montagneuse, et faire du 4x4 sur ce genre de terrain n'est pas conseillé pour une femme enceinte. Cela a peut-être déclenché le travail prématurément. En tout cas, la future maman cumule les handicaps. À la dernière visite anténatale, le jumeau n°2 se présentait par le siège.

— Elle a vraiment besoin de notre aide.

Un quart d'heure plus tard, ils embarquaient à bord du petit avion. Une tempête tropicale faisait rage au nord-est les avertit le pilote, et ils traverseraient sans doute une zone de turbulences. Par radio, le mari de la future maman, Jeremy, était resté un temps en contact avec le pilote qui avait ainsi pu s'assurer que les contractions avaient commencé, que la parturiente supportait la douleur et qu'elle était installée aussi confortablement que possible dans une tente en compagnie d'une amie. Puis le contact avait été rompu.

— Bonjour, je suis Emma Kingston, dit l'infirmière de bord tout en bouclant sa ceinture.

— Mitchell Forrester, néonatologiste au Eastern Memorial.

— Jade Grant, infirmière en néonatologie.

— Et sage-femme, ajouta Mitchell, une pointe de respect dans la voix.

— Contente de vous avoir à bord, commenta Emma en relisant ses notes. Des jumeaux, une présentation par le siège, une intervention en plein bush, ce ne sera pas de tout repos…

Comme l'avion gagnait de l'altitude, Mitchell se tourna vers Jade.

— À ton avis, quels sont les plus gros risques ?

— J'espère que nous n'aurons pas à retourner manuellement le bébé qui se présente par le siège car il sera difficile de garantir une asepsie dans ces conditions.

Si, par malheur, le premier jumeau est également mal placé, un accouchement par la voie basse deviendra très difficile, d'autant qu'il sera hors de question de pratiquer une césarienne en pleine nature.

— D'après les notes qu'on nous a transmises, le premier bébé se présente par la tête.

— Alors, nous opérerons selon la procédure normale pour lui. Ensuite, il y a le risque que le cordon descende pour s'enrouler autour du cou de son frère ou que l'utérus se rétracte après la première sortie, causant ainsi une rupture du placenta. Lors de ce type d'accouchement, on a parfois recours à une césarienne pour libérer rapidement le second jumeau, ce qui sera exclu dans une tente en plein bush.

Le bimoteur entra dans une zone de turbulences et Jade sentit les battements de son cœur s'accélérer tandis que le pilote montait et descendait pour éviter les nuages chargés d'électricité.

— Ça va ? demanda Mitchell. Le trajet de retour risque d'être encore plus éprouvant.

— Je n'aime pas trop voyager dans de petits avions, dit-elle, s'efforçant de se ressaisir.

Absorbée dans ses notes, Emma ne semblait pas remarquer les mouvements de yoyo de l'appareil ni les secousses contre la carlingue. Bref, elle seule ne semblait pas dérangée.

Autrefois, en accro à l'adrénaline qu'elle était, Jade aurait certainement apprécié ce moment mais, désormais, elle avait peur. Pas pour elle-même, mais à l'idée qu'Amber qui avait déjà perdu ses parents se retrouve de nouveau seule au monde.

Quand l'avion piqua soudain du nez, Mitchell posa sa main sur la sienne, et elle ne tenta pas de se dégager. La peau de Mitchell était chaude, son contact réconfortant, et, cette fois, ce n'était pas les turbulences qui lui coupaient le souffle.

Avant même que l'avion retrouve un vol paisible, elle

se sentit mieux. C'était la deuxième fois que Mitchell chassait ses peurs en lui prenant simplement la main. Elle avait l'impression qu'il saurait la protéger même en cas d'atterrissage d'urgence. Enfin, quelqu'un prenait la peine de la rassurer, de s'inquiéter pour elle, et cela lui faisait chaud au cœur. Comment avait-elle pu se tromper à ce point sur son compte ? Il n'y avait rien d'égoïste ni d'irresponsable en lui.

— Dis-moi pourquoi tu t'es engagé dans la médecine humanitaire…

L'air un peu surpris par sa question, il se tourna vers elle. Sans doute croyait-il qu'elle voulait bavarder pour se distraire de sa peur en avion.

— Après le lycée, j'ai bourlingué en Asie et en Afrique, et constaté les besoins des pays du tiers-monde. De retour en Australie, j'ai décidé de faire médecine et de me spécialiser dans l'aide d'urgence puis, mon diplôme en poche, j'ai signé avec Médecins sans Frontières et je suis retourné en Afrique. J'ai travaillé un peu partout, dans des dispensaires en ville, des villages en pleine brousse et des camps de réfugiés. L'équipement médical était sommaire, mais mes collègues et moi, nous avons sauvé des vies, aidé des bébés à naître, équipé des handicapés de prothèses et, parfois, grâce à des chaînes de solidarité internationale, offert des opérations chirurgicales à des enfants atteints de pathologies cardiaques.

On était bien loin de l'aventurier séducteur. La bonté et la générosité de Mitchell ne faisaient pas de doute, même s'il tenait farouchement à sa liberté et refusait de fonder une famille. Mitchell était un être bien plus complexe que ce qu'elle avait imaginé au départ.

— As-tu l'intention de rester à Adélaïde ou comptes-tu repartir à l'étranger ?

Cela ne la regardait pas, mais elle avait envie de savoir, et elle préférait ne pas se demander pourquoi.

— Je n'en sais rien. L'Eastern Memorial propose de

me garder au terme de mon contrat, mais je n'y ai pas encore réfléchi. Encore une fois, je suivrai mes envies.

Pourvu qu'il reste, se surprit-elle à penser, ce qui était absurde puisqu'elle n'habitait pas en Australie et avait même prévu de regagner sa Californie natale dans quelques semaines.

Tout ce qu'elle savait, c'était qu'elle aurait beaucoup de mal à se séparer de cet homme, et elle préférait ne pas penser au moment où elle devrait lui dire adieu.

Longtemps, elle avait pris David pour le bon fils et Mitchell pour la brebis galeuse. À présent, elle savait que Maureen et Arthur avaient élevé deux fils exceptionnels.

L'avion se posa sans encombre à l'aérodrome de Blinman. Chargés des incubateurs portables, ils se dirigèrent vers Jeremy, le compagnon de la femme enceinte, qui les attendait en bout de piste dans son 4x4.

— Quel soulagement de vous voir ! dit-il comme ils prenaient place dans le véhicule. J'ai laissé Sophie avec Wendy qui est mère de quatre enfants et saura certainement mieux que moi quoi faire. On en a pour dix minutes de route.

Durant le trajet, il appela Wendy sur le portable fixé au tableau de bord.

— J'ai les médecins avec moi, dit-il en mettant en mode haut-parleur. Ils vont te parler.

Jade présenta l'équipe à Wendy puis entra dans le vif du sujet.

— Combien de temps y a-t-il entre chaque contraction ?

— Environ trois minutes. Dépêchez-vous. Comme Sophie ne supporte plus la douleur, elle s'est mise à quatre pattes sur le sac de couchage.

— La tête du premier bébé apparaît-elle ?

— Oui. On voit ses cheveux et Sophie a envie de pousser, mais je lui ai dit de se retenir jusqu'à votre arrivée.

— Vous avez bien fait.

— Au moins, on sait que le premier jumeau se présente bien, intervint Mitchell. Avec un peu de chance, le second se sera retourné *in utero*.

— Vous faites du très bon travail, Wendy, dit Jade à la sage-femme improvisée. Essayez de masser le dos de Sophie, cela la soulagera peut-être un peu.

Après moult cahots sur la route défoncée, le véhicule parvint dans une clairière où se dressaient plusieurs tentes. Ils mirent pied à terre et se dirigèrent vers celle autour de laquelle s'amassait une dizaine de personnes, toutes en train de donner des conseils qui ne devaient pas aider beaucoup Sophie.

— Laissez passer, s'il vous plaît, ordonna Mitchell d'une voix ferme.

Ils arrivaient à temps. La future maman était en train de pousser. Jade s'enduisit prestement les mains de gel bactéricide, enfila des gants et sortit le kit d'accouchement, les forceps et une paire de ciseaux de sa sacoche. Puis elle s'agenouilla.

— Voulez-vous que je m'allonge sur le dos ? demanda Sophie, toujours à quatre pattes.

— Non. Votre position est parfaite pour favoriser l'ouverture du pelvis. Respirez à fond entre chaque contraction, c'est bien… Jeremy, passez un linge humide sur le front de votre femme. Il fait chaud ici.

Jeremy trempa une serviette dans un bol d'eau.

— Je suis désolé de t'avoir amenée ici, ma chérie, dit-il en lui épongeant le front. C'était une idée stupide, mais je pensais que tu en avais encore pour six semaines.

— Je ne regrette pas d'être partie camper avec nos amis, répliqua Sophie entre deux contractions. Mais sache que je ne coucherai plus jamais avec toi ! Les conséquences font trop mal !

Elle hurla comme une autre contraction arrivait. La tête du bébé sortit du canal de naissance.

— Poussez sans forcer tout en inspirant profondément, dit Jade.

Quelques minutes plus tard, le premier jumeau glissait dans les mains de Jade.

— C'est une petite fille.

Jade coupa le cordon et Mitchell nettoya les voies aériennes du bébé qui poussa un cri vigoureux puis il l'enveloppa dans une serviette. Impossible de le poser sur le sein de la maman étant donné que le second jumeau s'annonçait.

Une contraction fit apparaître un pied qui disparut presque aussitôt. À la suivante, les deux pieds émergèrent du col et chaque contraction poussa davantage le corps du bébé, les hanches, le ventre et enfin le petit visage surmonté de la même toison brune que sa sœur.

— Une autre fille, annonça Jade.

Voyant qu'elle ne respirait pas spontanément, ils commencèrent aussitôt les gestes de réanimation.

— Respire, ma puce, dit Jeremy.

Laissant Jade et Emma poursuivre le massage cardiaque, Mitchell posa le masque à oxygène sur le nez et la bouche du nouveau-né. Dès que celui-ci se mit à agiter ses membres, il ôta le masque et ils entendirent des pleurs qui les réjouirent.

Jade administra ensuite à la maman la piqûre pour accélérer l'expulsion des placentas. À son grand soulagement, ils sortirent entiers. Rien n'était resté dans l'utérus, ce qui aurait pu causer une hémorragie.

Jade prodigua les soins nécessaires à Sophie tandis que Mitchell et Emma vérifiaient les constantes des jumelles qui affichaient toutes les deux un poids étonnamment élevé pour leurs trente-quatre semaines.

— Vous avez eu de la chance, Sophie. Malgré la naissance par le siège, vous n'avez pas eu besoin d'épisiotomie.

Après examen des bébés, Mitchell conclut qu'elles étaient nées à terme ou juste quelques jours avant. Sans doute y avait-il eu une erreur sur la date de conception ou d'aménorrhée, ce qui tombait très bien.

— Maman et bébés se portent bien, mais il va falloir tout de même les emmener à l'hôpital, poursuivit-il à l'adresse du père. Pouvez-vous nous ramener à l'aérodrome, en conduisant très prudemment ?

— Bien sûr, dit le papa qui semblait un peu dépassé par les événements.

Au terme d'un trajet qui fut heureusement moins cahoteux qu'à l'aller étant donné que Jeremy resta constamment en première, ils s'arrêtèrent au pied de l'avion.

— Je ne monterai pas à bord sans Jeremy, décréta Sophie après que le pilote eut expliqué qu'il n'y aurait pas de la place pour tout le monde.

— Nous ne pouvons prendre plus de quatre passagers, Sophie.

Sans compter qu'il y avait également les deux couveuses portables dont ils avaient ôté le couvercle pour les transformer en berceaux.

— Votre mari vous rejoindra à Adélaïde par la route.

— Non, dit la jeune maman en se cramponnant au T-shirt de Jeremy. Je le veux auprès de moi et de nos bébés, ou je refuse d'embarquer.

Comme Mitchell tournait un regard hésitant vers elle, Jade sut aussitôt qu'il allait lui demander de rester.

— Cela ne te dérange pas que nous prenions le vol suivant ?

Emma ne pouvait rester au sol étant donné qu'elle était l'infirmière attitrée du Service médical aérien.

Au moins, Mitchell proposait de rester avec elle, ce qui la consolait un peu.

— Je reviendrai vous chercher ce soir, dit le pilote. Ou vous pourriez prendre la route, mais vous en aurez pour au moins six heures.

— On va vous attendre. La tempête a peut-être causé des dégâts sur la route.

Le jeune couple prit place dans la cabine tandis qu'Emma installait confortablement les bébés dans leurs couffins de fortune. Puis le pilote mit les gaz et l'avion prit de la vitesse sur la piste avant de s'élever dans les airs.

Jade le regarda disparaître dans les nuages, à la fois soulagée que Mitchell ne l'ait pas abandonnée sur un aérodrome perdu au fin fond de l'outback et un peu embarrassée de se retrouver seule avec lui.

Ils ne restèrent pas seuls longtemps car Wendy et son compagnon, qui les avaient suivis dans leur propre voiture, leur proposèrent de rentrer au campement se restaurer puis de les ramener ensuite. Il n'était pas encore 5 heures et le soleil se couchait tard en été.

Mitchell et Jade acceptèrent.

Le dîner végétarien fut délicieux. Les amis de Sophie et de Jeremy leur avaient offert un véritable festin pour les remercier de l'issue heureuse de l'accouchement.

Mitchell et Jade s'apprêtaient à regagner l'aérodrome quand ils reçurent un appel de Doug, le régulateur du Service médical aérien.

— Docteur Forrester, je vous appelle pour vous informer qu'il y a eu une urgence dans un ranch de moutons au nord d'Adélaïde. Nous y avons envoyé notre pilote qui sera donc dans l'incapacité de venir vous rechercher ce soir. L'avion viendra vous récupérer demain matin à 9 heures.

— Je suppose qu'on n'a guère le choix…

Il rangea son portable et s'approcha de Jade qui était en train de dire au revoir à leurs hôtes.

— On ne part plus.

Puis il lui expliqua pourquoi.

— Et Amber ? dit-elle, d'un ton presque furieux. Tu m'avais promis que je serais de retour pour la border !

Mitchell se passa une main dans les cheveux.

— Je sais. Cela ne m'enchante pas plus que toi de rester ici. Je vais appeler ma mère pour l'avertir.

Il composa son numéro, échangea quelques mots avec elle puis passa l'appareil à Jade qui sembla se rasséréner à mesure qu'elle parlait avec Maureen. Voyant qu'elle semblait revenue à de meilleures dispositions, Mitchell alla demander aux campeurs s'ils avaient deux tentes à leur prêter.

— Maureen va dormir avec Amber, cette nuit, dit Jade en le rejoignant après avoir mis fin à la communication. Et ma petite puce ne semble pas trop m'en vouloir. Désolée de t'avoir crié après tout à l'heure, tu n'y étais pour rien.

Sans doute perdrait-elle vite sa bonne humeur quand elle apprendrait qu'ils devraient partager la tente laissée vide par Jeremy et Sophie, une tente au demeurant spacieuse et confortable. Wendy leur prêterait des sacs de couchage, des couvertures et des oreillers.

Inutile d'annoncer la mauvaise nouvelle maintenant, sinon, Jade risquait de vouloir rentrer à pied.

— Profitons-en pour nous promener un peu avant la tombée de la nuit, suggéra Mitchell en lui indiquant un bois d'eucalyptus à la lisière de la clairière.

Jade essayait de faire contre mauvaise fortune bon cœur. Elle avait eu un mauvais pressentiment avant de partir et celui-ci se vérifiait. Elle était séparée d'Amber et se trouvait en compagnie d'un homme avec lequel elle s'était promis de garder ses distances. Un homme qui lui plaisait beaucoup trop pour son propre bien.

Vois le bon côté des choses, songea-t-elle, tentant de se raisonner. Sa nièce se trouvait en sécurité avec ses grands-parents qui seraient aux petits soins pour elle afin qu'elle ne s'inquiète pas.

C'était elle, Jade, qui s'inquiéterait, loin d'elle. Mais

il n'y avait vraiment pas de quoi. Ce n'était que pour une seule nuit, et elle aurait ensuite quatre jours d'affilée avec Amber dont elles fêteraient les trois ans au zoo. Pas au Monarto Zoo avec ses lions et tigres en cage, mais au Zoo de la ferme animale où chèvres, poules et canards s'ébattaient en liberté.

Une nuit à passer sous une tente au pied de la chaîne de Flinders, ce n'était pas la fin du monde. Par ailleurs, comme elle ne reverrait pas le bush australien de sitôt, cette promenade était plutôt une bonne idée. Ensuite, épuisée par les émotions de la journée, elle se glisserait sous sa tente et dormirait comme une souche jusqu'au lendemain, jour du retour à Adélaïde.

Elle devait juste veiller à garder ses distances avec Mitchell. Les campeurs qui les entouraient seraient ses chaperons ; ils la protégeraient de Mitchell, et surtout d'elle-même pour le cas où elle serait tentée par un rapprochement.

— Si on se changeait avant ?

Leurs tenues d'infirmière et de médecin n'étaient guère adaptées pour crapahuter dans le bush. Rhonda, l'une des campeuses les plus âgées, abandonna en grimaçant sa pose du lotus — ses articulations n'étaient plus de la première jeunesse — et se leva pour aller ouvrir le coffre de sa voiture et en sortir un sac.

— Ce sont de vieilles affaires de ma fille et de mon gendre que j'avais l'intention de donner à une œuvre de charité, alors voyez si vous trouvez votre bonheur là-dedans. Au fait, Wendy a porté des sacs de couchage dans votre tente.

— Notre tente ? demanda Jade.

— Celle de Sophie et de Jeremy. Vous allez devoir dormir ensemble.

La panique s'empara de Jade. Ce n'était pas du tout ainsi qu'elle avait imaginé sa nuit. Ce serait un cauchemar d'entendre la respiration de Mitchell dans le noir, de sentir contre elle la chaleur de cet homme qui éveillait en elle des sentiments défendus.

— Tu peux avoir la tente pour toi toute seule, dit Mitchell comme s'il lisait dans ses pensées. Je dormirai à la belle étoile.

Un soupir de soulagement lui échappa. Ce serait bien mieux. Il ne fallait pas qu'ils partagent la même tente, non parce qu'elle ne lui faisait pas confiance à lui. C'était de sa propre réaction dont elle se défiait.

Ils se changèrent à tour de rôle dans la tente. Mitchell jeta son dévolu sur une chemise à fleurs et un pantalon à pattes d'éléphant.

— Et encore, c'étaient les articles les moins excentriques du lot, dit-il en la voyant rire de bon cœur.

Puis ce fut le tour de Jade qui se força à enfiler un short en jean super moulant et un T-shirt qui lui laissait le nombril à l'air.

Quand elle émergea, ainsi vêtue, Mitchell la détailla si longuement qu'elle se sentit devenir rouge pivoine.

— La fille de Rhonda est certainement plus petite que moi, dit-elle en tirant sur le bas du T-shirt pour cacher sa peau dénudée.

— Je te trouve très jolie ainsi. Maintenant, dépêchons-nous d'aller nous promener avant qu'il fasse nuit. Avec un peu de chance, nous verrons des marsupiaux.

Il prit une bouteille d'eau puis ils se dirigèrent vers le bois d'eucalyptus. À leur approche, un lézard qui se dorait au soleil fila à couvert, ses écailles brunes et noires se confondant avec la végétation.

— Y a-t-il des serpents venimeux genre crotales dans le coin ? demanda Jade en observant d'un œil méfiant les touffes d'herbes sèches qui parsemaient la terre rouge.

— Nous n'avons pas de crotales comme chez toi, dans le désert du Nouveau-Mexique. Les seuls qui sont dangereux par ici sont les serpents bruns, dont la morsure est mortelle.

— Bruns, cela ne m'aide pas beaucoup. C'est la couleur de tous les serpents !

— Peut-être. N'essaie pas d'en caresser un, c'est tout.

Elle se mit à rire en dépit des circonstances. Il savait trouver les mots pour la détendre et elle appréciait cette promenade en sa compagnie dans les feux du soleil couchant.

Mais elle n'était pas pour autant disposée à l'accueillir dans la tente, cette nuit. Il ne fallait pas jouer avec le feu.

Au bout d'une demi-heure de marche, ils s'assirent sur une grande pierre plate pour se reposer et se désaltérer.

— Es-tu déjà venu dans cette région ? demanda-t-elle.

— Oui. Quand j'avais dix-huit ans, j'ai voyagé à travers le pays en effectuant des petits boulots à droite et à gauche. J'adore l'outback australien.

— Parle-moi de toi. As-tu voulu devenir médecin pour suivre les traces de ton beau-père ? Est-ce lui qui t'a encouragé à faire des études ?

Mitchell aurait bien voulu. Hélas, Arthur ne faisait pas encore partie de leur vie à l'époque où il allait au lycée.

— Non, dit-il en chassant une mouche de son front. Arthur a fait la connaissance de ma mère alors que j'étais déjà en fac de médecine. Mon père était parti depuis longtemps quand maman, qui travaillait comme réceptionniste chez un dentiste, a rencontré Arthur. Il avait besoin d'un rendez-vous en urgence et elle l'a fait passer entre deux patients. Ensuite, pour la remercier, il l'a invitée à dîner, et ils ne se sont plus quittés. C'était le coup de foudre pour tous les deux.

— Quelle histoire romantique ! Elle me rappelle celle de David et de Ruby, eux aussi se sont aimés au premier regard.

Mitchell se garda de tout commentaire. Les belles histoires d'amour qui finissent par « ils vécurent heureux et eurent beaucoup d'enfants » n'étaient pas pour lui.

L'amour ne durait pas et laissait parfois un champ de ruines dans son sillage.

Pourtant, assis à côté de Jade, il ne trouvait pas l'idée si effrayante.

— Ils ont de la chance, ceux qui trouvent leur âme sœur, dit-elle en tournant le regard vers le ciel qui s'enflammait à l'horizon.

— Ma mère a eu de la chance avec Arthur, mais pas avec son premier mari.

— Ton père ? Parle-moi de lui.

— Il n'y a pas grand-chose à en dire… Il nous a laissés tomber et a détruit la famille. On s'en est sortis, non sans dommages, mais la soirée est trop belle pour la gâcher en parlant de mon père.

Respectant le souhait de Mitchell, Jade n'aborda plus le sujet. Ce n'était pas faute pourtant de se poser des questions. Était-ce en raison de ce père déserteur que Mitchell refusait de s'engager, d'assumer des responsabilités familiales ?

Ils s'étaient éloignés du camp et il fallait rentrer avant la tombée de la nuit, mais Jade ne s'inquiétait pas. Mitchell qui disposait d'un excellent sens de l'orientation saurait les ramener à bon port.

Comme dans l'avion, elle se sentait en sécurité près de lui. Rien de mal ne pourrait lui arriver avec Mitchell Forrester à ses côtés.

7.

— J'ai l'impression que la bière australienne n'est pas du goût de Jade, dit Mitchell.

Assis autour du feu de camp, ils buvaient tous une bière avant d'aller se coucher et elle avait grimacé dès la première gorgée.

— C'est amer.

Elle passa la bouteille à Mitchell et se vit offrir un verre de chardonnay à la place. Puis le mari de Wendy sortit un jeu de cartes de sa poche et proposa de faire un poker.

Jade vit une expression de désapprobation s'inscrire sur le visage de Mitchell.

— Il se fait tard, dit-il en se levant. Comme il faut qu'on soit à l'aérodrome demain de bonne heure, je crois qu'on va aller se coucher. Merci pour votre hospitalité.

Puis il lui tendit la main pour l'aider à se lever. Désireuse de ne pas le contredire, elle le suivit en direction de la tente de Sophie et de Jeremy en lisière du camp, sa main toujours dans la sienne alors que ce n'était plus nécessaire. Avait-il oublié de la lâcher ?

— Tu n'aimes pas les jeux de cartes ?

— Disons que je n'apprécie guère tout ce qui est lié au jeu. Personne ne devrait jouer, que ce soit avec de l'argent, des vies ou les sentiments de ses proches.

Venant de sa part, une telle déclaration avait de quoi surprendre. Mais au fond, pas tant que ça, depuis qu'elle le connaissait mieux.

— On dirait que tu parles d'expérience.

Elle brûlait d'envie d'en savoir plus sur cet homme qui avait su ranimer les élans de son corps et de son cœur.

S'asseyant sur une large souche d'eucalyptus qui se trouvait à proximité de la tente, il l'attira à côté de lui.

— Mon père biologique était un joueur invétéré et, la dernière fois qu'il a perdu, il nous a tous entraînés dans sa chute.

Ses mâchoires crispées témoignaient de la douleur que lui causaient ces souvenirs, et elle posa une main sur son bras pour le réconforter.

— Mon père a perdu tout ce que nous possédions, notre maison, nos économies, les bijoux de ma mère qu'il a placés au mont-de-piété avant de s'enfuir avec sa maîtresse… J'avais quatorze ans.

— Mitchell, je suis désolée.

— Dans ma grande sagesse d'adolescent, poursuivit-il d'un ton amer, j'ai décidé qu'en tant que fils aîné c'était à moi de devenir le chef de famille pour aider ma mère.

— Mais tu n'avais que quatorze ans ! dit-elle sans comprendre. Et c'est ton père qui avait causé votre ruine avant de s'en aller. Tu n'y étais pour rien !

— Je me suis senti fautif. Six mois avant qu'il s'en aille, je l'avais vu avec l'autre, sa maîtresse, alors que je montais dans le tramway pour rentrer à la maison. Ils sortaient tous les deux du casino, main dans la main. C'était une secrétaire qui travaillait dans le même bureau que lui… Si j'en avais alors parlé à ma mère, elle aurait peut-être pu éviter le désastre en protégeant la maison, nos économies ou au moins ses bijoux, mais j'ai gardé le silence car j'espérais que ce ne serait qu'une liaison sans lendemain, un feu de paille. Même à mon père, je n'ai rien dit.

— Ta mère ne t'aurait peut-être pas cru, Mitchell. Elle aurait pensé que tu avais mal interprété ce que tu avais vu. De toute façon, il y a fort à parier que ton père aurait menti pour se couvrir. Un homme capable de jouer la maison et l'avenir de sa famille est capable de tout.

— Je ne sais pas. Peut-être aurais-je pu empêcher la catastrophe, et peut-être pas… Toujours est-il que je me suis senti infiniment coupable envers ma mère et mon frère et que j'ai décidé de me racheter en travaillant dans un entrepôt — j'ai menti au patron sur mon âge et fait croire à ma mère que j'en avais assez de l'école tout en continuant ma scolarité par correspondance, ce qui m'a permis de travailler le jour et d'étudier la nuit. David n'avait que neuf ans, je voulais qu'il puisse continuer à aller à l'école et à rester dans le droit chemin.

Jade sentit sa gorge se serrer. Mitchell s'était sacrifié pour son frère car il s'était cru, à tort, coupable des malheurs de sa famille, ce qui témoignait d'un sens du devoir très prononcé.

À la lumière de ces révélations, elle commençait à mieux comprendre son parcours et le virage à 180° qu'il avait ensuite effectué à l'âge adulte.

— Ma mère a aussi trouvé un emploi mais, comme elle n'avait aucune qualification, elle touchait un salaire de misère qui ne nous aurait pas permis de garder un toit au-dessus de nos têtes et de rembourser les dettes contractées par mon père. On s'en sortait tout juste en travaillant tous les deux, et c'est ainsi que je suis passé à côté de mon adolescence. Maman insistait pour que je retourne à l'école, elle voulait faire plus d'heures, mais elle travaillait déjà au maximum.

— Le comportement égoïste de ton père t'a coûté ta jeunesse. Pas étonnant que tu aies ensuite voulu rattraper le temps perdu en t'amusant.

— J'étais cariste. Ce n'était pas comme si j'avais travaillé dans une mine de charbon…

— Pour un adolescent, cela peut être traumatisant d'être privé des distractions et des occupations normales d'un jeune de son âge, l'interrompit Jade, consciente qu'elle avait vécu une enfance et une adolescence privilégiées — jusqu'au jour où tout s'était écroulé.

— J'avais dix-huit ans quand Arthur est entré dans la vie de ma mère. C'était un homme bon et attentionné qui a su lui redonner le goût de vivre, et j'en ai été heureux pour elle. Mais j'avais eu ma dose. Ma dose de responsabilités… C'était comme si j'attendais Arthur pour lui repasser la responsabilité de ma mère et de mon frère avant de filer.

— Tu es un peu dur envers toi-même. Maureen a dû être soulagée que tu ne sois plus obligé de te conduire comme le chef de famille.

Le visage de Mitchell s'assombrit.

— Je me demande si je ne serais pas parti de toute façon, avec ou sans Arthur. Physiquement, nerveusement, j'étais à bout.

Jade secoua la tête.

— Je suis sûre que non. Tu aurais tenu bon.

Elle leva la main pour chasser une fleur d'acacia qui s'était posée sur l'épaule de Mitchell.

— Tu me surestimes, dit-il d'un ton désabusé. N'oublie pas que j'ai l'ADN de mon père. Arthur est tombé du ciel juste à temps avant que je prenne la clé des champs. C'est la raison pour laquelle je ne fonderai jamais ma propre famille, j'aurais trop peur de laisser tomber femme et enfants. Je me sentirais pris au piège des obligations familiales, un peu comme mon père…

— Je t'arrête tout de suite, dit Jade qui ne supportait pas de l'entendre se dénigrer ainsi. Tu n'as rien en commun avec lui. Tu avais quinze ans quand tu as assumé le rôle qu'il avait abdiqué, et tu as continué pendant trois longues années à t'occuper de ta mère et de ton frère. Quand celle-ci a trouvé l'amour, il était normal que tu renoues avec *ta* vie et que tu t'amuses enfin. Cela n'a rien à voir avec un adulte d'une quarantaine d'années qui joue tous les biens de sa femme et de ses fils au casino puis qui s'enfuit avec sa maîtresse en les laissant éponger ses dettes. Alors que tu étais à peine sorti de l'enfance, tu as fait montre d'une maturité et d'une loyauté dont ton père était bien incapable.

— Je ne suis pas aussi chevaleresque que tu le crois. Et c'est trop tard à mon âge pour changer.

— Pas d'accord. Je crois me rappeler que tu t'es coupé les cheveux et rasé la barbe pour ta nièce afin de ne pas l'effrayer avec une tête de sauvage. Tu voulais la ménager et t'en faire aimer, et ne prétends pas le contraire, poursuivit-elle en levant la main pour prévenir toute protestation. Il suffit de voir la manière dont tu regardes Amber pour savoir que tu es fou d'elle. Tu as beau t'en défendre, tu es un homme bien avec un grand cœur, contrairement à ton père.

— J'admets être allé chez le coiffeur pour Amber, mais ça s'arrête là. Je n'ai pas l'étoffe d'un père, j'aime voguer au gré du vent, partir quand il me plaît sans avoir de comptes à rendre à personne. Jamais, je ne…

Elle l'interrompit par un baiser léger comme un souffle. La franchise avec laquelle il lui avait raconté son histoire avait fait tomber ses dernières défenses et elle ne voyait désormais plus aucune raison de garder ses distances avec lui. Elle voulait Mitchell Forrester.

Le cœur battant à tout rompre, elle le contempla, respirant le parfum de sa lotion après-rasage. Leurs bouches n'étaient qu'à quelques centimètres l'une de l'autre, et elle se languissait de lui. Après des années de devoir et de culpabilité, le désir flambait de nouveau dans ses veines, intense comme jamais. Mitchell était parvenu à ranimer en elle cette sensation qu'elle avait crue perdue à jamais.

Lui prenant le visage entre ses mains, il l'attira contre lui pour l'embrasser avec une ardeur presque désespérée et elle se laissa aller bien volontiers contre son torse musclé en lui rendant son baiser avec passion.

— Me feras-tu une place dans ta tente ? murmura-t-il en déposant des baisers le long de sa gorge.

Tout au plaisir qu'il provoquait en elle, elle se contenta de hocher la tête, et il lui prit la main pour la conduire dans la tente où il lui ôta lentement short et T-shirt avant de faire de même pour ses vêtements.

Ivre d'impatience, Jade s'allongea sur le sac de couchage pour s'offrir à l'homme dont elle était folle amoureuse.

Le lendemain matin, ils reposaient enlacés l'un contre l'autre quand ils entendirent une voix masculine à l'extérieur de la tente.

— Est-ce que les opossums parlent ? demanda-t-elle en souriant.

Il mit un doigt sur sa bouche.

— Faisons semblant de dormir et il s'en ira.

La voix se rapprocha et Mitchell comprit que l'homme parlait au téléphone.

— Je ne vous entends pas très bien, la réception est mauvaise, disait-il. Je vais voir s'il est réveillé et lui demander de vous rappeler.

Comme les pas s'arrêtaient devant l'entrée de la tente, Jade se hâta de remonter la couverture sur eux.

— Vous êtes réveillés là-dedans ? Il y a un appel urgent d'Adelaïde.

— Un instant, dit Mitchell.

Il enfila tant bien que mal son pantalon puis déposa un tendre baiser sur ses lèvres.

— Ne t'habille pas encore, je reviens. L'avion n'atterrira pas avant une heure.

Il ouvrit la fermeture Éclair de la tente et sortit dans l'air matinal déjà chaud.

— Désolé de vous réveiller, dit le campeur qui n'était autre que Jack, le compagnon de Wendy. Vous aviez oublié votre portable sur cette souche d'arbre, là-bas, et il sonnait toutes les deux minutes. J'ai fini par répondre.

Jack arborait une mine grave.

— Qui appelait ?

— Votre mère…

Sa gorge se serra aussitôt.

— A-t-elle dit à quel sujet ? Y a-t-il eu un accident ?

— Pas vraiment. J'ai cru comprendre que votre nièce avait eu un problème de rein. Elle est à l'hôpital. Faut pas vous inquiéter, poursuivit Jack. Heureusement, on a deux reins.

— Pas ma nièce. C'est son rein valide qui vient de lâcher.

Au volant de son 4x4, Jack conduisit Jade et Mitchell à l'aérodrome où l'avion allait atterrir une demi-heure plus tôt que prévu pour les ramener à Adélaïde. Vêtus de leurs uniformes tachés du sang de Sophie, ils attendirent l'arrivée de l'avion à l'ombre d'un eucalyptus géant.

— Je n'aurais jamais dû accepter de te suivre ici, dit Jade. J'aurais dû insister pour que tu prennes une autre infirmière. Décidément, je n'aurai fait que des mauvais choix dans ma vie. Je n'arrive pas à croire que j'ai laissé Amber seule et que, hier soir, nous avons égoïstement pris du plaisir alors qu'elle avait besoin de nous.

— Jade, ce n'est pas parce qu'Amber a un problème que tu dois regretter ce qui s'est passé entre nous.

Pour la première fois de sa vie, Mitchell désirait davantage qu'une aventure sans lendemain. Cette nuit, il avait compris qu'il aimait Jade, et il voulait qu'elle partage sa vie pour toujours.

— Hier soir, nous avons oublié le vrai monde, nos responsabilités ! s'écria-t-elle, la voix emplie de détresse. J'ai laissé tomber Amber, comme j'ai autrefois laissé tomber Ruby.

— De quoi parles-tu ? Tu n'as laissé tomber personne. Tu es venue ici pour m'assister en tant qu'infirmière, et ce qui s'est passé ensuite sous la tente était la conséquence logique de l'attirance que nous éprouvons l'un pour l'autre.

— Cela n'aurait pas dû arriver. Je suis venue à Adelaïde pour permettre à Amber de rencontrer ses grands-parents, pas pour faire des galipettes avec son oncle.

Se mordillant la lèvre inférieure, elle se mit à arpenter la piste poussiéreuse, le regard levé impatiemment vers le ciel.

— Moi, je ne regrette pas notre nuit, reprit-il. Je ne sais où cela va nous conduire, mais ce n'était certainement pas une simple séance de galipettes à mes yeux. J'éprouve des sentiments pour toi, Jade. Nous n'avions rien prémédité et le fait que nous ayons fait l'amour n'a rien à voir avec le problème de santé d'Amber. Pourquoi veux-tu à tout prix te sentir coupable, comme pour l'accident de Ruby et de David dont tu portes encore la culpabilité trois ans après comme si tu l'avais causé ?

Jade s'arrêta devant lui, blanche comme un linge.

— Je l'ai causé. C'est moi qui leur ai réservé ce séjour dans cet hôtel de Palm Springs et qui les ai poussés à y aller. S'ils sont tous les deux morts, c'est ma faute. Et maintenant, Amber est malade parce que je l'ai laissée toute seule. Elle a dû s'inquiéter, s'agiter, et cela a précipité le collapsus du rein.

— Bon sang, tu es infirmière, Jade ! Tu sais qu'une défaillance rénale ne se produit pas pour ce genre de raisons ! En étant sur place, tu n'aurais rien pu empêcher, ajouta-t-il en la prenant dans ses bras pour tenter de la ramener à la raison. Amber avait cette épée de Damoclès au-dessus de sa tête depuis sa naissance, et il y avait un risque que le rein lâche sans prévenir. Le néphrologue de Los Angeles t'a sans doute expliqué tout cela avant votre départ. Tu ne peux indéfiniment conserver Amber dans une bulle, à l'abri de tout ce qui pourrait lui faire du mal, sous ta surveillance, vingt-quatre heures sur vingt-quatre, sept jours sur sept.

Elle se dégagea de ses bras.

— J'aurais dû refuser de t'accompagner ici.

— Tu n'avais pas le choix, tu étais la meilleure infirmière pour cette mission. Sans toi, les bébés de Sophie ne seraient peut-être pas vivants.

— Voici l'avion, dit-elle, ignorant sa remarque.

Rien de ce qu'il pourrait lui dire n'atténuerait de toute évidence sa culpabilité.

Le vol se déroula dans un silence pesant. N'ayant pas envie d'ajouter au stress de Jade en provoquant une scène devant le pilote, Mitchell se garda de lui adresser la parole car il la sentait tendue comme un arc. Il avait hâte d'arriver à Adelaïde pour s'entretenir avec son collègue néphrologue de l'Eastern Memorial et savoir exactement ce qu'il en était. S'il le fallait, il remuerait ciel et terre pour qu'Amber reçoive les meilleurs soins.

Amber et Jade avaient pris une énorme place dans sa vie. Et si Jade décidait de rompre avec lui, il serait toujours là pour toutes les deux, même à distance. Amber était sa nièce, et il revendiquait désormais le lien de parenté.

— Quel est le pronostic pour Amber, docteur Jeffries ? demanda Jade.

Bien qu'elle eût refusé qu'il l'accompagne, Mitchell avait insisté pour rester à ses côtés.

— L'analyse d'urines révèle une protéinurie élevée, et les examens sanguins montrent la présence de créatinine, ce qui confirme l'insuffisance rénale du rein jusqu'alors valide, répondit le néphrologue. Amber est actuellement sous hémodialyse.

Comme Jade poussait un cri d'effroi, Mitchell s'avança vers elle, mais le regard noir qu'elle lui lança le dissuada de tenter de la réconforter.

— Envisagez-vous une greffe de rein ? demanda-t-il.

— Oui. J'étais en train de consulter le fichier des donneurs lorsque vous êtes arrivés.

— Je veux être testée, annonça Jade. Il y a plus de chances de trouver un donneur compatible parmi les membres de la famille que chez de parfaits inconnus.

Le Dr Jeffries hocha la tête.

— En général, mais pas toujours.

Après avoir rendu visite à Amber, Jade et Mitchell s'assirent sur une banquette du couloir devant sa chambre.

— J'espère de tout cœur pouvoir donner un rein à Amber, dit Jade. Sinon, je ne me pardonnerai jamais de l'avoir laissée seule. Dire que nous nous sommes promenés tranquillement dans le bush puis que nous avons couché ensemble alors qu'elle avait besoin de moi !

Mitchell s'efforça de garder son calme pour tenter de la raisonner.

— Elle a été admise à l'hôpital pendant ton absence, mais pas à cause de ton absence.

— Je ne vois pas la différence.

— Elle est pourtant de taille. L'insuffisance rénale d'Amber a été programmée génétiquement et elle s'est simplement produite un peu plus tôt que prévu. Tu n'y es absolument pour rien, ni moi, ni personne d'autre. Le sort l'a fait naître avec cette anomalie, et nous allons tout faire pour y remédier. Ensemble…

— Il faut que je me rachète envers elle, dit Jade comme si elle ne l'avait pas entendu. C'est moi qui ai envoyé ses parents à la mort et c'est à moi de tout faire pour qu'Amber soit heureuse et qu'elle reçoive l'éducation que David et Ruby auraient voulue pour elle.

C'en était trop.

— Tu n'as pas envoyé ses parents à la mort ! protesta-t-il, furieux. C'est un stupide chauffard sur l'autoroute qui a causé le carambolage et la mort de ces innocents.

Tu voulais généreusement offrir des vacances à Palm Springs à ta sœur et à ton beau-frère, et ils sont morts sur l'autoroute en s'y rendant par la faute de ce conducteur criminel. Tu-n'es-pas-responsable…, martela-t-il.

— Tu essaies de me remonter le moral. Mais tu ne m'ôteras pas de l'idée que j'ai une part de responsabilité dans l'affaire. Je suis donc décidée à passer ma vie à me racheter envers Amber et à me rapprocher le plus possible de la mère modèle que Ruby aurait été.

— Tu préfères être une pâle copie de Ruby plutôt que d'être toi-même ? C'est absurde, et je trouve même malsain que tu veuilles étouffer ta personnalité et tes envies pour tenter d'imiter ta sœur. En faisant ça, tu sous-estimes Amber qui t'aime et qui ne demande sûrement pas une copie conforme de la mère qu'elle n'a jamais connue ; de plus, tu la lèses en la privant de la femme formidable que tu es restée au fond de toi.

— Tous s'accordent à dire qu'Amber est une enfant heureuse et équilibrée, la preuve que je n'ai pas fait du si mauvais travail ! rétorqua-t-elle. Et je compte bien continuer.

— Tu ne pourras pas.

— Et pourquoi ?

— Nul ne peut prétendre durant des années être quelqu'un qu'il n'est pas sans que cela se retourne contre lui, Jade. Un tel comportement est à la limite de la schizophrénie, et il t'anéantira si tu persistes dans ton erreur. Je le sais par expérience.

— Tu me reproches d'aimer trop Amber ?

— Il ne s'agit pas de ça, un enfant n'est jamais trop aimé. Je te reproche de te mentir à toi-même et aux autres en jouant le rôle d'une femme que tu n'es pas et en réprimant tes pensées et tes envies pour te conformer à une image chimérique. Personne ne te le demande ; tu es la seule à te convaincre que c'est nécessaire pour le bien d'Amber, ce en quoi tu te trompes lourdement. Sois toi-même, Amber ne t'en aimera que davantage. Je serai là pour t'aider.

— On a couché une fois ensemble et tu crois que cela te donne le droit de me dicter ma conduite ? De ton propre aveu, tu as passé les dix dernières années à fuir tout ce qui ressemblait de près ou de loin à des responsabilités, alors, je ne me fais aucune illusion sur le soutien que tu me promets. Il y a de fortes chances que tu t'en ailles, et je serai de nouveau la seule personne sur laquelle Amber pourra compter. Je refuse de me reposer sur toi tout en sachant que tu ne tiendras pas parole, et je ne soumettrai pas Amber à ce risque. Pars avant qu'elle s'attache trop à toi.

Mitchell accusa le coup. Il ne s'attendait pas à ce jugement moralisateur de la part de Jade, et cela le décevait. Elle savait pourtant quelles épreuves il avait traversées durant son adolescence, et les sacrifices qu'il avait consentis pour que sa mère et son frère puissent manger à leur faim et payer le loyer. Las, Jade s'était fait son opinion sur lui avant de le rencontrer et elle s'y tenait. Malgré tout ce qu'ils avaient vécu ensemble, elle ne lui faisait toujours pas confiance.

Pourtant, il avait changé depuis qu'il était tombé amoureux de la vraie Jade Grant. Mais il lui était impossible de vivre avec une femme qui se travestissait en une autre. Jade déclarait vouloir continuer à élever Amber dans un cocon, en la protégeant même de son ombre, et il ne voulait pas être complice d'une telle entreprise.

— Tu as raison, Jade. Je n'ai aucun droit de te donner des leçons.

La mort dans l'âme, il se leva et s'éloigna de la seule femme qu'il ait jamais aimée. Il ne servait plus à rien de discuter. Elle avait gagné. Qu'elle continue à se mentir à elle-même si elle le voulait, mais il refusait de jouer la comédie.

8.

— Amber, ma chérie, ton grand-père et moi, nous t'aimons très fort, et nous savons que tu vas t'en sortir pour devenir une belle jeune femme qui voyagera de par le monde, vaincra les plus hautes montagnes et vivra toutes sortes d'aventures palpitantes…

En entendant ces paroles, Jade se réveilla et vit Maureen qui, assise au chevet d'Amber, continuait à parler doucement à la fillette branchée à l'appareil de dialyse.

Se redressant dans son fauteuil, elle frotta son cou endolori. Quelle mouche piquait Maureen d'encourager sa petite-fille à marcher dans les pas de son aventurier de fils ? S'il ne tenait qu'à elle, Amber ne ferait pas le tour du monde et ne se lancerait dans aucune aventure, surtout étant donné son état de santé !

— Le néphrologue est parti il y a deux heures, Maureen, dit-elle. Et Amber s'est endormie peu de temps après. On lisait l'un des livres que vous lui avez offerts.

Cela faisait trois jours que Jade n'avait pas dormi dans un vrai lit. Aux aurores, elle avait passé le relais à Arthur, car elle ne voulait pas qu'Amber se réveille dans une chambre vide, et était rentrée en coup de vent prendre une douche puis se changer.

— Cette nuit, c'est moi qui vais rester au chevet d'Amber, reprit Maureen. Une nuit blanche ne me fait pas peur, vous savez. Je n'ai que soixante ans.

— C'est gentil, Maureen. Mais je préfère ne pas m'éloigner d'elle.

— Vous êtes aussi têtue que mon fils. Tous les deux, vous vous ressemblez tellement dans votre insistance à vouloir vous battre tout seuls alors qu'il y a plein de gens autour de vous prêts à vous aider.

Jade ne dit rien. Une discussion était au-dessus de ses forces. Pourtant, elle se sentait très différente de Mitchell. La seule chose qui les unissait était cette nuit qu'ils avaient passée ensemble, et dont elle garderait précieusement le souvenir dans sa mémoire.

— Vous savez que c'est grâce à Mitchell que David est devenu médecin ? continua Maureen, visiblement en veine de confidences. Alors qu'il n'avait que quinze ans, Mitchell a arrêté l'école pour travailler afin que son frère ne manque de rien, et il a même fait des heures supplémentaires pour que je puisse continuer à payer les cours particuliers de maths et de physique-chimie de David. C'est grâce à ses bons résultats dans ces matières que celui-ci a pu intégrer plus tard la fac de médecine…

À présent, Jade comprenait l'admiration éperdue que David avait vouée à son frère. Mitchell s'était sacrifié à un âge où la plupart des adolescents ne pensent qu'à eux-mêmes.

— David a travaillé d'arrache-pied pour obtenir de bonnes notes et rendre son frère fier de lui. Ces deux-là étaient liés comme les doigts de la main.

— Vous devez être fière de vos fils.

— Très. J'ai été bénie du ciel sur ce plan-là. Savez-vous si le Dr Jeffries a trouvé un donneur ?

— J'ai effectué un test sanguin de pré-compatibilité qui s'est révélé positif. Amber et moi sommes toutes les deux du groupe 0. Cet après-midi, je vais passer le test HLA qui doit décider de la compatibilité tissulaire. À l'exception des vrais jumeaux, il est très rare que deux personnes soient compatibles à 100 %, même en étant de la même famille, mais j'espère tout de même présenter un certain degré de compatibilité afin qu'Amber n'ait pas à subir un traitement immunosuppresseur trop lourd.

— Je vous trouve très courageuse de vouloir donner un rein à Amber. Elle a bien de la chance d'avoir une tante comme vous.

Jade secoua la tête.

— Non, c'est moi qui ai de la chance.

Vingt minutes plus tard, le Dr Jeffries entrait dans la chambre.

— J'ai besoin de votre signature sur le formulaire de consentement pour l'opération d'Amber, dit-il après avoir salué Jade.

— Mais je n'ai pas encore passé le test HLA !

— Je vous avais dit il y a quelques jours que la probabilité de trouver un donneur compatible à 100 % était de une pour dix mille. Eh bien, il semble que nous ayons trouvé la perle rare. Vous n'aurez donc plus besoin de passer le test. Le donneur est en train d'être acheminé en ce moment même en salle d'opération.

— Qui est-ce ? Quelqu'un qui était dans vos fichiers ?

— Non, dit le médecin après une brève hésitation. Mitchell Forrester a passé les tests il y a deux jours.

Jade se précipita dans la salle où Mitchell recevait la prémédication.

— Pourquoi fais-tu ça ? demanda-t-elle. J'aurais pu être compatible, moi aussi.

— Tu as déjà fait suffisamment pour Amber. C'est mon tour. Je suis compatible. Fin de la discussion.

— Mitchell, je commence à te connaître suffisamment pour savoir que tu agis par devoir, mais tu n'as pas besoin de donner un rein à Amber pour lui prouver que tu es un oncle merveilleux.

— Je veux le faire. Est-ce que cela te dérange que je fasse, moi aussi, partie de la vie de notre nièce ?

— Non, bien sûr. C'est à toi que je pense… C'est une intervention lourde, avec des suites postopératoires douloureuses.

— Ce sera un mauvais moment à passer. Si je peux éviter à ma nièce de passer sa vie sous dialyse, je ne vais pas m'en priver. Je veux qu'elle puisse faire du deltaplane, du parapente, du surf, et tous les sports qui lui feront plaisir. Tout comme nous l'avons fait.

— Elle n'en aura peut-être pas envie.

— Elle fera ce qu'elle voudra. En lui donnant mon rein, je lui offre la possibilité de croquer la vie à pleines dents, comme sa tante l'a fait quand elle était jeune… et comme elle peut encore le faire.

Malgré elle, Jade lui sourit.

— Pourquoi tiens-tu à t'infliger cette épreuve, Mitchell ? Elle risque de changer ta vie à tout jamais, de te laisser des séquelles.

— Le résultat en vaudra la peine. Amber mérite d'avoir deux parents qui l'aiment.

Un fol espoir s'empara d'elle. Mais peut-être avait-elle mal compris.

— Que veux-tu dire ?

— Nous, toi et moi, nous serons ses parents. Après l'opération, je ne partirai plus nulle part, Jade.

— Mais tu détestes être pris au piège !

— Avec toi et Amber, ce ne sera pas un piège. C'est loin de vous que je souffrirais. Ma place est auprès de vous, au sein de votre famille, si vous voulez bien de moi.

— Pour toujours… avec nous ?

— Je t'aime, Jade, et je serai toujours auprès de toi, avec un rein en moins. Si tu ne veux pas d'un époux diminué, je comprendrai…

Elle le fit taire en lui donnant un tendre baiser sous les yeux des infirmières instrumentistes.

— Moi aussi, je t'aime, Mitchell, avec un ou deux reins. Et j'attends de pied ferme ta demande officielle à la sortie du bloc !

Épilogue

Jade et Mitchell décidèrent de fixer la date de leur mariage à un dimanche d'été, un an jour pour jour après la greffe réussie d'Amber.

Les services australiens de l'immigration avaient prolongé le visa de Jade et d'Amber pour des raisons de santé étant donné que la convalescence suite à une greffe de rein durait plusieurs mois. Quand Amber avait été sur pied, Jade était retournée avec elle à Los Angeles dire au revoir au gentil couple de voisins qui avaient été les baby-sitters d'Amber durant ses trois premières années et qui l'avaient considérée un peu comme leur petite-fille. Les adieux avaient été émouvants pour tout le monde, mais le couple se réjouissait que la fillette retrouve ses vrais grands-parents.

N'ayant pas envie de vendre la maison où Amber avait grandi, Jade l'avait mise en location. Ainsi, une fois adulte, sa nièce pourrait revenir dans la ville où elle était née. Récemment mutée de Sacramento, une famille avec deux fillettes en bas âge et un labrador avait pris possession des lieux, pour le plus grand plaisir des voisins qui, sans doute, se prendraient d'affection pour les petites filles.

Mitchell avait fait deux fois sa demande. Une demande de mariage à Jade, en lui offrant une bague ornée d'un magnifique solitaire tandis qu'ils faisaient un tour sur la grande roue de la fête foraine de Glenelg. Puis une demande d'adoption une semaine plus tard, en leur nom à tous les deux, afin de ne pas être simplement les tuteurs d'Amber, mais ses parents.

Désormais âgée de quatre ans, Amber ne comprenait pas vraiment ce que le mot « adoption » signifiait, mais elle adorait l'idée d'avoir un papa et une maman comme ses camarades de classe de maternelle.

Vint le jour du mariage, une cérémonie en grande pompe organisée par Maureen.

Sous un ciel azur, les invités s'installèrent sur des chaises décorées de nœuds d'organdi. Quand Jade sortit de la maison, Maureen, d'un geste gracieux de son mouchoir en dentelle, fit signe au violoniste de commencer à jouer la *Marche nuptiale* de Mendelssohn. Tous les yeux se tournèrent vers Amber, petit ange vêtu d'une robe de soie rose pastel, qui précédait sa maman en lançant en l'air des pétales de roses à chaque pas.

Le cœur gonflé d'allégresse, Jade retrouva Mitchell sous le dais de satin blanc qui se dressait au milieu de la pelouse. Impatiente de prendre sa place, Amber ignora les dernières notes de violon et courut vers l'estrade.

À présent, c'était Jade, le point de mire de l'assemblée. Dans sa robe de soie ivoire qui lui collait à la peau, elle se savait jolie. Avec son décolleté osé pour une robe de mariée, ce n'était certainement pas une robe de gouvernante, mais elle l'avait voulue ainsi, avec un voile de dentelle tempérant la hardiesse de la tenue, comme un clin d'œil à son histoire.

Désormais, il n'y avait plus d'ancienne Jade ni de nouvelle. Elle n'avait plus qu'un visage, celui d'une femme heureuse.

Ils échangèrent leurs vœux devant le pasteur. Quand celui-ci lui demanda si elle voulait devenir la femme de Mitchell Forrester, ils eurent la surprise d'entendre un « Voui, ze veux », prononcé par une petite voix adorable. Amber lui avait soufflé son texte pour le cas où elle l'aurait oublié !

Tout le monde se mit à rire tandis que Jade confirmait la réponse.

— Vous pouvez désormais embrasser la mariée, dit le pasteur à Mitchell.

Les yeux débordants d'amour, il se tourna vers Jade dont il souleva le voile avant de se pencher vers elle.

— Je promets de te protéger et de t'aimer toujours, madame Forrester.

Puis ils échangèrent un fervent baiser sous les applaudissements.

BLANCHE

Des jumeaux pour Molly, de Sue MacKay - N°1483

Nouvelle infirmière au Sydney General's Hospital, Molly espère prendre un nouveau départ. Mais, de là à laisser le très sexy Dr Nathan Lupton entrer dans sa vie, il y a un pas qu'elle n'est pas prête à franchir. Encore marquée par son passé douloureux, elle doute en effet de pouvoir faire confiance à ses sentiments. Jusqu'à ce qu'elle s'abandonne à la passion entre les bras de Nathan et se découvre enceinte de jumeaux…

Les fiancés d'un week-end, de Traci Douglass

Carmen a besoin d'un fiancé pour le week-end. Impossible qu'elle se rende seule au colloque des sages-femmes, alors qu'elle a menti sur son état matrimonial. Désemparée, elle ne voit pas d'autre solution que de demander son aide à Zac Taylor. Sexy, intelligent et drôle, son collègue est parfait pour tenir ce rôle – ou presque. Car chaque fois qu'elle est à son côté resurgissent les images troublantes de l'unique nuit qu'ils ont passée ensemble…

Pour le bonheur d'un petit garçon, de Marion Lennox - N°1484

Jack est prêt à tout pour redonner la joie de vivre à son neveu Harry, âgé de sept ans, muet depuis l'accident de voiture qui a coûté la vie à ses parents – même à partir avec lui quelques semaines à la Baie des dauphins, pour y mener une toute nouvelle thérapie. Mais, à peine arrivé au centre, il est confronté à une surprise de taille : la directrice de l'établissement, le Dr Kate Martin, n'est autre que Cathy, une ancienne camarade de classe à la faculté de médecine. Cathy, qu'il aimait en secret à l'époque…

Le pari d'une infirmière, de Janice Lynn

Trahie par son ex-fiancé, Madison prend une décision : désormais, elle ne s'interdira pas d'avoir une liaison, mais ne tombera pas amoureuse. Aussi, quand elle remarque que le séduisant Dr Levi Fielding n'est pas insensible à son charme, accepte-t-elle sans hésitation le rendez-vous qu'il lui propose. Au moins, avec un don Juan tel que lui, elle ne risque pas d'avoir à s'engager ! Hélas, elle comprend vite qu'elle s'est trompée sur le compte de Levi qui, loin d'être le macho sans cœur qu'elle imaginait, se révèle un compagnon idéal…

HARLEQUIN

Leur mission : sauver des vies.
Leur destin : trouver l'amour.

HARLEQUIN
www.harlequin.fr

BLANCHE

Une promesse à tenir, de Kate Hardy - N°1485

Ruby a toujours vu en Ellis le meilleur ami de son mari, Tom, emporté l'année précédente par une leucémie. Elle est donc la première surprise lorsqu'elle se prend à être touchée par le charme de ce médecin baroudeur censé veiller sur elle, ainsi que l'avait souhaité Tom. Ruby est d'autant plus troublée que cette attirance semble réciproque. Mais leur passion a-t-elle seulement le droit d'éclore sans trahir le souvenir de son mari ? Et pourront-ils surmonter les fantômes du passé ?

Le rêve secret d'une infirmière, d'Avril Tremayne

Quand Aaron James, un ami de sa sœur, l'approche afin de recueillir son témoignage d'infirmière humanitaire pour un reportage, Ella tombe immédiatement sous le charme du bel Australien et sent son cœur fondre devant l'adorable petit Khim, quatre ans, son fils adoptif. Mais, très vite, l'intensité des sentiments qu'elle éprouve pour Aaron l'effraye, car ils ravivent en elle le souvenir d'un rêve impossible : fonder une famille. Un rêve qu'elle tente d'oublier dans ses missions au bout du monde, en ne se fixant jamais nulle part et en ne s'attachant à personne…

HARLEQUIN

Leur mission : sauver des vies.
Leur destin : trouver l'amour.

HARLEQUIN
www.harlequin.fr

Composé et édité par HarperCollins France.

Achevé d'imprimer en février 2020.

CPI
BLACK PRINT

Barcelone

Dépôt légal : mars 2020.

FSC
www.fsc.org
MIXTE
Papier issu de sources responsables
FSC® C108412

Pour limiter l'empreinte environnementale de ses livres, HarperCollins France s'engage à n'utiliser que du papier fabriqué à partir de bois provenant de forêts gérées durablement et de manière responsable.

Imprimé en Espagne.